P-BOX

第一章

未来の先にある光の扉

上巻

天見 海
AMAMI Kai

文芸社

P-BOX　第一章　未来の先にある光の扉　上巻

目次

序章

大宇宙には、星や惑星、そしてあらゆる生命を創造し作り出したといわれる、〃神〃と呼ばれる存在がいた。

遥《はる》か昔、その〃神々〃と呼ばれる存在と、アーシュレイズという惑星に住む人々の間には、激しい戦いが繰り広げられたこともあった。

その戦いは短時間で終結を迎え、アーシュレイズの惨敗で幕は閉じた。

それは神々が保有するテクノロジーを前に、アーシュレイズ人が持つテクノロジーが到底、かなうものではなかったからだ。

そしてそれは、星や惑星、あらゆる生命を作り出した神々が、自《みずか》らが創造し作り出した、その星々やそこに住んでいる生命体の進化を確認するための旅の途中で起こった出来事だった。

惑星アーシュレイズとは、神々が何万年もの昔に創造し作り出した惑星の一つであり、その進化の過程がより良い方向に進んでいるかを確認するために、その時神々が立ち寄った惑星の一つでもあった。

しかしその時、神々がアーシュレイズの子細を確認すると、惑星アーシュレイズは間違った進化を遂げ、滅びの道を歩もうとしていた。

そこで神々は、その滅びの過程を食い止めようとして、アーシュレイズ人との戦いが勃発《ぼっぱつ》したのが始まりだった。

惑星アーシュレイズとは、様々な機器が基盤となり、人工知能が主体となって管理や整備がされていた惑星であった。

惑星アーシュレイズを統治する君主は「阿修羅王《あしゅらおう》」と呼ばれ、その阿修羅王には娘がいた。娘である王女は、その王女という高い地位にありながらも決して傲慢《ごうまん》ではなく、心優しくおしとやかな女性だった。それは、自らの付き人たちにも変わらない優しさで接し、王女は常に周囲の人々が楽しく過ごせるような気配りができる女性であった。

自身を飾ることのない人々からの王女の評価は高く、それは王室の人々の間でも同様に、王女の評判は大層良いものだった。

そんな王女のそばにはいつも、一匹のオオカミがいた。

ハクという名のとても賢いオオカミで、王女が大切に飼っている毛並みが美しくて白いオオカミだった。

ハクは大人《おとな》しく、とても人にも懐いたため周りの人々からもいつも可愛がられていた。

そして王女は琵琶《びわ》を奏でては、よく歌も歌っていたのだ。

琵琶を奏でて歌を歌う姿は、何事にも例えようもないほどに麗《うるわ》しく、王女の類《たぐい》まれなる美声には、多くの人々がうっとりと聴き入り、心が奪われてしまうものがあった。

そんな王女がある日、琵琶の演奏を頼まれて出かけることになり、護衛と共に白馬に乗り、道中を進んでいた。

しかし、その訪問先へと向かうには、途中でどうしても険しい谷間を通らなくてはならなかった。そしてその谷間は、谷間に近づく人を襲っては喰《く》らっているという、三匹の悪魔の棲《す》み家《か》となっている場所でもあった。

その三匹の悪魔は、ロックアーミー、ヘルブレス、ディスガーという名で、とても邪悪であり、神々に刃向かう非常に危険な存在であるといわれていた。

王女と護衛は慎重に谷間を進んでいた。

だが、谷間の中間地点ほどに差しかかった頃、王女について来たハクが突然、王女の白馬の前に飛び出すと、吠《ほ》え出した。

ハクは普段は大人しいオオカミで、決して吠えたりすることはないのだが、不穏な気配や危険を感じた時だけは、それを知らせるように吠えるのだ。王女は過去、ハクの知らせによって何度も助けられている。

ハクの何かを察したように吠える声を聞いて、王女は護衛たちと共にすぐに引き返して、迂《う》回《かい》する進路をとることにした。

訪問先へ急いでいたが、間近に迫る危険がどこに潜んでいるか知れないので、これは仕方がなかった。回り道ともなると一日余計に日数がかかってしまうが、事情を話せば理解も得られるだろう。

しかし王女たちが馬の手綱《たづな》を引き、進路を変更した時だった。

目前には一匹の悪魔が、いつの間にか姿を現していたのだ。

そして振り向くと、後方にも道を塞《ふさ》ぐようにして二匹の悪魔がいる。

行き場を失った王女たちを目に、悪魔たちは舌舐《したな》めずりをすると、その口からは多量の唾液を滴《したた》らせていた。

王女たちは悪魔たちの挟み撃ちにあい、立ち往生していた。

護衛たちは王女を守るために、武器を構えて前に出た。ハクも悪魔たちを威嚇し烈火の如《ごと》く吠えると、その牙を剥《む》き出しにして、行く手を阻む一匹の悪魔めがけて飛びかかろうとした、その瞬間だった。

晴れていた空が突然曇り雷鳴が轟《とどろ》くと、雷《いかずち》が矢の如く降り注ぎ、三匹の悪魔を一瞬にして、どこかに吹き飛ばしていたのだ。

突然の雷鳴に驚き、耳を塞いでしゃがみ込んでしまった王女だったが、それと同時に消えてしまった悪魔たちの行方《ゆくえ》を不思議に思い、王女は辺りを見渡した。

すると忽然《こつぜん》と、谷の方からこちらに向かって歩いて来る、人の姿に気がついた。

男性のようだ。

しかし、この谷間を抜けて進んで行くには馬もなく、軽装の上に、たった一人であったのだ。

不審《ふしん》に思った男の姿に、護衛たちは王女を守るようにして、身構えている。

しかし、ハクは吠えなかった。

王女は、ハクのその様子を見て、護衛たちに武器を下ろすように命じると、男は王女の前で、その歩みを止めた。

その男は自らを〝神〟と言い、「帝釈天《たいしゃくてん》」と名乗った。

惑星アーシュレイズの王女の人柄を知り、まずは王女に会いに来たと、帝釈天と名乗った男は王女に言った。

王女と護衛たちは、神が降り立ったという驚愕《きょうがく》のあまり、天を仰いだ。帝釈天は王女のそばに控えている、護衛たちの器械仕立ての手や足を見ると、悲愴《ひそう》な面持ちとなっていた。

帝釈天のどこか寂しそうな面差しに気がついた王女は、すぐに平静さを取り戻すと、自分に会いに来たと言う、帝釈天の言葉を待った。

「王女よ、率直に伝える。この、惑星アーシュレイズは今、誤った進化の道を進んでいる。このまま放置して進んでゆけば、この惑星は近いうちに滅びを迎えることだろう」

帝釈天の思いもよらない言葉に、王女は息を呑《の》んだ。

「だが、今ならまだ、救いの手立てがある。その誤った進化を正すために今、必要なことは、アーシュレイズにおいて、人々の、いわば心とも言える魂を、正しい道に導くことが重要なのだ。――森羅万象《しんらばんしょう》……生きとし生けるものは全て自然と共に生き、自然と共に共存する。決して、その生態系を崩してはならないのだ」

帝釈天は、王女に諭《さと》すようにそう告げると、その姿を消した。

王女はアーシュレイズに驚くべき、未曽有《みぞう》の危機が迫っていることを知った。しかしそれは、とても信じられないような滅びの宣告でもあった。

だが王女は、この惑星と人々の行く末を憂《うれ》えた神が、救いの手を差し伸べようとして、この地に降りて来てくれたのだと、そう思った。

王女の胸には、帝釈天の哀《かな》しそうな表情が、いつまでも焼きついていたのだ。

王女は、帝釈天の言葉を思い返しながら、自分に今、何ができるのかを考えていた。

谷間の奥からは、絶え間なく風が吹き抜けてゆく。

やがて王女たちは馬首を巡らすと、訪問先へと向けて、悪魔たちがいなくなった谷間を通り抜けて行った。

その明くる日だった。

王女は朝早くから、多くの人々が行き交う場所を訪れていた。

王女が訪れた場所とは、食料品店が数多く立ち並ぶ一角であった。帝釈天の言葉を信じた王女は、自分にできることを考えたのだ。

そして今、自分にできることといえば、詞に曲をつけ、琵琶を奏でながら歌を歌うことだった。

そう、王女は琵琶を奏で、そしてそれに合わせて歌を歌うことが好きだったので、その調《しら》べによって、人々の心を少しでも動かすことができないかと考えたのだ。

昨日の訪問先からの帰り道で、彼女の頭の中には既《すで》に、一つの歌詞が生まれていた。

そして今日という日は、食料品店が多く立ち並ぶ一角を選び、多くの人々に自分の歌を聞いてもらおうとやって来たのだ。

無論、王女がこのような公衆の面前に、その姿を現すことなど極めて珍しいことでもあったのだが、しかし彼女は躊躇《ためら》うこともなく琵琶を手に、弾き語りを始めている。

美しく、麗しい王女の美声が、街の一角にやわらかに響き渡っていた。

一般の人々は皆、今までにほとんど彼女の調べを聞く機会などなかったに違いない。王女の歌声を耳にした行き交う人々は、心に染み入るようなその旋律に、次々と足を止めた。

その歌詞は、人と自然が共に生きることの喜びと、人々の心がより豊かに育まれてゆく素晴らしさを示唆《しさ》するような内容で歌われている。

それは遥か昔の惑星アーシュレイズの人々の生き方を詩《うた》にした、物語であったのだろうか？

今は、それとは無縁の暮らしをするアーシュレイズの人々ではあったが、皆、思いがけない調べに、静かに耳を傾けている。

彼女が繰り返し歌い続ける一角は、いつの間にか数多くの人々で溢《あふ》れ、王女を囲むように集まっていた。

その調べは、軽やかに美しく人々の心に優しく響き渡り、そしてまた、多くの人々が王女の美声に心を奪われ、長い間その場に立ち尽くして聴き入った。

王女は日が暮れるまで、人々のために想《おも》いを込めて、歌を歌い続けた。

しかし、王女がそんな数日間を過ごしている、ある日のことだった。

巷間《こうかん》で王女のことが噂《うわさ》に上っていると、父である阿修羅王に呼ばれることとなった。そして、この数日間の素行について、事実であるのか否《いな》かを阿修羅王に問われたのだ。

王女は正直に父に向かって頷《うなず》くと、それを認めた。

そして数日前に、神である帝釈天が会いに降りて来たという話も含め、街中で琵琶を奏でて歌を歌うことを決めたのも、その全ては、アーシュレイズの人々のためになればと思ったからこその行いであったと告げた。

だが、それを聞いた阿修羅王は立腹した。

「ばかばかしい。このように華やいだ進化を遂げてゆく惑星が、滅亡の危機だと言うのか？我が惑星アーシュレイズにおいては、栄華や繁栄を極めてはいっても、滅ぶことなど決してありはせぬ。そのような男の戯言《たわごと》に、耳など貸すな」

そう言った父の言葉に、王女は迷いながらも父を真剣に見つめている。

「これから先の惑星アーシュレイズや人々に関わる、重大な問題なのです。どうかもう少しだけ、真剣に耳を傾けて、考えてはいただけませんか？」

王女は父にもう一度、懇願した。

阿修羅王は驚いたように、娘に振り向いた。

今まで、一度たりとも父に向かって口答えなどしたこともなかった娘が、このような形で今、意見してくるとは阿修羅王は思ってもみなかったのだ。

阿修羅王は、娘に言葉こそ返すことはなかったが、その内心では激怒していた。

それは、帝釈天が自分に断りもなく娘に会い、そして娘をそそのかしたと思ったからだ。

娘のその話には、阿修羅王はそれ以上、何も答えることはなかった。

阿修羅王は、自分の娘たちの中でも性格がより大人しく、人の話を疑うことを知らないその長女に、しばらくの間は外出を禁じ、自室で過ごすようにと告げた。

外出を禁じられてしまった王女はその夜、父にうまく伝えられなかった自分自身のもどかしさを感じていた。

外出を禁じられてしまったことで、今はもう自身には、何もできることはなかった。

自室の窓から見上げた星空は、今夜も美しかった。

王女はただ、切に祈るような想いで、自室の窓辺から夜空に向けて手を合わせると、その瞳からは大粒の涙が絶え間なく零《こぼ》れていった。


それから程なくして、いつものように阿修羅王が執務室で電子回路を開き、公務を行っている最中《さなか》の出来事だった。執務室のあらゆる電子回路が突然、誤作動を起こしたように狂い出すと、電子回路が遮断された。

ありえないはずの誤作動に、阿修羅王は執務室の機器を一括して管理させているメインコンピューターに、機器の状況を報告するように伝えた。

メインコンピューターを中心として、機器に搭載されているAI（人工知能）は、すぐに全機器の詳細を調べると、阿修羅王に機器の現状を報告した。

AIは、電子回路を伝って予測不能な侵入者が、機器を汚染していると言った。

その未知の侵入者を削除するために、メインコンピューターのAIは今、考えている。

だが、AIが考えている間もないほど早く、今度はメインコンピューターの機能そのものが停止してしまった。

その直後、通信用の自動音声回路が単独で正常に作動して開くと、そこから阿修羅王に向けて通信が送られてきた。

その通信者は、〝神〟と呼ばれている「帝釈天」と名乗った。

それは娘が言っていた男の名だった。

勝手に娘に会い、そして可愛い娘をそそのかした、まだ阿修羅王にとっては、その怒りの収まらない相手からの通信であった。

「既に、そなたの娘には警告を発した。だがそなたには、それを受け入れる気がないということなのか？　それとも、誤った進化を遂げ、この惑星がいずれ滅んでゆくという事実そのものを、信じることができぬのであろうか？」

帝釈天は音声回路を使い、今度は惑星アーシュレイズの統治者である阿修羅王に直接、接触を図ってきたのだ。

阿修羅王は帝釈天の言葉に、沈黙していた。

「よいか、阿修羅王よ、よく聞くのだ。

自然の摂理……その理《ことわり》に逆らった方法は、死滅を招くことになるのだ。便利といえど、あまりにも機器に頼り過ぎた生き方は、人にとっては最早《もはや》、それは進化とはいえず、退化に繋《つな》がる。そして、人の手によって対処しきれないほどの機械などによって科学的に生成された膨大なエネルギーは、その自然界でも対処しきれずに、やがて惑星の地表は徐々に、汚染されてゆくのだ。

それにより、次第に木々も枯れ果てて、生い茂る緑豊かな自然を失うことになる。その結果、惑星は死滅へと辿《たど》り、それによって退化が進んだ人々もそれに耐えることができずに、滅びを迎えることとなるのだ」

帝釈天は、阿修羅王にそう言い終えると、音声回路と一体化しているモニター画面に映し出されている阿修羅王を見ている。

惑星アーシュレイズでは人々の暮らしを中心にして、人々にとっていかにその生活を楽なものとするかということのために考えられてきた。

そして便利さを求めた結果、様々な機器を主体とする管理や設備が、惑星全体で整うまでに至った。そうした体制のみならず、アーシュレイズの人々の体も、その多くで部分的な機械化が主流となっていた。それは肉体的な疲労を感じさせず、耐久性に優れていたのだ。

人工的に手を加えて、体を改造することが当たり前の日常となっているアーシュレイズの人々は、目的や用途によって頭や手、足などを自由に選んで増やしていくことができた。

頭を増やせば、それだけ視野も広がり、頭脳の情報をより良く整理し、処理能力が格段に上がった。また、手を増やすとその分、仕事の数を熟《こな》すことが可能となり、作業も効率良く短時間で捗《はかど》った。足を増やせば、跳躍能力が上がり、移動速度が驚異的に速くなるなどの様々な人体改造の方法があった。

そしてそれは、その肌の色や見た目、質感などにも違和感がなく、本来もって生まれてくる個人の人体に馴染《なじ》むように精巧に作られていた。

アーシュレイズ人の本来の人としての体は、頭が一つで手と足は二本ずつだが、人体改造をした人によって、頭が二つであったり、手が四本だったり、また足の数も本人の好みによって様々であり、人々は自由気ままに自分に合った体作りをしていた。

そしてそれらの改造した人体に、人工知能であるＡＩを埋め込み用いれば、何か一つ思い立っただけでＡＩが人の代わりの頭脳となって、的確な答えを導き出すとともに、それを円滑に実行に移すことを可能にした。

多くの人々は、そうした便利で快適な暮らしを「飛躍的な進歩であり発展である」と称し、より良い最先端の人類へと進化を遂げていることを信じて、誰一人としてそれを疑う者などいなかった。

そうした中で日々、人々の暮らしをもっと楽に、より快適なものとするために、ＡＩの頭脳を活用した、更なる機器や科学的な技術の向上と開発も日常的に進められていた。

しかし、惑星アーシュレイズに暮らす人々の中には、人体改造を全くしない人々もいる。それは少人数で、人々にとっては大変、稀《まれ》なことでもあった。

阿修羅王の娘たちが、まさにそんな稀な人々の中に含まれていた。娘たちは、人体改造には全く興味を示さなかったのだ。だが、父である阿修羅王は、頭が三つに手が六本と、人体改造を施していた。

帝釈天は、モニター越しに映る阿修羅王の姿に、残念そうに顔を曇らせている。

「阿修羅王よ、滅びの道を回避するために、惑星における全てを正し、軌道修正せよ。今、現存する不必要な物を全て捨て去り、神が示す正しき進化の道を選び、進むのだ」

口を閉ざしたままの阿修羅王に向けて、帝釈天は再度、呼びかけた。

すると、ずっと押し黙っていた阿修羅王の三面の顔が、モニター画面に映る帝釈天を鋭い目つきで睨《にら》んだ。

「戯言《たわごと》をぬかすな、若造が。私の娘をそそのかした貴様《きさま》の言うことなど、誰が聞くか。私は、徹底して戦うのみだ！」

阿修羅王は帝釈天の言葉に耳を貸さず、怒号で言葉を返すとその怒りに任せたまま、一般回路とは別に設けている、軍事用の端末装置のスイッチを押した。

すると、惑星アーシュレイズのあらゆる軍事においての武器や施設が、スイッチ一つで全て使用可能となった。

戦闘機用の滑走路とミサイル発射口が自動で開き、そして武器格納庫や軍事基地などの施設では、戦闘用に作られたアンドロイドたちが起動し作動し始めた。

惑星アーシュレイズでは、戦争などの軍事は全て、軍事専用機器と人型で精巧な機械でできたアンドロイドが、その役割を果たすのだ。そのため、アーシュレイズ人が自ら戦うことはなかった。

惑星アーシュレイズの軍事基地ではすぐに、帝釈天が乗る宇宙船を探知すると、ミサイル発射口からは、帝釈天の船に向けてレーザー砲が発射された。

そう、それが幕開けとなり、神々と惑星アーシュレイズの戦争が始まったのだ。

しかし、神々が有するテクノロジーは、アーシュレイズが持つ技術よりも遥かに先を進んでいて、計り知れないほどの技術力を誇っていた。

神々の宇宙船は、惑星アーシュレイズの上空に数隻ほど確認できたが、その宇宙船の兵器を含む戦闘能力は、推《お》し量《はか》ることさえも不可能なほど凄《すさ》まじく、強力なものであった。

神々は圧倒的な勢力を維持したまま、惑星アーシュレイズを追い詰めていった。

中でも、神々の宇宙船に搭載されている主力兵器であるコズミック砲は、とてつもない威力を有する兵器の一つであり、遥か遠くに離れていても攻撃対象を正確に捕捉し、その的を外すことはなかった。

コズミック砲を受けたものは、その全てが素粒子レベルで一瞬にしてこの宇宙から消滅してしまうという強力な武器だった。アーシュレイズの戦闘機は、一矢を報いることもなく、全てこれによって迎撃された。

また神々は、遠く離れた場所からこのコズミック砲を使い、数隻の船から惑星アーシュレイズの地上にある、軍事施設や基地、武器格納庫に狙いを定め、その全てを地上から消滅させたのだった。

この戦争により、アーシュレイズが受けた損害は計り知れなかった。

しかし、神々が受けた損害は、全くなかったのだ。

この戦争の結末は、初めから予想されていたように、短時間でアーシュレイズの惨敗に終わったのである。

神々との戦争で大敗を喫することになってしまったアーシュレイズではあったが、それによって急速に怒りが静まり、冷静さを取り戻した阿修羅王は考えていた。

自らの怒りに任せ、神の宣告を無視して戦った結果、神々の足元にも及ばなかった。

アーシュレイズのテクノロジーが、これほど進歩し発展していても上には上があるのだ。そして、このまま宣告を無視したとしても何が得られるというのか。

神々の手によって、最期《さいご》の審判が下されるか、それとも神が言うように、このまま進化の過程を軌道修正することなく進み、惑星アーシュレイズが滅ぶのを待つかだ。

思えば、アーシュレイズは今まで、人々の暮らしだけを中心に考えられてきた。それはアーシュレイズの人々の生活が豊かであるとともに、そして楽な日々を過ごせる環境作りを基準として、その便利さと快適さを求めて追求してきたものだった。

しかし、アーシュレイズでは人体の機械化が進むにつれて、未知の病が増えただけではなく、突然死も増えていた。そして人体にＡＩを取り入れたことは、確かに便利な機能ではあったのだが、あまりにもＡＩに頼り過ぎて、人々が自分自身でものを考えることが少なくなった。

生命を持った、生きている脳が考えることをやめればどうなるのか。使わなくなった脳は、衰退してゆくのであろうか？　それが、生きている人々にとって退化に繋がるということなのか。

アーシュレイズは、そんな結末を迎えるために、今まで努力してきたわけではなかった。この惑星や人々も衰退し、滅ぶことなど誰も望みはしないであろう。

阿修羅王は、これから先の惑星アーシュレイズの未来を真剣に考えた末に、その答えを出した。

阿修羅王は自動音声回路に残ったデータを分析すると、通信用電子回路で帝釈天の通信先を追跡し探し出して、帝釈天が乗る宇宙船に通信を送った。

帝釈天は阿修羅王からの通信に応じると、双方に和解が成立した。

阿修羅王は神々に謝罪するとともに、これまでの人類としての生き方を悔い改めることを誓った。そして、これから先の惑星アーシュレイズと人々の未来のために、誤った進化を正すことを約束した。

神々は、改心した阿修羅王を歓迎すると、阿修羅王を自らの下《もと》に受け入れた。

そして阿修羅王は神々から、「千手観音菩薩《せんじゅかんのんぼさつ》」という新たな名前と力を授かり、神々である創造主の仲間入りを果たしたのであった。

神々はそうして、自らが創造し作り出した、星々や人々の進化を確認する旅を続けながら、その進むべき道を間違え、誤った進化に進む星々や人類たちの辿るべき道を正していった。

そして神々は、あらゆる生命体を正しい方向へと導くための、新たなる四つの柱を作り出した。

四つの柱は、大宇宙における東西南北の位置に一柱ずつ配置され、一つの柱には一人の神と、その護衛神が一人ずつ選ばれた。

神は定められた時まで、ただ一人で柱の中へと籠《こ》もり、大宇宙の星々やそこに生息している生命体の監視者となり、そこで時空の歪《ゆが》みやその大宇宙のあらゆるバランスを取るために促す

存在ともなったのだ。

大宇宙との調和と、その大宇宙に存在する星々やそこに息づく生命のバランスを取るために、神は星に天変地異を起こし、地上に住む生命と自然とのバランスを保った。

それによって地上界における自然と、そこに息づく生命の調和が取れて、衆生《しゅじょう》は神の加護を受け、神に守られながら、正しい進化を遂げやすい環境を与えられた。人々の神への祈りと、自然と共に生き抜く知恵と大地の実りによって、豊かな生活がもたらされた。

四つの柱に身を投じた四人の神々は、各柱の守護神となり、そしてその神と柱を護衛する護衛神によって守られながら、東西南北の四方から、自らの力を大宇宙に注《そそ》ぎ、それぞれが生命の声に耳を傾けながら、その役目を終えるまで全うした。

長きにわたり、柱の守護神となり役目を全うしてきた神々には、柱の守護神を交代する時期があった。それは自らの魂が向上して、神としての力が更に増した時であった。

神の更に増したその力はまた、星々や生命が必要な進化を遂げるための別な力となるために、その交代も必要なことであったのだ。

今回、四つの柱の交代時期を迎えた東西南北の柱には、新たな四人の守護神と四人の護衛神が再び選ばれることとなった。

新しい守護神の選出では、強大な力を持った神格が高い神であるということはもちろんだが、生命の息吹に呼応できる能力に最も長《た》けた神が選ばれる。

だが、今回選ばれた四つの柱のうち、守護神としての役目を与えられた柱の一つを担《にな》うべき神の一人に、決して生じてはならない事態が起こった。それは東西南北のうち、北の柱を守護するべき神が、その役目を拒絶したからだった。

今回、北の柱の守護神として選ばれた神は女性の神であり、その女神は八大龍王《はちだいりゅうおう》である沙《しゃ》竭羅龍王《かつらりゅうおう》の娘で、三姉妹の三女であった。

その女神は少し気が強く、己自身が進む道を、他の神々に定められることを嫌がったのだ。女神は、自らの進む道は女神自身で定め、それに向かって進んで行きたいという自らの提言を、決して覆《くつがえ》そうとはしなかった。

沙竭羅龍王の三女である女神には、心に決めた男神がいたのだ。

長い間、北の柱に身を投じるということは、女神にとって長きにわたって男神に会うことがかなわなくなることを意味していた。女神はそんな長きにわたり、会えなくなるという孤独と寂しさに耐えられる自信もなかった。

その男神とは、女神とは身分も異なるただの軍神であり、帝釈天の右腕として、軍神の務めを果たしていた。

そのため女神は、他の神々から身分違いと言われ、その軍神との恋仲を決して認めてはもらえなかったのだ。女神は軍神よりも身分や神格も高い存在であり、軍神は女神の相手としては相応《ふさわ》しくないと、神々から猛反対を受けていた。

女神は、この期を境にして、軍神と引き裂かれてしまうのではないかという一抹の不安に駆られたのだ。

女神と恋仲である彼は、帝釈天が率いる「十二神将《じゅうにしんしょう》」といわれる中の一人の軍神だった。

彼の本来の役目は、神々を守り、そしてその神の命《めい》を受けて、最前線で指揮を執る闘神ではあったが、直接下界を見渡して、下界を監視するという役目も与えられていた。

その場所は大宇宙にある、「命の木」という一本の巨大な大樹で、その大樹の上に登り、そこから下を見ることで下界といわれる場所が目視できた。

そこから下界を見渡すことで、今まで神々が創造し作り出してきた星々や生命の姿を直接、目視できるという場所であった。

その命の木の上からは、大宇宙、小宇宙を自由自在の視点で目視することが可能であり、また、そこに存在する一つの星を拡大して、その星の内部や地上における一つ一つの生命体すらも観察することが容易だった。

軍神は一人で命の木を訪れて、その巨大な大樹の上に登り、下界を監視するのだが、軍神ととても仲の良い二人の友人も暇を見ては度々《たびたび》、命の木を訪れていた。

その友である帝釈天と契此天《かいしてん》、そして軍神の三人は、この命の木から見渡す美しい下界の風景が、とても好きだった。

しかし、まだ若い星々や人類は、様々な問題も抱えていた。

その中でも、元来その星に生息している生命以外のよその星から飛来してきたであろう、別な生命体の影響により、最も悪影響を受けている星々が幾つかあった。

それは、何人かの悪魔による、所業のせいだった。

その悪魔たちを処罰する役目は、他の神々の役目であり、既に神が使用する武器である、三種の神器《しんぎ》を手に持ち下界に向かっていた。

だが、三人は命の木から下界を見下ろす度に、悪魔たちの自由奔放な所業が目につき、歯痒《はがゆ》い気持ちになっていた。そして三人は、自分たちが悪魔たちのいる下界に下り立つことができれば即刻、解決するのにと、いつも口を揃《そろ》えて言いながら、問答し合っていた。

そんなふうに心を打ち解ける三人は、命の木に登って下界を眺めながら、様々なことを語り合った。

しかし、軍神には、誰にも言えずにずっと、思い悩んでいることがあった。

軍神は人に対して、とても不器用なところがあり、自分の思いを表現することがあまり得意ではなかった。いつもどう伝えたらいいかと、あれこれ考えてはみるものの結局、うまく話せずに、口籠《くちご》もってしまうことが多かったのだ。

また、軍神の表情には、陰りがかかる。

だが、軍神の友人でもあり、この軍神が所属する十二神将の軍神長でもあった帝釈天は、軍神のそんな様子にいち早く気がつくと、先ほどから何かを言い淀《よど》んでいる彼の様子を見て、声をかけていた。

友である二人は、軍神の顔色を見ただけで、その言い淀んでいる話の内容が、深刻な話であることがすぐにうかがえた。

三人の中でも歳が少し離れている帝釈天は、二人にとっては兄のような存在でもあり、親のようでもある。少々お節介なところもあったが、とても友人思いであった。

契此天は、いつもぼんやりとした印象で、少し天然呆《てんねんぼ》けしたところはあるものの、物静かな性格だった。

三人はつきあいが長い友人同士なので、お互いの性格をそれぞれがよく理解していた。

そのため、相手の様子を見ただけでも気がつくことが、多々あったのだ。

そこで、兄貴分の存在であった帝釈天が気を利《き》かせて、軍神がうまく話を切り出せるように、その場を和ませたのだ。

すると軍神は、ようやく心に落ち着きを取り戻すと、ポツリポツリと思い悩んでいた胸の内を、二人に話し始めた。

それは、軍神と恋仲である女神との間で起こった、衝撃的な話であった。その話とは、早急にどこかの下界に二人で逃避行をするという話を持ちかけられたといった内容であった。

女神は、自身が北の柱に身を投じるということになれば、今度こそ二人は引き裂かれて、離れ離れになってしまうのではないかということを危惧していた。

軍神自身も、いつかは覚悟を決めなければならない時が来ると思っていた。しかし、己の立場を考え、女神の立場も考えた時、自分自身のとるべき行動に戸惑いを覚えるのだと言う。

帝釈天と契此天は、思い切ったその決断と経緯《いきさつ》に驚いていた。

「愛しているからこそ寄り添っていたい……そして、愛しているからこそ添い遂げたいと願うのだ。それだけを純粋に考えた時、自分たち二人の、どこがいけないというのか？」

最後の言葉は、決して口に出してはいけない言葉だった。そしてそれは軍神自身が一番、よく理解していることでもあった。しかし、心を許す友人の前であったからこそ、それも自然と口から漏れてしまった言葉であったに違いない。

自分たち二人が、どんどん周囲から追い詰められてゆく苦しさに、軍神は苦悶《くもん》の表情を浮かべながら、悲痛な声を絞り出すと、その顔を更に歪《ゆが》めた。

無論、二人の友人は、ずっと以前から二人が仲睦《なかむつ》まじい間柄《あいだがら》であり、相愛であったことを知っている。二人の友人は、ただ黙って頷くと、軍神の悲痛な声に耳を傾けた。

軍神がここまで恋に身を焦《こ》がし、今までこれほど愛した人はいなかった。

愛した人が、たまたま神としての位や身分も高位であっただけなのだ。

その心惹《こころひ》かれた女神が、身分などは関係なく、軍神を慕っている。到底、彼女を離したくないという軍神の気持ちを、友人の二人も理解しているところだった。

その証拠に、軍神は神々の猛反対を受けても怯《ひる》むことはなく、今まで一度たりとも女神に対する一途《いちず》な想いは、揺らぐことなどなかったのだ。

しかし、どうあがこうとも身分違いの相愛を、他の神々が許すことはない。

身分違いは互いに持つ、その力の均衡を崩す恐れもあり、また、互いの魂が向上する過程においても、互いの力が引き合うことで伸び悩んでしまうという有意義とはいえない、双方にとって足枷《あしかせ》になる可能性があったからだ。

神は皆、創造主であり、そしてそれぞれの神がその身に秘めた力を使い、数多《あまた》の星々や生命を導くための力となり、大宇宙を司《つかさど》る。自らが内に秘める、その力の均衡を保ち、その力を高めてゆくことは必然と求められることであり、それに努めてゆくことを損じてはならないのだ。そして、自らの魂を向上させるということは、自らが持つその力を高めることにも直結する。

そのために神々は、身分違いの契《ちぎ》りを認めずに、最も禁忌《きんき》なものとした。

帝釈天と契此天は軍神の話を聞いて、真剣に考えていた。

今までの軍神と女神の関係も、ずっと続くとは、確かに二人にも思えなかったのだ。いつかは終止符が打たれる時が必ずやって来る。

しかし軍神の二人の友人は、他の神々とは違って、そのことに否定的ではなかった。

むしろ、偏《ひとえ》に想い続ける互いの愛に共感すら覚え、軍神たち二人を応援する立場にいる。

神々が禁忌としたこの問題だが、友人の二人には、ある想いがあった。

このように、互いをひたむきに想い続け、ただ一途《いちず》に互いを信じて進んで行こうとする二人の想いが、双方が持つ力の作用によって、互いの力がぶつかり合い悪影響を与え合い、そしてまた、それぞれの向上してゆく魂の妨げとなるのであろうか？

これほど、互いを想い合うことができる二人ならば、互いの力が引き合うことで生じる可能性があるその恐れさえも武器に変え、互いの存在があればこそもっと互いの力を強力に高め合い、そしてより二人の魂も向上しやすくなるのではないか？　と、帝釈天と契此天は、いつか二人の想いが実を結ぶことを願い、そしてそれを信じてやまなかった。

友人二人は、それを疑うことはしなかった。それが二人の軍神への真心だったからだ。

だが、女神が言ったように、柱の守護神の交代を機に、二人が決別を余儀なくされることもあり得ない話ではなかった。

一度、柱の中に身を投じれば、次の交代を迎える時期まで、限りないほど長い間、柱の中に身を置かねばならないのだ。そして、その役目を終えた後の結末が、既にこの段階でも分かっているように、決して最良なものになるとも考えられなかった。

今、現時点で分かることは、軍神と女神の二人が途方もなく長い間、会うことがかなわなくなるという現実でしかなかった。

しかし、下界に逃げるとは穏やかではない。

帝釈天と契此天は腕を組み、難しい顔をした。

だが、女神は既に、北の柱の守護神として定められている。悠長に考えている時間はなかった。

そこで帝釈天は、とりあえず急いで二人で下界に下りることで話をまとめた。

その後のことは機会を作り、また良い方法を皆で考えればいいのだ。

そうと決まった三人は、命の木の上でこっそりと、誰にも気づかれないように、その手筈《てはず》を話し合い、準備を整えた。

そして、その話はすぐに女神にも伝えられ、数日も経《た》たないうちに、それを実行に移す日がやって来た。

下界に移動する手段としては今回、命の木に隣接する空間移動ゲートを使用することにした。

この場所は、三人がよく好んで足を運ぶ場所であったため、当然、監視者以外の神々が訪れることが少ない場所であったことも、彼らが最もよく知るところであった。

物事を短時間で済ませるには、他の神々の存在が少ない方が円滑だ。彼らには、ここはうってつけの場所だった。

三人は神々が絶対に訪れない頃合いを見計らい、それを決行することを決めたのだ。

だが、空間移動ゲートの前には、数人の護衛が必ず配置されている。その護衛たちは帝釈天と契此天が、うまく気を引きつけるという手順となっていた。軍神と女神はその隙にゲートの扉を開き、下界に移動する手筈である。

無論、このことは女神の父である、沙竭羅龍王には内密の話でもあった。

女神もそれを承知の上で、こっそりと頃合いを見計らい、約束の場所を訪れていた。

皆それぞれが、いくらか緊張していた。

そんな中で、いつもはぼんやりとしている契此天だが、今日はいつも以上に胸を張り、しゃんとしている。

「どうかしたのか？」

軍神が珍しいものでも見るように、契此天に言った。

すると途端に、契此天の表情は、不快そうな顔つきになった。

「おいら、今日は特別に、気を引き締めて来たつもりだったんだ。なのに……帝釈天がおいらの顔を見るなり、気が足らんと言って、おいらの尻を叩《たた》くんだよ」

契此天が軍神と女神にそうぼやくと、帝釈天は苦笑《にがわら》いをした。

それを聞いた二人は、肩を揺らして笑った。それはいつもの光景でもあった。帝釈天は、いつもぼんやりしている契此天が、いつか何か失敗するのではないかと心配して、しばしば活を入れるのだ。

四人は、巨大な命の木の下で笑い合い、その場が和やかになると、いよいよ計画を実行することにした。

女神は帝釈天と契此天にお礼を言うと、にっこりと嬉《うれ》しそうに微笑《ほほえ》んだ。

「気にすることはないさ。でも必ず、またみんなで会おうね」

契此天が満悦した笑顔を浮かべると、そう言った。

「二人の勝利を祈っている」

帝釈天が口角を上げて笑むと、そう告げた。

すると、三人の友人たちは互いの拳《こぶし》を叩き合わせると、成功を願って、その拳を重ね合わせた。

命の木の陰からはまず、帝釈天と契此天が空間移動ゲートのある方向へと向かって行った。残された軍神と女神は、互いの手を取り合い、護衛に見つからないようにゲートの近くまで移動して行き、そこから隙をついてゲートに侵入する予定だ。軍神も女神の手を優しく引きながら、移動を開始した。

だが、どういうことか？

帝釈天と契此天が突然、その足を止めた。

二人が振り向くと、軍神と女神は既に、護衛によって捕らえられている。

そしてゲートの前には、予想以上の護衛が集まっていた。

「気がつかれるには、早すぎる……一体、どういうことだ？」

帝釈天は想定外の出来事に眉《まゆ》をひそめると、立ち尽くして呟《つぶや》いた。一方、契此天は未《いま》だに事態が呑み込めず、帝釈天の傍《かたわ》らでへたり込んでいた。

どこで誤算が生じてしまったのか、それは皆目、見当もつかなかった。

しかし、あれは紛れもなく、沙竭羅龍王が差し向けた護衛兵であることは間違いなかった。

だが、それでも捕らえられてしまった二人の手は、離されることなくしっかりと結ばれたままだった。

そこには二人の、強い意志が感じられた。

契此天の目からはボロボロと、大粒の涙が零《こぼ》れていった。

軍神の友である帝釈天と契此天は、神としての位や身分が異なる者同士の苦悩と悲しみを、ずっと近くで見てきたのだ。そして、決して添い遂げることも許されない二人の苦しみに、ずっと胸を痛めてきた。

「いや、私たちの行動が、随分前から監視されていたということなのか？」

帝釈天はそう言うと、唇を噛《か》んだ。

だが、時は既に遅かった。

捕らえられてしまった以上、手出しはできない。今はただ、連行されてゆく二人の後ろ姿を、見送るしかなかった。

連行される軍神と女神の耳には、契此天の泣き崩れる大きな声が、いつまでも響いていた。

第一話　むかし、むかし、遥かむかしのあるところのはなし

それはまだ、その星の大陸が一つだった頃の話なのか、それとも一つのある国が繁栄し、そして滅亡を迎え、また新たな人々の手によって新しい時代を築いてゆくという、そんな時代を繰り返していた頃の話なのか、それは誰にも分からない。

それはそんな、むかし、むかし、遥《はる》かむかしのある一つの物語であった。


この世の中は、「王国」という裕福な大国が点在する中に、名もない貧困な村落が、数多く存在していた時代であった。

村人たちは、貧困な村落の中で生きていくために、それぞれの土地に見合った手段を見つけて、暮らしを営んでいた。

その中でも、田畑を耕し作物を育てる農耕を営んでいる村人たちが最も多いのだが、川や湖などで漁労を行い暮らす人々や、牛や馬などを飼育して繁殖などを行い、その日々を牧畜で暮らす村人たちなども多く見られた。

名もない村落は、村人たちがそうした日々の暮らしを立てている村の形によって、農村や漁村、山村などと呼ばれていた。

村人たちの暮らしの支えとなる必要な品物は全て、遠く離れた別の村落へと、村人たちが求めて出かけて行き、物々交換を行って得るということが当たり前の世の中だった。

村落では、多くの村人たちが、そんな貧しい中でも肩を寄せ合って、懸命に暮らしている時代であった。

あるところに、王国「クシャーラ」という大国があった。

王国クシャーラの北側には、一つの名もない小さな村があり、そこにはヤマトという一人の若者がいた。ヤマトは、両親と弟、そして妹がいる五人家族で、この村の貧しい農家の長男として生まれ育った。

ヤマトの村は農村で、この村に住む村人たちは田畑で農作物を育て、畑で実る作物を収穫しながら農耕で暮らしを立てていた。人々は、継《つ》ぎ接《は》ぎだらけの着物や動物の皮や毛皮で仕立てた身なりをしており、誰もがひどく貧しい暮らしをしていた。

当然、ヤマトの家も貧困であったため、ヤマトの家族も一家総出で毎日、朝から晩まで畑仕事に精を出し、薪《まき》割りや水運び、農作物の収穫やその運搬などの作業も熟《こな》しながら、その家の作業を手伝う馬や牛の世話なども、家族と共に一生懸命に行う日々を送っていた。

しかしヤマトは、多忙である毎日の家の仕事を熟《こな》しながらも、空いた時間を見計らっては、戦うための鍛練にも励んでいた。

それは、この時代が荒れ果てた、殺伐とした世の中でもあったからだ。

近隣の村落同士の抗争や野に蔓延《はびこ》る賊の襲撃、強盗に略奪、そして隣国の王国同士の争いなどが、日常的に活発に起こっている時代でもあった。それはまさに、領土や食糧を奪い合う争いが頻繁に起こるという、そんな人々の争いが絶えない世の中であったのだ。

そのために、ヤマトが住んでいる農村にも例外はなく、いつ農村に住む人々にも紛争が降りかかってくるかも分からない時代だった。一度、紛争が起これば、それは激しい動乱となり、多くの人々の命も失われるのだ。

そしてまた、争いによって捕まった者は、激しい拷問にかけられることも度々《たびたび》ある。拷問は、その村や王国が、万が一にと時代を生き抜くためにも考えて隠し持っている、食糧などを根こそぎ奪うための一つの手段でもあり、敵対する者たちへの見せしめのような人々の行為であるとともに、人々への残酷で無情な仕打ちでもあった。

そんな人々の争いは、村落が貧困であるほど頻繁に起こり、その苦しみや苦労も一層、非情で苛酷なものであった。

こんな荒れ果てた世の中において、農村にいるヤマトの家族や力のない村人たちを抗争から守るためには、他人の力を頼って抗争を切り抜けていくよりも、自分自身を鍛え上げて、己自身が戦う術《すべ》を身につけることが最も重要なことであると、ヤマトは判断した。自分自身が守りたいと思うものは、自分自身の手で守ることが最善な方法であり間違いないと、ヤマトは思ったのだ。

そしてヤマトには、自分だけの密《ひそ》かな想いもあった。ヤマトの夢のような、一つの大きな望みでもある。

それはいつか、この世の中から争いがなくなり、全ての人々が幸せに暮らせるような、そんな世の中を目指した、時代の一つの架け橋になることが自身にできたらという、ヤマトの太平の世を願った大望であった。

そのためにもヤマトは、屈強に戦う戦士のような強さが欲しかったのだ。

それがゆえにヤマトは、空いた時間を見計らっては、人々の抗争や野に下った賊たちから貧しい村を守ってきたという、元戦士であった老人の下《もと》に通っていたのだ。

元戦士であった老人は、ヤマトと同じ村に住んでいて、ヤマトの熱意に押されて稽古《けいこ》を引き受けてくれたのだった。

戦士という現役を退き、今は農村に身を置く老人だったが、その教えは大変厳しいものであった。

ヤマトは師匠である老人の、「相手を負かすためには、まず相手の武器を認識せよ」という言葉から、様々な武器の扱い方も学ぶことになった。

ヤマトは自《みずか》らの主力となる武器には、剣を選ぶことにした。

ヤマトは、師匠から剣の扱い方を一から教えられて、その剣術を中心とした様々な武器の扱い方も学んでいくとともに、戦い方の知識や手段なども歳月をかけて叩《たた》き込まれていった。

また同時に、己自身の肉体作りも欠かすことなく、ヤマトは懸命に努力して、それらに励んでいた。

腹筋を鍛えるための前屈運動五百回から始まり、更に様々な基礎的な体力作りの運動を熟《こな》しながら、その合間には大きな石を背中に担ぎ上げて、近くにある丘を駆け上がったり、巨大な丸太を縄で腰に縛りつけて、草原を全力で走ったりもしながら、身体のあらゆる筋肉を鍛えて上げていった。

ヤマトは、一日の空いた時間のうちに、詰め込まれるように剣術を学びながら、肉体を鍛え上げる過酷な修行にも日々、打ち込んだのである。

元戦士であった老人による鍛練は、まだ若いヤマトとはいえ、とても厳しく過酷なものであった。しかし、ヤマトにとってどんなに厳しい修行でも、自身が持つ希望を成し遂げるためには避けては通れないことであり、毎日の家の仕事と修行に音《ね》を上げることもなく、強い意志を持ち続けて精一杯、己自身に磨きをかけていった。

しかし、心身ともにいくら鍛え上げても、身体の筋肉量は思ったようには増えなかった。ヤマトの剣を扱う腕には一段と磨きもかかり、その身体の敏捷性《びんしょうせい》も格段に増していたのだが、ヤマト自身の体質のせいなのか、その見た目は身体の線も細く、師匠の下に弟子入りをした時から何も変わらず、貧弱そのものだったのだ。

ヤマトは、いくら鍛えても筋肉量が増えない、自身の脆弱《ぜいじゃく》な身体に焦《あせ》りを感じ始めていた。

しかし、それでもヤマトは諦《あきら》めようとは思わなかった。

自身が目指す、強い戦士になりたくて、ヤマトは空いた時間を惜しげもなく、剣術の鍛練や身体を鍛える修行に身を粉《こ》にして励みながら、その日々を更に費やしていった。

それから数年の時が経《た》ち、ヤマトの剣を扱う腕前は、より研ぎ澄まされたように磨きがかかり、その身体の敏捷性も一段と優れたものとなった。

だが、いくら身体を鍛え上げようとも、身体の筋肉量は増えることはなく、ヤマトの身体は以前と全く変わらない、貧弱なままであった。

そのために、いざ抗争になって参ずることはできたとしても、相手と接戦となり、その相手から力だけで攻められるような攻撃を打ち出されると、ヤマトの身体が非力であるがために、その重圧に耐えることができなかったのだ。

つまりヤマトの身体は、力だけを重点に置いた相手との戦いには向かず、弱かった。

歳月をかけて血の滲《にじ》むような努力をして、身体を鍛える修行も積み重ねてきたヤマトだったのだが、どんなに鍛え上げても、ヤマトの身体は動きが俊敏なだけで、強くはなれなかった。

ヤマトは、自身が目指していた、屈強な戦士になることができなかったのだ。

ヤマトはこのところ、自身の希望が絶たれたという思いでひどく落ち込み、ずっと思い悩んでいた。

それでも、そんな思いを振り払うように、ヤマトは多忙な家の仕事に没頭しながら、師匠の下に一心不乱に通い続けた。

だが、どんなことに没頭しようとも、自身の思い悩んで曇る心がいつまでも晴れることはなく、どんなに足掻《あが》き振り払おうとしても、決して拭《ぬぐ》い去《さ》ることはできなかった。

そんな思い悩む日々を送り続けていた、ある日の夜だった。

ヤマトは、今日もいつものように家の仕事と鍛錬を終えて、既《すで》に寝床に就いていた。

真っ暗な家の中を照らしていた、炉の明かりであった灯火《ともしび》も既に消えている。

貧困な村で暮らす村人たちの家は、集めた木々を簡単にあしらっただけの粗末な造りの平屋の家で、窓も木に穴を開けただけという雑なものであった。その窓にも、開閉できる簡単な戸が木枠の外に設けられてはいたのだが、それも採光や通風をただ調整するための粗末で粗《あら》い造りとなっている。

その屋根には、たくさんの茅《かや》が敷かれ、風で飛ばないように、幾つもの適当な石が屋根に置かれているという、大雑把で簡素な家屋の造りであった。

炉も、どこの村の家にもある、地面が剥き出しのところに造られている石囲いの土間であり、そこに薪をくべて火を灯《とも》せば、暗がりを照らす明かりにもなり、そこで煮炊きをするとともに、寒い時は暖を取る場所としても使用されていた。

火を灯した、家の中心にある炉の明かりが消える前に、村人たちは植物で編んだむしろを敷いて、炉の周りで皆、床《とこ》に就くのだ。

ヤマトの家も無論のこと、そんな粗末な造りの平屋であり、炉の明かりが消える前に、家族揃《そろ》って炉を中心にした周囲で、それぞれが眠りに就いていていた。

ヤマトの両親や弟、妹も時折、むしろの上で寝返りを打ちながら、既に深い眠りに落ちている。

しかしヤマトは、今日もなかなか寝つけずにいた。それは、ヤマト自身が抱える悩みのせいであった。

自身が屈強な戦士になることがかなわなかったという思いに、ヤマトはこれからどうしてゆけばいいかと、日夜煩悶《はんもん》し続けていた。

しかし、どんなに考えたところで、自身の体質を変えることなどかなわない。

ヤマトはそれを、頭では理解しているものの、どうしても諦《あきら》め切れなかったのだ。

ヤマト自身が強くなることで、戦渦に巻き込まれる多くの人々を助け、そして守ることもできたはずだった。

だが、今の中途半端なヤマトの力では、きっと守りたいものも守り切れない。そこには避けて通ることができない強者《つわもの》たちが蔓延《はびこ》る、現実の厳しさがあった。

ヤマトは、荒れた時代で村の皆と生き抜いていくために、抱《いだ》き続けてきた自身の強い思いを、どうしても諦《あきら》め切れなかったのだ。

ヤマトは、むしろの上で何度も寝返りを打ちながら、答えの出ない問題に思考を巡らせて、思い悩んでいる。しかし、明日という多忙な時もやって来るのだ。

ヤマトは、寝不足にならないように無理にでも眠ることにしたのだが、やはりなかなか寝つけずに、上掛けを自身の頭からスッポリと掛けようとして手で引っ張り、身を捩《よじ》った時だった。家の開け放たれている一つの木枠の窓の外が、明るく光っていることに気がついたのだ。

日が昇るには、まだ早い時間である。ヤマトは不思議に思って上体を起こすと、その明るく光る窓辺を見つめた。

外には、闇夜を照らす、別の明かりなどあるはずもなかった。夜の闇を照らす明かりは、月明かりか焚《た》き火、或《あ》いは人々が暗がりを照らすために携帯して使用する、松明《たいまつ》以外にはないのだ。

月明かりにしては、眩《まぶ》し過ぎる輝きであった。焚き火や松明に灯した炎の明かりとも、窓辺の光は随分と質も異なっているようだった。

ヤマトは生唾を飲み込むと、食い入るように尚《なお》も窓辺を照りつけている光を見ていた。

ヤマトが目にしている窓辺の光とは、村人たちが普段明かりとして使用している、どの火の明かりとも違う、今までに見たこともない全く異質な強い輝きを放っていたのだ。そしてその光は、窓辺から差し込むばかりではなく、家屋の壁のあらゆる粗い木の隙間から、家の中にまで強く漏れ広がっていた。

家の中は、その強烈な光によって照らされ、家族が眠っている顔までがよく見えていた。

その光の照り輝く光景は、信じられない強さで家の中まで差し込み、真っ暗な一間《ひとま》を煌々《こうこう》と照らしているのだ。

ヤマトの家族は、その光に気づくことなく、ぐっすりと眠っている。

ヤマトは、意を決したように起き上がると、熟睡している家族を起こさないように、静かに外へと繋《つな》がる戸口の方に向かって行った。

少し戸惑いながらも、ヤマトは強烈な光を放つものの正体を確認しようと、戸口を開いて外へ出ると、その光があった窓の方へと慎重に近づいて行った。

光がある方向は、松明が必要ないほどの明るさに満ちていた。

当然辺りには、人の気配などない。今は、誰もが寝静まっている真夜中であった。

ヤマトは、足元が見えない暗がりに注意しながら、目的の窓がある家屋の角を曲がった。

すると、そこには目も開けられないほどの眩しい強烈な光が広がっていた。ヤマトは、照りつけるまばゆい光を遮るように、右手で軽く目を覆《おお》いながら、光の中心を凝視した。

しかし、あまりにも眩し過ぎる光の中心は、肉眼では確認することはかなわなかった。

だがそれは、ヤマトが次に瞬《まばた》きをした瞬間に起きた。

その光が突然、ヤマトの方に向かって音もなく流れるように移動して来たのだ。光は、移動するとともに強烈に放っていた輝きを急速に弱めながら、ヤマトの目前で静かに止まった。

ヤマトとの間隔は二メートルほどの距離で、ちょうどヤマトの鼻の高さくらいの位置で、光の動きは静止していた。

ヤマトは驚きで目を見開くと、その場に立ち尽くしたまま、弱まった光の中心へと目を向けていた。

その光の中心には、虹色の輝きを帯びた、一つの光の珠《たま》があった。それは、ヤマトの目の前で、静かに宙に浮いている。

ヤマトは驚いたものの、不思議と怖さは感じなかった。

「弱き万民を思いやる強き心を持つ者よ。そなたが抱《いだ》きし望みを遂げたくば、大きな湖の畔《ほとり》にある東の祠《ほこら》を訪れよ。さすれば、そなたの運命もまた、そこより始まってゆくであろう」

虹色の珠を前に、茫然《ぼうぜん》と立ち尽くしていたヤマトだったが、突然、声とも言えない言葉が、ヤマトの頭の中に直接、流れ込んできた。

ヤマトは、驚きのあまり、更に大きく目を見開いた。

「……東にある、祠……？」

しかし、ヤマトの頭の中に直接流れ込んできたその言葉は、ヤマトの問いには答えることはなく、そこで途絶えてしまった。

ヤマトの目前で静止していた虹色の珠は、光の粒子をちりばめながら、天高く舞い上がっていった。

ヤマトは、目で珠を追いながら天を仰いだ。

虹色の珠は、再びヤマトの目の前でまばゆい輝きを放つと、その目前で、東の空へと高く飛んで行き、やがて光は東の彼方《かなた》へと消えていった。

ヤマトの周囲には、再び暗闇が戻っていた。

だが、夢ではなかった。ヤマトの足元には、虹色の珠がちりばめていった光の粒子が残されていたのだ。

ヤマトは、突然起こった出来事に思考を錯綜《さくそう》させながらも、家の戸口に向かってゆっくりと踵《きびす》を返した。光の粒子は、足元の闇夜を照らし、ヤマトが寝床に辿《たど》り着くまでの間、ヤマトから片時も離れることはなく、その輝きでヤマトの足元を照らし続けていた。

明くる日の朝、支度を整え家族と共に家を出て、今日も畑仕事に勤《いそ》しんでいたヤマトだったが、昨夜の不思議な出来事は、ヤマトの頭から離れることはなかった。

昨夜は、とうとう一睡もできなかったヤマトだったのだが、頭の中は妙に冴《さ》えていた。

大きな湖の畔にあるという東の祠とは、一体どの辺りにあるのだろうか。ヤマトは自身の頭の中に直接流れ込んできた、声とも言えないあの不思議な言葉のお告げが、ずっと気になっていたのだ。

ヤマト自身は家の仕事も忙しく、今まで物々交換に行く以外は、ほとんど村から遠く離れることもなかったので、東の祠の場所については、皆目見当もつかなかった。

貧困な村落に住む、村人たちの誰もが、毎日の多忙な家の仕事に追われる日々を送っている。

村人たちには悠長に過ごしている暇もなく、物々交換以外の目的のために、自分の村を離れて、遠くに出かけるということもまずなかった。

それ以前に、乱世である物騒な世の中において、大半の普通の人々はその恐ろしさから、慣れ親しんだ村や王国から離れることをできる限り避けていた世の中でもあった。

しかしヤマトは、かつて師匠が戦士だった頃、村落や王国を流浪しながら、村落同士の抗争に巻き込まれた人々を助け、横行する匪賊《ひぞく》などから、村人たちを守るために戦ってきたという、師匠の言葉を思い出していた。

流浪していた師匠ならば、もしかすると東の祠に心当たりがあるかも知れないと、ヤマトは思ったのだ。

師匠の下で、厳しい鍛練に打ち込んできたヤマトならば、普通の村人とも違い、外の世界に飛び出していくことも、今となっては容易《たやす》いことでもあるだろう。

やがて、一通りの家の仕事を終えたヤマトは、逸《はや》る思いで師匠の下へと、足早に向かって行った。

ヤマトは、すぐに師匠の姿を見つけると、いつもの稽古の前に、師匠を呼び止めて早速話を切り出していた。昨夜、自身に起こった不思議な出来事も、師匠に全て打ち明けた。

それを聞いた師匠は、ヤマトの話に驚きはしたものの、平静さを失うこともなく、ヤマトに向かって一つ頷《うなず》くと話し始めた。

「東の方向に進んで行くと、広々と開けた野原があり、切り立つ大きな岩壁の山が一つだけある。その野原と、切り立つ山に挟まれるようにして、一つの大きな湖があるのだ。その湖に隣接する山の岩壁に洞穴があり、その洞穴の奥に祠がある。東の土地にも祠は数多く存在するのだが、お主の話に当てはまるような大きな湖の畔にある祠といえば、その祠が有力ではないか」

師匠はそうヤマトに伝えた。東の土地で一番大きな湖といえば、その場所しか師匠には考えられないということだった。

師匠はやはり、大きな湖の畔にあるという、東の祠を知っていたのだ。

その辺りでは、年に一度、近くの漁村の村人たちが祠に集い、盛大なお祭りが行われているという。まだ師匠が現役の戦士だった頃、ちょうどお祭りがあったその時期に、東のある一つの漁村を訪ねたことがあったのだと、師匠は懐かしそうに目を細めた。

「その祠には、龍が祀《まつ》られていたのだ」と師匠は言った。そして、

「東の土地に住んでいる漁村の村人たちの話によると、龍にはそれぞれ龍自身が持つ、固有の有り難い光というものがあるのだそうだ。その土地や漁村などには古くから、そんな話も伝えられてきたのだ」と師匠は言う。

もしかすると、ヤマトが見た虹色の光とは、その漁村の村人たちが言っていた、龍自身が持つといわれている、そんな固有の光がヤマトの目前に現れたものであり、その数ある光の色の中の、一つの不思議な色彩であったのかも知れない。

「そこへ行くのか？」

「はい。俺自身はすぐにでも、東の土地へ向かってみたいと思っています。ですが、まだ家族には話していません。両親の許可を得ることができたら出発したいと考えています」

「そうか。それも良かろう。わしがお主に教えられることは、もう十分に教え尽くした。お主の弱点は、その優れた敏捷性を大いに活《い》かした戦い方で相殺《そうさい》してゆくのも良かろう。自身の戦い方を見つけることが最も大事だ。心して行くのだぞ」

師匠の言葉に、ヤマトはしっかりと頷いていた。ヤマトのその表情に、迷いはなかった。

いくら鍛えても、ヤマトの脆弱な身体には、今以上の筋肉量は増えず、ヤマトの欠点である力だけを重点に置かれた接近戦を克服できる見込みも、ヤマトにはなかったのだ。

師匠である老人は、それにずっと思い悩んでいたヤマトの心情を察していたのだった。

今日がヤマトの最後の稽古であると、師匠は断言した。

木刀を手に、師匠とヤマトは時間の限り、激しく打ち合った。

元戦士であった師匠には、ヤマトが無理を言い、弟子として受け入れてもらった。そのおかげで戦う術を学ぶことができたのだ。

長い歳月をかけて、自分をここまで育ててくれた師匠。ヤマトは、そんな感謝の思いを込めて、今まで学んできた集大成ともいえる剣術で、恩師である師匠に力一杯、打ち込んでいった。

師匠とヤマトの木刀を交《まじ》えたそれは、互いにその別れを惜しむようでもあり、ヤマトが抱える悩みを断ち切るような、師匠の最後の教えのようでもあった。

それから数日が経った、まだ夜明け前の薄暗い早朝。

ヤマトは、両親の許可を得て、東の地へと向けて出発しようと、家の戸口を静かに開けたところだった。ヤマトが振り返ると、薄暗い家の中の一間では、まだ家族は寝息を立てている。

「行ってきます。……ありがとう」

ヤマトは、眠っている家族に小声で旅立ちの挨拶を済ませてから、感謝の気持ちを込めて一礼すると、家族皆を一人一人見渡しながら、笑みを浮かべた。

ヤマトは静かに眠る家族との別れを名残惜しそうにしながらも、家族を起こさないように再び静かに、家の戸口を閉ざした。

外へ出て、ヤマトが空を見上げると、今日は天気もよさそうだった。

家畜として飼っている馬が、貧しい家には一頭しかいないため、ヤマトの旅は必然、徒歩となる。そのため、ヤマトの荷物も必要最小限に限られたものだった。

水入れのひょうたんの中に満たした水と、幾分かの保存食を、母が植物で編んでくれた手製の袋の中にひとまとめにして入れ、その袋を肩から提げて旅立つという、軽量を重視したヤマトの旅の格好であった。

ヤマトが家を後にして、東の方向に向けて薄暗い道を数歩、進んだ時だった。

「兄ちゃん」と、後方から弟の声が聞こえたのだ。

ヤマトが驚いて振り向くと、閉ざされた家の戸口の前には、弟が立っている。

「兄ちゃん、気をつけて行って来いよ」

見送りなど、必要なかったのだ。見送りなどされると、家族とのしばしの別れに、心なしかヤマトも少し寂しくなってしまう。

しかし弟は、まだ薄暗い早朝だというのに、家の外にまで出て来てしまっていた。

「ああ、分かった。だが、もしも……万が一にでも、俺が戻れなくなった時は……」

「その先は、口にすんな。こんな世の中だからな、言わなくても分かる。でもよ、兄ちゃんずっと頑張ってきたからな。だから、家族のことはそんなに心配すんな！　俺が、兄ちゃんがいない分も家族を守って、ちゃんと頑張っていくからさ。だから兄ちゃんも家のことは考えなくていいから、心置きなく存分に頑張って来いよ」

ヤマトの耳には、逞《たくま》しくなった弟の声が、しっかりと届いていた。

弟は、両親の前では、恥ずかしさの方が勝り、それを伝えることができなかったので、今伝えに来たのだと言い、ヤマトにはにかみながら笑った。

幼い頃は、兄であるヤマトの後を、泣きながらついて回るだけの弟だったのだが、いつの間にか幼さは消え、すっかり体も大きくなると、逞しく成長していたのだ。

ヤマトは、頼もしくなった弟に、嬉《うれ》しそうに目を細めると、笑顔で一つ頷いた。

「じゃ、父さんたちのこと、頼むな」

「うん。俺に任せとけ！　兄ちゃん、気をつけてな」

薄暗い早朝、弟が見送る中で、ヤマトは今度こそ、東へ向けて歩き出していた。

弟は、まだ薄暗い中、兄の姿がその視界から見えなくなるまで、ただ静かに兄の無事を祈りながら、旅立つ兄の後ろ姿を見送っていた。

ヤマトの口元には、微笑《ほほえ》みが浮かんでいた。

今思えば、予定より数日経ってからの出発になってしまったのは、母親がヤマトを心配して、ヤマトを止めていたからだ。

ヤマトの父親は、ヤマトが毎日の畑仕事を怠ることもなく、また日々の鍛錬にも弱音を吐くこともなく懸命に努力して励んでいたので、反対はしなかった。むしろ、戦士となって、家族や困っている村の人々を助けたいというヤマトの思いに共感して、ヤマトの背中を押してくれたのだ。

弟も父親と同様に、兄が歳月を費やして、日々の過酷な家の仕事のみならず、兄が目指すという、強者となるための鍛錬を両立させて、日々努力し、休むことも惜しんで頑張ってきた兄の姿をずっと見てきた。

ヤマトが旅立つこの日を無事に迎えることができたのも、自身と共に父親と弟も数日かけて、母親を説得してくれたからに他ならなかった。

しかしヤマトは、家族には迷ったあげく、一つだけ本当のことが言えなかった。

それは、数日前の真夜中に見た、あの虹色の珠のことだった。

あまりにも不思議な出来事であったため、家族を怖がらせてもいけないとも思い、ヤマトは悩んだ末に家族には、東の地には新たな鍛練に行きたいとだけ告げてきたのだ。

東の地にあるという祠に、一体何があるのかは分からない。だがヤマトは、あの真夜中に起こった不思議なお告げを信じたかった。

そのお告げの言葉こそ、ヤマトにとって、決して諦《あきら》めることのできなかった、自身の望みを遂げるための最後の希望となったのだ。

ヤマトは、どうしても祠に向かって行って、それを確かめたかった。

慣れ親しんだ農村を出たヤマトは、まだ見ぬ東の彼《か》の地へ向けて、しっかり草地を踏み締めながら、どんどん先に進んで行った。

ヤマトは、草葉《くさば》の香りに囲まれながら、数週間かけて草地を歩き、流れの速い大きな川を泳いで渡ると、鬱蒼《うっそう》とした森も抜けて、険しい谷も渡って行った。

旅の途中で、ヤマトは休憩も取りながら、水源となる川や湖を見つけると、水入れのひょうたんの中に、水を足し入れることも忘れなかった。

水は体には欠かせない、必要な資源でもある。そのため、いつ旅の途中で、その水源が途切れてしまうかも分からないので、ヤマトは小まめにひょうたんに水を継ぎ足していたのだ。

そして、ヤマトが持参してきた保存食も節約するため、ヤマトは途中の動物が潜んでいそうな川や森などでは、魚を捕まえたり、動物の狩りをしたりするとともにその肉を焼き、できる限り空腹を凌《しの》いでいった。

村落が貧困であったため、ヤマトは残る家族のために、貴重な保存食の持参をかなり抑えたのだ。いつ、また争いが起こるか分からない村落で、貴重な保存食をたくさん持ち出してしまうことは、残った家族の命に関わることでもあったからだ。それに、食べ盛りの弟や妹には、少しでもひもじい思いはさせたくなかったという、兄としての優しい思いもあった。

きっと強い戦士になってねと、ヤマトに笑顔でそう言って送り出してくれた妹の顔が、ヤマトの脳裏に浮かんでいる。ヤマトは、故郷の家族と村人たちの無事を祈りながら、東へと一歩一歩、進んでいた。

ヤマトの行く手には、しばしば野に蔓延《はびこ》る賊の姿も見受けられた。

しかし、一人旅の見るからに貧相なヤマトを見ると、賊は遠巻きの状態のままヤマトを一瞥《いちべつ》したのみで、襲いかかって来ることはなかった。

だが賊の中には、どんなに貧相な姿をしていても、その気分次第で人を襲う奴《やつ》もいる。そんな連中に目をつけられると、拷問にあうのと同様のひどい仕打ちを受けることにも繋がりかねない。ヤマトは、賊と遭遇した時は、その賊の姿が遠く見えなくなるまで油断はせず、用心しながら先行く道を歩んで行った。

野に蔓延《はびこ》っている賊のほとんどは、人数の規模は大小様々だが、集団で行動をとるということが多かった。大規模な集団に囲まれて攻撃を仕掛けられたら、ひとたまりもない。そのため、物々交換を行うために行き来する道中は皆、命懸けともいえるのだ。

しかし、物々交換の積み荷などを狙った、略奪や強盗をする輩が、賊たちだけとは限らない。貧しいがゆえに、村落に住む村人たちでさえも、村の前を通りがかった牛車の積み荷を略奪しようと企《たくら》む者がいることも、決して珍しいことではなかったのだ。

だが、村人たちが寄せ集めた、僅かな食糧と引き換えにして、道中の護衛を引き受けてくれる戦士たちもいるので、村落の近くに運良くそんな戦士がいたならば、村人たちにとっては、それは幸運といえた。

ヤマトは賊たちに注意を払いながら、広い草原を抜けると、土地の表面には草木が一本も生えていない、固い土が剥き出しとなっている広大な土地を進んでいた。

この土地では、ほとんど休憩を取ることもなく、固い大地を歩き続けるヤマトの足は、時折痛みも伴っていた。

しかしヤマトは、その足の痛みにも耐え、時折足を擦《さす》りながらも一心に、道なき固い大地の道を、数か月かけて突き進んで行った。

やがて前方にはまた、草地が広がっているのが見えてきた。

ヤマトは少し、ホッとした。自然の緑の息吹がほとんど感じられない、固い土が剥き出しとなったままの大地では、水源もなく、食料となる獲物の姿も乏しいものであったのだ。

その空腹もなんとか堪《こら》え、保存食は僅かに手元に残ったものの、ひょうたんの中を満たしていたはずの水は、もうすっかり空になっていた。

ヤマトはここ数週間、雨水を頼って耐え忍び、歩き続けて来たのだ。

その途中では、とうとう何度か賊に目をつけられ、交戦ともなった。

しかし、ヤマトの武器は剣ではなく、なぜか、ただの木刀であった。

貧困な村落は、物々交換が主流となっているため、貨幣とは無縁の暮らしをしていた。

ヤマトの家にも当然、貨幣などあるはずがなく、無一文で旅立ったヤマトも無論のこと、まだ武器や防具を買えるような貨幣など、持ち合わせているはずもなかった。

この世の中にある貨幣とは、その一部の人々の間で共通して使用されている、小さな小石状の石貨《せっか》のことである。その価値も、小石の大きさや削られた小石の形によって、それぞれの価値が異なって区分されていた。

ヤマトは、木刀での応戦で賊をいなしながら、なんとかここまで切り抜けて来た。

ヤマトの師匠は、旅立つヤマトに餞《はなむけ》として、一本の刀剣を贈ってくれたのだが、ヤマトが頑《かたく》なに、刀剣を受け取らなかったのだ。

その代わり、ヤマトが恩師からもらってきたものが、日々の稽古に使っていた木刀だった。

戦士が扱う武器や防具は、とても高価な品であった。そのため、手持ちの武器や防具を売ることがあるとするならば、王国や市場ではその価値も高く、高額で取り引きされ、購入した時の値段とほとんど変わらなかった。

この先、更に年老いていく恩師が、暮らしに困らないとは限らない。

ヤマトにとって師匠とは、自身が無理を言って、弟子として迎え入れてもらったというだけの存在ではなかった。いくら鍛え上げても筋肉量が増えず、非力な自身の変わらない貧弱な身体であっても、師匠は決して匙《さじ》を投げることもなく、ヤマトの気が済むまで、黙って稽古をし尽くしてくれたのだ。

それでもヤマト自身、目標にしていた屈強な戦士の強さを最後まで身につけることができなかったのは事実だ。

ヤマトはただ、そんな師匠に申し訳なさと、有り難い気持ちでいっぱいだった。

師匠の期待に沿えたかどうかは、分からない。しかし、悩み続けていたヤマトを師匠は突き放すこともせずに、寄り添うように最後まで、自身をずっと鍛え続けてくれたのだ。

師匠には、自身を弟子にして育ててくれたという、深い恩義と感謝の思いがあればこそ、この動乱が続く乱世において、これから先の恩師の身を案じたヤマトは、それ以上のものを恩師に求めようとも思わなかったのだ。

しかし、どんな形になったとしても、戦う術を身につけた者ならば、まずは己自身が戦うための優れた武器を所持することに努めようとするものなのだが、ヤマトは木刀のままであった。

それは、貧困な村人でも、日数はかかるものの努力したなら獲得可能なものでもある。武器や防具などは、王国の町中やその周辺の市場の中にある鍛冶屋などで、石貨と引き換えに購入が可能であった。

貧困な村人たちが戦う術を身につけて、もし戦士となるための武器や防具を得ようと思ったなら、自分の土地の身近にある王国に兵士として志願して、そこで兵士としての役割を果たしながら、武器を購入することができる貨幣を稼ぎ出すという方法が、最も正当な方法であり近道だった。

貧困な村人たちの中にも、戦う術を身につけたいと望む者は数多くいた。

それは、この荒れた世の中において、ヤマトと同じように村落に住む村人たちも、攻め来る人々によってもたらされる抗争から、家族を守りたいと願う者も多かったからだ。

しかし一方で、戦う術を身につけて王国の兵士となり、村落に住む家族の、食糧に囲まれた裕福な暮らしを強く願って、王国の兵士になることを目指す村人たちも、また多かった。

しかし実際は、村落に住む人々が王国の兵士となり、多くの食糧を得たとしても、年に二度、村に帰れれば幸運なほど、兵士の日々も多忙なものであったのだ。

村落に家族がなく、独り身であるならば、食糧にも囲まれた裕福な王国での兵士としての暮らしは、それはそれで良かった。

しかし、貧困な村に住みながら独り身でいることは、大変珍しいことでもあった。家族とは、この苦境《くきょう》な時代の貧しい日々を生き抜くためにも、大きな支えとなる不可欠な存在であったからだ。

また兵士として活躍できる強さを身につけるには長い年月がかかり、一人前になるのはそう簡単なことではなかった。

そんなこともあってか兵士になるのを途中で諦《あきら》めてしまったり、なんとか兵士になったとしても、村落の家族のことが気がかりで、途中で放棄して各村落へと帰ってしまうという村人たちも多くいた。

それでも自衛のための武器は必要だったから、野に捨て置かれた武器を拾い、それに磨きをかけて、自分の武器として使用する人々も多くいた。

反面、高価な武器や防具は、略奪や強盗の対象として狙われることも多かった。略奪などの被害にあった盗品は、闇市場と呼ばれる場所で人知れず、売り買いされているという。

ヤマトの村落から一番近い王国、といってもかなり離れてはいるが、武器を手に入れるために最も身近な大国が、王国クシャーラであった。

石貨貨幣が主に流通しているのは、大国である王国と、その王国と様々な物品を取り引きする、王国周辺の市場などである。

市場の周辺には市場と深い関わりを持つ村もあるのだが、末端の村ともなれば、その恩恵は行き届かないのが現状であったため、そうした村落の暮らしは、やはりひどく厳しいものであった。

それは、市場での取り引きの値が、その末端にいくほど値も上がり、高値となっているためである。そのために、村落に住む村人たちが、畑で実った作物などを市場に持って行ったとしても、村落側が市場から品物を得るためには、多くの品が要求され、市場は逆に少ない石貨や品物で、村人たちと容易に品を交換し合うことができるという偏《かたよ》った杜撰《ずさん》な形になっていた。

王国や市場の周辺に住む村落の人々だからといって、その村人たちの暮らしは、決して裕福ではないということである。

大国である王国は、自らが抱える王国に住む人々に、より良い豊かな暮らしを与えるために、近隣の市場には豊富な品物を揃えるための力を注いでいた。そのため、王国の身近にある村落の村人たちには、村同士で物々交換を行うという習慣がなかったのだ。王国周辺の村落が物々交換をするならば、品揃えが豊富な市場に限られていた。

村落に住んでいる人は皆、どこに住んでいようと誰もが同じように、貧しい暮らしを耐え忍び、懸命に生きているのだ。

豊富な食糧を抱え、裕福で豊かな暮らしの恩恵を受けられるのは、王国と繋がる市場の民衆や大国などの王国に住む、ごく限られた一部の人々だけであった。

ヤマトは、恩師からの餞《はなむけ》であった刀剣を断り、代わりにもらい受けた木刀を片手に、旅立った。

そして、己の武器を入手しようと、身近な王国クシャーラに立ち寄ることもしなかった。

ヤマトの思いは、ずっとあの時から、まだ見ぬ遠い、東の祠へと向けられていたのだ。

仮に、王国クシャーラに武器を求めて志願したとしても、兵士としての認可が下されるまでには時間がかかる。それに、武器を買うために必要な石貨を、兵士となって稼ぎ出すとなれば、それから更に数か月もの歳月がかかるだろう。

ヤマトは、己自身の武器を入手するよりも、日増しに募ってゆく、東の地への思いを止められなかったのだ。いつものヤマトならば、もっと慎重であったはずなのだが、あの真夜中にあったお告げが、ヤマトの心を激しく揺さぶったに違いない。

東の祠には、ヤマトの強い思いを遂げるための何かが、待っているかも知れないのだ。

ヤマトが祠に馳《は》せる、そんな思いはきっと、今は誰にも止めることはできないだろう。


ヤマトはようやく、土が露出した草木もない、涸《か》れ果てた固い大地を通り抜けると、草花が咲く、柔らかな草地へと足を踏み入れていた。

ヤマトは、目的地へと旅を急ぎながらも、水源や食料となる動物などを探すのも忘れることなく、その歩みをどんどん進めていた。

程なくして、広々と開けた野原がヤマトの目の前に広がってくると、切り立つ大きな山が一つだけ見えてきた。

その山の頂上付近には、生い茂る木々はあるものの、その大半の岩肌が露《あら》わとなっていた。恩師が言っていた、切り立つ山とは、あの山のことだろうか？　ヤマトが周囲を見渡す限り、それらしい山は、他にはないようであった。

目の前には、野原が広がっている。ヤマトは、その山を目指して進むことに決めた。条件的には、恩師が言っていた言葉とも一致していたのだ。

数か月という歳月を費やして、ヤマトもこれまで歩き続けて来たのだが、距離的にもそろそろ恩師が言う東の土地に入った頃かとも、ヤマトは考えていた。

あとは、山麓《さんろく》辺りに近づく前に、大きな湖があるかどうかは、近づいて行けば確認することができるだろう。

ヤマトの足は、居ても立ってもいられないとでもいうように速まり、その目的の山に向けて、心なしか期待に胸を膨らませて先を急いでいた。

しばらく進むと、湖面が見えてきた。まだ遠く離れてはいるものの、ヤマトの視線の先には、大きな湖があったのだ。

日がまだ高いこともあり、大きな湖の水面は、陽光によってキラキラと美しく輝いている。湖は、ヤマトの想像を遥かに超えた大きさでもあった。

ヤマトがもし、もっと山寄りの方向から湖を訪れていたら、この大きな湖面によって、奥に広がっている野原が見えにくい位置ともなり、野原と山に挟まれた湖であるということに気づかなかったかも知れない。

湖は、それほどの大きさを誇った、巨大な湖であったのだ。

ヤマトは、目の前に広がる湖の美しさと、その大きさに圧倒された。

湖の畔に近づいて行くと、湖で漁をする人々の姿がうかがえた。更に、切り立つ山の方へと進んで行くと、遠く離れた山麓の脇の辺りでは、影は薄くて見えにくいが、牛か馬を放牧しているのだろう、群れをなした影のような牛か馬の形が、ゆったりと野原に点在しているのが見えていた。

この辺りの土地には、漁労で魚介を得て暮らす漁村と、牧畜で暮らしを立てている山村があることが見て取れた。

ヤマトは、湖の水で渇いた喉を潤しながら、湖に豊富にいる魚介を取って、それを焼いて空腹を満たすと、夜は湖の畔で、いつものように野宿して過ごしていた。

幸いなことに、野に蔓延《はびこ》る賊たちが姿を現すこともなかったので、夜は今まで以上によく眠れた。

ヤマトは、漁労に勤しむ村人たちの姿や放牧されている牛などの姿を遠巻きに眺めながら、数日かけて湖の畔に沿って黙々と、山に向かって歩いて行った。

やがて、湖と山とが隣接する境である、山の岩壁のそばまで辿り着いたヤマトは、遠くから歩きながら見えていた、山の岩壁にあった幾つかの洞穴と思われる場所へと向かった。

岩壁に沿って進みながら、ヤマトはポッカリと穴が空いている洞穴の中を、丹念に確認しながら歩いていた。しかし洞穴の中は、どこもただの空洞ばかりであり、祠があるような洞穴は今のところなかった。

湖で漁労をしていた村人たちに、祠がある詳しい場所を尋ねてから洞穴に来た方が正解だったのだろうかと、ヤマトはそんなことを考えながらも、まだ幾つか残る洞穴を目指した。

すると、ちょうど山の中間辺りに差しかかったところに、今までより少し大きめの洞穴があった。その洞穴の前には、幅が広くて緩やかな四段ほどの、石を削って作られた階段があり、洞窟はその階段を上った奥にあった。四段ほどの石段は、明らかに人工的に作られたものだ。

辺りには、人っ子一人いなかった。

その洞穴の奥の方からは、時折ヒューーヒューーと風が巻くような音がした。

きれいに整備された周囲の様子から見ても、この洞穴こそが恩師の言っていた東の祠である可能性が高かった。その岩壁のすぐ目の前の境からは、大きな湖が美しく雄大に広がっている様子がよく見えている。

ようやく、ここまで行き着いた。

その緊張のためか、ヤマトは軽く自身の手のひらを握《にぎ》り締《し》めると、一呼吸ほど置いてから、四段ほどの石段を上り、洞穴の奥へと入って行った。

この切り立つ山の岩壁にある洞穴の奥行きは、どの洞穴もそれほど深くはなかった。そのため、日中なら入り口から差し込んでくる日の明かりだけで、薄暗いながらも洞穴内を見渡すこともできたので、松明は必要なかった。それは、この洞窟も同じだった。

薄暗い洞穴内を少し進んだところで、その横幅は急に広くなり、大きな一間《ひとま》のように開けていて、ヤマトはすぐに、洞穴の最深部へと辿《たど》り着いていた。

辺りをグルリと見渡すと、ここも入り口と同様にきれいに整備され、奥まで掃除が行き届いている。

最奥の岩壁の中心には、ちょうどヤマトの胸くらいの高さに、岩壁を刳《く》り貫《ぬ》いて祀られた、一つの祠があった。

祠の前には、供物《くもつ》が供えられている。この土地に住む村人たちが、家の仕事に勤しむ前の早朝に、祠を訪ねているのだろう。

ここが、恩師が言っていた東の祠に違いない。

ヤマトはまず、祠に向かって静かに手を合わせると、木刀のみで無事に東の地へと到達できたことに、心から感謝した。

祠は、静寂の中にひっそりと鎮座し、薄暗い洞穴全体が静謐《せいひつ》な時を刻んでいた。

やがて、ヤマトは合掌を解いて面《おもて》を上げると、祠をよく見ようと近づいて行った。

すると突然、岩壁を刳り貫いた祠の奥が、ピカッと一閃《いっせん》して輝きだした。

その光は、瞬く間に大きくなってゆくと、やがて祠が見えなくなるほどの輝きとなった。

薄暗かった洞穴内も、その輝きによって今やまばゆい光に満ちている。

ヤマトは、突然起こったまばゆい輝きに、右手を目の上に翳《かざ》すと、目を細めて俯《うつむ》いた。

しかしそれは、一瞬の出来事でもあった。次の瞬間には、光は急速に弱まっていったのだ。

ヤマトが次に祠の方に顔を向けた時、どこから来たのだろうか、祠の前に一つの珠が浮かんでいた。

それはヤマトには、見覚えのある珠だった。

あの出来事を忘れようはずもない、ヤマトの目の前には再び、故郷の家のそばで真夜中に見た、あの虹色の珠が浮かんでいたのだ。

ヤマトの目線の高さで止まっている珠は、あの時と同じように、虹色の光を帯びている。

「よう参られた。我は、この地を守護する者なり」

あの時と同様に、ヤマトの頭の中には直接、声とは言えない言葉が流れ込んできた。

その瞬間、虹色の珠の輝きが一瞬だけ、ヤマトの目前で膨れ上がるように強まり、珠がその大きな光によって包まれてゆくと、ヤマトの目の前には忽然《こつぜん》と、大きな龍が姿を現していた。

ヤマトは、大きな龍の突然の出現に驚き、目を見張った。

龍は手の中に、あの虹色の珠を持っている。

龍はヤマトと向かい合ったまま、手に持つ虹色の珠をその高みから手放すと、珠はゆっくりと回転しながら、洞穴内の岩石の地面に向けて落下していった。

ヤマトの目の前で、岩石の上に落とされた虹色の珠は、龍とヤマトを間に挟んだ中心の地面へと、まるで岩石の地表に溶け込むように沈み始め、底の方に消えていった。

虹色の珠が沈んでいった地表は、やがて虹色の輝きを帯びてゆき、その光は地面の内部から、ヤマトの足先にあった岩石の手前まで、ゆっくりと広がっていった。

爪先の手前まで広がってきた光は、一メートル以上の大きさまで円形状に広がってゆくと、その広がりを止めた。しかし、先ほどまで岩石であった、虹色の光を帯びた円形状の内側にある地表の様子が、どうもおかしかった。

円形状に光を帯びた岩石の内側部分だけが、虹色の輝きを湛《たた》えながら、岩石である本来の硬さを失っているかのように見えていたのだ。

それは、岩石であった地表に、まるで一つの泉が誕生したかのような光景でもあった。

その光を帯びた円形状の地面だけが、ユラユラと水面のように揺れていたのだ。

「そなたの望みを、今一度、願うがよい」

ヤマトの目は、大きく見開かれていた。

龍の言葉は、ヤマトの頭の中に直接、流れ込むようにして入ってきたのではなく、今度は低く重い、重圧のある声となって、ヤマトの耳に直接届いていた。

しかし龍の声は、とても穏やかであり、優しい声でもあった。

ヤマトは、東の祠には龍が祀られているということを、既に恩師から聞いて知っていたためなのか、龍に対する恐れにも似た感情など、微塵《みじん》も感じていないようであった。

それどころか、ヤマトは凛《りん》とした表情で大きな龍を見上げると、不思議な泉の前で、強く龍の言葉に頷いていた。

ヤマトは、龍によって導かれるまま、虹色の光によって煌《きら》めく泉の水面に静かに手を合わせると、自身が遂げることがかなわなかった望みを、強く祈った。

ヤマトの望みは、変わらない。

それは、人々の争いが絶えない、殺伐としたこの世の中において、自身が屈強な戦士となり、戦う力を持たない家族や脆弱な村人たちを助けたいという願いであり、そして、そんな多くの人々を守ることのできる、強さと力を強く望んだものであった。それが、ヤマト自身が人々を思いやる確かな想いであり、そして、今の世の中に安寧《あんねい》を求め願った、ヤマトの確かな願いでもあった。

ヤマトの祈りを聞き届けたとでもいうように、ヤマトが祈りを捧《ささ》げ終えるのと同時に、虹色の泉の中心には、突如として大きな渦が巻いた。

やがて、その渦の中心の底からは、虹色の光の粒子が、まるで水の飛沫《しぶき》を上げるように周囲に光をちりばめながら、光によって包まれた一本の刀剣が、ゆっくりと宙に浮かび上がってきた。

ヤマトは目前の光景に、目を見張っている。

龍は、剣の出現に、軽く目を細めていた。

光の渦より地上へと浮上してきた刀剣を包んでいた光は、やがてその膜を取り払うかのように消失し、刀剣の全形は露わとなって、ヤマトの瞳に映り込んでいた。

刀剣の全長は、一メートルを少し超えるほどの長さがあるかと思われる。その鞘《さや》と柄《つか》の全体は白銅色で、蛇の鱗《うろこ》のような彫刻が美しく繊細に施されていた。柄の先端である柄頭《つかがしら》に近い部分には、赤色と青色の石が嵌《は》め込まれており、美しい輝きを放っている。

「万民を想う、そなたの想いがむらくもの刀剣を呼び、そしてむらくもの刀剣が、そなたを選んだ。その剣の名は『神剣・むらくも』と言い、遥か古《いにしえ》より、悪しきものを打ち砕かんとするために神々が扱ってきた、神器の一つである」

ヤマトは龍に促されて、虹色の泉の上に浮かんでいる「神剣・むらくも」と呼ばれる、刀剣を手に取ると、その柄を握った。

むらくもの剣の柄は、驚くほどしっくりとヤマトの手に馴染《なじ》んでいる。

更に、鞘から剣を引き抜くと、その刀身は白銀色で八十センチほどの長さの両刃で、その刃先は鋭く尖《とが》っていた。刀身の鍔《つば》に近い根元の部分には、柄と同じように赤と青の石が嵌め込まれている。

白銀色の両刃の神剣。それはとても優美な剣であり、ヤマトの目前で、静かなる白銀の美しい輝きを放ちながら、煌めいていた。

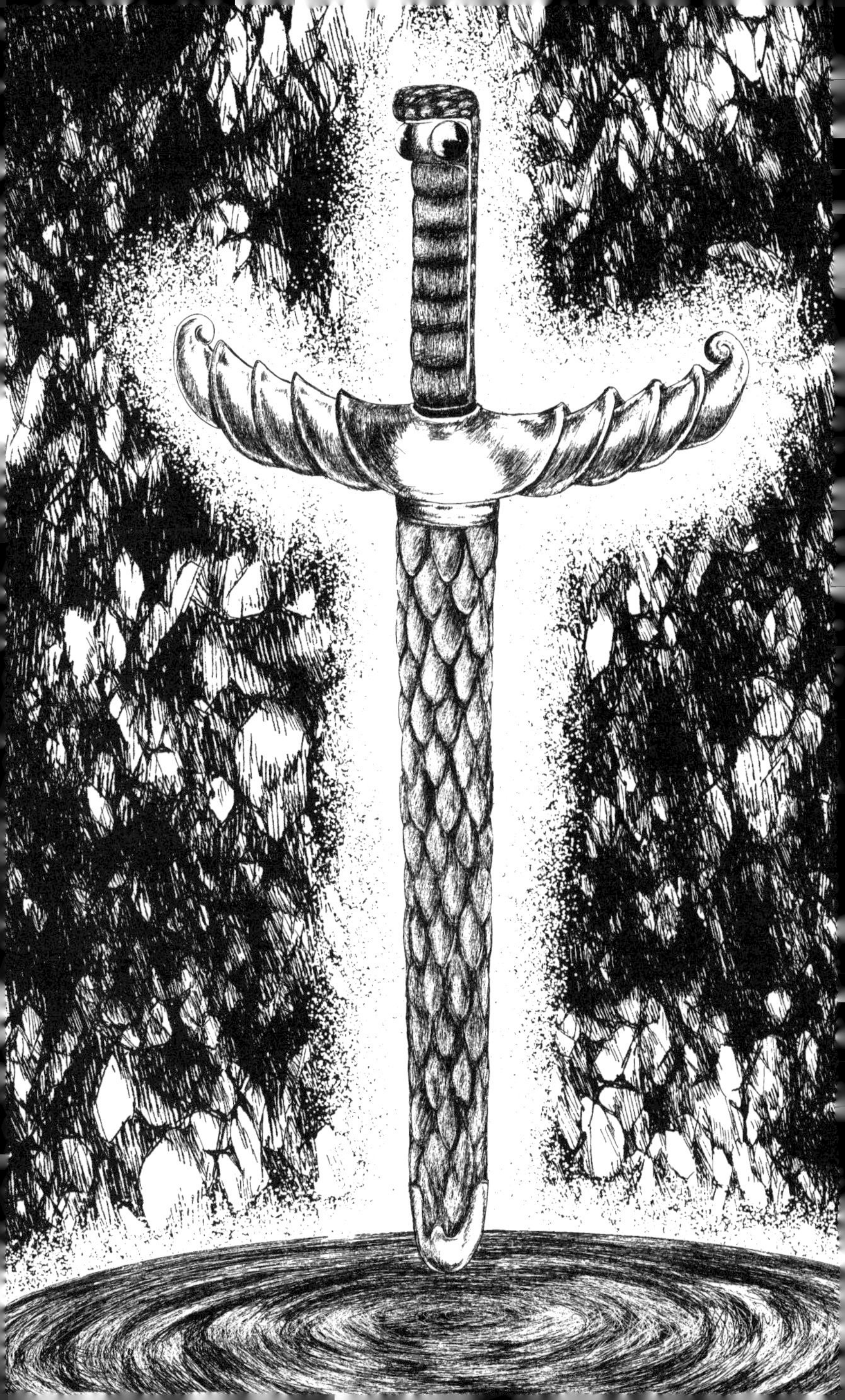

「神剣・むらくもには今、三つの聖なる力が眠っておる。そなたには、三つの聖なる力を解放させるべく必要な三つの試練が待っておる。それは、一つの試練を成し遂げるごとに、むらくもの剣の力である聖なる光の力もまた、一つずつ解き放たれるというものだ。そして、むらくもの三つの聖なる光の力を得た者だけが、神剣・むらくもの真の力を得ることがかなうであろう」

「神剣の真の力……試練とは、一体どのようなものなのですか？」

ヤマトは、緊張した面差しで龍を見上げている。

「この世の中には今、三匹の悪魔が降り立っておる。その三匹の悪魔たちが、長きにわたって人々に災いをもたらし、人々を苦しめ続けておるのだ。そなたには、地上に降り立った三匹の悪魔を倒してもらいたい。それが、そなたに与えられた三つの試練である」

龍は、ヤマトの答えを待つかのように、ヤマトを静かに見つめている。

しかし、その試練の相手というのが、言い伝えによってこの世に語り継がれている悪魔とは、ヤマトには思いもよらないことでもあった。

悪魔とは、邪悪な心を持ち、人々に災いをもたらす存在として、古くから人々の間で語り継がれてきた魔の存在である。ヤマト自身も無論のこと、悪魔が人々に脅威をもたらすという、とても危険な存在であるということを知っている。

だが、ヤマトには、龍が与える試練を断る理由は、どこにもなかった。

ヤマト自身が強くなりたいと願ったのは、困っている人々の助けとなり、戦う術のない脆弱な多くの人々を守りたいと思う気持ちが、いつでも念頭にあったからである。

それは、自身の故郷である村落に住む村人たちに限られたことではなく、故郷の土地を遥かに超えた、どんなに遠い土地に住む人々であろうとも、その全ての人々が対象であるということは、決して揺るがないものであったのだ。

ヤマトは、そのために恩師である師匠の下に通い、戦う術を一心に請うた。

ヤマトの人々に対する、その一途《いちず》な想いには一分の淀みもなく、また悪魔という存在を相手にして戦わなければならないという試練にも、躊躇《ためら》いはなかったのだ。

ヤマトは即座に三つの試練を承諾した。

自身が試練を引き受け、三匹の悪魔に打ち勝つことで、その悪魔たちの災いによって長い間にわたり苦しみ続けているという多くの人々を、その苦しみから救い出すことができるというのならば、ヤマトには到底、それを断る理由などあるはずもないことであった。

龍は、そんなヤマトの毅然《きぜん》とした答えに、満足げに頷くと、その瞳はどこか微笑んでいるかのようにも見えていた。

龍は、むらくもの剣が、聖なる力を得るために必要となる肝心の三つの試練について、ヤマトに示した。

一つ目の試練は、その土地において最高峰ともいわれている、フシトウ山と呼ばれる山を棲《す》み家《か》にしている悪魔・ロックアーミーを探し出し、倒すことであった。

フシトウ山は、山の高嶺《たかね》から中腹辺りまで雪が降り積もっている高い山で、ロックアーミーは、山の麓《ふもと》に住んでいる人々を猛悪に襲い、危害を加えているという。

この悪魔は力が強く、体全体が岩石のように硬い。その拳《こぶし》による一撃は強烈な破壊力があり、どんなものでも粉砕してしまう力を持つということだった。ロックアーミーを倒すと、聖なる火の力が得られるという。

二つ目の試練は、イノカゴの湖と呼ばれている湖を棲み家とする悪魔・ヘルブレスを探し出し、倒すことだ。ヘルブレスは、イノカゴの湖に近づく人々を襲い、捕食しているという。

この悪魔は三つ首の竜で、その頭部にある一つの口からは火を吐き、また別の二つの口からは、あらゆる物を溶かしてしまう毒液と毒ガスを吐き出すということであった。ヘルブレスを倒すと、聖なる風の力が得られるという。

三つ目の試練は、大国であるイサナギ王国という国を支配しようと企んでいる悪魔・ディスガーを探し出し、倒すことだった。

この最後の悪魔は、他の悪魔と比べても狡猾《こうかつ》な悪魔であり、頭のキレもいいという。そして、人間に擬態する能力を持ち、簡単に人間になりすますことができるというのだ。

近年、そのイサナギ王国で、王国の一人娘であるイザナ姫を巡って、その婿を戦いによって定めるという、戦士たちが集って参加する催し物が開催されることになるという。ディスガーは、その催し物に参加する戦士に化けて紛れ込んでいる可能性が最も高いということだった。ディスガーを倒すと、聖なる地の力を得られるという。

ヤマトは、龍から示された三つの試練と、その使命をしっかりと受け止めた。

「三つの試練を乗り越え、神剣・むらくもの力を覚醒させ、光の力を得よ。万民を想いし自らが望んだ、人々の助けとなる大いなる希望の力となって、前へ進むがよい。神剣・むらくもの聖なる光の力を得た暁には、その聖なる力が、そなたの非力な部分を補うべく力となりて、そなたの願い通りに万民を容易に助け、守ってゆくことも容易《たやす》いこととなるであろう」

ヤマトの龍を見上げる瞳は、感謝の気持ちで揺れていた。

ヤマト自身の力だけでは、どんなに努力し励んでも、決してかなえることも成し得ることもできなかった、自身の脆弱な身体を補うための最後の好機を、龍が与えてくれたのだ。

あの真夜中に起こった虹色の光のお告げを信じ、この東の土地に自身が無事に辿り着けたことに、ヤマトは心から感謝していた。

「新しき扉は開かれた。さあ、行くがよい。そなたの運命ともいうべき出逢《であ》いもまた、待っておるであろう」

ヤマトは、龍が授けてくれた神剣・むらくもを手に、龍に深々と一礼した。ヤマトが次にその伏せた面を上げた時には、ヤマトの近くにいたはずの龍と泉は、音もなく消え去っていた。

祠は、来た時と同じように、また静寂に包まれ、薄暗い洞穴の中にも再び、静謐な時が流れ始めていたのだ。

ヤマトは、薄暗くなった洞穴内で踵《きびす》を返すと、再びもと来た洞穴の出口の方へと静かに戻って行った。

洞穴から外へと出ると、ヤマトは空を見上げた。

その手には、白銅色の神剣・むらくもが握られている。

洞穴の前にある石段を下ったところでもう一度、ヤマトは祠の龍に礼を尽くすかのように、洞穴の方を振り仰いだ。そして、自身の手の中にある、むらくもの剣を自らの胸に押し当てると、新たなる固い決意を自身の胸に刻み込むように、龍が舞い降りた祠があった洞穴を見つめていた。

その時、太陽はまだ高かった。洞窟の中にいた時間は長く感じられ、もう随分と太陽が傾いていてもおかしくないと思えたのだが、しかし、太陽のある位置はまだ遥かに高く、なぜかヤマトが洞穴に入る前と、全く変わらない高さに太陽はあった。それは、ヤマトが洞穴内に入った時から、外の時間だけがまるで止まっていたかのような光景であったのだ。

ヤマトがそのことに気がついているのか、いないのか、それは分からない。今のヤマトの心は、心ここに在《あ》らずとでもいうように、ただ試練に向けてのみ意識が集中していた。石段から遠のいて行くヤマトの足は、切り立つ山の岩壁に沿ってその大地を踏み締めながら、一つ目の試練である悪魔を探し出すために、再び動き始めていた。

やがて、切り立つ山を背景にして、開けた野原まで戻って来ると、ヤマトはこの東の地より、南の方向に進路を向けて旅立って行った。

切り立つ山が次第に見えなくなり、大きな湖からも遠く離れていくと、ヤマトは大きな川をまた泳いで渡り、数週間かけて二つの山をも越えて行くと、南下して進んでいた。

荒れ果てた荒野の途中では、野に蔓延《はびこ》る賊たちとの戦いもあった。賊の狙いは、ヤマトが所持したむらくもの剣が目的であるのだろうか。だがヤマトは、その優れた敏捷性を活かしながら、自身の欠点である、力だけを頼りにして戦うような接戦になることはうまく避けながら、賊と戦っていった。

祠の龍が授けてくれた神剣は、凄まじい切れ味を持っていた。それは、むらくもの刀剣の刃に肉体が触れただけでも、相手の内臓にまで深々と刃が食い込んでいってしまうほどの驚くべき威力を兼ね備えた、刀身であったのだ。

ヤマトを相手にして戦った賊たちの中には、むらくもの剣の威力に舌を巻き、途中で逃げ出す者もいた。ヤマトは、逃げ出す賊に対しては、深追いはしなかった。しかし、襲いかかって来る賊に対しては容赦なく、その凄まじい威力を持った神剣で賊たちを迎え撃ち、先行く道を切り開いては進んで行った。

荒野を抜けて、草地をどこまでも進んで行くと、やがてヤマトは高原地帯へと入っていた。

ヤマトの目の前には、高地である土地の緑豊かな草原が、延々と続いている。遠くには、連なる山並みも見えていた。

ヤマトは、山並みがある山岳の方向へと、更に南下しながら広い草原の中を歩いていると、やがて牛飼いの群れと遭遇した。山によって囲まれた、この近くには山村があるのだろう。遠くを見渡してみただけでも、離れた位置には三つの山村らしき村落がうかがえる。もうすぐ日暮れだ。広々とした草原での今日の放牧を終えた牛使いが、牛の群れを引き連れて山村に帰る途中なのだろう。

しかし、どうもヤマトが見たところ、牛の群れの様子がおかしいように思えた。山村への帰路ならば、牛の群れは村へと向かって移動しているはずなのだが、牛たちは移動をせずに止まったまま、牛使いによって一か所に集められているようであった。

ヤマトは、そんな牛の群れの光景を不思議に思いながらも、それを見守りながら、その群れの横を通り過ぎようと差しかかった。

その時だった。ヤマトの目の前に突然、一匹のオオカミが飛び出して来たのだ。ヤマトは、牛の群れの真横から飛びかかってきたオオカミを瞬時に回避すると、剣の素早い峰《みね》打《う》ちで、オオカミを草原へと沈めていた。

ヤマトが牛の群れの先頭らしき前方を見ると、オオカミの群れが、牛の群れを取り囲むようにしてジリジリと近づいていた。

その牛の群れの前方では、四人ほどの牛使いが、オオカミの群れを追い払おうと、懸命に木の棒を振り回している。しかし、棒の扱い方は不慣れなもので、その足元も覚束《おぼつか》ないようにうかがえた。

オオカミは獰猛《どうもう》であり、人に危害を加えることも多々あるので、安易に近寄ることはとても危険なことであった。

ジリジリと、威嚇を示しながら近づいて来るオオカミの群れは、やがて牛飼いたちとの距離を詰めると、分散して一気に襲いかかろうとしていた。

その中の一匹が、一頭の子牛に向かって襲いかかってゆくと、もう一匹のオオカミは、その子牛の身近にいた牛使いの一人に牙を剥いて迫って行った。

オオカミに狙われた牛使いの一人は悲鳴を上げて、手に持つ木の棒を乱雑に振り回すと、オオカミは獰猛な唸《うな》り声を上げ、牛使いが握り締めている木の棒に噛《か》みつくと、それに驚いた牛使いは、草原の上に尻餅をついてしまったのだ。

他の三人の牛使いたちは、転倒した仲間の牛使いと子牛をオオカミから庇《かば》おうとして、木の棒を振り回しながら仲間の方へと駆け寄って行ったのだが、それと同時にオオカミの群れも一斉に動き出していた。

三人の牛使いたちの足は、数あるオオカミの群れの動きで止まり、更に転倒した牛使いの頭上には、一匹のオオカミの鋭い牙が迫っていた。

ヤマトは咄嗟《とっさ》に、腰に差《さ》していた木刀を引き抜くと、転倒した牛使いを襲おうとしているオオカミに向けて投げつけた。牛使いは、オオカミの襲い来る恐怖によって、固く目を閉ざしている。

ヤマトに木刀を投げつけられたオオカミは、その木刀が当たった衝撃で顔を上げると、今度はヤマトに向かって牙を剥き、標的を転じて唸り声を上げながら襲いかかってきた。

だが、ヤマトは迫り来るオオカミをまた峰打ちによって草原に沈めると、その身近で子牛を襲うオオカミもろとも払い除《の》けていた。それを見ていた他の数匹のオオカミたちが、一斉にヤマト目がけて襲いかかった。三人の牛使いたちは、その光景に蒼白《そうはく》の表情を浮かべると、何もできずに立ち竦《すく》んだまま、ヤマトを見ていた。

しかしヤマトは迅速に、自身に向かって牙を剥いて群がってくる数匹のオオカミも全て峰打ちによって仕留《しと》めると、牛を襲っていた別の数匹のオオカミをことごとく蹴散らしていったのだ。

オオカミの群れは、まだ優に半数以上は残っていたのだが、ヤマトの出現で尻尾《しっぽ》を巻いたように、やがて牛飼いから遠のいて行くと、それ以上オオカミの群れが襲って来ることはなかった。

幸いにも、牛使いたちにも怪我《けが》はなく、どの牛も無事であった。

牛使いたちは、ヤマトのそばへと歩み寄ると、危ないところを助けてもらったことに、深く感謝した。

ヤマトは、日暮れが近いということもあり、牛飼いたちを放ってはおけず、山村まで見送ることにした。夜が近くなり暗くなれば、オオカミの群れの数も更に増え、山村までの道のりに危険があるかも知れないと、ヤマトが牛飼いたちの帰路を危惧したのだ。

牛使いたちは、ヤマトの有り難い申し出に、安堵《あんど》の表情を浮かべてお礼を言うと、ヤマトたちは早速、牛の群れを引き連れて山村を目指すことにした。

牛飼いたちが住む山村は、ヤマトが進んでいた方角と同じ道筋にあったようで、ゆっくりと牛の群れも南下して、進んでいた。

その帰路の道中で語られた、牛使いの話によると、オオカミの群れは数年前から、人里まで下りて来るようになったということだった。それからというもの、この辺りの山村では、放牧する牛や馬などの群れがオオカミに狙われ、襲われるようになったという。

放牧する牛の群れを見るための牛使いの人数も、数年前までは一人で済んでいたのだが、オオカミの群れの数が増える度に牛に危害が及ぶので、牛使いの人数もそれに合わせるようにして増やしていったともいう。

しかし最近では、そのオオカミの数も更に増えて、オオカミに遭遇する時間帯にも、ばらつきが見受けられるようになってきているので、とても困っているのだと言った。

いつもなら、もっと早い時間帯に、牛の放牧を切り上げて山村に帰っているのだが、今日はその帰路の道中で、オオカミの群れに二度も遭遇したのだという。一回目に遭遇したオオカミの群れを追い払うのに足止めを食ってしまったところに、また運悪く別のオオカミの群れと、鉢合《はちあ》わせをしてしまったらしい。二回目のオオカミの群れは、一回目の数倍も多かったので、もしヤマトに出会っていなければ、自分たちの命ですらどうなっていたか分からず、それを今考えただけでも肝《きも》が冷える思いがすると、牛使いはヤマトに語った。

それを耳にしたヤマトは、深刻な顔をして、牛使いに向かって頷いていた。

家畜を襲うオオカミの群れの数が増えているということは、牛や馬などの家畜を飼うことで日々の暮らしを立てている山村の村人たちにとっては、かなり切実な問題である。

しかし、数年前から急に、オオカミの群れが人里まで下りて来るようになってしまったことには、何か理由があるのかも知れないとヤマトは考えていた。オオカミが棲んでいる山で食物が得られなくなったか、またはオオカミにとって、山が棲みづらい環境になってしまったことで、オオカミが人里の方まで下りて来るようになってしまったのかも知れない。

ヤマトは、数年前からオオカミの群れが人里に下りて来るようになったという話から、もしかすると自身が目指しているフシトウ山が、間近に近づいているのではないかということが頭を過《よぎ》った。

ヤマトが南下して進んでから、もう随分と月日も経ち、既に高原地帯にも入っている。その周囲は山によって囲まれており、ヤマトの目前には連なる山並みも見えている。もし、フシトウ山が近づいているとするならば、フシトウ山に棲む悪魔が関係しているかも知れないとヤマトは思ったのだ。

ヤマトはまず、それを確認するために、牛使いたちがフシトウ山という山を知っているか尋ねてみた。

すると牛使いは、「フシトウ山ならあれだ」と言い、人差し指を向けてヤマトに指し示した。

牛使いが指差す方向には山々が連なり、その後方に、フシトウ山だという山が見えていた。

その山は、前列の山より遠くにあるにもかかわらず、山頂部分がゆったりと大きく突き出ており、それを見るにかなりの高嶺であることがうかがえた。その山の頂には、雪が積もっている。

ヤマトたちがいる場所からでは、前列の山並みが視界を遮り、フシトウ山の全景までは見えないものの、連なる山並みの中でも一際《ひときわ》大きな山であることは確かであった。

牛使いは、フシトウ山はこの土地にある山の中でも最高峰といわれていて、この土地に住む者ならば、見た目も美しいあの高嶺を、知らない人はいないとも言った。

フシトウ山は、山の中腹辺りまで年中、雪が降り積もっており、その雪が解けてしまったこともないという。フシトウ山への道のりは、ここから草原をまだ南下して進み、更に前列にある山の間を少し進んで行けば、美しい山の全景も次第にはっきりと見えるようになり、フシトウ山にも辿り着けるということであった。

「俺は、フシトウ山という山を目指して来ました。あの山に怪物が棲んでいるという話などは、聞いたことはありませんか？　もしかすると、人里に山犬が下りて来るようになったのは、その怪物が原因になっているのではないかと、俺は疑っています」

「フシトウ山に怪物⁈　……いやぁ、わしらはそんな話、聞いたこともないなぁ。けんど、その怪物のせいで、わしらの大切な家畜が山犬に狙われるようになったんなら、決して他人事とも言えんなぁ……」

　牛使いたちは、ヤマトの「怪物」という突然の話に、困惑した表情を浮かべた。

「この土地に俺が旅をして来た目的は、フシトウ山に棲むという、その怪物を退治するためなんです。もちろん、山犬の話はそれ以外の原因がないとははっきり断言することはできませんが、もし怪物退治に成功して、人里に山犬が下りて来ることがなくなれば、その事実もはっきりすると俺は思っています」

　牛使いたちは、フシトウ山に棲む怪物退治をするために、遥々《はるばる》ここまで旅して来たという、ヤマトの言葉に目を見張った。

　しかし、見事な剣捌《さば》きで、オオカミの群れを、いとも簡単に退けてしまったヤマトならば、もし現実にフシトウ山に怪物がいたとしても、その怪物さえも簡単に倒してしまうのではないかと、牛使いたちはそのことを疑わなかった。

「そうじゃ、フシトウ山の麓に住む村人たちなら、お前さんが言う怪物のことをよく知っているかも知れん。そこへ訪ねて行って聞いてみるのが話も早いと思うんじゃがなぁ」

「フシトウ山の麓にも村があるんですね。そうですか、分かりました。まずは麓の村に立ち寄ってみることにします。貴重な情報を頂きましてありがとうございます」

牛の群れを追って、話しながら山村を目指して進んでいたヤマトたちだったが、空には茜《あかね》色《いろ》の夕日をうっすらと残して、夜の帳《とばり》もすぐそこまで下りて来ていた。

辺りもすっかり薄暗くなった前方には、牛飼いの山村が見えている。

山村からは、複数の村人たちが松明を片手に、村の外から草原まで出て来ている姿もうかがえた。山村の村人たちは、牛使いたちの帰りが遅いので、心配して村の外で待っていたのだろう。幸いにも、あれから山村までの道中で、オオカミの群れと遭遇することはなかった。

ヤマトたちが無事に山村まで辿り着くと、村の外で待っていた複数の村人たちが、安堵の表情を浮かべながら、こちらの方へと駆け寄って来た。

村人たちは、放牧から帰った牛使いたちを「疲れただろう」と労《ねぎら》い、彼らに代わって牛の群れを引き連れて、再び村の中にある牛小屋の方へと戻って行った。

牛使いたちが村人たちにこれまでの事情を話すと、村人たちの誰もが、無事に帰って来てくれて本当に良かったと安堵するとともに、ヤマトに深く感謝した。

夜の帳《とばり》も下りて、草原も一層暗くなっていくことから、牛使いや村人たちの勧めもあり、ヤマトはこの村で一晩お世話になることになった。

ヤマトは、牛の群れを引き連れて共に歩いて来た四人の牛使いのうちの一人に誘われて、その家に泊まらせてもらうことになった。彼は、道中で多くを語りながら歩いた村人だった。

その家は四人家族で、まだ幼い娘が二人いた。ヤマトは、故郷の村を旅立ってから、久しぶりに誰かと笑い合いながら、楽しい食事を一緒に取った。

ヤマトはずっと一人旅で、いつも孤独だった。

そのため、人が賑《にぎ》わう楽しげな団欒《だんらん》や人の温かさに触れるのも、久しぶりのことであったのだ。

そして、旅の途中の野宿では、ゆっくり眠りに就くことすらできなかった。

いつ、野に下った賊や危険な獣に出くわすかも分からないからである。

そんなヤマトにとって、周囲を警戒することもなく、むしろの上でゆっくりと肩の力を抜いて眠れる機会も、久しぶりのことであった。

明くる日の朝、早々に旅の支度を済ませたヤマトは、一晩お世話になったお礼を、牛使いとその家族に伝えていた。

牛使いが、フシトウ山に向けて出発するというヤマトの言葉に頷くと、牛使いの隣にいた妻が、保存食である干し肉を、「旅の役に立ててください」と、旅立つヤマトにそっと差し出して、丁寧に頭を下げた。

干し肉は、貴重な保存食である。ヤマトの旅にも欠かせない、有り難い食物であった。

牛使いが、山村の出口までヤマトを見送ろうとして家の戸口を開くと、牛使いの家の前には、一頭の馬を引き連れた、数人の村人たちの姿があった。その中には、頭を剃髪《ていはつ》してきれいに丸め、長く白い髭《ひげ》を蓄《たくわ》えた、山村の村長らしき老人の姿も見受けられた。

ヤマトが、牛使いの家の戸口から外に出て来ると、外で待機していた村人たちは、ヤマトの方に一斉に集まり、頭を丸めた村長らしき老人がヤマトの前にゆっくりと歩み寄り、その足を止めた。

「この度は、放牧に行った帰路の道中で、村人たちの命とともに、わしら村人の命を繋《つな》ぐ牛の群れを、危ないところから助けてもらったそうで、誠にありがとうございました」

老人は、ヤマトに向かって丁寧に一礼すると、静かに面《おもて》を上げた。

その言葉から、頭を丸めた老人が、山村の村長であることがヤマトにもすぐに分かった。

「いいえ。皆さん無事で良かったです。それに、俺も偶然通りかかっただけですので、どうぞお気になさらないでください。村では一晩お世話になり、こちらこそありがとうございました」

山村の村長は、ヤマトの言葉に頷くと、微笑んだ。

「聞くところによると、あなた様は遠いところより旅をして、フシトウ山に向かっておるのだと村の者から聞いたのじゃが……もしよろしければ、少しばかりの感謝の気持ちとはなってしまうのじゃが、その旅に、わしらが丹精込めて育てた馬をつこうていただけたらと思い、訪ねて来たんじゃ」

一人の村人がヤマトの前に、一頭の立派な馬を連れて来た。

馬には既に、水入りのひょうたんが幾つか括《くく》りつけられており、今すぐにでも出発可能な状態となっている。

「いえ、手塩にかけて育てた、村の大事な財産でもある馬を頂くわけには参りません」

ヤマトは、慌てたように村長に両手を振った。

馬や牛などの家畜とは、人々の助けともなる労力であり、また人々の食糧ともなり得ることから、その価値も高いのだ。

「いえいえ、どうか遠慮なく馬を受け取ってくだされ。わしらは牧畜で暮らしを立てている者の集まりじゃ、一頭馬を差し上げたところで困りはせん。むしろ、山犬から村人の命と牛の群れを助けていただいたことに深く感謝しておるのだ。せめて、わしらにできることで心ばかりの恩返しをさせてほしいんじゃ」

ヤマトは、村長からの申し出を、それ以上は無下に断るわけにもいかず、自身にとっても有り難い申し出に、心から感謝した。

ヤマトは、村人たちから贈られた、馬の鬣《たてがみ》をその手で優しく撫《な》でると、馬のつぶらな瞳が静かにヤマトを見つめていた。

すると、ようやく馬を受け取ってくれたヤマトの姿を目にした数人の村人たちが、ヤマトの前に笑顔でやって来ると、自分たちの家から持参して来たであろう食物を、かわるがわるヤマトにお礼を言いながら手渡し始めた。

そこには、堅い木の実を砕いて、その実を成形して焼いて作られた食べ物や、保存食である干した木の実や干し肉など、たくさんあった。

「皆さん、貴重な品の数々を頂きまして、本当にありがとうございます。旅の道中、大変助かるものばかりです。俺は、ここより旅立ちますが、皆さんもどうかこれからも山犬には気をつけて、いつまでもお元気でいてください」

ヤマトは感謝の思いを込めて、ここに集まってくれた村長と、村人たち一人一人の顔を見渡して言った。

「道中、気をつけて行きな。フシトゥ山にもし怪物がいたなら、怪物退治頑張ってなぁ」

「はい。もちろん、もし怪物が山に棲んでいたなら、俺も怪物に負けるつもりはありません。ただ俺は、その怪物を退治することで、人里に山犬が下りて来ることがなくなればよいと、それを願うばかりです」

家の戸口から、夫婦揃ってヤマトを見送りに出て来た牛使いが、ヤマトと笑い合いながら最後の言葉を交わすと、自身の右手の拳をヤマトに突き出して、ヤマトの怪物勝利を願った。

村人たちとヤマトは、山村の出口へと向けて、馬の手綱を引きながら歩き出していた。

フシトゥ山への道のりや怪物の話などを、ヤマトと帰路の道中で語り合い、そしてヤマトが一晩泊まらせてもらった牛使いとその家族は、一晩経った今では、ヤマトの誠実な人柄に触れ夫婦ともどもヤマトの言葉を信じて、それを疑うことはなかった。

山村の村人たちも皆、それは同じ気持ちであった。

オオカミの群れを前にして、自らの身が危険にさらされるにもかかわらず、それも承知の上で、その危険を冒《おか》してまで村人を助けてくれる人など、この世の中では稀《まれ》なことでもあったのだ。

乱世で生きる人々は、自分自身のことや、自身が住んでいる村のことを考えて生きていくだけで、精一杯の暮らしをしている人がほとんどなのだ。そんな中で、ヤマトは自身のことを顧《かえり》みずに、よその村人を助けるために、手を差し伸べてくれたのだ。

山村の村人たちは、村の出口までヤマトと共に歩いて来ると、最後にもう一度、そんなヤマトに向けて、深い感謝の気持ちを胸に一礼すると、ヤマトの無事な旅路を祈った。

牛使いの夫婦も、満面の笑みを浮かべて、ヤマトを送り出した。

ヤマトは、村の出口まで見送りに来てくれた村人たちに別れの挨拶を告げると、村人たちから贈られた馬の背にヒラリと跨《また》がり、自身が目指すフシトウ山に向けて、広い草原を駆け抜けて行った。

山村の村人たちは、村の出入り口から大きく手を振りながら、ヤマトの姿が小さくなるまで、いつまでもヤマトを見送っていた。

空には、雲が所々かかってはいるものの、青空が見えている。

草葉を散らしながら、馬に乗って草原を駆けてゆくヤマトの後ろ姿は、村人たちにとって、勇気ある逞しい姿となって映っていた。

山村を後にしたヤマトは、牛使いが教えてくれたフシトウ山に繋がる、山間の道を目指して進んでいた。草原の周囲は連なる山々によって囲まれ、前方には、前列の山々の後方から大きく突き出たフシトウ山の一部が見えている。

空には今、所々に雲がかかっているだけとはいえ、山の天気は変わりやすく、ヤマトも安心はできなかった。

しかし、馬の脚は人の脚で進むよりも、やはり遥かに速かった。

この分だと、ヤマトが山間まで行き着くまでにも、そう時間はかからないだろう。

ヤマトは当初、徒歩ならば、草原を歩いて抜けるだけでも、かなりの日数がかかってしまうということを想定していた。だが、馬の脚ならば、目的地までの日数を大幅に短縮することが可能になる上に、旅を続けるヤマトにとって、歩き続けて行くことで積み重なっていく身体的な疲労を容易に軽減することもできるようにもなった。

先行く道中でもし、賊との戦いになることがあったとしても、身体に蓄積されてゆく疲労が軽くなる分、これからは賊と対峙《たいじ》したとしても、心身ともに余裕をもって迎え撃つことができるようになるだろう。

ヤマトは、今まで以上に旅が楽にできるようになったので、原動力のある馬は、とても有り難いものであると、改めて心からそう感じていた。

ヤマトは、馬が途中で疲れないように、馬の速度に強弱をつけながら、馬を進めて行った。先行く草原の道のりでは、オオカミの群れの姿も、数回にわたって見受けられた。

オオカミは、馬に乗って突き進んでいるヤマトを襲うことはなかったが、乗馬するヤマトの姿を遠巻きにして、ジッと様子をうかがっているようであった。

やがて、日も暮れだし、今日という日も終わろうとしていた頃、ヤマトは草原を抜けて、山間へと差しかかっていた。

ヤマトは日没前に馬から降りると、なるべく周囲が見渡しやすい場所を選んで、野宿する場所を早々に確保していた。オオカミの群れが頻繁に出ることから、今まで以上に周囲に気を配りながら、警戒する必要もある。

ヤマトは、大きな三本の木が並ぶうちの一本の木に馬の手綱を括りつけると、馬の横に腰を下ろした。馬は一息ついたように、ヤマトの隣で草原の若葉を食べ始めている。

闇夜の道は危険なため、山間への道のりは中断して、明日の早朝また出発となる。ヤマトもひょうたんの中に入った水を片手に、喉を潤しながら保存食である干し肉を、ゆっくりと噛み締めていた。

ヤマトが、この高原地帯に入る前には、自身が故郷の家から持参して来た保存食は、既にすっかり底を突いていた。東の地で、ヤマトの旅の目的が増えたこともあるのだが、ヤマト自身も長くなると思われる旅の道中で、保存食がないことに関しては、全く不安を感じていなかったわけではなかった。日々の食料となる獲物が取れない日もあったので、今までは保存食も少しずつ併用して使っていたのだ。

しかし、その保存食もなくなり、それでもヤマトは先行く道中で見かけた、湖や川にいる魚や貝など、野原や森などでは動物を頼りにした狩りだけで、これまでなんとか飢えを凌いでここまで来た。

だが、高原地帯に入ると、緑豊かな草原にもかかわらず、なぜかこの地の草原には、動物の姿が一匹も見えないことに、ヤマトも気がついていた。

山々に囲まれた高原地帯の辺りには、湖や川も近くには見受けられず、ただ目の前には草原だけが、ヤマトの前に広大に広がっていた。

あの時は、食料の確保をどうしようかと考えていた矢先に、牛の群れの真横から、ヤマトの前に一匹のオオカミが飛び出してきたことが始まりだった。しかし、今思えば、人里にオオカミの群れが頻繁に下りて来るようになったことで、草原には他の動物たちの姿が見受けられなくなったのかも知れない。

ヤマトは、干し肉をゆっくりと噛み締めながら、そんなことを考えると、改めて山村の村人たちの数々の有り難い贈り物に、深く感謝していた。

ヤマトは、自身の一つ目の試練である悪魔を倒すことにより、あの山村の村人たちにとっても、自身が少しでも役に立つ存在になれたらと、そんな思いを馳せながら、今はもう遠くなってしまった山村がある方角へと目を向けた。

するとヤマトのすぐ目の先にある草原の草むらの中に、毛並みが白い一匹のオオカミが、いつの間にか座っていた。

いつ、来たのだろうか？　ヤマトが物思いにふけっていたせいなのか、ヤマト自身、今まで白狼《はくろう》の存在に全く気がつかなかったのだ。

夜の帳《とばり》が下り始め、暗くなってゆく草原の草むらの中、ヤマトの方に顔を向けて座っている、青い目をしたオオカミが、ジッとヤマトを見つめている。

他のオオカミとは異なった毛色と目を持つそのオオカミは、その体つきもかなり大きかった。

ヤマトも初めて見るこのオオカミの真っ白な毛並みと目の色は、突然変異によるものなのだろうか？　ヤマトは注意を払いながら、暗くなっていく周囲に危険はないか、隈《くま》なく辺りを見渡して確認した。

しかし、白いオオカミの他に、オオカミの群れの姿も確認はできなかった。

辺りの草原や山間の入り口付近も、ヤマトが来た時と同じように、静まり返っている。

白いオオカミは、仲間の群れから逸《はぐ》れてしまったのか、それとも一匹オオカミなのか。

そのオオカミはただ、ヤマトを見つめているだけで、襲ってくる様子はなかった。

ヤマトは警戒しながら、しばらくの間白いオオカミの様子を見ていたのだが、このオオカミはやはり、自分の近くに大人《おとな》しく座っているだけで、人に危害を加えようとする様子は、少しも見受けられなかった。

ヤマトは、このオオカミは問題ないと判断して、腰に差した剣の柄から手を離すと、食べかけの干し肉を、再び食べ始めることにした。

ヤマトが、干し肉を頬張りながら不意に顔を上げると、オオカミはまだ、同じ体勢で座ったまま、ヤマトをジッと見つめている。

ヤマトは、こちらの方をずっと見ているオオカミが、お腹を空かせているかとも思い、干し肉をオオカミの方に投げて与えてみると、白いオオカミは分け与えられた干し肉を、きれいに平らげていた。

だが、オオカミは、たった一切れの干し肉だけで、本当に満足したのだろうか？

ヤマトはふとそう思ったが、その白いオオカミは、やはり人に危害を加えようとする様子もなく、与えられた一切れの干し肉を食べ終えると、草むらの中で丸くなり、既に眠りに就いていた。

オオカミのそんな様子を目にしたヤマトは、自身も馬の手綱を括りつけた木に寄りかかると、周囲を警戒しながらそのまま目を閉じ、早々に身体を休めることにした。

翌朝、ヤマトが目を覚ますと、白いオオカミは丸くなったまま、まだ草むらで眠っている。

ヤマトは、馬が若葉を食べている間に出発の準備を整えると、フシトウ山へと繋がる山間へと入って行った。

山間の道のりは、木々や草花も多く茂り、人や家畜などが往来することで固く踏みつけられたであろう道が、どこまでも続いていた。

ヤマトは、馬の背に揺られながら、フシトウ山の麓にあるという村落を目指して進んでいた。山間でも当然、オオカミとの遭遇には用心する必要がある。

年月をかけて、人や家畜が歩くことで踏み固められていった山間の道は、しっかりとしたものであったものの、道を逸《そ》れた辺りには多くの草花や木々が生い茂り、その視界が遮られていた。そのため、生い茂る草葉の中からいつ、オオカミや危険な獣が飛び出してくるか予想がつかないため、特に注意を払う必要があった。

山間の道のりでは、にわか雨も降ってくることはあったのだが、少しの雨なら気にせずに、ヤマトはフシトウ山に向かってどんどん進んで行くと、その途中では休憩も取った。ヤマトは、近くにあった大きな石に腰掛けると、喉の渇きを潤しながら、馬には近場に生えている若葉を与えて休ませた。

辺りからは、たくさんの鳥たちの囀《さえず》りも聞こえている。

ヤマトは、鳥たちの囀る声を聞きながら、その手足を伸ばして、軽く身体を動かしていた。

しかし、身体を動かしながら、不意に目についた一匹のオオカミの姿に、ヤマトは身体の動きを止めた。

ヤマトの視線の先には、あの白いオオカミがいたのだ。

どうやら、白いオオカミは、ヤマトの後をついて来ているようだった。

白いオオカミは、付かず離れずといった、程よい距離をヤマトとの間に置いて、ずっとヤマトの後をついて来ていたのだ。

ヤマトは、白いオオカミを特に気にしたふうもなく、休憩を終えると再び馬の背に跨り、歩き出して行った。

その途中では突然、雲行きが変わり、大雨が降ってくることもあった。

ヤマトは、木々の葉が生い茂る枝の下で雨宿りをしたり、または覆い被《かぶ》さるようにして道の方に撓《しな》っている木々の葉の下を通ったりしながら、自身の身体に直接大量の雨が降りかからないように、大雨を適当に避けながら山間の道のりを馬で進んで行った。

しかし、今日もまた、日が暮れる。

ヤマトは、危険にあってからでは遅いので、山間での道のりは急がずに、馬の歩行はゆっくり進め、できるだけ何があってもすぐに危険を回避できることを優先に考えながら、山間を進んでいた。

日暮れとともに、ヤマトが身近なところで野宿の準備をすると、白いオオカミもまた、その歩みを止めていた。

朝、ヤマトが目を覚ますと、白いオオカミはヤマトの近くで丸くなって、いつも眠っている。

そんなことが二日ばかり続いた頃、ヤマトの目の前にはようやく、フシトウ山の全景がはっきりと見えてきた。

ヤマトの目に飛び込んできたフシトウ山の全景とは、言葉ではうまく表現することができないような、それは美しい雪化粧をした高嶺であった。

ヤマトはしばらくの間、馬の脚を止めると、その馬上から最高傑作ともいえるような、フシトウ山の絶景を、静かに見渡していた。

その絶景を見ていると、ヤマトは心が洗われてゆくような、そんな感じさえ受けていた。山村の村人たちの言葉通り、最高峰ともいわれる山は、その形も美しい雄大な眺めであったのだ。

フシトウ山とは、人々にとって、一度眺めたことがある人なら、また何度でも眺めに訪れたいと思わせるような、そんな素晴らしく美しい絶景を誇った山であった。

祠の龍が言っていたように、山頂から中腹辺りまでは雪が一面に降り積もっている、まさに雪景色の美しい高嶺であった。

だが、あの美しいフシトウ山のどこかに、悪魔・ロックアーミーが棲みついているのだ。

もうすぐ山間の道のりを脱するが、ヤマトの目の前には再び、広大な草原が広がっている。

ここから先は、山の麓にあるという村落を確認しながら、フシトウ山の麓を目指して、ひたすら草原を進んで行くのみだった。山の麓には、何もなければ五日もかからないで着くだろう。

フシトウ山の眺めを、その馬上から堪能しながら山間の道を脱したヤマトは、広大な草原へ

と足を踏み入れた。草原のまだ遠い先には、放牧する牛や馬の群れの姿も見えている。

その後方からは、白いオオカミがまだ、ヤマトとの距離を保ちながらついて来ているようだった。

ヤマトは、山間から抜け出たところで、オオカミは引き返すかと思っていたのだが、どうやらヤマトの予想は外れてしまったようだ。だが、ヤマトは危害を加えてくる様子もないオオカミを、無理に追い払うこともしなかった。

しかし、白いオオカミがヤマトの後をついて来るようになってから数日が経ったある日の夜のことだった。草原の周囲はまだ薄暗く、夜明け前の草むらの中で、いつものように野宿していたヤマトだったが、突然目が覚めた。

目を覚ましたヤマトは、馬の手綱を繋いであった大きな石に目を向けると、まず馬の無事な姿を、いつものように確認していた。馬の無事を確認し終えたヤマトは、出発するにはまだ時間も早いことから、もう少し身体を休ませようと、再び身体を草むらに横たえようとしたところで、その動きを止めた。

ヤマトは、何者かが周囲の草むらを歩いているような、微《かす》かな気配を感じたのだ。ヤマトは咄嗟に起き上がり、薄暗い草原の中に目を走らせると、警戒しながら、食い入るように目を凝らして周辺を見た。そこには、あの白いオオカミの姿もあった。

普段ならいつもヤマトが目を覚ますと、白いオオカミはヤマトの近くで丸くなって眠っているだけだったのだが、その時オオカミは、向こうを向いて立ち上がっていた。

ヤマトが、その先の草原の奥の方まで、更に目を凝らして確認してみると、白いオオカミと距離を置いた別のオオカミの群れが、いつの間にかヤマトの周辺を遠巻きに取り囲んでいたのだ。白いオオカミは、そのオオカミの群れを威嚇し、ヤマトからオオカミの群れを遠ざけようとしているような、そんな様子がうかがえていた。

ヤマトは、白いオオカミのそんな行動に目を見張ると、しばらく様子を見ることにしたのだが、しかしヤマトが自らの剣の柄に手をかける必要もなく、すぐにその決着もついていた。

オオカミの群れは、一匹の白いオオカミを前にして、尻尾を巻いて遠くに離れて行ったのだ。白いオオカミは、その大きな体で造作なくオオカミの群れを追い払うと、こちらに戻ろうとしてか、方向を変えたところで足を止めた。

ヤマトが起きていることに気がついたからであろうか？　ヤマト自身は、自分は熟睡しないようにしており、当然その自覚もなかった。

白いオオカミは、少しだけヤマトに近づいたところで、いつものように草むらに丸くなって、眠りに就こうとしているようだった。

人間は、どんなに警戒して眠りに就いたとしても、睡眠そのものを欠くことはできないということだ。ヤマト自身も野宿をする際に、周辺をどんなに警戒しながら休んでいるとはいえ、気づかぬうちに深い眠りに就いてしまう時間帯があっても、全く不思議なことではなかったということだった。

危険をいつでも避けられるように、いつも身体を休める際には気を張っていたヤマトだったのだが、ヤマトは今、己自身が深い眠りに就いてしまっていたことを知ったのだ。

長旅が続くゆえに、完全に熟睡してしまう日もあったに違いない。

ヤマトは、それに気がつくと同時に、あることにも気がついた。

よく考えてみると、白いオオカミが自身の後をついて来るようになってからは、オオカミの群れの姿を、ヤマトがほとんど見ることもなくなっていたのだ。山間の道のりでは一番、オオカミと遭遇する確率が高いかとも考えていたヤマトだったのだが、オオカミの群れの姿は山間の道でも、ほとんど見かけることはなかった。

もしかすると白いオオカミは、今までヤマト自身が無意識に深い眠りに就いてしまった時、今のようにオオカミの群れから、自分を守ってくれていたのかも知れないと、ヤマトはそんなふうに感じていた。

ヤマトは、草むらから起き上がると、白いオオカミの方へと近づいて行った。

白いオオカミは、ヤマトが近づくと顔を上げて、その青い瞳で静かにヤマトを見つめていた。

無論、オオカミがヤマトを襲うことはなかった。

ヤマトは、白いオオカミの前で片膝をつくと、そっと片手を上げて、その手のひらを真っ白なオオカミの頭の方へと近づけていった。

ヤマトが手を、オオカミの頭の上に翳《かざ》しても、白いオオカミは顔を上げたまま、大人しく丸くなっている。ヤマトは、草むらの中で静かに丸くなっているオオカミの頭を、そのままそっと手のひらで優しく撫でた。

するとオオカミはヤマトの手のひらが触れた途端、その白い喉元を見せて、まるで人に甘えているような、喜んでいるようにも見える仕草で、ヤマトの片腕に頭を擦り寄せてきたのだ。

人に危害を加えることもない、この大人しい白いオオカミは、人の手で飼われていたことのあるオオカミであったのだろうかと思いながら、オオカミの頭をしばらくの間、優しく撫で続けていた。

「お前は今、たったひとりで生きているのか？」

互いに言葉を交わすことはできないが、ヤマトは白いオオカミに向けて問うように呟《つぶや》くと、自身の後を追うように、ずっとヤマトの後をついて来た白いオオカミに、優しい眼差《まなざ》しを向けていた。

白いオオカミは、草むらの中で大人しく丸まったまま、ヤマトをただ見上げている。

「ひとりが寂しいなら、俺と一緒に来るか？」

ヤマトは、白いオオカミの青い瞳を覗《のぞ》き込むと、微笑んだ。

すると白いオオカミは、ヤマトの表情からそれを感じ取ったのか、まるでヤマトの言葉を理解したかのように、甘えたように今度は一鳴きすると、ヤマトの前に立ち上がり尻尾を振った。

白いオオカミのそんな仕草を見たヤマトは、オオカミの頭の上に手のひらをポンッと軽くのせると、頻《しき》りに尻尾を振っている白いオオカミの方を向いて、笑みを深めていった。

やがて太陽が昇り始め、ヤマトの目に、朝日が昇ってゆく山が映ると、ヤマトはすぐに立ち上がった。

ヤマトと共に、今日より旅をすることになった白いオオカミは、ヤマトが乗る馬の速度に合わせるように、ヤマトの後に続いて草原の中を歩いている。

ヤマトは、白狼に「ハク」と名付けて、フシトウ山の麓にある、村落を目指した。

ハクはとても賢いようで、そして驚くほど人に、よく懐いた。

ヤマトとハクは、言葉こそ交わすことはできなかったが、数日間のうちには、ヤマトのそぶりなどで意思の疎通が図れるようになり、互いに通じ合えるような関係となっていった。

それは、ヤマトがハクに言葉や声、身振りや手振りなどを使い、ヤマトの意図するところを、ハクが短期間のうちに理解することができるようになったということであった。

フシトウ山の麓にあるという村落らしき村は、まだ遠くだが、既に見えている。

村落に行き着くまでには、村人たちを怖がらせないようにと、オオカミであるハクを、ある程度は躾《しつ》けることも必要かと考えていたのだが、しかし、大人しく賢いハクには、もうその必要もなさそうだった。このたった数日間のうちに、ヤマトの言うことをハクが理解してくれたからである。

そのため、麓に見える村落にも、なんの支障もなく、予定通り明日には到着することができるだろう。

しかし、ヤマトが予想していた通り、山間の道から脱した先の草原にも、牛使いの村に入る前に広がっていた草原と同じように、動物たちの姿は一匹も目にすることはなかった。オオカミの群れの姿も、ここの草原でも時々見受けられることから、人里まで下りて来ているのは間違いなさそうだった。

しかし、オオカミの群れの姿は、山間からの道のりからも、時折見かけることはあったものの、ハクがそばに来てからは、オオカミの群れの方が、今は安易にヤマトたちには近づこうとはせずに、逆に避けて通っているようにもうかがえた。

この草原に入ってからの道中では、幸いにも、放牧中にオオカミの群れに襲われている馬や牛飼いの村人たちの姿は見かけることはなかったので、ヤマトもひとまず安心していた。

だが、先の草原では、放牧する牛の群れとその牛使いが、オオカミの群れによって襲われていたことは確かなことである。山間部を隔てた別の草原であるとはいっても、人里にオオカミの群れが下りて来ている以上、どこにいても安心できない現状にあるというのは、変わらないということだ。

ここまでの道中で、ヤマトが垣間見《かいまみ》てきた現状と同じ状況であることから、こちら側の草原に住む村人たちにとっても、オオカミの群れはきっと悩みの種になっているに違いないとヤマトは思っていた。

ヤマトは、ここまで来てもその現状が変わらないことから、やはり、動物たちの姿が草原から見えなくなり、またオオカミの群れも人里にまで下りて来るようになってしまったという原因には、フシトウ山に棲んでいる悪魔・ロックアーミーの存在が強い要因になっているのではないかと睨《にら》んでいた。

フシトウ山を目指して、広大な草原の中をひたすら進んでいたヤマトだったが、やがて一つの村落へと辿り着いた。

その村落とは、遠目からも三つほど見えていた、フシトウ山の麓にある村落の一つであった。ヤマトは、遠くから見えていた三つの村落の中から、最もフシトウ山の麓に近い村落を選んで、そこに足を運ぶことにしたのだ。

ヤマトは、あの一晩お世話になった山村の村人が言った言葉通りに、一匹目の悪魔であるロックアーミーの情報を得るために、まずは麓の村を訪れて話を聞くつもりだった。

この辺りの草原で暮らす人々も、馬や牛などの家畜を飼う暮らしが主流になっているようであり、放牧している馬や牛の群れの姿があちこちに点在している。

ヤマトは早速、村人たちから話を聞こうと、村の入り口付近にあった一本の木に馬の手綱を括りつけると、ハクに馬の番を任せて、山村の中へと入って行った。

するとすぐに、一軒の家の前で立ち話をしている、二人の女性の姿が見受けられた。一人はまだ若い女性で、もう一人は表情が柔らかで朗《ほが》らかに笑う、少しふくよかな中年の女性であった。

村の中を見渡すと、まだ大分日も高いこともあり、多くの村人たちはどこかに出向いて仕事をしているのだろう、家畜を放牧している時間帯でもあるので、人の姿も疎《まば》らであった。

ヤマトは、二人の女性に恐縮そうに近づいて行くと、まずはオオカミの群れの話から切り出そうと、声をかけた。

二人の女性は、旅をしてこの土地に来たというヤマトの話に、初めは笑顔を向けて答えてくれていたのだが、話が進むにつれて、二人の女性の表情からはだんだんと笑みが消え、その表情は曇っていった。

二人の女性は、オオカミの群れが頻繁に、山から人里の方に下りて来るようになったという話には、やはり家畜が狙われて、村人たちも襲われることもあるので、どこの村でも困っているのだと言った。

しかし、肝心の悪魔である怪物の話になっていくと、二人の女性の表情は強張《こわば》り、急に口籠《くちご》もってしまった。

ヤマトは、少し考えた末に、遠回しな言い方をやめることにした。

「あの山に棲む邪悪な怪物が、その土地に住む人々を、長い間にわたり苦しめているのだということを聞いて来ました。俺が旅をしてここまでやって来たのは、フシトウ山に棲んでいる、その怪物を倒すためです」

ヤマトは、フシトウ山を指差しながら、単刀直入にそう言うと、二人の女性を見た。すると、

「およしよ、およし！　おめえさんは、死ぬつもりかい?!」

少しふくよかな中年の女性が、青ざめた顔で叫んだ。

「トミさん!!」

もう一人の若い女性の慌てた声が、まるで中年の女性の言葉を止めるように、中年女性の声の後を追った。「トミさん」とは、少しふくよかな中年女性の名前だろう。

「やはり、お二人は山に棲む怪物のことをご存じだったんですね。俺としては、ここまで来て引き下がるつもりはありません。むしろ、怪物によって困っているのなら、なんでも構いません、俺に怪物のことを話していただけませんか？」

「どうあっても、その怪物を倒しに行くつもりかい？」

トミさんと呼ばれていた中年の女性が、硬い表情でヤマトを見つめた。

「はい。お二人の様子を見ていて、フシトウ山には今も確実に怪物がいるということも分かりましたので……もし、お二人からお話を伺うことができなくても、これから山に登って、何日かかろうとも怪物を探し出して退治するつもりです」

「若いくせに、生意気言っとんじゃないよ。少し前に、あたしの息子はそれと戦って死んだんだ。それに……数年前には亭主も怪物と戦って死んでるんだ。いんや、あたしの家だけの話

じゃないよ、あの山の麓に住む多くの山村の村人が、あの怪物に命を奪われて死んだんだよ！……それでも、おめえさんは怪物のところへ行こうってのかい?!」

トミさんの表情が悲しげに歪《ゆが》んでゆくと、その涙を振り払うように、トミさんは顔を真下に向けた。若い女性は、どうしたらよいか分からない様子でおろおろと、心配そうにトミさんの隣に立っている。

ヤマトは、トミさんの話に目を見張った。

「俺がお話ししたせいで、つらいことまで思い出させてしまったようで、本当にすみません。ですが、その事実を聞いて、俺は余計にその怪物が許せません」

「おめえさんも、頑固だねえ……」

トミさんは、怪物と戦って亡くなってしまったという、自分の息子とヤマトを重ねて見ていたのだろうか、何を言っても揺るがないヤマトの固い決心を知ると、ヤマトを引き止めることを諦《あきら》めたように深い溜《た》め息をついた。

ヤマトを見上げたトミさんの表情は悲しげではあったものの、そこにはもう涙はなかった。

やがて落ち着きを取り戻したトミさんが、ヤマトに怪物の話を始めようとした、その時だった。

トミさんと一緒にいた若い女性が、それを遮るように、再び止めに入ったのだ。

しかし、トミさんは、柔らかな表情で若い女性を見つめると、落ち着き払ったまま言った。

「話したって、大丈夫さぁ。こん人はもともと、山に囲まれたこん土地に住むもんじゃねえ。そもそも怪物のことも初めから知っとったしなぁ。隠そうとしても意味なんかねえよ」

トミさんは、場を繕うようにして若い女性にそう言うと、最後にヤマトの腰の剣を指差した。

若い女性は、その刀剣の存在に今、気がついたのか、驚いたように目を瞬《しばたた》いている。

「どこかの戦士が、どこかで怪物の噂話《うわさばなし》を聞いてこの土地に来たんなら、もう仕方ねえよ。誰も文句言う奴もいねえさ」

若い女性は、トミさんの言葉に何度も大きく頷くと納得したようで、もうトミさんの話を止めようとはしなかった。

ヤマトは、確かにむらくもの刀剣は持っているものの、戦士として自身はまだ未熟であると思っているために、二人の前で堂々と自分を肯定することはできなかった。

しかし、フシトウ山に棲んでいる悪魔・ロックアーミーの情報は、悪魔退治成功の大切な鍵ともなるので、少しでも得たいところである。それに、元戦士であった師匠の下で、ヤマトが学んできたことは事実であったため、ヤマトは上手に話を持っていってくれたトミさんの話に合わせるようにして、どこかぎこちないが、一つだけ頷くことにしたのだった。

まず、トミさんの話によると、フシトウ山に棲む怪物の話は、フシトウ山の麓に住んでいる村落の村人たちしか知らないことなのだという。

それは、いつも怪物の被害を受ける村が、山の麓の三つの山村だけに限られていたからだった。そのために当時、三つの山村の村長たちが集まって話し合った結果、山の麓の村落以外のよその村落に住む村人たちには、山に棲む怪物の存在は他言せずに、秘密にした方がよいのではないかという話になり、フシトウ山の麓に住む三つの山村の村長たちが、そのように取り決めたそうなのだ。

それは、怪物の被害がない、よその村落に住む人々まで怖がらせないようにするための配慮でもあったというが、もし万が一、よその村人に他言したことによって、怪物が大暴れをするきっかけを作ってしまうことになってしまったら、被害を受ける村落が拡大してしまうかも知れないという、そんな恐れがあるとも考えられるからだ。

確かに、この麓にある三つの村落に住む村人たちが怪物と戦ったように、怪物の存在を知ったよその村落の人々が、怪物退治に乗り出さないとは限らない。

そのため、山の麓に住む村人たちは、怪物の手によって多大な犠牲者を出さないためにも、三つの山村の村長の取り決めを、今でも固く守っているのだという。

フシトウ山に棲みついている怪物とは、人の手に余る、それほどまでに凶暴で残虐《ざんぎゃく》な生き物なのだという。

そして、草原に動物たちの姿がいなくなったのも、オオカミの群れが人里にまで下りて来るようになったのも、怪物が原因で間違いないよとトミさんは語った。

警戒心が強いオオカミは、昔は滅多に人の前に姿を現すことはなかったという。

　フシトウ山に怪物が棲みつき出してから、かれこれ二十年近く経つということだが、草原に動物の姿がだんだんと見えなくなり、オオカミの群れが少しずつ人里に下りて来るようになったのも、ちょうどその頃からが始まりだったということだ。

　だが今では、山々に囲まれたこの辺り一体の土地まで、そんな事態も拡大して、その数も増えてゆくオオカミの群れに、大勢の村落の村人たちが日々悩まされているという現状になってしまっているらしい。

　ヤマトは、トミさんの言葉に頷くと、前に山村でお世話になった牛使いが言っていた、数年前からオオカミの群れが人里に下りて来るようになったという話を思い出していた。

　山の麓にある村落周辺でのオオカミの出来事が、二十年近く前の話であるとするならば、遠く離れたあの山村で、数年前からオオカミの群れが人里に現れるようになったという話とも辻《つじ》褄《つま》が合う。高原地帯にある山々は、数も多く広大なのだ。何年もかけて徐々に被害が広がっているのだろう。

「フシトウ山を棲み家にしている怪物だけど、きっと他の山々にも行って、大暴れしてるに違いないわ」

　若い女性は、胸の内に秘めている怒りを抑えるようにして言葉を発していたのだが、強く握られた二つの小さな手の拳は、怪物に対する怒りによって震えていた。

　トミさんは一呼吸置いてから、本題となる怪物のことを話し始めた。

怪物の見た目は、全身が赤茶色の短い毛で覆われており、その体つきも大きく、体全体が岩石のように硬いのだという。その力はとても強く、石造りの頑丈な家畜小屋をも、片手一つで簡単に壊してしまうほどの破壊力を持っているという。

山村に怪物が下りて来た当初は、夜な夜な家畜小屋を荒らされて、大切な馬や牛などの多くの家畜が犠牲になっていた。そこで村人たちは、自分たちの家畜を守ろうとした。

怪物は、夜になると決まってフシトウ山から下りて来ては家畜を襲った。

村人たちは、先が鋭く尖《とが》った槍《やり》のような武器などを手作りし、夜でも怪物の姿がよく確認できるように、村中に松明などの明かりを立てて、怪物に立ち向かうことを決めたのだという。

そしてその武器を手に、幾度となく怪物と戦ったのだが、その度に、多くの村人たちが犠牲になり、命を落とした。

怪物は、太い腕と強い力を持っており、人々を標的にして飛んでくる、その大きな平手や肘打ちによる重く強烈な一撃が、いとも簡単に人間の頭や胸部を凄惨に潰し、残酷に人々の命を奪っていった。怪物の手にかかった村人たちは、人の原形すらとどめることもない無残な状態であり、村人たちのほとんどが即死であったという。

手製の武器も、役には立たなかったそうだ。武器を使う前に襲いくる怪物の強力な一撃によって、倒れてしまう人々がほとんどであったのだ。

しかし、それ以前に、鋭い武器の矢先が怪物の体に届いたとしても、怪物の硬い体に当たると武器の方が壊れてしまい、尖った矢先も体に貫通することなく折れ曲がり、武器としての機能を果たさなかったという。

だが、そもそも村人たちが、あの怪物を相手に戦ってしまったことが間違いであったのかも知れないと、トミさんは暗い顔をしていた。

凶暴な怪物は、家畜小屋を破壊して家畜を襲うだけではなく、時には村の中で、村人たちを威嚇しながら暴れることもあった。しかし、トミさんが今考えると、当初の怪物は、その空腹を満たすために馬や牛などの家畜だけを狙って、襲っていたようでもあったのだと言った。

だが、村人たちが怪物に戦いを挑むようになってからは、もともと凶暴であった怪物だが、更にその凶暴性を増して獰猛になったという。そして怪物は、家畜と同じように村人たちをも襲い始めるようになり、人々が住んでいる家屋をも凄まじい勢いであちこち壊しながら、村の中で大暴れしていくようになっていったというのだ。

それを目にした村人たちは、それでも必死になって、村や自分たち村人を守ろうとした。

しかし、村人たちは何年も怪物に戦いを挑んだが、結局、怪物を倒すことも追い払うこともできなかった。

やがて、怪物の犠牲者が増えて村人の数が少なくなってくると、残された村人たちは、焦燥感と猛悪な怪物の恐怖に駆られていったという。

その残された大半の人々は、次第に怪物に戦いを挑むことを諦《あきら》めるようになっていった。そして、夜になって怪物が山から下りて来ると、人々は怪物から身を守るために、怪物から姿を隠すようになったという。また、危険な怪物と戦うことに反対する村人たちの声も上がるようになっていった。

しかし、怪物から自分たちの村落や村人たちを守るために、怪物と戦うことを諦《あきら》めない人々も、未《いま》だにいるという。

それは、幼い頃から怪物を見て育ってきた若い村人たちが中心であり、彼らもまた、自分で己の武器を作り、村落に住む親や大人たちの反対する声も聞かずに、怪物を退治しようとフシトウ山に向かって行くという。

最近では、複数のまだ幼い子供たちが、怪物によってフシトウ山へとさらわれていってしまい、その後を追って数人の村の若者たちが、連れ去られた幼い子供たちを取り戻そうと怪物打倒に闘志を燃やし、武器を手に山へと登って行ったという。

しかし、怪物の棲み家に向かって行った、その若者たちも子供たちも、村落には二度と帰って来ることはなかったそうだ。その若者たちの中に、トミさんの息子も含まれていたのだという。

現在でも、怪物は夜になると、山の麓にある三つの村落のうち、どれか一つの山村に下りて来ては、家畜や人を探して襲っているのだと、トミさんは苦しげにヤマトに語ってくれた。

ヤマトは、自らの子供を亡くしてから日も浅いトミさんの心中が、どんなに苦しくつらく、どれほど悲しいことかと、胸を痛めていた。

東の祠に鎮座していた龍の言葉通り、この世の中に降り立っているという悪魔は、人々に災いをもたらし、多くの村人たちを長い間にわたって苦しめていたのだ。

一匹目の悪魔・ロックアーミーは、村人たちの命の糧ともいえる、牛や馬などの家畜を食い荒らし、そこに住む人々までをも襲っていたのだ。大切な家畜を悪魔に奪われ、多くの村人の命をも悪魔に奪われた、山村に残された村人たちの心境を思えば、ヤマトの胸は引き裂かれるようだった。

もしも仮に、村人たちが悪魔に戦いを挑むことをせずに、村人が襲われなかったとしても、結果は同じことだ。

家畜を飼育することで暮らしている山村に住む人々にとって、そこで生きていくためには、馬や牛などの家畜は必要不可欠である。その家畜が悪魔の餌食《えじき》となって家畜自体がいなくなれば、当然、その村落は存続することができなくなるだろう。

その結果、山村の村人たちは全員、最後は路頭に迷い、怪物に襲われるのと同じように命を落としてしまうということになり、いずれにしても、命を危険にさらしてしまうという避けられない現実が、最後は待っているのだ。

ヤマトは、それを考えただけでも、悪魔の所業に激しい怒りを感じていた。

そして、悪魔の所業はそれだけにはとどまらず、その周辺の山々にあった、動物たちの生態系をも狂わせていたのだ。

悪魔・ロックアーミーは、フシトウ山を根城としながらも、他の山々にまで渡り歩き、山に棲んでいる動物たちの恐怖や警戒心を煽《あお》っているに違いない。ロックアーミーは、山の麓にある三つの山村だけに限らず、その周辺の山々に棲む多くの動物たちをも襲っていると、ヤマトは考えていた。

そのために、警戒心が強い野生の動物たちは、悪魔が出没したであろう山々の周辺の草原からもその姿を消した。動物たちはどこかへ逃げて、近づくこともなくなったのだ。オオカミの群れが、人里にまで下りて来るようになったのも、草原から動物たちの姿が見えなくなったのと同じ理由であるということが、ヤマトの考えであった。

フシトウ山の麓の村落に住む三つの山村の村人たちの大半は、残虐な怪物に深い恐れを抱《いだ》き、今はもう、フシトウ山からいつか怪物がいなくなってくれるのを強く祈り続けるしかなく、日々、恐怖や不安と闘っているという。

しかし、馬や牛などの家畜が怪物から被害を受け続けるので、減少の一途を辿っている家畜は、あと数年もすれば山村からいなくなってしまうだろうと、若い女性は落胆したように眉尻《まゆじり》を下げた。

山の麓にあった三つの山村が、切実に危機的な状況にあるということは、もはやヤマトは理解している。ヤマトは、怪物退治は一日でも早い方が良いという答えを、既に自分の中で出していた。

そこで、二人の女性に、怪物の棲み家がフシトウ山のどの辺りにあるのかを尋ねてみた。

しかし、怪物はフシトウ山での棲み家を転々と変えているので、今の怪物の居場所については、女性たちは知らないのだと言った。

すると、若い女性がヤマトから視線を逸らすと、突然片手を上げて、どこかに向かって手を振り始めた。

彼女は、村の中を横切って行く村人の姿を目にして、その四人の村人たちを手招きするように、大きく手を振っていたのだ。

それに気がついた四人の村人たちは、何事かと、すぐにこちらの方へとやって来た。

彼らは、中年以上の年配であろう村の男たちで、怪物によって壊された家屋の修繕に向かっていたのだ。ただでさえ、毎日の仕事が忙しいという実情にもかかわらず、今ではすっかり、村落に住む男たちのそんな仕事も増えてしまったということだ。男たちは日々、時間を作り、四人一組となって、怪物に壊された家屋を、村中あちこち手分けして、直して回っていたのだ。

歩み寄って来た四人の男たちはまず、見慣れないヤマトの姿を一瞥すると、その中にいた片足の不自由な男性が心配そうに、何かあったのかと女性二人に声をかけた。

すると若い女性は、集まってくれた四人の村人たちに、怪物は今フシトウ山のどこに棲みついているのか、この中で知っている人はいないかと、率直に尋ねたのだ。

四人の男たちはその言葉に、凍りついたように絶句した。

若い女性は、男たちに戦士であるヤマトを紹介すると、遠い土地から怪物の噂話を聞きつけて、遥々《はるばる》あの凶暴な怪物を退治しに来てくれたのだと、その旨を一通り話して聞かせた。

ヤマトが戦士であると聞いた四人の男たちは驚いた顔をして、まるで珍しいものでも見るように、食い入るようにヤマトを見ていた。

「……そいつが戦士なんて嘘《うそ》っぱちじゃねえ？」

ヤマトの脆弱そうな体つきを見た、その中にいた小太りの男性が、まず、ヤマトを鼻で笑っている。

「だがよ、人は見かけだけで判断できるもんじゃねぇよ」

そう言ったのは、片足が不自由な男性であったが、四人の男たちの中では、既に意見が二分しているような雰囲気が漂っていた。

「まぁな、山々の周辺に住む土地の者じゃねえからな、怪物の話はしたって、村ん中じゃ問題になることはねえだろうが、けんど……戦士であるというおめえさんはまだ若い……命は粗末にするもんじゃねぇよ」

背の高い男性が、ヤマトのことを心配するように言った。

「……それに、怪物の棲み家を教えたはいいが、それで若いもんがまた命を落とすことになれば、ワシらも悲しくなる……。それがもし村長の耳にでも入れば、ワシらもお叱りを受けることは避けられねぇよ。村長の娘のおめえなら、そんくらいのこと、分かっとるよなぁ？」

背の高い男性は、そう言ってから、若い女性を見た。

「お父《とう》には、あたしが後で話しとくからさ。どうしたって、村もこのままでいいわけがねぇ。みんなだって……表向きでは避けとるけど、心のどこかではこのままでいいはずねぇことくらい分かっとるよなぁ?!　だから……お願いだから、怪物の居所を教えてよ！」

村長の娘だという若い女性の言葉に、男たちは皆、沈黙していた。

ヤマトは、彼女が村長の娘だと聞き、少し驚いている。

「こん若いもんを引き止めようったって、どうせ無駄さ。あたしも散々言って引き止めてはみたんだからねえ。けんど、こん人は一人でも山ん中を探し回る覚悟だよ。ならせめて、誰か知っとるもんがいたら、怪物の居所を教えてやってほしいんだよ」

そう言ってくれたのは、トミさんだった。トミさんも、ふくよかな両手を振りながら、集まった男たちを説得してくれている。

「どうか、お願いします。俺は山に死にに行くのではありません。怪物を必ずや倒して、皆さんがまた安心して暮らしていける環境に戻したいのです。後生ですから、怪物の居場所を俺に教えてください」

トミさんの言葉に続いて、ヤマトは村の男たちを見渡しながら、真剣な顔で思いを告げた。

片足が不自由な男性と背の高い男性は、ヤマトの言葉に、困惑した表情を浮かべている。

「はっ。笑えるなぁ……トミさんから怪物の話を聞いたにもかかわらず、貧弱そうなおめえが、たった一人であの怪物を退治だって?! ただの冷やかしか、頭がいかれてるんじゃねえの?なぁ、おい」

小太りの男性が、嘲《あざけ》るように喉の奥で笑いながら、ヤマトを軽蔑するような言葉を返すと、ずっと沈黙していたもう一人の無骨で大柄な男性に、その視線を向けた。

無骨な男性は、ヤマトを見下したように、ずっと冷ややかな目でヤマトを見ていた。

「戦士だかなんだか知らんが……ほんとに行くなら、ただの命知らずのバカな男だねえ」

無骨な男性は無表情な顔つきで、冷たい口調でヤマトにそう吐き捨てると、小太りの男性と共に、その場をすぐに離れて行った。

彼らの後ろ姿を目に、気まずい雰囲気が流れてしまったものの、トミさんがすぐに、その場を和やかなものに変えていた。

結局、その場に残った二人の男性が、ヤマトの熱意に押されて、フシトウ山に棲む怪物の居所を教えてくれることになった。

ヤマトは、まだ日も高かったので、今すぐにでも出発したいと申し出た。

片足が不自由な男性と背の高い男性は、家畜小屋の掃除も兼ねて、もっと小屋を強固にするための次の作業が待っており、既に家畜小屋にいる人々と合流して、これから仕事をする手筈《てはず》になっているのだと言った。

しかし、そんなに長く時間を取ることはできないが、それまでには少しだけなら空いた時間があるとも言い、二人の男性はそれでもよければと、ヤマトの申し出を快く引き受けてくれたのだ。

仕事をしている多忙な最中《さなか》に、急な自分の申し出を引き受けてくれた二人の村人に、ヤマトは心から感謝した。

ヤマトは二人から怪物の居場所の説明を聞きながら、フシトウ山には倒れた木々や崩れた岩の瓦礫《がれき》が多く、その山道も険しいところもあると聞いたため、村の外に繋いである一頭の馬を預かってはくれないかと、トミさんに頼んでみた。

だが、トミさんは、その頼みを引き受ける代わりに、ヤマトに一つの条件を出した。それは、必ずフシトウ山から山村にヤマトが帰るということであった。

村長の娘はトミさんの条件に息を呑《の》み、二人の男性はその目を見張った。

しかし、ヤマトは少しも迷うことなく、心なしか悲しみに顔を曇らせたトミさんに、「必ず、村に戻ります」と約束し、力強く頷くと微笑んだ。

トミさんは、今のヤマトのようにそう言って、村から山に向かって行った多くの若者たちのことを思い出していた。そして、今度も村を助けようとしてくれるヤマトの熱意ある言葉に押されるようにして、祈る思いでヤマトのことを信じようとしたのだ。

トミさんは一軒の家屋を指差して、村に戻ったら訪ねて来いと、自分の家をヤマトに教えた。

その家とは、ヤマトが村落に入ってからすぐに目についた、トミさんと村長の娘が立ち話をしていた後ろにあった、あの家だった。

やがて、山村から外に出たヤマトたちは、馬を繋いだ一本の木のそばへとやって来ると、尻尾を振って近づいて来たハクが、ヤマトたちを出迎えてくれた。

トミさんに村長の娘と二人の男性は、体が白く体つきも大きなオオカミのハクを見て、早速驚いている。ヤマトはトミさんたちにハクを紹介すると、ハクは自分と共に旅をしている仲間なのだと伝えた。

村長の娘は、それから興味津々といったようにハクを見つめている。トミさんは、尻尾を振って懐いてくるハクの姿に、まだ驚きを隠せずにいるようであった。二人の男性はハクから離れたところで、立ち尽くして固まってしまっていた。

「大丈夫です。ハクは決して人に危害は加えません」

ヤマトは、木に繋いであった馬の綱を解《ほど》きながらそう言うと、トミさんに馬の手綱を預けた。

そして、フシトウ山の登り口まで案内してくれるという二人の男性と共に、今度はハクも連れ立って、ヤマトは早速その道を歩き出した。

「いいかい、気が変わったらいつでも戻って来るんだよ！　ずっと待ってるからねえ!!」

トミさんの声がした。

「そうだねぇ。怪物は本当に恐ろしい化け物だよ！　気ぃ抜いてかかったらダメだよ、必ず帰って来てねえ！」

村長の娘の声もした。

ヤマトの耳にはしっかりと、二人の女性の声が届いている。

村落の出入り口では、トミさんと村長の娘がフシトウ山へと向かって行くヤマトの身を案ずるように、いつまでも見送っていた。

山村を後にしたヤマトは、怪物が棲んでいる場所まで早く辿り着くために、二人の男性の道案内により、怪物の棲み家まで最短の道筋で登って行ける山道を目指して進んでいた。

ヤマトは、フシトウ山にある怪物が棲みついているという場所への道を、まずは知る必要があった。そこから先の山道が、ヤマトがフシトウ山へと登って行く登り口となるのだ。

二人の男性は、オオカミであるハクを恐れて、初めは距離を置きながらその歩みを進めていたのだが、ハクは大人しく、よく人に懐くことから、二人の男性も次第にハクに対する恐怖心も薄れていったようである。

山村から、フシトウ山へと向かう登り口となる場所は、村からさほど離れてはおらず、しばらく行くと、道案内をしてくれていた背の高い男性が、フシトウ山の中腹辺りがよく見える途中の草原で立ち止まると、人差し指を山の中腹に向けて、ヤマトに指し示し始めた。

背の高い男性の人差し指は、山の中腹にある、ちょうど積雪がある場所と積雪がない場所との境を指していた。そして、ヤマトにもすぐに分かるように、その指で場所や位置などを示しながら、あの辺りに大きな洞窟があり、そこが今の怪物の棲み家になっているということを説明してくれた。

ただ、洞窟のある場所が少し奥まったところにあるので、分かりづらいかも知れないと、男性は最後に付け加えた。

ヤマトは、男性の丁寧な説明を頷きながら聞くと、怪物の棲み家となっている洞窟のある場所や位置を、頭の中にしっかりと刻みつけた。

そして、ヤマトはそこで、二人の男性に頭を下げた。

「道案内は、ここまでで大丈夫です。お忙しいところ案内してくださり、ありがとうございました」

フシトウ山はヤマトの目前であり、怪物の棲み家が特定できさえすれば、これ以上、二人の村人の手を煩わせることもないのだ。ヤマトは、怪物の根城があるフシトウ山の真下を山道の登り口とし、そこから一直線に山を登って行くつもりであった。

「そうかい、そんじゃあワシらは村に戻ることにすんねぇ。けんど……本当に、あの怪物と一人で戦うつもりなのかねえ？　いくら戦士といっても……あの怪物は危険すぎるねえ……もう一度、考え直してみたらどうだねぇ？」

「そうともさぁ。今からでも遅くねぇ。考え直した方がいい」

二人の男性は青ざめた顔をしながら、最後にもう一度、猛悪な怪物と戦おうとするヤマトを引き止めていた。

しかし、その首を横に振ったヤマトの考えは変わらず、二人の男性に笑んでいた。

ヤマトの固い決意を知った背の高い男性は、これから村に戻って次の仕事の作業に使おうとしていた、両肩に丸めて抱え上げていた長い綱を肩から下ろすと、ヤマトに手渡した。山では何があるか分からない。何かあった時のために、役立つことがあるかも知れないと、背の高い男性はヤマトに綱を持って行くように勧めたのだ。

長い綱は、ヤマトにとっては大変な荷物にもなるのだが、そこは長年、山の麓に住む村人の言葉に従い、ヤマトは有り難く背の高い男性から、その長い綱を受け取った。

足の不自由な男性が、少し寂しげに屈《かが》み込むと、そっとハクの頭を撫でた。

短い道中ではあったが、二人の男性は人に懐くハクを、もう恐れることはなかった。

「お前も、元気でいろよなぁ」

足の不自由な男性がハクに声をかけると、ハクは男性に一声、鳴いた。

そして、ヤマトの方へとハクが颯爽《さっそう》と駆けてゆくと、フシトウ山へと向かって、ヤマトとハクは歩き出して行った。

残された二人の村人の目の前には、フシトウ山へと繋がる、鬱蒼と生い茂った森林が広がっている。二人の男性は、ヤマトと別れた草原から、生い茂る森林の中にヤマトの姿が消えて見えなくなるまで、心配そうに立ち尽くして見送っていた。

ヤマトは、まだ日があるうちに、できるだけ山道をどんどん先に進むことにした。鬱蒼とした平坦《へいたん》な森林を奥へと進んで行くと、間もなくして、山の登り坂へと突入した。

だが、森林の中も、どこを通り過ぎて見渡してみても、やはり動物たちの姿は見受けられず、そこには鳥たちの囀《さえず》る声すらも聞こえなかった。

鬱蒼とした山の道のりは物静かなものであり、風が吹くと木々の葉が揺れ、その葉が擦れ合う音だけがただ、森林の中を吹き抜けていった。

雪が降り積もっているフシトウ山の中腹辺りまでは、まだ随分と遠いのだが、草木が生い茂っているにもかかわらず、フシトウ山の中は虫一匹の鳴く声すら、聞こえなかったのだ。

山に入ったからといっても、寒いわけではなかった。

ヤマトはまだ、フシトウ山を登り始めたばかりなのだ。体感的にも、山村にいた時と変わらず、まだ山の中は暖かかった。

フシトウ山は、遠くから眺めると、とても雄大で美しい山であったのだが、いざ山の中に入ってみると、自然の中で息づく生命を失った、死に絶えてしまった山のようにもヤマトには思えた。

ヤマトは、ハクと共に数日かけて、草木を掻《か》き分けながら、道という道すらもない山道を進んで行った。道なき瓦礫の道を先へ先へと進み、時折ヤマトの前に立ちはだかった、岩肌が露出した岩の斜面も、足を取られないようにして注意深くよじ登って行った。そして、ヤマトとハクは日が暮れれば、共に寄り添い眠りに就いた。

登山の途中では、上を目指して登って行くにつれて、土が剥き出しになった急勾配の登り坂が多くあり、水分を多く含んだその土が、とても滑りやすい場所を、所々作り出していた。地滑りでもしそうなこの急勾配の登り坂は、馬の脚では困難であったに違いない。

ヤマトは、トミさんに馬を預けてよかったと、改めてそう思いながら、足元には細心の注意を払って、一歩一歩と滑り落ちないように、慎重に山を登って行った。

ハクは、山道には慣れているのだろう、難なく瓦礫を避けて、滑りそうな急勾配をも軽々と足早に登っていた。

ヤマトは、フシトウ山を登り詰めて行きながら、あることに気がついた。

フシトウ山は、確かに木々が倒れた跡が多く、険しい山の道でもあったのだが、その倒木は、ほとんどが自然に倒れたような形跡はなく、薙《な》ぎ倒された木々の朽ち果てた残骸である痕跡が多かったのだ。

その力も強く、強烈な破壊力を持つという怪物が、無理に木々を押し倒し、薙ぎ払うことで破壊しながら、山の木々を倒木に変えているのだとヤマトは思った。それは、倒れた木々の多くが、強烈な力が加わることで倒木となったであろう、明らかに引きちぎられ、木々の幹が砕かれたような痕跡が幾つも残っていたからだった。

この悪魔・ロックアーミーは、自然の摂理を乱すだけではなく、自然そのものに脅威をもたらす存在でもあるのだろう。

大自然にある木々が立派に育ち、緑豊かな森へと育まれてゆくまでには、とても長い年月を有するものだ。

フシトウ山には、その木々が倒されて、既に土が剥き出しになっている部分が、山に登って行くほど大半を占め、多くなっていた。このまま悪魔が野放しとなり、あと数年も経てば、フシトウ山は豊かな緑を完全に、失ってしまうことだろう。

そして悪魔は、他の山々にも渡り歩いているということから、フシトウ山以外の山も悪魔によって、緑豊かな木々が荒らされているという可能性が限りなく高かった。

ヤマトは、悪魔が人々に危害を加え、横暴に振る舞い続けているという、その比類ない凶悪さに眉をひそめると、己の拳を強く握り締めた。

ヤマトとハクは、それから更に数日かけて、朽ちた倒木を避けながら、立ちはだかる険しいガレ場も乗り越えて、フシトウ山の山道をひたすら登り続けた。

やがて、ようやくヤマトたちは、フシトウ山の中腹辺りまで達したのだろうか、辺りにはチラホラと雪が降り出してくると、その寒さも一段と増していた。

ヤマトはこれまで、村人によって教えられた、山にあるという怪物が棲む洞窟を目指して、その洞窟がある山の真下から、ほぼ一直線にフシトウ山を登って来た。

村人からは、積雪のある場所と積雪がない場所の境である、ちょうどフシトウ山の中腹辺りに洞窟があると聞いている。

ヤマトがいる現在の場所だと、頭上からは雪が降ってきてはいるものの、その足元には積雪はまだなかった。雪が降り積もり始めている場所は、ヤマトがいる現在の位置よりも、もう少し上に登った位置にあり、ヤマトが山の上の方を見上げると、徐々に雪景色へと変わっていく様子がうかがえた。

ヤマトは、もう少し山の上へと進路を取ると、そこからは慎重に周囲を探索しながら進んで行くことにした。

ヤマトの目算からすると、村人によって教えられた、怪物が棲んでいる洞窟の場所は、もう間近のはずであったのだ。

所々積雪がある場所まで登って来ると、怪物の大きな足が雪を踏んだと思えるような足跡が、点々と幾つも残っている。見たところ、まだ新しいもののようだ。

ヤマトは、その足跡を辿って行こうかとも考えたのだが、積雪がない場所だと、その足跡も追えなくなることから、それはすぐに断念した。

フシトウ山の中腹辺りは寒く、雪も降っていることから、生い茂る草木もなく、視界は良好であった。ヤマトは早速、村人から教えられた、積雪有無の状態が移り変わっていく中間地点ともいえる、その境らしきところまでやって来ると、その周辺にあるはずの洞窟を探すことにした。

村人の最後の言葉では、洞窟は少し奥まったところにあり、分かりづらいとも言っていたので、注意深く探索する必要があるだろう。

ヤマトは、自分が立っている場所を中心として、その中心地である場所に目印をつけると、まずは左側に洞窟らしきものがないかと丹念に探索すると、続いて右側の山の中も、隈《くま》なく探索していった。

しかし、左右どちら側の山の中を隈なく探してみても、大きな洞窟はどこにも見当たらなかった。

洞窟がある場所や位置は、洞窟を目指してフシトウ山を一直線に上り詰めて来たことから、ほぼ間違いないはずであった。だが、登山の途中では、ヤマトが思った以上に倒木も多く、その道のりも険しいところが多々あったため、登山の途中、どこかでその道筋から逸れてしまったのではないかと、そんな思いが僅かにヤマトの頭の中を過《よぎ》っていった。

しかし、ヤマトには悠長に考えている暇はなかった。ここまで来たら、日暮れまでには洞窟を突き止めたいところであったのだ。

ヤマトは気を引き締めてもう一度、左右にある山の探索範囲を広げて、この周辺に洞窟はないか、念入りに確認してみることにした。そして、ヤマトがもう一度、山の右側から確認しようと足を踏み出した時だった。突然ハクが吠《ほ》える声がしたのだ。

ヤマトは、ハクが吠える方向へと振り向いてはみたものの、残念ながら、今のヤマトの位置からではハクの姿は見えなかった。ハクの鳴き声は、位置的に山の左側の方角から聞こえているようであった。

ハクが自分を呼ぶような鳴き声を聞いたヤマトは、すぐにハクの姿を探して、山の左側の方へと向かった。ヤマトが左の山道へと入って行くと、ヤマトが先ほど確認した、まだ左側のずっと奥の方から、ハクの声は聞こえている。

自身が確認したばかりの左側の山の辺りを通り過ぎて、かなり奥の方までヤマトが進んで来ると、ハクの姿がようやく見えてきた。

ハクが吠えているのは、自分の頭上よりもずっと高い位置にある、山の急な傾斜に向かってだった。そこは土が盛り上がり、大きく椀状に突き出していた。ハクはそこに頻《しき》りに吠えているのだ。

遠目からヤマトが見ても、椀状に土が盛り上がっている底の部分には、その土の所々から石が突き出し、凍結した枯れ草の他に、特に怪しいようなものはなかった。

今まで登って来た山道の途中でも、こんなふうに土が盛り上がっているようなところは幾つもあり、特に珍しい光景でもなかったのだ。

ヤマトは、そんなハクの様子を不思議に思い、ハクの間近まで急いで来ると、その地面には白骨化した多くの骨が散らばっているのが見えた。

ヤマトがそれらを確認すると、動物の骨の中に、明らかに人骨も混じっていることが分かった。

ヤマトは椀状にせり出している大きな土の底を見上げると、山肌に突き出ている石を踏み台にして、その急な山の斜面を登り始めていた。

その斜面は凍結している部分も多いため、ヤマトは一つ一つ足場を確認しながら、目標の部分へ左から遠巻きに回り込むようにして、できるだけ安定した足場を選びながら、慎重に登って行った。

間もなくその場所の左上の方まで登って来たヤマトは、右下に見えている椀状に盛り上がっている部分の上部を、足場の上からまず見渡した。

土がせり出しているその上部は、平らな踊り場のような部分になっており、人や動物などが下りられる、やや広く空いた場所になっていた。

そしてその奥の方には、洞窟らしきものがあることもうかがえた。

ヤマトは、足元に注意しながら、横這《よこば》いになって山の傾斜を伝い、その上部から踊り場の上に下り立つと、奥にはやはり大きな洞窟が確認できた。その真上には、幾つもの氷柱《つらら》が垂れ下がっている。

洞窟は、少し奥まったところにあり、村人が言うように分かりづらい場所にあった。

あの時少しの不安が過《よぎ》ったように、洞窟めがけて一直線にフシトウ山を登って来たはずが、山を登り続けるうちに、どこかで道筋が逸れてしまっていたのだ。

あれからヤマトがその範囲を広げて、山の左右をもう一度、丹念に探索したとしても、洞窟の在りかは、どこにも確認できなかったであろう。それは、洞窟めがけて一直線にフシトゥ山を登って来るということが前提で成り立つ考えだったのだ。

だが、山道で道筋が逸れてしまった時点から、その洞窟がある基本的な位置もずれてしまうことになる。ヤマトにとって、洞窟の位置がかなり奥までずれてしまっていたという、その範囲までは想定外であり、かなり左側に奥まった範囲でもあったのだ。ハクがもしも気づくことがなければ、そこでまた、かなりの時間を浪費することになっていたに違いない。

これは、紛れもなくハクのお手柄だった。

ヤマトは、自身の後について踊り場に着地したハクを労《ねぎら》うように褒めると、白い毛並みを優しく撫でた。

しかし、それも束《つか》の間《ま》、ヤマトがその足元を見ると、無数の骨が散乱しているのが分かった。

それは、ここへ登る前に散らばっていた骨とは比較にならないほど多く、その一面が埋め尽くされるかのように散乱していたのだ。

その中には、動物の骨の他に、幼い子供の頭蓋骨も転がっている。怪物によって連れ去られていったという、幼子の亡骸《なきがら》の一つであるのだろうか。

それに、まだ新しい人の骨も見受けられた。

怪物打倒に立ち上がった、麓の村落に住んでいた若者たちの亡骸なのか。それとも、幼子と同様に連れ去られてきた人々の亡骸であるのだろうか、そこまでは分からない。だがヤマトは、寒々とした山の中で、怪物によって無残に食い尽くされ、放置されてきた人々の亡骸を前に、痛烈に胸が締めつけられるような、切ない思いが込み上げていた。

ヤマトは、放置された人々の骸《むくろ》に、そっと両手を合わせると、安らかな眠りに就けるようにと祈りを捧げ、立ち上がった。

ヤマトは、怪物が棲みついているという、真っ暗な洞窟の中を凝視した。ヤマトのその瞳は、悲しみと、怪物に対する怒りによって、静かに揺れていた。

洞窟内の真っ暗な岩場の道は、ずっと奥の方まで続いているようであった。

嗅覚の鋭いハクは、既に何かを感じ取っているのだろうか、あちこちと臭いを嗅ぎ始めている。

ヤマトは、長い旅の道中で何かあった時のために、常に常備している松明を手荷物の中から一つ取り出すと、火打ち石で松明に火を灯し、その松明を片手に、洞窟内へと入って行った。

その洞窟は、フシトウ山の土塊《つちくれ》内部から、巨大な岩石がせり出したように傾き、その部分に空いていた大きな穴であった。その入り口の高さは優に六メートルは超え、その横幅も四メートルくらいの広さがあった。

ヤマトは松明の明かりを頼りに、洞窟内の岩場の道を、ハクと共に奥へと進んでいた。

洞窟内部は静寂に包まれており、その岩石の冷たい地面には、あちこちに骨も散らばっているのが見受けられた。ヤマトはその幾つもの亡骸を目にして、悲愴《ひそう》な面持ちで顔を歪《ゆが》めると、音を立てないように洞窟の奥の方へと進んで行った。

やがて、洞窟内の空間が徐々にその広がりを見せていった。

そして、洞窟内の奥に進むにつれて、不快な異臭も充満している。

悪魔・ロックアーミーの体臭であるのだろうか？

ヤマトは異様な臭いに眉をひそめながらも、それから少し先に進んだところで、その洞窟内の天井が更に高くなり、一つの空間となった、広々と開けた場所へと辿り着いた。

そこは、松明が必要ないほどの明るさで満ちていた。

この洞窟内部は、フシトウ山の土塊内部からせり出していることから、その洞窟内の天井が高くなって岩盤が薄くなり、天井にある脆《もろ》くなった岩盤が崩れ落ちて、天井に幾つかの穴が空いていた。その穴の隙間から、陽光が所々差し込んでいるのだ。

その穴が吹き抜けとなり、空洞の隅の方には、たくさんの木の葉や小枝などが、一か所に溜まっているのもうかがえた。外にあった木の葉や小枝が風で舞い上がり、その穴や洞窟の入り口から舞い込んできたのだろう。

そして、開けた空洞内部の奥にあった岩壁には、更に二つの穴が空いており、そこから奥へと続いていた。

ヤマトがその二つの穴を覗いてみたところ、その奥には陽光が差し込んでいるような様子もなく、また視界も悪く、真っ暗な洞窟の道が続いているようであった。どちらか一方の洞窟を選んで、また先に進むとしても、再び松明が必要となる。

ヤマトは、広々と開けた空洞内や、この空洞から更に奥に延びた二つの洞窟内の様子を目で探った結果、陽光が差し込んで自身の目も利き視界も開けたこの今いる場所を、悪魔・ロックアーミーとの戦いの場として選ぶことを判断した。

村人たちの話では、悪魔である怪物が麓の村落に下りて来る時間は、いつも夜であると言っていた。

夜がロックアーミーの活動時間であるならば、まだ日暮れ前でもある今の時間帯は、この洞窟内のどこかに悪魔がいる可能性は高い。あとはロックアーミーが他の山々を渡り歩いてさえいなければ、悪魔はフシトウ山を根城としているので、必ずこの山に戻って来ているとヤマトは睨んでいた。

ハクのお手柄で、洞窟を思った以上に早く見つけることができたヤマトは、時間も十分にあることから、これからすぐにでも悪魔退治に取りかかることにした。

村人たちの情報を整理して考えると、まず悪魔・ロックアーミーは、かなり獰猛な悪魔であり、その力も強く、拳の一撃には凄まじい破壊力があるということだ。その体つきも大きく、先が鋭く尖《とが》った手製の武器をもってしても、体全体が岩石のようにとても硬いため役には立たなかったということだ。

ヤマトには、悪魔に対して気になる点があった。

もともと凶暴ではあったというロックアーミーが、村人たちが戦いを挑むようになると、凶暴性を増して更に獰猛となり、それ以降馬や牛などの家畜の他に、村落に住む村人たちをも襲うようになったという点である。

その点から、ヤマトはロックアーミーが持つ知能だけを考えると、この一匹目の悪魔は知能が低いのではないかという答えを導き出していた。

トミさんが言っていた通り、悪魔が空腹をただ満たすための行為なら、家畜だけを襲うという行為だけにはとどまらず、初めから人間も襲っていたはずではないのかと、ヤマトは推測したのだ。

この悪魔が、初めは人間を襲わなかったという理由だけを考えるならば、それはロックアーミーが、ずっと山を自身の棲み家にしていたことに理由があるのではないのかと、ヤマトは思った。

大自然である山々には、たくさんの動物たちがいる。ロックアーミーが麓の村落に下りて来るまでの間、山に棲む動物たちのみを捕食していたと考えると、ロックアーミーが初めて麓の村落に下りた際に目にした、村落にいた馬や牛などの家畜は、山に棲んでいた動物たちとその形態もよく似ていたため、家畜がすぐに襲われたのではないかと思ったのだ。

しかし人間は、ロックアーミーからの視点で見ると、今まで捕食してきた動物とは姿形も異なっており、自身の食物としての認識が全くなかった。それが理由で、ロックアーミーは当初は、人間を捕食する対象としては見ていなかったと考えた方が、ヤマトにとっては、自然な考えとも思えたのだ。

だが、村人たちがロックアーミーに戦いを挑んだことが引き金となり、ロックアーミーは家畜を守るために戦いを挑んで来る人間たちが、自身の獲物を横取りするといったような観念から、初めて人間に牙を剥き大暴れをしたのだ。

その時、ロックアーミーは、そこで初めて口にした、人間の血肉の味を知ったのだろう。そして、そこからがロックアーミーにとって、人間も自身の食物となり、その捕食の対象になってしまったのではないかと、ヤマトはそう考えたのだ。

そこから思うに、ロックアーミーは物事を理解し判断する頭の働きが弱いのではないかということがうかがえた。知能が低いということは、この悪魔との戦いを、ヤマトにとっては少しでも有利に運ぶことができるかも知れないということでもあった。

ヤマトにとって問題となることは、力が強いという悪魔の強烈な一撃を、どのようにして自身が受けずに、そしてまた大暴れをする隙を悪魔に与えないようにして、この悪魔をどんな方法で打ち倒していくかである。

ヤマトの頭の中では既に、悪魔との戦いを想像しながら、幾つかの型や構図を膨らませて、その戦い方を考えていた。

ヤマトは、その体全体が岩石のように硬いというロックアーミーでも、その体の一部には必ず、弱点となる弱い部分があることを疑わなかった。

ヤマトがまず、その狙いとして定めたのは、柔らかい組織でできている眼球や口腔内、膝や股関節などといった関節部分であった。

無論、そもそも人間ではないロックアーミーにとって、それが有効であるかどうかは確かなことではない。しかしヤマトは、体が硬いロックアーミーの、柔らかい組織でできている可能性が最も高いこれらの部分を集中的に狙って、まずは剣で攻めていくことに決めた。

だが、万が一にもそれが通用しないという不測の事態もヤマトは想定した上で、ヤマト自身も冷静さを欠くことがないように、攻撃手段をいつでも変更することができるよう、相手を自身の目でしっかりと見定めてから打って出るつもりであった。

今回の戦いは、人間や凶暴な獣を相手にするという戦いではないのだ。

相手は、とても危険な悪魔なのだ。

その悪魔とは、邪悪な心を持った、人々に災いをもたらす存在として、古くから人々の間で語り継がれてきた、おぞましく恐ろしい魔の存在である。

ヤマトは、古《いにしえ》より人々に語り継がれている、この悪魔という存在との戦いに、今まで以上に油断はせず、慎重に事を進めてゆく覚悟でいた。

現在ヤマトがいる、広々とした空洞内の奥には、別な洞窟へと続く道が二つある。

この、二つある道のどちらか一方の道は、必ず悪魔に繋がっているはずなのだ。

しかし、洞窟内は静寂で、悪魔の気配など感じられなかった。

そして、洞窟の奥に進んで行くほど強くなっていった不快な悪臭は、ここでも強烈に漂っており、その悪臭はヤマトの鼻を強く突いていた。この異臭がロックアーミーの体臭であるのだとしても、これだけ周囲に充満していたら、どちらの洞窟から漂ってくる異臭なのかも、ヤマトには判断できない状況であった。

そこでヤマトは、ハクの鋭い嗅覚や聴覚を頼りにして、ロックアーミーの居場所を突き止めることにした。

右側か、若《も》しくは左側へと続く洞窟の道なのか。どちらの道の奥に悪魔がいるか判断さえできれば、あとはこの場所に、悪魔・ロックアーミーを引きずり出すだけであった。

もちろん、悪魔が他の山々を渡り歩き、根城を留守にしていなければということが前提である。

ハクの反応次第で、ヤマトはすぐにでも忙しくなりそうだった。

それは、悪魔を引きずり出すために、ヤマトが思いついた仕掛け作りに取りかかるためだ。

やがて、数秒も経たないうちに、嗅覚や聴覚の鋭いハクが、反応を示し始めていた。

内部全域に異臭が強く充満しているであろうと思われる洞窟内で、ロックアーミーの臭いを嗅ぎつけたのか、ハクが右側にあった洞窟に続く道と、その入り口付近を、行ったり来たりしながら執拗《しつよう》に嗅ぎ回っている。

ハクは、それから間もなくしてヤマトのそばに戻って来ると、その場所をヤマトに知らせるように、二つあった洞窟のうち、再び右側の洞窟の前に走って戻って行くと、悪魔の居場所を特定できたとでもいうように、右側にある洞窟の前で姿勢を低くし、その大きな体を岩石の地面に伏せた。

ハクは姿勢を崩すことなく、その青い瞳はジッと、右側にある洞窟内を見ていた。

ハクのその様子から、悪魔は現在、右側の洞窟に間違いなくとどまっていると、ヤマトは見て取った。

だが、右側の洞窟の奥からも、左側にある洞窟と同じように、少しの物音も聞こえず、現在も静まり返ったままである。

悪魔が洞窟の奥で、眠りに就いているとでもいうのか？

しかし、悪魔の動きが全くない今こそ、ヤマトにとって仕掛け作りを行うには絶好の機会ともいえる。ヤマトは早速、仕掛けの準備に取りかかることにした。

まず、ヤマトの仕掛け作りは、悪魔がいるとされた右側の洞窟の入り口付近に、木の葉や小枝を大量に運び、積み上げるという準備から始められた。

ヤマトの狙いは、洞窟の入り口付近に集めた、その木の葉や小枝に火をつけて、それをどんどん燃やすことによって燻《いぶ》された煙を、洞窟の奥まで多量に送り込むということにある。それにより、ロックアーミーが呼吸困難になり苦しくなるか、或いは洞窟内に異変を感じた悪魔をこちらの方へと誘《おび》き出し、洞窟の奥から引きずり出そうというのがヤマトの作戦であった。

ヤマトがいる空洞内には、風で舞い込んだ木の葉や小枝が、隅の方にたくさん溜まっている。ヤマトは、右側の洞窟の入り口付近と、その洞窟の中にも詰め込むようにして、大量の木の葉や小枝を運び終えると、今度はその手前の外側の周囲にゆとりをつけて、穴を囲い込むようにして、なるべく高い位置にまで岩を積み重ねていった。

ヤマトが、洞窟の穴の周囲にゆとりをつけて、岩を使って出入り口を囲い込むようにしたのには、もちろん理由がある。

洞窟の奥から飛び出して来たロックアーミーを、まずそこで足止めするためだ。

そして、高めに積み上げた岩は、飛び出して来たロックアーミーが、すぐに大暴れしようとすることを防ぐ狙いもあった。

岩で囲った内側はそれほど広くはなく、高めに積んだ岩の間近で悪魔が大暴れをしたなら、いかに知能が低い悪魔であろうとも、岩が落下し自身に命中すれば痛い思いをするであろうということは、予測できるのではないかというのが、ヤマトの一つの考えにある。自身に岩が命中して痛い思いをするということをロックアーミーが認識することができれば、そこで悪魔の動きは一旦、止まるだろう。

だが仮に、そのことをロックアーミーが認識することができなかったとして、悪魔が岩の間近ですぐに大暴れすることになったとしても、この積まれた岩が崩れることによって、その瓦礫がロックアーミーの足元にも崩れ落ちて、悪魔の行く手を阻むという別な点からでも、またそこで、悪魔の動きを少しでも止められるのではないかという計算もヤマトにはあった。

しかし、知能の低いロックアーミーといえども、今までなかったはずの囲いがあったとすれば、塀のように洞窟の出口の周囲を囲っている岩の壁の前で一瞬でも足を止めるか、その動きが鈍くなり、目の前の岩の囲いに迷う様子を見せる方が、可能性として強いのではないかということも、ヤマトは考えていた。

そして、それと同時に、ロックアーミーが洞窟の穴の中から出て来た際に、岩の囲いの外からハクが威嚇して吠え立てれば、ロックアーミーの気はハクの方にも逸れて、また悪魔の動きを止めることにも繋がるかも知れない。この時、少しでもヤマトが時間を稼ぐことができれば幸いだ。

悪魔・ロックアーミーが、洞窟の出口で動きを止めたり、ハクの威嚇に気を取られたりしている隙が、ヤマトにとって好機となる。

ヤマトにとって、その与えられる時間とは、ほんの僅かな時間かも知れない。だが、そこで悪魔を瞬時に見定め、その攻撃手段を変更するかについても速やかに判断しなければならなかった。それが悪魔を攻めていく契機にもなるのだ。

ヤマトが悪魔を見定めるための待機場所には、悪魔の目につかないような場所を既に選んでいた。

この広々とした空洞内には、岩壁から棚状にせり出している幾つもの岩石が見受けられた。その岩石の岩場の上は、ヤマトが待機するにはうってつけの足場ともなっていたのだ。

ヤマトはその中から、自分が待機するにはよさそうな場所を見つけた。その肝心な場所とは、ちょうど右側の洞窟の真上にあった岩壁から、その左側にある岩壁の方にまで、ほぼ一直線に大きく棚状になってせり出していた、上段にある岩場の部分であった。

ヤマトは、悪魔がいる右側の洞窟の真上とも繋がり、更に左側へと移動も可能なことから、上段にあったその大きな棚状となった岩場を選んだのだ。

ヤマトは待機場所を、右側にある洞窟の真上ではなく、その洞窟の真上からは完全に左側に逸れた上段にある岩場の位置にした。そしてヤマトは、そこからロックアーミーを見定めてから、迎え撃つことに決めたのだ。

だがヤマトが選んだ左側の位置からでは、悪魔が洞窟から出て来た時に後方の位置となってしまい、悪魔が後ろ姿ともなってしまうので、十分にロックアーミーを見定めるには、確認しづらい位置ともいえた。

しかし、悪魔の目につく位置にヤマトが待機していては、悪魔を見定めるどころではなくなってしまう恐れがあった。

そして悪魔が出て来る右側の洞窟の真上を選んだ場合、ただ攻撃を仕掛けていくだけならかなり有効な場所ではあったのだが、悪魔を見定めるという点においては、ヤマトが完全に悪魔の真後ろとなってしまうため、その位置も期待はできそうになかったのである。

ヤマトはそこで、ハクを待機させる場所と位置も同時に、つぶさに選んでいた。

ハクが悪魔を威嚇し吠え立てることで、一瞬でも悪魔がハクの方を向いたなら、ヤマトが悪魔のほぼ全体の姿を目視することは可能だ。

しかし、その方法を選んだとしても、ヤマトにとっては、真横からでしか悪魔の姿を確認することができないかも知れない。

だが、ヤマトが悪魔を見定める方法としては、真横から見るだけでも十分であったのだ。

ヤマトが知りたいロックアーミーの情報とは、悪魔の生体そのものだったからだ。

ヤマトの仕掛け作りの作業は、手馴れた手つきでどんどん進んでいた。

それからヤマトは更に、自身の待機する岩場の場所を決めた位置から右側の洞窟の真上にも、同じように岩場が棚状に繋がってせり出していることから、その上段にある岩場の部分も使って、最後の仕掛けに取りかかるところだった。

ヤマトはまず、洞穴内に転がっている大きめの岩を選び、右側の洞窟の前に転がして運んでくると、袋状になるように網を結ったその中心に、運んで来た大きな岩を載せた。網状にして結った、両端にある綱先の部分は二本だけ長く残しておき、それを悪魔がいる洞窟の真上から、大きな岩が落ちないように均衡を取りながら、両端にある綱をうまく引っ張り上げて岩を吊《つ》るし上げると、長く残しておいた二本の綱先は、棚状になった上段に突き出していた大きな岩に、きつく縛りつけて固定した。

長く残しておいた綱は、大きな岩が入った綱と連結しているので、どちらか一本でも綱を断ち切れば、袋状にした綱の中に入れてある大きな岩が落下するという、ヤマトの最後の仕掛けであった。

この大きな岩を落下させるのは、ロックアーミーが洞窟の出口で動きを止めた、その時が狙いであった。洞窟の真上にぶら下げた大きな岩を、悪魔の頭上めがけて落とすという作戦である。

この丈夫で長い綱は、山で何かあった時に使えるようにと、フシトウ山まで道案内をしてくれた村人が、別れの際にヤマトにくれた綱であった。まさか、思わぬところで使うことになろうとは、ヤマトは改めて、村人の心遣いに感謝していた。

ヤマトの仕掛けの準備も、これで万全に整った。

空洞内の天井に空いた岩石の隙間からは、陽光が所々から差し込み、空洞内を静かに照らしている。

ヤマトは、日が高いうちに、悪魔を洞窟内から引きずり出す作戦を実行に移すことにした。

ヤマトはまず、右側の洞窟の入り口付近に作った、高めに積んだ岩の囲いの仕掛けがある外側に、ハクを手筈通りに待機させると、次に、その積み重ねた岩の囲いの下にある、石と石との間に点火用に設けた隙間から、火打ち石で木の葉や小枝に火をつけた。

木の葉や小枝は瞬く間に燃え上がり、多量の煙が洞窟の中にどんどん吸い込まれていった。

ヤマトは、煙が洞窟の奥の方へと、しっかりと吸い込まれているのを確認すると、『頼むぞ』といわんばかりにハクに合図を送ってから、ヤマト自身も自らの所定の位置に着こうと、突き出た岩の上を軽々と伝いながら、棚状になった岩場の上段へと上って行った。

右側の洞窟の真上には、綱で繋がった岩がぶら下がっている。ヤマトは、岩がぶら下がっている状態に間違いはないか、その真上からもう一度素早く確認し終えると、右側の洞窟の真上から、棚状に連なっている岩場を、左側へと向かって行った。そしてヤマトも予定通りに、自身の待機場所である左側の岩場まで到着した。

右側の洞窟には多量の煙が吸い込まれてはいるものの、ロックアーミーが洞窟から出て来る気配はまだ、今のところはなかった。

ヤマトは、棚状になった岩場から落ちないように、岩壁を背凭《せもた》れにして、ロックアーミーが洞窟から出て来るのを待つことにした。ハクの様子を見ると、ヤマトの指示通りに問題なく待機したまま、大人しく座っている。

空洞内の天井から差し込む陽光も問題なく、ヤマトが見渡す視界も良好であった。

ヤマトたちが待機してから数十分の時間が過ぎた時だった、洞窟の穴の中からは、獣のような大きな唸り声が聞こえてきた。

普通であるならば、獣が洞窟にいたとしても、特別に不思議なことではない。しかし、フシトウ山には、動物たちの姿を一匹も見かけることさえなかったという経緯があった。この機会にちょうどよく、動物である獣が洞窟から出て来るということは、あまりにも不自然であり、考えにくいことでもある。この唸り声は紛れもなく、ロックアーミーのものに違いない。

ヤマトの耳は、洞窟の奥の方から反響しながら鳴り響いて聞こえてくる唸り声を、敏感に聞きつけていた。ヤマトはすぐに、背凭れにしていた岩壁から上体を離すと、右側の洞窟の入り口を、固唾《かたず》を呑《の》んで凝視した。

唸り声の主は、ヤマトたちが控えている空洞内に、どんどん近づいて来ているようであった。

火打ち石で火をつけた木の葉や小枝の炎は既に小さくなり、まだ燻《くすぶ》っている。

ヤマトの全身に、緊張が走った。

いよいよ、祠の龍からヤマトに与えられた一つ目の試練である、一匹目の悪魔・ロックアーミーとの戦いが始まろうとしていたのだ。

ヤマトの片手には、既に抜刀した、神剣・むらくもが握られている。その刀身は、白銀色の静かなる輝きを放っていた。

唸り声が、空洞内の出口に近づくにつれて、その地響きもまた、大きくなった。

ヤマトは緊張した面持ちで、左側の上段にある岩場の上から、一瞬の隙も見逃さないように、悪魔が出て来るのを待った。

ヤマトたちが待機している空洞内には、地響きが大きくなっていくにつれて、その天井から小さな岩の塊《かたまり》が、落下している。

ヤマトは自身が立つ、足場や周囲を警戒しながらも、右側にある洞窟からは、片時も目を離すことはなかった。

そして遂《つい》に、大きな唸り声とともに、悪魔・ロックアーミーと思われる怪物が、ヤマトたちの前にその姿を現したのだ。

山の麓に住む村人たちが言っていたように、その全身は赤茶色の短い毛で覆われており、その体つきも、人間より数倍の大きさがある怪物であった。

この怪物は、人間と同じように二足歩行であり、手足も太く、体全体が太い丸型だった。

あの大きな地響きは、大きな体の怪物が歩行することによって生じられていた、地鳴りであったのだ。空洞内には所々に、その天井から落下した、小さな岩石があった。

ヤマトは怪物を注視しながら、この怪物が紛れもなく、悪魔・ロックアーミーであるということを確認した。

ロックアーミーは、出口を塞《ふさ》いでいる岩の囲いの前で、立ち往生でもしているように、鈍い動きを見せていた。

いつもの出口がない、高めに積んだ岩の囲いの前で、迷っているのか？

高めに積んだ岩の壁は、ヤマトの身長よりも遥かに高い位置に作られていたのだが、体の大きなロックアーミーの胸部から上は、その高さを完全に超えて、岩の囲いの上から飛び出している。

だが、これはヤマトの想定内であった。

ヤマトの仕掛けは、麓の村人たちから、怪物の情報をしっかりと聞いたことを基礎として、作られたものなのだ。

ハクが唸り声を上げて、その囲いの上から飛び出しているロックアーミーの頭部に向かって、牙を剥いて激しく威嚇し、烈火の如《ごと》く吠え立てると、ロックアーミーはすぐにハクの方へと目を移し、その顔をハクの方へ向けた。

ヤマトの視線の先には、ハクに向かって大きな口を開け、太く大きな声で吼《ほ》えるロックアーミーの横顔が、はっきりと見えた。

大きな口腔内には、上下に鋭い牙がびっしりと生え揃っており、その目は、邪悪で真っ赤な輝きを放っている。

ロックアーミーは、ハクの様子に気を取られて、その動きを完全に止めていた。

その瞬間、ヤマトは岩場の地を蹴ると、棚状になった岩場の上を、右側の洞窟の真上に向かって疾走していた。ヤマトの研ぎ澄まされた闘争本能は、その隙を見逃さなかった。

ヤマトはまず剣の刃で、岩を吊るし上げていた綱を切断すると、洞窟の真上にぶら下げておいた大きな岩を、素早くロックアーミーの頭上に落下させた。

ハクに気を取られていたロックアーミーの脳天は、大きな岩の直撃を受けた。

直撃した岩は、ロックアーミーの頭上で粉々に粉砕し、ロックアーミーの体がよろめきを見せていた。

岩の直撃を受けたロックアーミーが、予想もしなかった事態に驚いたように頭を抱え込むと、僅かに俯いた。

だが、その体全体が岩石のように硬いというロックアーミーにとっては、そもそも痛みなど微塵も感じてはいないのかも知れない。

そのロックアーミーが俯いた次の瞬間、ヤマトは洞窟の真上から、ロックアーミーの大きな巨体に飛び乗っていた。ヤマトは迅速な動きで、即座にロックアーミーの首の付け根に両足を回して羽交《はが》い締《じ》めにすると、その頭が動かないように、しっかりと悪魔の頭部を固定してから、その刃を構えた。

ヤマトの攻撃手段に変更はなく、当初の予定通り、柔らかい部分で構成された組織のみを狙って、ヤマトはロックアーミーを打ち倒していこうと判断した。

ヤマトは、ロックアーミーに振り落とされる前に、羽交い絞めにした頭部の前面にある悪魔の顔に向かって、刃の切尖《きっさき》を力一杯ロックアーミーの眼窩《がんか》へと突き刺していた。

ロックアーミーの真っ赤な右の眼球は、その窪《くぼ》んだ眼窩の奥へと消え、大量の血潮が噴いた。

むらくもの刀身は、悪魔の柔らかな眼窩から肉を裂き、一部の脳を削ぎながら、その延髄まで貫いていった。

ロックアーミーが真上を向いて、凄まじい声で咆哮《ほうこう》した。

ヤマトの切尖によって貫かれた悪魔の右目は、その視力を失い血の飛沫《しぶき》を上げている。

地鳴りのような悪魔の咆哮は、空洞内を揺るがすと、その波動は衝撃波となって、天井にある岩石をも破壊して突き抜けてゆくと、天井には大きな穴が空いた。

ロックアーミーの重心が、少し右側に傾いていくと、その巨大な右手は一部の岩の囲いを壊しながら、自身の肩に乗ったヤマトを捕らえようと、その太い両腕を伸ばしていた。

ヤマトは、悪魔のその様子に、目を見張った。

だが確かに、ヤマトには手応《てごた》えはあったのだ。

白刃《しらは》の切尖は、ロックアーミーの延髄を貫いたはずであった。延髄を貫けば、悪魔の神経経路は遮断されるはずであったのだ。

しかし、ロックアーミーは、その動きを見せている。

ヤマトは悪魔に捕まる前に、その大きな背中を素早く蹴ると、ロックアーミーの魔手から逃れるように身を翻《ひるがえ》して、空洞内の地面へと着地した。

着地と同時に一瞬だけ、ヤマトは眉間《みけん》に皺《しわ》を寄せると、その顔をしかめていた。

洞窟内部に染みついたように漂っていた不快な異臭は、間違いなくロックアーミーから発せられている悪臭であった。ヤマトが悪魔の体に飛び移ったことにより、強烈な悪臭が更に鼻を突き、着地と同時に少し吐き気が込み上げたのだ。

だが、ヤマトが次に剣を構えて振り向くと、ロックアーミーはその動きを止めていた。

岩の囲いの中で、直立したまま動きを止めたロックアーミーの丸い巨体は、しばらくすると前方に残っている岩の囲いを崩しながら、ゆっくりと倒れていき、その崩れた岩の瓦礫の中に巨体を沈めていった。

ヤマトは、うつ伏せになった姿勢のまま瓦礫の中に埋もれるように倒れているロックアーミーに近づくと、ピクリとも動かなくなった悪魔の姿を、静かに見下ろしていた。

悪魔・ロックアーミーは、既に絶命しているようであった。

ヤマトは、息絶えた悪魔を前にして緊張を緩めると、安堵とともにホッと一息ついた。

空洞内の壊れた天井からは、眩しいほどの陽光が差し込んでいる。

一つ目の試練を成し遂げたヤマトは、目的を達成することができたという、その嬉しさと安堵を胸に、洞窟内から外に出ようと、その踵《きびす》を返した時だった。

ハクが突然、吠えたのだ。

ヤマトは咄嗟に振り向くと、目を大きく見開いた。

ヤマトの真後ろには、息絶えた悪魔が瓦礫の中に倒れ伏している。しかし、ハクが牙を剥いて激しく吠え立てている相手とは、その悪魔・ロックアーミーであったのだ。

ハクの様子を不審に思ったヤマトが、もう一度、倒れた悪魔を確認しようと、その間近に近づいた、次の瞬間だった。

息絶えたはずのロックアーミーが、突如として瓦礫の山に太い両腕をついて、勢いよく巨体を反らすと、その頭を擡《もた》げたのだ。

ヤマトはその光景に、一瞬だが目を疑った。

しかし、ヤマトの正面にいる悪魔の右目は潰れたままだが、左目は、その丸い形の目を大きく開き、真っ赤な邪悪な光を帯びて、爛々《らんらん》と光っていたのだ。

人間にとって致命的となるはずの攻撃は、悪魔にとって必ずしも有効とは限らないということだ。

ロックアーミーの邪気を帯びた視線は、ヤマトの姿を捉えている。

ヤマトは、身構えていた。

ロックアーミーは、眼前に立つヤマトに向けて、地を這《は》うような唸り声を上げて威嚇した。

自らの上体を、左腕のみで支えた悪魔は、残った右腕を高く振り上げていた。その手のひらで、岩石の地面の上にヤマトの身体を押し潰そうと、ロックアーミーの大きな手が、思いもよらない速さで、ヤマトの頭上に向かって迫っていった。

ロックアーミーの巨大な体は、見かけによらず敏捷なものであった。しかし、その敏捷性はヤマトの方が遥かに上回り、既にロックアーミーの飛来してきた太い右手は、軽々と避けられ

ていた。

地面を叩いた悪魔の手のひらの振動が洞窟内を揺るがすと、天井からは脆くなった岩石が降り注いだ。その地面を揺るがしながら、ロックアーミーの右手は休むことなく、ヤマトを狂ったように狙い、襲っていた。

だが、悪魔がヤマトを薙ぎ払おうとして、ヤマトに向かって何度も放った悪魔の右腕は、ただ空をさまようだけの攻撃に終わり、そして幾度も、その手のひらでヤマトを地面の上に押し潰そうと叩きつけた強烈な打撃も、全て悪魔の空振りに終わっていった。

しかし、ヤマトの額には、汗が滲んでいる。

ヤマトがいかに、敏捷性に優れているとはいえ、ロックアーミーの破壊力のある一撃を一度でも受ければ、ヤマトとて無事では済まないのだ。ヤマトは注意深くロックアーミーの動きや繰り出してくる次の攻撃手段を読みながら、悪魔と対峙していた。

だが、その体力は無限ではない。ヤマト自身の動きが鈍れば、命取りに繋がることにもなる。ヤマトは、自身の体力が尽きる前に、なんとしてでもロックアーミーを討ち取りたかった。

しかしヤマトは決して焦ることはなく、その反撃に打って出る機会を慎重に待っていた。

ヤマトとロックアーミーは、互いに向かい合った姿勢を崩すことはないまま、ロックアーミーの連続して打ち出されていく平手の打撃を、ヤマトは自身が持つ敏捷性を活かして、固い地面に転がることで回避したり、または身を翻してその強烈な一撃をかわしたりを繰り返しながら、殺傷力が高い悪魔の魔手から、うまく的確に逃れ続けていた。

やがて、捕らえることも仕留めることもできないヤマトに対して、しびれを切らしたように、ロックアーミーが苛立《いらだ》ったような低い声で吼えると、両腕を瓦礫の地面につけて、その上半身が前のめりの体勢を取った構えを見せると、口を大きく開き、そして大きく息を吸い込んでいた。

天井を破壊した、あの時の咆哮から発する、波動を出すつもりなのか?

あの衝撃波をまともに受けては、ひとたまりもない。

ヤマトは既に、疾走していた。

ロックアーミーは腹の底から、ヤマトに向けて、荒々しく咆哮した。

空洞内は再び、悪魔の咆哮する苛烈な雄叫《おたけ》びによって地鳴りを起こして揺れ、ヤマトの鼓膜は、空を伝わってくる、その音波の波動によって痛みを伴った。

まるで、遠吠えでもするようなロックアーミーの激昂《げっこう》する咆哮は、疾走するヤマトを追いかけるように長く尾を引いた。ヤマトがいる方向へと少しずつ顔の位置をずらしながら、怒涛《どとう》の如くヤマトをただ撃砕するために、激しく吼え叫んでいるようであった。

ヤマトから逸れた、咆哮による悪魔の衝撃波は、洞窟内の岩壁をことごとく破壊しながら、岩壁を岩石の屑《くず》に変えると、それは大きな音を立てて洞窟内に崩れ落ちていった。

このままロックアーミーに咆哮を続けられては、洞窟全体が崩壊してしまう危険があった。

だが、ヤマトはそれに怯《ひる》むことはなく、一瞬の隙をうかがっていた。

遂に呼吸が途絶えたロックアーミーが、再び息を吸い込もうとして、また大きな口を開いた時だった。ヤマトはそれを見逃さず、素早い速さで滑り込むようにして悪魔の懐に入り込むと、構えていた刀身の切尖で、ロックアーミーの口腔内に狙いを定めて、撃ち込んだ。

渾身《こんしん》の力を込めて突き刺したヤマトの刀身は、ロックアーミーの口腔内を斬り裂きながら、内部から頭上に向かっていた。

悪魔の口腔内からは大量の血液が溢《あふ》れ出し、ロックアーミーはもはや、唸り声を上げることも、咆哮することもできなかった。更に、両手を瓦礫の地面につけて、前のめりとなっている悪魔の体勢は、自らの巨大な体を支えるために、両手はその自由を失い、悪魔は立ち上がることすらできないようであった。

ロックアーミーは、口腔内に入ったヤマトの刀身を引き抜こうとして、両腕に力を込めると顎《あご》を上げた。しかし、ロックアーミーは刃から逃れることはできないまま、ヤマトは既に刀身を軸にして、円を描くようにしながら、その口腔内から頭上に達している白刃を、掻き回すように勢いよく動かしていた。

ロックアーミーの体は痙攣《けいれん》し、顔が仰《の》け反《ぞ》った。

ヤマトは、渾身の力を込めて、ロックアーミーの脳髄《のうずい》を抉《えぐ》ったのだ。

ヤマトはやがて、むらくもの刀身をロックアーミーの口腔内から引き抜くと、転がるようにその場から後方へと離れていった。

ロックアーミーの巨大な体は、大きく痙攣しながら再び岩の瓦礫の上に音を立てて崩れてゆくと、うつ伏せに倒れた。

ヤマトはそれに気を緩めず、今度は慎重に警戒しながら、ロックアーミーの様子を探るように見ていた。

しかし、ロックアーミーはその後、大きな痙攣によって、何度か大きく体が揺れ動くのを見せたのみで、その痙攣もだんだんと弱まり小さくなってゆくと、完全に動きを停止した。

ロックアーミーから流れ出る大量の血液は、瓦礫の中を伝って、岩石の地面に広がってゆくと、その辺りを血の海に染めていた。

ヤマトが立ち尽くしたまま、しばらくの間ロックアーミーを凝視していると、悪魔・ロックアーミーの巨大な体が突然、赤く鈍い光によって発色し始めたのだ。

ヤマトは再び、刀剣を身構えた。

しかし、ロックアーミーの全身が、赤く鈍い光の色によって包まれてゆくと、次の瞬間には、あの巨大な体が一片の肉片すらも残さずに、空洞内から跡形もなく、灰となって消え去っていた。

ヤマトがその光景に、驚きのあまり大きく目を見開いていると、雷鳴の轟《とどろ》く音が聞こえてきた。

ヤマトは一雨くるのかと、空洞内の天井に大きく空いている穴から、上空を見上げた。

しかし、見上げた空は晴天であり、雨雲一つなかった。

ヤマトは近づいて来る雷鳴の轟く音を不思議に思いながらも、その片手に握っていた神剣・むらくもに目が行った。すると、神剣が光によって包まれていたのだ。

ヤマトは、その光景に息を呑み込むと、食い入るように神剣・むらくもを見つめた。

白銀色の刀身は、静かな光によって包まれ、輝いている。

その時、空が裂かれるような雷鳴が轟き、ヤマトが再び上空を仰ぎ見ると、上空からは柱のような一本の光の筋が、一直線にこちらの方に向かって降りてきていた。

突如として現れた、燃えるように赤い一本の光の筋は、まるで神剣・むらくもに呼ばれるように、真っ赤に煌めく光の筋となって、神剣へと吸い込まれていった。

刀身を中心にして、神剣・むらくもは真っ赤なまばゆい光を放つと、その光は炎となった。

むらくもの剣はヤマトが見守る中で、炎となった光を刀身にまとうと、それはやがて刀身と一体となるかのように、その白刃の中へと静かに消えていった。

この光景は、一つ目の試練である、悪魔・ロックアーミー打倒に成功したことにより、炎の力がその光となって、悪しき者を打ち砕く聖なる〝火光〟の力として神剣・むらくもに宿った、その瞬間の出来事であった。

ヤマトは、祠の龍が言っていた、一つ目の力を見事に解放させることに成功し、聖なる力を一つ手に入れたのだ。

ヤマトは今度こそ肩の力を抜いて、ホッと一息つくことができた。

悪魔・ロックアーミーが消えた空洞内も、再び静けさを取り戻していた。

しかし、悪魔によって、ことごとく破壊された洞窟内の岩壁は瓦礫の山と化して、外へと繋がる洞窟の出入り口も、崩れた岩壁の瓦礫によって完全に塞がれて、ヤマトたちはその行き場を失っていた。

ヤマトは洞穴内の穴の底から、天井に空いた大きな穴を見上げた。その上空には青空が見えている。

ヤマトは、その天井の穴から外へ抜け出すことにした。

ヤマトとハクは、破壊された天井の岩盤や、空洞内の壊された岩壁の瓦礫の山を伝い歩きしながら、天井の穴を目指して進んで行った。破壊され、積み重なった岩石の量は山のように多く、残っていた棚状の岩場もあったことから、ヤマトたちは特に支障もなく、空洞内から外へと抜け出すことができた。

そして、悪魔・ロックアーミーの棲み家であった洞窟から、無事に道なき山間の道まで下りて来ると、フシトウ山の中腹から麓の村落に向けて、来た道を再び下って行った。

日が暮れると、焚き火を燃やして暖を取り、凍える夜をまた過ごした。

寒さの厳しい中腹地点を再度、ヤマトたちは無事に通り過ぎ、数日かけて下山して行くと、その寒さも次第に和らいで、暖かい風に変わっていった。

ヤマトの目の前には、緑豊かに茂るフシトウ山の風景が広がっていた。フシトウ山からは、山の入り口付近に鬱蒼とした森林や、力強く大地に根付いている草原が、一面に広がっている様子が見えていた。遠くには、村落が点在している様子もうかがえる。

山を登って行くよりも、山を下って行く方が、その山の道のりは、とても厳しいものがあった。ヤマトたちは、足元に注意しながら山を下降し、慎重に山道を進んで行くと、ようやく森林を抜けて、麓の草原へと辿り着いた。

ヤマトが、山の麓にある村落に到着する頃には、また太陽が傾き、日も暮れようとしていた。ヤマトは、日が暮れてしまう前に、預けていた自身の馬を引き取りに行くために、ハクと共に草原を急いで駆けて行った。

ヤマトは息を切らしながら山村の村の中に入って行くと、間もなくしてトミさんから教えられた、あの家の前まで辿り着いた。ヤマトは家の戸口の前で、まず自身の呼吸を整えてから、トミさんの家の戸口を軽く叩いていた。

家の中からは、すぐに応答があり、家の戸口はすぐに開いた。

開いた戸口の前では、予想もしていなかったヤマトの突然の訪問に、トミさんが驚愕のあまり、その目を見開いていた。その隣には、そろそろ日暮れも近いということもあり、帰宅しようとしていた別の若い女性の姿もあった。それは、あの村長の娘であった。彼女も、ヤマトの姿を目にして、驚いたように目を丸くしていた。

だが次の瞬間には、トミさんは嬉しそうにして、そのふくよかな体でヤマトをきつく抱き締めていた。ヤマトはそんなトミさんの様子に、戸惑う様子を見せたものの、「今、帰りました」と告げると、照れくさそうに微笑んだ。

ヤマトの肩に寄り添うように顔を埋めていたトミさんは、すぐに顔を上げたが、その柔らかで嬉しそうな目には涙が光っていた。

村長の娘も、その帰りを心待ちにしていたとでもいうように嬉しそうに目を細め、柔らかな笑顔を向けた。

「怪物退治は、無事に成功しました。もう二度と村落に住む村人たちが、あの怪物によって苦しめられることもありません。周辺の山々に棲んでいた動物たちもきっと、また山へと帰って行くでしょう」

トミさんと村長の娘は、ヤマトの言葉に弾かれたように互いに顔を見合わせると、次の瞬間にはその驚きと嬉しさで、歓喜の声を上げていた。

ヤマトはそんな二人の笑顔を見ながら、ロックアーミーがフシトウ山からいなくなったことで、その悪魔によって薙ぎ倒され、破壊されてきた緑豊かな自然も、また歳月をかけて再生してゆくであろうと、心の中でそう思っていた。

「よく無事に帰って来てくれたねぇ。随分心配していたんだよ」

トミさんは何度も頷きながら、ヤマトの活躍とその帰りを心から喜んでいた。

「ほんと、無事でよかったよ。あの化け物との戦い大変だったろう？　けんど、村のものも皆、これで安心して暮らせるようになるねえ。本当にありがとう！　早速、お父に知らせるから」

村長の娘は、両手でヤマトの両手をしっかりと握り締めると、嬉しそうに深く頭を下げた。

そしてトミさんの家の戸口から、大急ぎで風のように出て行った。

「その辺で転ぶんじゃないよ！」と、トミさんの大きな声が、村長の娘の後を追った。

「大丈夫ねぇ！　トミさん、また明日！」

今度は、村長の娘の活気ある大きな声が返ってきた。日が暮れていく村落の中を、胸を弾ませて駆けて行く足音が聞こえてきた。

村長の娘が帰って行くと、トミさんは早速、家の中へとヤマトを招いた。もうすぐ日没だから今晩は泊まっていけよと、ヤマトに声をかけたのだ。

しかしヤマトは、トミさんと約束した通りに、ただ預かってくれた馬を引き取りに来ただけなのだと、トミさんの言葉に両手を振って遠慮していた。

するとトミさんは、怪物退治で、体もとても疲れているだろうと、心配そうにヤマトを見た。そして、せめて体を休ませるくらいのお礼はさせてほしいのだとヤマトに伝えると、優しく笑んでいる。

ヤマトは、自分を心配してくれるそんなトミさんに、故郷にいる母親が偲《しの》ばれた。そして自らの母親や家族のことを思い出して懐かしい思いに駆られると、トミさんの温かな心遣いに素直に甘えることにしたのだった。

旅装を解いて寛《くつろ》ぐヤマトの前に、トミさんは朗らかに笑いながらたくさんの手料理を運ぶと、ヤマトをもてなしながら、二人で話に花を咲かせている。

トミさんの家の戸口の片隅には、ハクも招かれていた。

村落のために怪物退治に貢献してくれた感謝のしるしとして、ハクもトミさんから大きな肉の塊や干し魚のご褒美を、たくさんもらっていた。ハクは、トミさんにもとてもよく懐いたことから、トミさんからもとても可愛がられた。

ヤマトは、トミさんとハクの楽しそうな光景に目を細めると、穏やかに微笑んでいる。

ハクはとても喜んでいるようにその尻尾を振りながら、たくさんあった肉や魚を食べ終えると、その戸口の片隅で、いつものように丸くなって寝る準備をすると、大きな欠伸《あくび》を一つしてから、眠りに就いたようだった。

やがて、トミさんの美味《おい》しい手料理をお腹いっぱいご馳走《ちそう》になったヤマトも、その火が消えた炉の前で、むしろの上の床に就くと、久しぶりに深い眠りの中に落ちていった。

翌朝、ヤマトがむしろの上で目を覚ますと、トミさんの姿はもう、家の中には見当たらなかった。

村落に住んでいる村人たちは、どの村落に住んでいる村人たちであろうとも、朝が早いということは、皆、共通していることであった。

ヤマトは、自身が寝過ごしてしまったのかと思い、慌てて床から飛び起きると、まだ夜が明けようとしている時分だった。戸口の片隅では、ハクも寝息を立てて、まだ眠っている。

しかし、夜明け前だというのに、トミさんは一体どこへ行ったのだろうか？

ヤマトは、自身が寝過ごしていなかったことに一安心すると、トミさんの帰りを待ちながら、旅の準備に取りかかった。朝日が昇るのと同時に、山村を出発するつもりだったのだ。

それは、二つ目の試練に向けて、少しでも早く次の目的地を目指すためだった。

次の土地でも、今回のように二四目の悪魔によって苦しめられて困っている村人たちが大勢いるに違いないと、ヤマトは今回の一四目の悪魔が引き起こしていた悲惨な事態を知ることにより、その恐れを強く感じていたのだ。

ヤマトが、早々に準備を済ませて立ち上がるとちょうど、家の戸口も開いたところであった。

そこには、木の実などの保存食を抱えたトミさんの姿があった。

トミさんは、旅支度を早々と済ませていたヤマトの姿を見るなり、「もう出発してしまうのかい」と一言いうと、残念そうに肩を落としていた。

しかし、トミさんはヤマトとの別れを寂しく思いながらも、ヤマトの無事な旅路を強く祈っていた。

トミさんは、持っていた保存食をヤマトに手渡すと、「ずっと元気でいるんだよ」と声をかけてから、名残惜しそうにしてヤマトを強く抱き締めた。

ヤマトは、トミさんに一晩お世話になった感謝の気持ちとともに、旅の道中では、とても貴重となる保存食を頂いたお礼を伝えていた。そして、これからはトミさんが、明るい日々を過ごしていけるようにと、ヤマトはただそのことを願うばかりであった。

トミさんの家の戸口から外に出ると、預かってもらっていた馬が、既に待機していた。馬の背には、空になっていたはずのひょうたんの水が、既に満杯になった状態で幾つもぶら下がっている。

どうやらトミさんは、夜明け前から早々に起きて、ヤマトの旅路の準備をしてくれていたようだ。

家の戸口が開いた時に、トミさんの両手には、干した木の実がいっぱい抱えられていた。ヤマトがいつでもすぐに旅立つことができるようにと、トミさんが世話を焼いてくれたのだ。

ヤマトが家の周囲を見渡すと、戸口の外にはたくさんの山村の村人たちも集まっていた。

その中には村長の娘の姿もあり、その娘の隣には、村長らしき父親の姿もあった。

それに、フシトウ山まで道案内をしてくれた、あの時の片足が不自由な男性と、背の高い男性の姿もある。二人の男性は、ヤマトの実力を大したものだと感心し、その勝利に喜ぶと、その感謝の気持ちを早速、ヤマトに伝えていた。

他の村人たちから少し離れた位置には、怪物の居場所を聞こうとした時に一緒にいた小太りの男性と、無骨で大柄な男性の姿もあった。

ヤマトの前には、二人の男性と入れ替わるようにして、すぐに村長の娘と村長である父親もやって来た。

「こんたびは、あの恐ろしい怪物を倒してくれたという話を娘から聞き、戦士どのにお目通りさせていただきました。フシトゥ山の麓に住む村人たちを、大変な危機から救ってくださったこと、深く感謝しております。こん村を束ねる村長でありながら今までなんも知らず、戦士どのにご挨拶することが遅くなってしまい、誠にすまねえ」

村長は、ヤマトの前で丁寧に深々と頭を下げると、嬉しそうにして涙ぐんでいる。

村長の娘も父親と並んで、ヤマトに頭を下げるとにっこりと笑っている。その小さな両手でヤマトに差し出した手製の袋の中には、たくさんの干し肉が詰め込まれていた。

村長の娘は、ハクの分もいっぱい干し肉が入っているからと、無邪気に言ってヤマトに袋を手渡した。

しかしヤマトは、村長の娘から受け取った干し肉の量があまりにも多かったことから、首を横に振ると、すぐに辞退した。

保存食とは、村落で何か起こった際に、どこの村落でも人々の貴重な食料となるのだ。ヤマトが保存食をこんなに多く受け取ってしまったら、いざ村人たちが必要となった時に、不足してしまうのではないかと危惧したのだ。

そして、貧困な村人たちにとって、保存食とはとても高価な品でもある。そんな高価な品物をこんなにも多く、ヤマトは安易に受け取ることができなかったのだ。

「戦士どのにはほんの少しのお礼でしか、感謝の気持ちをお伝えすることができねぇのが残念でならねぇですが、ワシら村のもんのみんなの気持ちですけえ、どうか遠慮せずに持っていってくだされ」

娘に返そうとした干し肉が入った袋を手に、心配そうな顔をして立ち尽くしているヤマトに向かって、娘の隣にいた村長が、笑顔で言った。

ヤマトは、まだ困ったように立ち尽くしている。

手渡された袋は、行き場を失ったようにヤマトの両手に載せられたままであった。

「ワシらは家畜を飼っとる山村の集まりだからねぇ、遠慮することあねえだよ。確かに干し肉もよその村では高値だが。んだども山村に住む者にとってはそうはならねぇ。なにせ干し肉となる原料がたくさんおるからなぁ。だから戦士どのが心配することはなんもないけえ。それに、戦士どのに受け取ってもらえないとしたら、ワシらは一体どうやって感謝の気持ちを伝えたらよいものか……」

村長は、ヤマトにそう言うと、途方に暮れてしまったように、その眉尻を下げた。

周囲に集まっていた多くの村人たちも、ヤマトに感謝の思いを伝えることもできないという寂しさからか、辺りが一転して暗くなると、皆どうしてよいのか分からないまま、狼狽《ろうばい》した。

山村の実情を聞いたヤマトは、自身が逆に、村長や村人たちを困らせてしまっていたことに気がついた。

「保存食がどんなに高価な品で貴重な物か、俺もよく知っています。だからこそ、俺にとっては身に余るほどの光栄な品なんです。ですが村長、そういうお話でしたら、喜んで頂戴したいと思います」

ヤマトは山村の村事情を把握すると、それに安堵するように、今度は恐縮そうに頭を下げると、干し肉が入った袋を有り難く受け取ることにしたのだ。

村長の目が大きく見開かれると、その表情には途端に笑顔が戻り、その娘は父親の隣で安心したように細い肩を下げていた。集まっていた村人たちも皆一斉に、ヤマトの言葉で明るい笑みを取り戻すと、ヤマトに深く感謝した。

「戦士どのは、村落のために怪物を倒してくれたばかりじゃなく、こん村の行く末まで考えた上で答えを出してくれただ。ワシが知る戦士の中でも、そんお心は誰よりも深く、人々にとって優しい存在であるとワシは今、痛感しておる。こん村に住む村のもんは生涯、戦士どのを忘れるもんなど、誰一人いねぇ。ワシらの感謝の思いを受け取ってくれたこと、そんで、麓の村落を怪物から助けてくださったことも……改めて、ありがとうごぜえました」

村長は、もう一度重ねてヤマトに深く頭を下げると、その目頭を熱くさせていた。村長はヤマトの言葉の中に、この村落に対する深い思いやりの気持ちがあったことを知ったのだ。

トミさんが村長の隣に来て、笑顔でその肩を擦《さす》っている。

「こちらこそ、心温まる数々の心尽くしに感謝しかありません。ありがとうございました。皆さん、これからもどうかお元気でいてください」

ヤマトは、集まってくれた村人たちを見渡すと、感謝の気持ちを込めて人々に深く一礼し、微笑んでいた。

ハクは、トミさんの家の戸口から既に、山村の外へと出ている。ヤマトは、その後を追うように踵《きびす》を返すと、預けていた馬の手綱を引いて、山村の出口の方へと向かって行った。

村人たちもヤマトを見送ろうと、その後に続いて村の中を続々と歩き始めている。

そして村人たちは、入れ替わるようにヤマトと並んで歩きながら、それぞれの口から順番に、凶暴な怪物に打ち勝ったヤマトの勝利を称《たた》えるとともに、その深い感謝の気持ちを直接、伝えていったのだ。

ヤマトが最後の村人の感謝の言葉を聞き終える頃には、辺り一面に草原が広がっている山村の外に出た。その草原の中では、ハクがヤマトを待っていた。

ヤマトは、颯爽と馬の背に飛び乗ると、その後方から焦ったように声をかけてきた村人がいた。

ヤマトがその声に馬上より振り向くと、そこにはあの時の小太りの男性と、無骨な男性の姿があった。

「あん時は……すまねえ」

小太りの男性が、以前に自身がヤマトに言った、あの時の罵声を反省するように、ヤマトの前で小さく頭を下げていた。

「ほんと、すまねぇな。実際、あの化け物に勝てるヤツなんかいねぇと、はなっから思ってたんだよ。こげな山ん中の地帯に、頼れるような腕の立つ戦士なんかもいるわけもねぇし、そん戦士だって今までどっからも来たことはねぇ。だがらよ……どっかから怪物の噂話を聞いて来たもんが、化け物のところにも行く気もねえくせに……面白がって、落ち目にある救いようもねえ、こん麓の村落のことさ冷やかしに来たんだと、おめえのこと思っちまったんだよ」

無骨な男性が仏頂面で馬上のヤマトを見上げると、そう告げていた。

ヤマトは馬上から、二人の男性を見下ろしている。

「戦士どの！　こん二人をどうか許してやってくだされ！　こん二人は目の前で、怪物によって家族全員の命を奪われてしまったもんたちなんじゃ……けんど……それ以降、こん二人だけは、ひねくれもんのように変わっとってしまいましてなぁ……んだども、こん二人が悪いわけじゃねえ。悪いのは怪物と、ワシの心配りが足らんかったんが原因なんねぇ……」

二人の男性を庇うようにして、村長が突然ヤマトの前に出ると、その肩を落として悲愴な面持ちで、ヤマトに懇願するように彼らの事情を伝えた。

「俺は気にしていませんよ。むしろ……もっと早く事を知り、この土地に駆けつけることができればよかったと思っています。それがただ無念でなりません。ここに辿り着くことが遅くなってしまい……申し訳なかったです」

ヤマトは、強く心を痛めていた。

二人の男性は、ヤマトの言葉に強く心を打たれたように目を大きく見開くと、小太りの男性が突然、草原の上にしゃがみ込んで、しゃくり上げるように泣き出してしまったのだ。

小太りの男性が激しく泣き出すと、その傍《かたわ》らには彼らの仲間がすぐに駆けつけていた。片足が不自由な男性と、背の高い男性だった。あの時、この二人の男性と一緒にいた、彼らの仲間であった。

無骨な男性の無表情な目は、うっすらと赤く染まり、涙が滲んでいた。

小太りの男性は、家族を怪物によって奪われてしまったことで、どこか依怙地《いこじ》となり、他人を信じられないようになっていき、他人を思いやるという本来の優しさまで失ってしまったのかも知れない。そして無骨な男性は、目の前で家族を失ったという衝撃があまりにも強く、本来人間が持つ豊かな感情がどこか欠如してしまい、その表情すらも失って、無表情な顔つきになっていってしまったのかも知れないと、ヤマトはそんなふうに感じて、そのことに痛烈に胸を痛めていたのだ。

「……そんなこたぁねえ。麓の村落のために、こげな山ん中まで来てくれたこと、ありがとうございました。ほんと、すまねがった」

無骨な男性が、ヤマトに最後にそう告げると、ヤマトは笑みを浮かべて頷いた。

「失った人たちは戻ることはありません。それは本当に……たとえようのないほどつらく悲しいことです。ですが、あなたたちには同じ村落に住む仲間たちがいる。決して、一人ではありませんよ。どうかそのことを忘れずに、村の仲間たちと共に元気に生きていってくれることを俺は願っています」

自分の家族が怪物に命を奪われる瞬間の惨状を目の当たりにしてしまったことで、二人の男性は捻《ひね》くれたようになっていってしまったということだったが、しかし二人の男性はまだ、自暴自棄にまでは陥っておらず、手がつけられないほど手遅れではないということは、ヤマトも感じるところであったのだ。村のために力を尽くそうという思いは、確かに二人の男性にも強く残っている。

それは、怪物によって被害を受けた家屋の修繕に、仲間と共に向かっていたこの二人の男性の姿を、ヤマトが覚えていたからだった。

ヤマトはそこで、あえてこの二人の男性に、その言葉を選んで伝えることにしたのだ。

だが、悪魔・ロックアーミーによって、多くの尊い命が奪われたという惨《むご》たらしい現実と、またそれによって残された者が、深い傷を背負わなければならなくなったという悲しい現実の残酷さに、ヤマトは切ない思いに駆られていた。

村長は、馬上のヤマトに向かって、丁寧に頭を下げていた。時間はかかるかも知れないが、きっといつか、二人の男性も笑顔を取り戻してくれる日が来ることを願いながら、ヤマトは馬上から皆に一礼すると、今度こそ馬の腹を蹴り、山村から旅立って行った。

村人たちは皆、遠ざかって行くヤマトの後ろ姿を見守りながら、ヤマトの無事な旅路を願い、草原から手を大きく振っている。

ヤマトの耳には、いつまでも村人たちの感謝の声が届いていた。

村長の娘が、別れを告げる声も聞こえている。トミさんのヤマトの健康を気遣う声も届いていた。

草原には、さわさわと心地よい風も吹き、よい天気にも恵まれそうであった。

ヤマトが山村の人々の歓声を浴びながら、やがてハクと共に山村から遠く離れて行くと、村人たちの目にも、とうとうヤマトの姿は見えなくなっていった。

ヤマトは先行く途中でもう一度、馬の脚を止めると、既に遠ざかって見えなくなった山村があった方角を見つめていた。

ヤマトの目には、美しいフシトウ山も映っている。

ヤマトはフシトウ山の麓にあった三つの村落に向けて、悪魔によって命を落としてしまった村人たちの御霊《みたま》を弔《とむら》うように、最後に祈りを捧げていた。

フシトウ山を悲しげに見つめていたヤマトの脳裏には、一晩お世話になったトミさんとの昨夜の会話が、不意に思い出された。

その会話とは、亡くなったトミさんの息子の話であった。

トミさんの息子は、ちょうどヤマトと同じくらいの年頃で命を落としたという。夫も息子も怪物によって亡くしてしまったトミさんは、この家にずっと一人で住み続けているのだと言っていた。頭では分かってはいるものの、心のどこかでは帰らぬ夫や息子をずっと待ち続けていたのかも知れないと、トミさんは自嘲気味に言葉を綴《つづ》っていた。

しかし今夜は、本当の息子はもうこの世にはいなくなってしまったが、もう一人の息子ができたみたいで嬉しいのだと、ヤマトにそう語ったトミさんは、穏やかに笑っていたのだ。また、いつでも帰っておいでと言ったトミさんの声と柔らかな表情が、ヤマトの耳と脳裏には、今でもはっきりと残っていた。

ヤマトは、いつかまたこの土地に来る機会に恵まれることがあれば、必ずトミさんに会いに行くと約束した。

しかしそれは、この乱世においてもう一度、かなうかかなわないか分からない、そんなトミさんとの約束でもあった。

ヤマトは、そんなことを思い返すと、どこか嬉しそうにしながら、今度は緩やかに口角を上げて薄く微笑むと、再び馬の手綱を引いて、更に南へと向かって草原を駆け抜けて行った。

フシトウ山を後にしたヤマトは、なだらかな山間の道を、数日間かけて南下して進みながら、ハクと共に次の目的地へと向かって旅を続けていた。

標高が高い比較的平坦な道をひたすら下って進んで行くと、やがて山々が連なる高原地帯を抜けて、一面に平野が広がっているのが見えてきた。

これまでの山々に囲まれていた景色とは一変して、この平野の土地にはほとんど山並みもなく、草花などの自然の緑の豊かさの他に、水源が豊富にある土地であり、その平野である大地もまた、どこまでも広大に広がっている土地であった。

平野には、幾つもの小川が流れており、大小様々な大きさの無数の湖が点在している。

二四目の悪魔である、三つ首の竜ヘルブレスは、イノカゴの湖と呼ばれる湖を棲み家にしていると、祠の龍は言っていた。

ヤマトは、緑豊かな平野の風景を見渡しながら、しばらく馬の脚を進めて行くと、少し先にある湖の近くに村落を見つけた。

ヤマトはまず、二四目の悪魔・ヘルブレスの情報を得るために、そこに立ち寄ってみることにした。

ヤマトが村落の方へと近づいて行くと、湖の畔で作業をしている一人の老人の姿を見つけた。

この村落は、どうやら湖の近場ということもあり漁村のようだ。

ヤマトは早速、馬の背中から降りると、湖の畔で漁労に使うであろう網を修繕していた老人に、話を聞いてみようと声をかけた。

するとと老人は、旅をしてここまで辿り着いたというヤマトの言葉に快く頷くと、知っていることを話してくれた。

この広大に広がる平野には、大小数多くの湖があるのだが、七十キロメートルばかり南下した先に、確かにイノカゴの湖という湖があると言う。そしてその湖に怪物がいるという噂話なら、随分昔からある話で、老人も幼い頃より聞いたことがあると言った。

しかしそれは、この近辺ではただの噂話にしか過ぎず、この辺りに住む人々は、怪物の話など誰も信じてはいないのだと老人は言う。それは、この漁村とは距離も随分離れた湖の話であり、この辺りの人々で、遠く離れたイノカゴの湖にわざわざ出かける人もいないということもあって、その怪物を実際に見た人がこの近辺にはいないことが理由なのだ、とヤマトに伝えた。

そしてイノカゴの湖とは、他の湖とは違い湖面が穏やかであり、その湖面には周りの景色が美しくよく映り込んで見えるので、イノカゴの湖かどうかを確かめるためには、湖の湖面が穏やかであるかを目視すれば、すぐに判断がつくと、老人は教えてくれた。

更に老人は、イノカゴの湖を目指して進んで行くのであれば、この土地はとても広く、湖の数も多いので、詳しい湖の場所などが知りたければ、もっと南下して進んだ先にも幾つもの村落があるから、そこで村人を見つけて話を聞いた方が、湖に辿り着くのも早いだろうと、ヤマ

郵便はがき

料金受取人払郵便

新宿局承認

2524

差出有効期間
2025年3月
31日まで
(切手不要)

1608791

141

東京都新宿区新宿1－10－1
(株)文芸社
愛読者カード係 行

ふりがな お名前			明治 大正 昭和 平成	年生 歳
ふりがな ご住所	□□□-□□□□		性別 男・女	
お電話 番 号	(書籍ご注文の際に必要です)	ご職業		
E-mail				
ご購読雑誌(複数可)		ご購読新聞 新聞		

最近読んでおもしろかった本や今後、とりあげてほしいテーマをお教えください。

ご自分の研究成果や経験、お考え等を出版してみたいというお気持ちはありますか。

ある　ない　内容・テーマ(　　　　)

現在完成した作品をお持ちですか。

ある　ない　ジャンル・原稿量(　　　　)

書　名				
お買上 書　店	都道 府県	市区 郡	書店名	書店
			ご購入日	年　　月　　日

本書をどこでお知りになりましたか?

1.書店店頭　2.知人にすすめられて　3.インターネット(サイト名　　　　　　　　)

4.DMハガキ　5.広告、記事を見て(新聞、雑誌名　　　　　　　　)

上の質問に関連して、ご購入の決め手となったのは?

1.タイトル　2.著者　3.内容　4.カバーデザイン　5.帯

その他ご自由にお書きください。

(　　　　　　　　　　　　　　　　　　　　　　　　　　　　)

本書についてのご意見、ご感想をお聞かせください。

①内容について

②カバー、タイトル、帯について

弊社Webサイトからもご意見、ご感想をお寄せいただけます。

協力ありがとうございました。

お寄せいただいたご意見、ご感想は新聞広告等で匿名にて使わせていただくことがあります。

お客様の個人情報は、小社からの連絡のみに使用します。社外に提供することは一切ありません。

書籍のご注文は、お近くの書店または、ブックサービス(0120-29-9625)、セブンネットショッピング(http://7net.omni7.jp/)にお申し込み下さい。

トにそう勧めてくれたのだ。

また、この土地には、平野を田畑として開拓した農村も多いのだが、湖の近くにある村落は、その全てが漁村と思っても間違いないということも、老人は旅人であるヤマトに親切に教えてくれた。

この土地の南下した先に、イノカゴの湖という湖があり、そしてその湖に怪物が出るという噂話は、ヤマトにとって有力な情報であった。

そしてそれはまさしく、祠の龍が言っていた湖の呼び名と一致したのだ。あとは、その湖で噂されている、怪物の真相を確かめる必要があった。

ヤマトは、漁村の老人に話のお礼を言い終えると、馬の背に跨り、早速イノカゴの湖を目指して、更に南下して平野を進むことにした。

照りつける太陽の日差しと、平野を吹き抜けてゆく風を身に受けながら、ヤマトは幾つもの小川を渡り、そして大小様々な数多くの湖の前を横切りながら、南下して行った。

ヤマトは馬上から、移り行く周りの景色を眺めながら、広大な平野の中に、ポツリポツリと疎《まば》らに点在する農村と、その広い畑の中で農作業に勤しんでいる人々の姿を目にした。

一方、湖の近場にあるという漁村は、小さな湖の近くには一つも見受けられなかった。漁村は、ある一定の大きさがある湖の近くでのみ、村落が作られているようだった。

一つの湖には、最低でも二つの漁村が存在し、共に離れた位置に漁村を広げて建てており、それぞれが独立した村落として、村人たちが暮らしているのがうかがえた。

ヤマトは、広大な平野に広がる、人々のそんな日常の風景を見渡しながら、数日かけて南下を続けていたが、小さな湖のそばで、今日もそろそろ休憩を取ることにした。

小さな湖の畔にある一本の木に、馬の手綱を括りつけると、ハクと馬は湖の水を飲み始めていた。ヤマトも自身が持つ、空になった水入れのひょうたんに、湖の水を入るだけ注ぎ入れると、畔の草地に座って干し肉を食べ始めた。

やがて、ハクが水を飲み終えて、ヤマトのそばへと戻って来ると、ヤマトはハクにも干し肉を与えた。湖の際《きわ》には、青々とした草が生い茂り、馬も美味しそうにして草を食べている。

この土地は水源が豊富であり、水には困ることがないので、旅も少し安心だった。

干し肉を食べ終えたヤマトは、草地の上にゆったりと大の字に寝転ぶと、束の間の休息を取った。ヤマトの目の前には、青空が広がっている。

あれから数日間かけて歩き続けて来た距離を、ヤマトは大よそ推測しながら南下して来た。教えられた距離からすると、イノカゴの湖にも大分近づいた距離かとも思い、あの漁村で話を聞いた老人の助言通りに、今日は日が暮れないうちに、近くに住んでいる村人を見つけて、湖がある場所を聞いてみようかと、一面に高く青い空をぼんやりと眺めながら考えていた。

ヤマトが今まで通り過ぎて来た湖の数を考えただけでも、多くの湖が点在していることが分かった。この土地は、とにかく広いようなので、まだ目にしていない湖も含めると、きっと他にも多くの湖があることが予想される。やはり、ヤマト一人でイノカゴの湖を探し出すことは、かなりの時間を要することであり、それだけまた日数もかかってしまうと、ヤマト自身も直接、この広い平野を歩き続けて来て、そう実感していたのだ。

すると、女性同士で話す声が、どこからか聞こえてきた。声は、こちらの方に向かって、どんどん近づいて来ているようだった。

ヤマトは素早く身を起こすと、すぐに声のする方向へと駆け出して行った。

ヤマトの目先には、一台の牛車を引き連れて、こちらの方に向かって共に歩いてくる二人の年配の女性の姿が見えた。牛車の荷台は、積み荷で盛り上がっているようだ。

ヤマトは早速、農婦らしい二人の女性のもとに歩み寄ると、声をかけた。

足を止めて、ヤマトの話に耳を傾けてくれた二人の年配の女性は、この近くにある農村に住んでいて、今はその農村に帰る途中なのだと言った。

長い髪を束ねた女性が指差す方向には、一つの農村が見えている。どうやら二人の女性は、物々交換をし終えた帰り道のようだ。牛車の積み荷には、樹皮で編んだ大きな袋が被せられており、その隙間からは貝や魚の尾ひれなどが、所々飛び出している。

農村に住む二人の女性は、この辺りにある漁村からの帰り道なのだろう。漁村がある湖で取れる水産物と、農村の畑で実る農作物をお互いに物々交換し合って、生活を営んでいるのだ。

しかし、生活の糧となる別の異なる食料が、近場で手軽に物々交換が可能であるという土地もなかなか珍しい。普通ならば、目的の物資がある場所までは、馬や牛などを引き連れて、物々交換に至るまでには何日もかかってしまうものだった。ヤマトの農村も例外ではなく、水産物を得るためには数日も村落を離れなくてはならなかった。

この土地には農村ばかりではなく、数多くの湖が点在するので漁村もまた、多かった。人々が、身近で手軽に農作物と水産物が交換できるのも、この土地ならではの光景でもあったのだ。

ヤマトは、身近なところで物々交換が可能という便利さを少しだけ羨《うらや》ましく思いながらも、帰路を急いでいるであろう二人の農婦に、手短に話を済ませようとイノカゴの湖の場所を尋ねた。

もう一人の髪の短い年配の女性の話では、イノカゴの湖は、もう少し南下した先に進んだところにあるという。これからすぐに出発するのであれば、日暮れまでには到着するだろうと話してくれた。その湖の近くには、他の村では類を見ないような石によって囲まれた一つの漁村があるので、行けばすぐに分かるということだった。

ヤマトが、もう少しその漁村の外観について詳しい話を聞いてみたところ、なんでも漁村の通り沿いには、まるで村落を囲むようにして、石などを塀のように高く積み上げているということだ。

しかし、それを話し終えた二人の農婦は、その話が皮切りにでもなったかのように、今度はヤマトに向かって、何やらその漁村の噂話をコソコソと話し始めたのだ。

その話によると、その漁村に住む村人たちは、随分昔から、よその人との関わりを持たないのだということだ。しかし、それ以前のずっと昔の話では、近隣にある一つの農家とも物々交換をしながら、お互いに仲良く村落同士のおつきあいをしていた頃もあったという。

あの漁村に何があったのかは不明だが、とにかくこの土地に住んでいる人が、あの漁村を訪ねたところで、門前払いになってしまうのが、今では当たり前になってしまったのだという話であった。

二人の農婦は、漁村の通り沿いを囲う石で積まれた高い塀も、外部の人間が勝手に村落に入れないようにするためと、村落の中の様子を周囲に知られないようにするために作られたものではないのかと噂している。あの漁村に住んでいる村人は、いつもよそよそしい態度で、身近に住む農村の村人たちが見かけても、声をかける間もなく、高い石の塀によって囲まれた漁村の中に、逃げるようにして入って行ってしまうのだということだった。二人の農婦は、あの漁村に住む人々は皆、変わり者で、よその村落に住む人々とは完全に距離を置いているのだと、ぼやいていた。

しかしヤマトは、そんな農婦たちの話を聞き、その漁村には、人には言えない何か特別な訳があるのではないかとも考えていた。イノカゴの湖を棲み家としている悪魔・ヘルブレスがもし、湖の近場にある漁村に深く関与しているとするならば、それもヤマトにとって、納得のできる話であった。

人間に災いをもたらすといわれる悪魔という存在が、湖に近づく人々を襲うだけではなく、もしかすると身近に住んでいる漁村の村人たちをも長い間にわたって苦しめているのではないかと、ヤマトはそう思ったのだ。

そう考えると、ヤマトにはもはや、嫌な予感しかしなかった。

ヤマトは二人の農婦に、湖の情報を提供してくれたことに感謝すると、一礼をしてすぐさま小さな湖の畔に戻ると、繋いであった馬に騎乗して、目的地であるイノカゴの湖へと急いで向かうことにした。

再び平野を南下して、ひたすら先に進んで行く馬の後方には、ハクもピッタリとついて来ている。ヤマトは強弱をつけながら風を切るように、しばらく馬を走らせて南下して行くと、やがて通り沿いに石の山が見えてきた。

馬を少しだけ急がせて来たので、日暮れ前には目的地に辿り着けた。

あの高く積まれた塀のような石の山が、先ほど二人の農婦が教えてくれた、漁村を囲うようにして作られているという、石の塀であることに間違いないだろう。

塀は、木々などを上手にあしらい、石を山のように積み上げた形で作られている。外観だけでは、石に囲まれた内側に一体何があるのか、皆目見当もつかなかった。

この高く積まれた石の内側に囲われるようにして漁村があるという話を、農婦たちから聞いていなければ、ヤマトはただの石の山だと思って、内側に隠されるようにしてある一つの村落

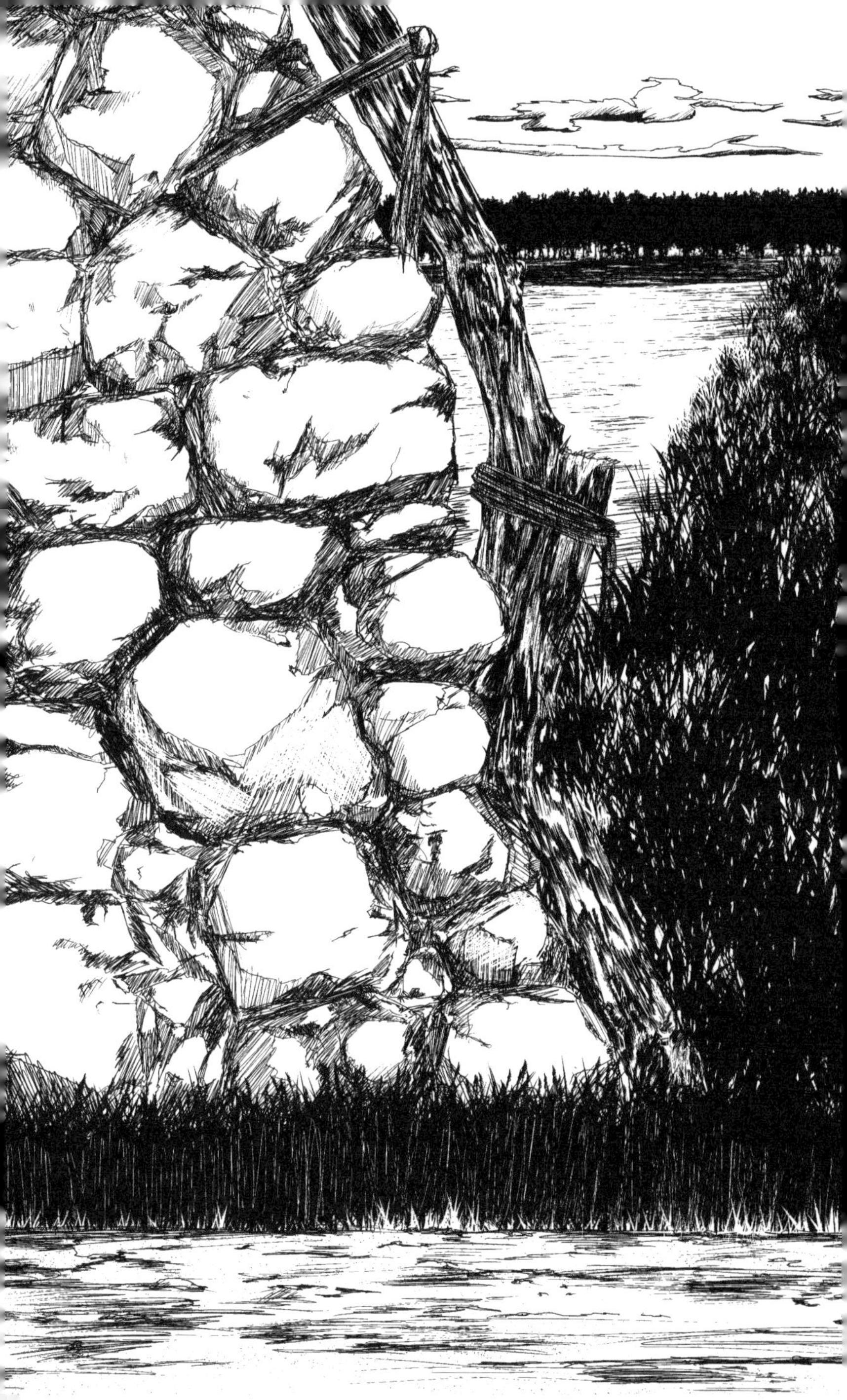

の存在を見過ごしていたかも知れない。

石の塀がある裏手の側面からは、ヒッソリと一つの湖も見えている。

あの湖がきっと、イノカゴの湖に違いない。

しかし、湖の畔を見渡す限り、どこを遠く見渡してみても、この湖の近くにはなぜか一つの漁村しか見受けられなかった。

ヤマトはそのことに、少しだけ違和感を覚えていた。

これまでの道中、小さな湖の近くには、当たり前のように漁村は一つも見かけることはなかった。だが、それと同じように、大きな湖に漁村が一つしかないという光景も目にしたことがなかったのだ。ヤマトは数多くの湖を通り過ぎて見て来たが、どう思い返してみても、大きな湖には少なくとも二つの漁村が確認できた。この湖の近くにある漁村だけが、一つしかないということがおかしく思えたのだ。

ヤマトはそこに、悪魔・ヘルブレスの不穏な動きさえ感じていた。

内側に漁村があるという石の塀を挟んだ通り沿いの向かいには、広大な畑が広がっている。

二人の農婦が話していた、この漁村と昔、村落同士の親しいおつきあいがあったという近隣の農村とは、畑の奥の方に見えている、あの一つの農村を指した言葉であったのであろう。

農地である畑では、あちこちで疎《まば》らとなって畑の中で身を粉《こ》にして働く、農作業に勤しんでいる人々の姿がうかがえる。

　ヤマトは、目を細めて農作業に励む人々の姿を眺めながら、同じ農業を営んでいる自身の故郷が、少しばかり懐かしく思えていた。

　周囲の光景を、一通りグルリと見渡し終えたヤマトは、湖面の様子も見たかったが、湖面に近づくと悪魔が襲って来るという話を祠の龍から聞いていたので、湖に近づくことは後で考えることにして、まずは悪魔・ヘルブレスの情報収集から始めることにした。

　ヤマトは、まだ太陽の日差しがあるうちに、いつの頃からか、よその人々とは関わりを持たなくなってしまったという、石の塀によって囲まれた漁村をまず、訪ねてみることにした。

　通り沿いに面した場所に高く積み上げられた石の山を、ヤマトは丹念に見渡すと、一か所だけ、他の場所よりも窪んでいるところがあった。

　ヤマトは馬の背から飛び降り、その窪みを覗き込むと、石が積まれている石と石との間には、荷台を付けた馬車や牛車が一台、余裕で荷物を運べるほどの道を見つけた。どうやら、この奥に漁村の出入り口がありそうだ。

　ヤマトは、ハクに馬の番を任せると、緩やかだが曲がりくねった石と石との狭間《はざま》の道を、先へと進んだ。

　少しばかり奥に向かって歩いて行くと、石と石との間は広くなり、少し開けた場所に行き着いた。その周囲は、相変わらず石で囲まれてはいるものの、ヤマトの正面には、木々を削って分厚い板状にした木の板が、辺り一面に張り巡らされていた。

そして、それはヤマトが思う以上に厳重だった。村人以外のよそ者を、村人たちは頑なに拒んでいるのだ。

塀のように石が山積みにされた外観だけではなく、簡単によそ者が漁村の中に入ることができないように、村人たちは徹底していたのだった。

だが、ヤマトの予想した通り、一面に張り巡らされた板状の外面には、漁村の出入り口である、馬車や牛車が一台通れるほどの木枠の戸口が一つあった。

その戸口は両開きであり、閉じられている。戸口の手前の少し離れたところでは、一人の女性が大きな石の上に座り、石台の上で薬草を擂《す》り潰《つぶ》している姿がある。

ヤマトは、俯いて作業をしている女性をできるだけ驚かせないように声をかけた。

「俺は、旅の者なのですが、少しだけお話ししてもいいでしょうか？」

女性はゆっくりと顔を上げて、少し驚いたようにヤマトを見た。

その女性の顔は、憔悴《しょうすい》しきったような、元気のない顔色だった。見たところ、女性のお腹は大きくせり出していたので、この女性は妊婦のようだ。

「お忙しいところ、すみません。イノカゴの湖がこの辺りにあると聞いて来たのですが、すぐそこに見えている湖がそうですか？」

女性は、頷いてくれた。そして、ヤマトを見ても戸口の中へと入って行かない女性の様子を見て、ヤマトは更に、イノカゴの湖を棲み家としている怪物の話を尋ねてみた。

　すると、女性の元気がない顔色は、急に更に青ざめたものとなり、怪物の話になると曖昧《あいまい》な返答を繰り返すばかりで、何一つとして、悪魔である怪物の情報は得られなかった。

　ヤマトは、青ざめたまま戸惑う女性に、自分は湖に棲む怪物を倒しに来たということを伝え、漁村の村長との面会を申し出た。

　女性は大きなお腹を擦《さす》りながら、驚愕したように目を見開くと、戸惑いながらヤマトの腰にある剣を見つめている。

　女性は、少しの間を置いてから、村長に話を通してみるからここで待つようにと告げると、両開きの戸口を片側だけ開けて、漁村の中へと消えて行った。

　しばらく待っていると、片側の戸口が開き、漁村の村長がヤマトの前に姿を現した。

　ヤマトは、妊婦である女性と同じように元気のない村長の顔色を見つめた。

「この湖を怪物が棲み家にしているという話を、どこで聞いて来たのかは知らぬが、そんな話など、ここで長いこと暮らしているウチらも知らんわ。何も知らん……湖に怪物など……聞いたこともない話だわ……。分かったら、早々に立ち去ることじゃ」

　村長は、さっきの女性から話を聞いて来たのだろう。だが、ヤマトが話し出す前に、一方的に話を済ませた村長は、ヤマトの答えを待つこともせずに、すぐに漁村がある戸口の中へと、逃げるようにして戻って行ってしまった。

　ヤマトは、しばらくの間、漁村の戸口の前で佇《たたず》んでいたのだが、村長を呼びに行った妊婦の女性もそれっきり、その姿を現すことはなかった。

ヤマトは、あの村長や女性の様子から、何かを隠していると感じた。

村長は明らかに、ヤマトとの関わりに難色を示していたのだ。

――何か訳があるから怪物のことは話せないのかも知れない。

ヤマトはジッとしていても仕方がないと思い、この漁村が昔に親しくしていたという、近隣の農村を訪ねてみることにした。

ヤマトは再び騎乗すると、ハクを連れ立って農村を目指した。

まだ日はある。農村を訪問するには問題はない。

目の前の畑では、農村の人々が農作業に励んでいる。ヤマトは日没までに、なんとか農村で新たな情報を掴《つか》みたいと考えていた。

幸いなことに隣の農村は、漁村からそれほど離れてはいないので、しばらく馬を進めると、すぐに村落に着いた。

ヤマトは、入り口近くにあった木に馬の手綱を括りつけると、馬のそばでハクを待機させ、村落の中へと小走りで向かった。

すると、途中でヤマトの前方を横切って、畑に向かおうとしている一人の若い女性の姿があった。ヤマトは、その若い女性に声をかけて、漁村のことやイノカゴの湖に棲む怪物の話を尋ねてみた。

「ウチは、あの湖のことも漁村のことも何も知らないわ。だって、ここに住んどる村の人も、あの漁村の人たちとは全くつきあいがないもの。それによ、あそこの漁村の人々は滅多に村の中から外にも出てこないし。どうしてなのかは知らないけど……。

けどよ、あそこの漁村の人々とは、ずっと昔はこの農村でも物々交換したりとか、親しいつきあいなんかもあった話くらいは、聞いたこともあったかもだわ」

若い女性は、怪物の話になると、それは単なる噂話だとヤマトに言い、笑い出していた。

近くに住んでいる女性でさえ、今まであの湖で怪物など見たこともないと言うのだ。無論のこと、この農村に住んでいる人々からも、実際にイノカゴの湖に怪物が出たという、そんな話など聞いたこともないと言う。

しかし、この農村の人々が利用する水源は、小さな別の湖が農村の裏手にあるので、わざわざイノカゴの湖まで、農村の人々が水を汲《く》みに行くこともないのだと言った。

ヤマトは、若い女性に話のお礼を言うと、女性は朗らかに笑って、畑の中へと入って行った。

それにしても、ずっと昔とは、一体どれほど昔の話であるのか？

あの漁村と親しいおつきあいがあったというのは、ずっと昔の話であったということだが、現在の農村の人々は、もう少し先に南下したところにある別の漁村の人々と、もう随分長く親しいおつきあいが続いていると、女性は言っていた。

あの若い女性からは、それ以前の漁村に関わる手がかりは掴めなかった。しかし、近隣のこの農村と漁村との関係に、何かの歪《ひず》みが生じたのは、あの若い女性が生まれる以前の話であるということだけは間違いなさそうだった。

ヤマトは、今度は畑と村落の中を、何度も牛車を引き連れて往来している若い男性に歩み寄った。

村落の中へと入ろうとしていた牛車の荷台には、たくさんの葉物野菜が積まれている。若者は村人たちの今夜の夕食となる、畑で取れた新鮮な野菜を村落の中へと運び込んでいる最中《さなか》であるようだ。

忙しそうにして動き回っている若者だったが、旅をして遥々《はるばる》ここまで来たというヤマトの言葉に、目を丸くして快活に頷くと、ヤマトは若者の後について歩きながら早速、話を切り出していた。

「ん～……あの漁村のことも、イノカゴの湖の怪物の話も、ウチは知らねえなぁ。まぁ、あそこに住んどる漁村の人間が、こそこそした変わりもんばかりいるってのは、分かるけどな。けどな、あそこの漁村の奴らは、村の中から外へは滅多に出てこないわ」

若者はそう言うと、笑っていた。

やはり、若い女性と同じように、若い男性もまた、何も知らないようだ。

だが、農村の若い男女が声を揃えて言った、漁村の村人たちが滅多に村落の中から外に出て来ることがないとは、一体なぜなのか？

ヤマトはそれを、少し不自然ではないかと感じていた。

ヤマトは、若者が農村の中に運び入れた野菜を、台座に下ろす作業を手伝うことにした。そして二人で黙々と作業をしていると、若者は不意に何かを思い出したように話し始めた。

それは随分昔の話になるという。聞くところによると、若者は父からその話を聞き、父はその父親から聞いた話だというのだ。若者からすると祖父に当たるその人が父に話をしたのも、父親がまだ若い頃だというから、相当古い話になるらしい。

ヤマトは、どんなに些細《ささい》な出来事でも、どんなに古い話でも教えてくれると助かると、作業を手伝う手を休めることなく若者に言った。

「ウチもすっかり忘れちまっていたが、ウチの祖父の代ではまだ、何かしらあそこの漁村とのつきあいはあったと思うわ。でもよ、その祖父も既に他界して、その話自体がいつの頃の昔話だったのかまでは分からねえ。

その話によると、ある日突然、あそこに住んどる漁村の人々が訪ねて来て、イノカゴの湖で漁労ができなくなったとかで、村人たちと全員で話し合った結果、これから先は牧畜で暮らしていくことを決めたんだと、急に言ってきたそうだわ。

でもよ、牧畜で暮らしを成り立たせていくためには、今漁村にいる牛だけでは数が足りないから、牛を譲ってくれと、頭を下げて頼みに来たという話だな。まぁ、確かに……いきなり牧畜で暮らそうというんだから、どう考えたって村にいる牛だけじゃ、数も足りないわな」

漁村の人々に当時、相談を持ちかけられたという農村の人々は、無下に断るわけにもいかず、皆で集まって話し合ったそうだ。そして、漁労ができなくなったという漁村の人々を不憫《ふびん》に思った農村の村人たちは、村落で暮らす村人たちから牛を集めて、雌牛と雄牛、合わせて二十頭もの牛を漁村の人々に譲ったということだった。

しかし、それからというもの、なぜか漁村の人々の態度がよそよそしくなり、村落の中に引き籠もるようになっていったそうだ。そして、それに合わせるようにして、漁村の人々の口数《くちかず》も、どんどん少なくなっていったという。

農村の村人たちは、まるで避けられているような漁村の人々の態度に、気詰まりを感じるようになっていった。やがて、漁村の人々に話しかけることも躊躇《ためら》うようになってくると、漁村の人々とは次第に、距離を置いた関係になっていったということであった。

「……そうですか。それからここの農村の人々と、あの漁村の人々の関係が疎遠になって、現在まで至るというわけですね」

「まぁ、そういうことらしいわ」

牛車の荷台から野菜を下ろしながら話をしていた二人だが、ヤマトが最後の野菜の束を台座の上に下ろすと、その作業もすっかり片付いた。

「この土地に着いたばかりだったんだろう？　旅してんのに、疲れてるところ悪かったわ、手伝いありがとう」

「いえ、こちらの方こそ、お忙しいところ、お話を聞かせてくれてありがとうございました」

ヤマトは若者に一礼をすると、若者のそばを離れて行った。

あの漁村の人々は、随分と長い間、他人との関わりを絶ち、人との距離を置いていたのだ。

今の漁村の村長は、それから何代目の村長になるのだろうかと、ヤマトはそんなことを考えていた。

それに、なんの前触れもなく、イノカゴの湖で漁労ができなくなったという話は、どこか引っ掛かるものがある。

イノカゴの湖についての情報はなかったものの、あの湖には悪魔がいて、その悪魔と漁村の人々との間には、きっと何かがあるに違いないとヤマトは睨んでいた。

ヤマトが考えながら農村の中を歩いていると、一軒の家の前に一人のお婆さんがいるのが目についた。お婆さんは、収穫してきたらしい木の実を台座に広げ、小さな椅子に腰掛けて、黙々と仕事をしている。その背中を丸くして、一つ一つ丁寧に、木の実についた塵《ちり》を払っているようだった。

「なんだい若いの、ウチに何か用かい？」

お婆さんの仕事の様子を見ているヤマトの視線に気がついたお婆さんは、怪訝《けげん》そうにヤマトを見た。

「お前さん、この辺りでは見かけない顔だわねぇ」

「お仕事中、すみません。俺は旅の者で、少しお話を伺いたいと思いまして、この農村に立ち寄らせてもらいました。少しお話を伺ってもいいですか？」

「あぁ、旅の人かい。ウチに聞きたいことってなんだい？」

「実は、イノカゴの湖を棲み家にしている怪物がいるという噂を聞いてやって来ました。その湖の近くにある漁村の人々が、いつからか人との距離を置くようになってしまったという話を聞いたのですが、何かご存じのことはありませんか？」

怪訝そうにしていたお婆さんは、ヤマトが旅をしてこの土地までやって来たということを知ると、無愛想だが話を聞いてくれようとするそぶりを見せた。

しかし、いざヤマトが話を切り出すと、「何も知らんわ」と言って再び俯き、ヤマトから顔を背《そむ》けてしまったのだ。

だが、そのお婆さんの顔が、一瞬だけ苦しげに歪《ゆが》んだことを、ヤマトは見逃さなかった。

ヤマトは、農村に住んでいる若い人とは異なり、お婆さんは確実に何かを知っていると感じた。

「俺は、イノカゴの湖に棲んでいるという怪物の話を聞いて、ここまで怪物を倒しにやって来ました。もし、その怪物のせいで誰かが苦しめられているのなら、俺はなんとかして、そんな人々を助けたいと思っています。どんな些細なことでも構いません、どうか、何でもいいから話してくれませんか？」

後に続いた率直で毅然としたヤマトの言葉に、お婆さんは再びヤマトへと目を向けると、刻まれた深い皺によって細くなってしまった目を、僅かに見開いていた。

真っすぐにお婆さんへと向けられたヤマトの瞳には、切実な思いが込められている。

お婆さんは、少し迷った様子を見せたものの、ヤマトの誠実な思いに胸を打たれたかのように、やがて遠い過去を懐かしむ顔で、徐《おもむろ》にポツリポツリと話し始めた。

昔、あの漁村には、お婆さんが幼い頃によく遊んでいた友達がいたという。

その子は女の子で、お婆さんと同じ年だった。

まだ幼かった二人は、毎日のように遊ぶ約束をしては、お互いに両親の仕事の手伝いをコッソリと抜け出し、待ち合わせをして遊んでいた。

しかし、そんなある日、遊ぶ約束をしていたその子は、約束の場所にこなかった。お婆さんは次の日も、その明くる日も、その子といつも待ち合わせをしていた一本の大樹の前で待ち続けたのだが、女の子が来ることはなかったそうだ。そしてその子とは、あの日を境にして突然、会えなくなってしまったというのだ。

それは二人が八歳になった年の、六月の出来事だった。お婆さんは、その子に思いを馳せるように、遠い過去の記憶を辿りながら、悲しそうに目を細めていた。

そしてお婆さんには、その子に会った時の様子で、気になっていることがあるという。

それは、最後に会った日から数日前に遡《さかのぼ》った日の出来事だったという。

六月のある日のことで、その日は外の空気がとても暖かかったので、お婆さんがその子に何気なく、二人がいつも遊ぶこともないイノカゴの湖に遊びに行こうと誘った時の話だった。

その途端、その子の顔が急に真っ青に青ざめたのだという。

「イノカゴの湖はダメ！　絶対ダメだわ!!　絶対に行かないで！」

その子は必死で、お婆さんに向かって叫んだという。普段はとても大人しい子であり、大声を出すような子ではなかったのだそうだ。

その時、その子の全身は、恐怖によって怯《おび》えたように震えていたともいう。

そして、呟いた。

「ウチ……もう、誰も失いたくないの……」

あの言葉の意味は、今でも分からない。その子はそれっきり口を噤《つぐ》むと、泣き出してしまったそうなのだ。

お婆さんは、その子に無理に話を聞くことはしなかった。ただ、その子が青ざめた顔をして、ひどく怯えているような姿が心配になったという。

お婆さんはその後、イノカゴの湖をひどく拒絶したその子に、あの湖には絶対に近づかないと、二人だけの固い約束をした。

お婆さんは、その子と交わした約束を、今でも守り続けているという。

そして、この農村でも古くから噂されている、イノカゴの湖にいるという怪物の話は、実際のところ、現在に至っても、隣の漁村に住む村人さえ誰一人として、本当のところは分からないことなのだと、お婆さんはヤマトに向かって静かに言った。

どうやら、お婆さんがあの湖のことで知ることは、その子がイノカゴの湖をとても恐れているようであったということだけのようだった。

お婆さんは当時、突然会えなくなってしまったその子に会いたくて、漁村を何度も訪ねたこともあったという。だが、漁村の人々からは、その子は重い病にかかり、床に伏せているとだけ伝えられた。

結局、漁村の村人たちには口々に、その子は重篤な病で人に会えるような状態ではないのだと告げられるばかりで、お婆さんは一度もその子に会うこともかなわず、また、漁村の中にも入れてはもらえなかったのだそうだ。

お婆さんはそれでもずっと、その子の安否が気がかりで、両親の手伝いを抜け出しては度々、あの約束した大樹の下で、その子を待ち続けたという。

しかし、六月のあの日を最後にして、二度とその子に会うことはなかった。

それが、お婆さんと漁村に住んでいたという友達との二人の間で起こった、お婆さんがまだ八歳の頃の話であった。

お婆さんは、その子に会えなくなってしまったことが、今でもとても無念でならないのだと言った。

もしもあの子が亡くなってしまったのなら、漁村の人々がなぜそれを隠そうとするのか、その理由も全く分からないそうなのだ。結局、その子の安否も不明のまま、行方《ゆくえ》も知らされなかったという。

あのイノカゴの湖に、本当に怪物がいるとするならば、その子がお婆さんの前から忽然とその姿を消すことになってしまったのは、その怪物の仕業であったのかと、お婆さんは肩を震わせて泣いていた。

ヤマトは、お婆さんを慰めるように、お婆さんの肩を優しく擦《さす》った。

お婆さんは、あの子のために、どんな祈りを捧げて、あの子のために何を祈ってやればよいのか、それさえ今でも分からないのだと、その悲しみによって顔を歪《ゆが》めた。

お婆さんが、ヤマトに語ってくれた話とは、お婆さんにとって、とてもつらく悲しい過去の出来事だったのだ。漁村で暮らしていたというその子の存在は、お婆さんにとって今でも忘れられない、とても大切な友達として心に残っている。

お婆さんは、行方知れずとなってしまったその子の身を案じながら、長い間にわたって、ずっと苦しみ続けていたのだ。

「俺は、あの漁村やイノカゴの湖に起こっているはずの出来事を、きっと解き明かし、全力で解決していくように努めます。大変つらいお話をしてくださいまして、ありがとうございました」

ヤマトは、お婆さんに約束するようにしっかりと頷き、お婆さんを労《いたわ》るように優しい眼差しを向けた。

やがて落ち着きを取り戻し、目元の涙を着物の袖で拭い取ったお婆さんは、最後にもう一つだけ、昔に起こったという不可思議な出来事を教えてくれた。

それは昔、イノカゴの湖の畔には、漁村が二つあったという話だった。

お婆さんの物心がつく頃には、イノカゴの湖にはもう一つ漁村があって、あの湖で漁労ができなくなったことが原因だったのかも知れないが、その漁村は、誰も知らないうちに、いつの間にか突然、なくなってしまっていたという話だった。

その理由も、誰一人として知る人はいなかったという。

そのもう一つの漁村は、現在残っている漁村と対面するような形で、向こう岸の畔にあったそうだ。その漁村については、この農村からも少し距離が遠すぎるので、詳しい事情はほとんど分からなかった。しかし、その近隣の農村の村人たちの話では、漁村に住んでいた人々がなんの前触れもなく漁村を捨てて、突然姿を消してしまったということだった。

当時、親しいおつきあいをしていたという隣の農村の村人たちは、突然いなくなってしまった漁村の人々を、とても心配していたという話を、お婆さんは語った。

やはり、イノカゴの湖にも、昔は二つの漁村があったのだ。

ヤマトが腑《ふ》に落ちなかったことが、ようやく解決した。

人知れず姿を消してしまったという、イノカゴの湖にあったはずの一つの漁村と、そこに住んでいたはずの村人たち――。

そして、イノカゴの湖に現在残っているもう一つの漁村と村人たちは、よその村人たちとの関わりを絶ち、漁村の中に引き籠もるようになっていったということ。

ヤマトはこの二つのことに、ただならぬ予感を感じていた。

想像を絶するような何かが、イノカゴの湖を中心にして起こっているのだ。

その謎を解く鍵を、イノカゴの湖を棲み家にしている悪魔が握っているとするならば、二つの漁村の人々がとった不可解な行動も説明がつくのではないかと、ヤマトはそう思った。

すると、お婆さんの家の中からは、お婆さんを呼ぶ、娘の声が聞こえてきた。

――もうすぐ日が、暮れるのだ。

ヤマトは、お婆さんが自身のつらい過去の出来事を話してくれ、近隣周辺の貴重な話を教えてくれたことに心から感謝すると、農村の外へと向かって歩き出そうとした。

「お前さん……くれぐれも、無理だけはするでないよ。気をつけてお行き」

無愛想だったお婆さんの強張ったような表情は、少しだけ和らいだかのように見えていた。

ヤマトは振り向いてお婆さんに微笑むと、農村の出入り口の方向に向かって、再び歩き出した。

お婆さんは立ち尽くしたまま、ヤマトの姿が見えなくなるまで、ヤマトを心配そうに見送っていた。

お婆さんと別れ、農村を後にしたヤマトは、近くにあった手頃な場所で、いつものように野宿して一夜を過ごすと、朝の小鳥の囀《さえず》りとともに目を覚ましていた。近くの小さな湖で顔を洗い、干し肉をハクに与えながら、ヤマトは木の実で空腹を満たしたところであった。

寛《くつろ》いでいるヤマトのそばには、一本の大樹があった。昨夜は、この一本の大きな大樹の下で、ヤマトとハクは寄り添って眠りに就いたのだ。

この一本の大樹は、ちょうどあの漁村と農村とを結ぶ、中間の道沿いにあった。

もしかするとこの大樹は、お婆さんが昔、あの友達と待ち合わせをしていたという大樹だったのではないかと、ヤマトはそんなことを思いながら、大きな木を見上げて切なさを感じていた。

ヤマトは、あれから一晩、考えた。

イノカゴの湖への道を尋ねた時の二人の農婦の噂話や、あの漁村を訪ねた時の村人たちの態度、そして隣に住む農村の人々の話などを聞いても、あの漁村に住んでいる人々は、とても尋常とは思えなかった。今までのように、普通に接するような態度でヤマトが臨んでも、あの漁村の人々の心を動かすことは、きっとできないだろう。

更に、石によって積まれた高い塀が邪魔となり、漁村の中にも容易に入ることができない。

今回は一筋縄ではいかないと、ヤマトは村人たちと接触する過程に行き着くまでにも、かなりの日数が必要になってしまうということも無論、覚悟していた。

手早く準備を済ませたヤマトは、漁村に向けて馬を出発させた。

清々《すがすが》しい朝だった。ヤマトは、馬の背に揺られながら空を見上げると、爽やかな朝の空気を胸いっぱいに吸い込んだ。

広い畑を見ると、農村の人々が畑に出て農作業をしている。早朝から日没まで、今日も村人たちは畑仕事に励むのだ。

程なくして、ヤマトは目的の漁村に着いたのだが、人の気配は全くなかった。

寒々とした高い石の塀のみが、ヤマトを出迎えている。

ヤマトは徒歩で、緩やかに曲がりくねった石と石との狭間の道を進み、漁村の出入り口まで来たのだが、両開きの戸口は今日も閉ざされていた。

周囲が石によって囲まれた戸口前の少し開けた場所に、今日は人の姿はなかった。

当然のように、戸口を軽く叩いても、村人たちの応答はない。

漁村の人々は、自分たちの村落から外には、滅多に出ることはないと聞いた。

漁村に住んでいる誰かに会えるのは、次は一体いつ頃になるであろうかと、ヤマトはそんなことを考えながら、まずは他に漁村の村人たちが出入りする、別の入り口がないかを、隈《くま》なく見て回ることにした。

村落を囲んでいる外観は、やはり目に見えている範囲では、正面から左右の面にかけて塀のような石の山がぐるりと連なるばかりで、他には目立ったような窪みもなく、漁村の戸口は、初めに見つけた一つしかないようであった。

現状では、漁村がある裏側の方までは正確には知ることはできなかったのだが、石の塀がある裏手の側面からは、イノカゴの湖のみが見えている。

ヤマトが今まで通りすがりで見て来た、他の漁村が建っていた場所や位置などを考えると、この漁村の裏側に隣接しているのはイノカゴの湖だけと見て取っても間違いはなさそうだった。

ヤマトは、いつ村人たちが漁村の中から外に出て来てもいいように、戸口の通路がある、道沿いの石が窪んでいる外側付近に、ハクを待機させることにした。

鋭い感覚を持つオオカミの聴覚が、奥にある出入り口の戸口に動きがあれば、その物音を敏感に嗅ぎつけてくれるはずである。

ヤマトが直接、漁村の戸口の前で村人が外に出て来るのを待つことも可能だったのだが、それでは村人たちが警戒して外には出て来ないという可能性があった。ヤマトは、そういった可能性も視野に入れて、下手《へた》に村落の戸口の前にいるのを避けることにしたのだ。

ヤマトは、ハクが待機する正面付近にあった草むらで、その時を待つことにした。

草むらには、数本の木々が伐採されずに生えていたので、もし雨の日があっても、ある程度は雨も凌ぐことができそうだった。また、日が照りつける日中でも、生い茂る木々の葉が日陰を作り陽光が遮断されるという、ヤマトが待機するには最適な場所ともいえた。

ヤマトは、その場所に根を張ったようにとどまり、時折、自己の体力を落とさないための基礎的な軽い運動なども目立たないように行いながら、漁村の周囲やハクの様子に着目していた。

それから四日後の夕暮れどきだった。村の出入り口へと繋がる、窪んだ石の前で待機していたハクの様子に、ようやく変化があったのだ。

ヤマトはすぐにハクを自身の下に呼び寄せると、ハクと共に木の陰に隠れるように身を潜めて、その様子をうかがった。

すると、窪んだ石の先にある道の奥からは、漁村に住む二人の男性が牛車を引き連れて外に出て来たのだ。しかし、もうすぐ日が沈む夕刻に、荷台を付けた牛車を連れて、どこへ行こうというのか？

ヤマトは、石に囲まれた道から、完全に牛車が外に連れ出されるのを待ってから、二人の男性に声をかけようとした。

しかし、それよりも早く、二人の男性の虚《うつ》ろだった目はヤマトの存在に驚いたように見開かれると、牛車の方向を素早く転換させて、もと来た道へと逃げるようにして、漁村の中へと戻って行ってしまったのだ。

村人と接触する機会は失われ、失敗に終わってしまったのだが、しかしヤマトは、二人の男性を追いかけることはしなかった。

ヤマトは、村人たちを刺激するような行為は、できる限り避けたかったのだ。漁村の人々とはできるだけ穏便に、自然な対話になっていくように努めたいと考えていた。

ヤマトは、この漁村の村長に真実を語ってもらうためにも、もう一度村長に会う必要があったのだ。

だがヤマトは、漁村の中から外に出て来た二人の男性の、元気のないやつれた顔色も見逃すことはなかった。その顔色は、ヤマトが漁村を初めて訪れた時に出会った、妊婦の女性や村長と同じであり、憔悴しきって笑むことのない、硬い表情をしていたのだ。

それと同時にヤマトは、牛車の荷台にも目を走らせていた。荷台には、大きな空の甕《かめ》が、幾つも積まれていた。

他の村人たちと距離を置き、人とは関わりを持たない漁村の人々が、どこかの村と物々交換をしているとは、まず考えられなかった。それ以前に、甕の中身は空っぽだったのだ。

それに、日が沈む前の夕刻にできることは、限られたことしかない。

ヤマトは、二人の男性が近くの小さな湖に水を汲みに行くために、牛車に大甕を積んで村の外に出て来たのではないかと思っていた。

周囲の人目をできるだけ避けるには、日暮れどきは最良の時間帯でもある。月明かりがなければ、日没とともに真っ暗になるので、人々が太陽の沈む夕刻どきに外出することは、ほとんどないのだ。

だが、水汲みが目的であるならば、遠目から見ても穏やかなイノカゴの湖の水源を、村人たちが利用しないのは妙である。それは、漁村の人々が身近にある湖の水源を、利用することができないという現状にあることを意味しているのだ。

ヤマトは、イノカゴの湖の悪魔・ヘルブレスは、湖に近づく人間を襲うという話を、祠の龍から聞いていたので、村人たちがイノカゴの湖で水を汲むことさえできないのは、悪魔が湖を占拠しているということを物語っているように感じていた。

ヤマトは、再びハクを石の窪みの前に待機させると、ヤマトもハクの正面付近にある所定の草むらで待機した。そうやって野宿を続けながら、粘り強く村人たちが村落の中から出て来る時を待ち続けた。

しかし、二人の男性が漁村の中から外に出て来て以来、何日経っても漁村の戸口は開かれる気配がなかった。

どれほどの時が経ったのだろうか。ヤマトが草むらの中で寝返りを打ちながら大きな欠伸《あくび》をすると、小鳥の囀《さえず》りとともに、また今日という日の朝がやって来た。

昨日は一日を通して、生憎《あいにく》の雨に見舞われたのだが、今日は朝から雲一つない晴天だった。

ヤマトは、軽やかに上体を起こすと、いつものように待機しているハクへと、一番に目を向けた。

するとハクのそばには、ハクに寄り添うようにして屈み込んでいる、一人の女性の姿があった。

ヤマトは、ハクが近くにいることで安心して熟睡してしまっていたのか、その女性の気配に全く気がつかなかった。女性は、ハクの頭を優しい手つきで撫でている。

目を覚ましたヤマトに気がついたハクは、ヤマトのそばに駆け寄ると、ヤマトの周囲を一回りしてから女性の方へと再び戻り、尻尾を振っていた。

立ち上がった女性は、ヤマトと目が合うと、静かに一礼した。

その女性は、ヤマトが漁村の戸口の前で初めて出会った、漁村に住む妊婦であった。

女性は、ヤマトに何かを言いたげにはしているものの、言葉に詰まっているようだった。するとハクが、それを後押しでもするように、後方から何度も女性の足に擦り寄ると、その女性をヤマトの方へと促しているような、そんな仕草を見せていた。

女性は、そんなハクに勇気づけられたのか、ヤマトのそばへとゆっくりと歩み寄ると、覚悟を決めたように暗く沈んだ顔を上げて、ヤマトをしっかりと見上げた。

「……湖の怪物を倒しに来たという、あの話は本当ですか？」

怯えたようにヤマトに問うた小さな声がヤマトの耳に届くと、ヤマトはゆっくりと頷いた。

「村長を呼びに行ったあの後、後を追って話を聞いてもらおうか、何度も悩みましたわ。けどよ、ウチは結局、あの後……あなたの後を、追うことができませんでしたわ……」

妊婦の女性は数日前に、漁村の二人の男性が、牛車を引き連れて水を汲みに行こうとした際に、漁村から出てすぐに見慣れない男性と出くわしたため、水汲みを断念して村に引き返して来たという話を、彼らから聞いたのだと言った。

彼らは、その見慣れない男性は、戦士のような剣を腰に携えていたと言っていたので、女性はもしかすると、ヤマトはまだ近くにいるかも知れないと思い、まずは自らの迷いを捨てて、今日は朝早くに外の様子を見るだけでもと考えて、誰にも知られないようにこっそり村落から出て来たのだという。

だが、漁村の外にはヤマトの姿ではなく、青い目をした白いオオカミが座っているだけだったので、女性は声も出ないほど驚いたそうだ。

しかし、この白いオオカミは、人に危害を加えることもなく、人懐っこく女性に擦り寄ってきたので、大人しいオオカミの頭を撫でてみたところ、嬉しそうに尻尾を振ってくれたので、そんな仕草に自身の心が洗われたような、そんな気持ちになったのだという。

女性はそう言うと、漁村の側面から見えているイノカゴの湖に目を向けた。

しかし、その顔色には、相変わらず元気がなかった。

「ウチは……もうすぐ子が生まれるんですわ。けどよ……この子は、きっと……」

女性は大きくなったお腹を優しく撫でながら、肩を震わせた。絞り出されるような悲痛な声も、小さく震えている。

「子は、ウチにとっても大切な宝物ですわ。ウチはこの子を無事に産んで、慈しんで大切に育てたい……抱き締めていてあげたいんですわ。そしていつか、我が子が大きく成長した姿を、この目で見たい……。それがよ、かなうなら……ウチはこの子のために、どんなことでもしてあげたいんですわ。

でもよ、ウチ……ウチらには、怪物に抗《あらが》うそんな力はないんですわ……」

女性の瞳から頬を伝って流れてゆく涙は止まらなかった。

だが、女性の憔悴しきった表情の中には、生まれてくる我が子を守りたいという、確かな強い思いがあった。

女性の目は、ヤマトの腰にある、むらくもの剣を見つめている。

「……どうかよ、ウチたちを助けてくんろ……」

女性の涙に濡《ぬ》れた瞳が、縋《すが》るようにヤマトを見た。

女性は『怪物』と、確かにそう言ったのだ。

「もちろんです。俺は、そのためにイノカゴの湖に来ました。湖に棲む怪物のこと、この漁村に一体何が起こっているのか、俺に教えてください」

女性は、ヤマトの言葉に微かに笑った。

しかし、やっと笑ってくれたはずの女性の表情は、すぐに元気のないもとの表情に戻ってしまった。怪物という悪魔の存在が、漁村の村人たちの心を芯から傷つけ、苦しめ続けているのだ。

「……ここに住んどる漁村のもんは、誰もこの村から離れることがかなわん。この村の中に、一度でも入ったもんは、漁村にとどまることを余儀なくされてしまうんですわ」

「漁村の中から逃げ出すこともできないということですね？」

「そうですわ。村の外へ出て、ある一定の時が過ぎると、目の前に霧のようなものが立ち込めてきて、次に気がついたら、村の外に出ていたはずなのに……いつの間にか漁村の中にまた、戻ってきてしまってるんですわ」

「それで、ここの漁村の人たちは、他の村に住んでいる村人たちとの関係を絶ち、村の周囲にも石の塀を作って、よその人たちが容易に村の中に入れないようにしたんですね？」

女性は、ヤマトの言葉に頷いた。

「この村の中に、一度でも入ったら最後なんですわ。二度と自分の村には帰れなくなる……」

「そうだったんですね……それはひどい話です」

ヤマトは、そうやって長い間にわたって、怪物が漁村の村人たちをこの村落の中に閉じ込めていたということを知っただけでも、悪魔・ヘルブレスに対して、フツフツと怒りが込み上げていた。

「これ以上の話は、ウチの一存だけでは話すことができないんですわ……」

恐怖に怯えたように身を竦《すく》ませた女性の顔が、みるみる青ざめていった。

ヤマトは心配そうに、身重《みおも》の女性の顔を覗き込んだ。

「生まれてくる子の未来を、俺と一緒に守りましょう。もう一度、村長に会わせてください。お願いします」

女性は、ヤマトの言葉に涙ぐみながら、何度も何度も頷いた。

しかし村長は、もう随分な高齢となってしまったことで、今では漁村の戸口から外へ出て来ることはないと言う。

それに、漁村の中にヤマトを招き入れれば、今度はヤマト自身が、この村落から離れることができなくなってしまうのだ。女性は、それを心配するとともに、漁村の中によその人間を入れることも、村落では固く禁じられているということをヤマトに伝えた。

「何も問題などありませんよ。俺は、その根源となっている怪物を倒すために来た。怪物さえ倒してしまえば、みんなも漁村の中に閉じ込められることもなくなるはずですから」

力強いヤマトの声に、女性の迷いも次第に解けていった。

「俺を村に入れたからといって、あなたに咎《とが》はありません。咎があるのはむしろ怪物の方です。あなたは村人たちに黙って漁村を抜け出して来たと言っていましたが、もしも村人たちがそれであなたを非難するなら、俺があなたを守ります。どうか安心してください」

村落の現状がそういう状況にありながらも、自身が身籠《みご》もった我が子を救いたいと願う母の思いが、女性の足をヤマトのもとに突き動かしたことは、確かなことであった。

ヤマトは、我が子の行く末を案じた母の思いに応えたかった。

やがて、意を決した女性は、村長のところへ案内すると言い、ヤマトを連れて歩き出そうと向きを変えた時だった。村落の入り口がある道の陰から、一人の男性が姿を現したのだ。

「妻は、お腹にいる子供を失えば、今度こそ生きる気力をなくしてしまう……ウチからもお願いしますわ。どうかよ、湖にいるあの怪物を倒してくんろ。ウチも、妻と子供をできることなら守りたいんですわ……」

悲痛な面持ちで二人の前に姿を現したこの男性は、妊婦である女性の夫であるということだ。

夫は、妻が怪物を倒しに来たという、戦士のような剣を持った男性と出会ってから、妻の様子がおかしいことを、ずっと気にしていたと言う。今朝、家畜小屋へと向かう前に、妻の様子が普段と違っていたので、身重の妻が気がかりで、ずっと陰に隠れて妻を見守っていたのだと、夫はヤマトに伝えた。

妻は、思わぬ夫の出現に、驚いたように目を見開いている。

話は全て、道の陰から聞かせてもらったと言った夫は、妻に代わって自分が村長のもとに案内すると、ヤマトを先導した。

妻は、先導する夫を目にして、泣きながら寄り添うと、夫はそんな妻を気遣いながら、道の先を歩き始めていた。

ヤマトの目の前には、一つの家族の愛の形があった。

家族を思う温かな心は美しい。どこの王国でも、どんなに貧困な貧しい村落においても、家族を思う温かな心は心打たれるものだ。そして、悪魔の仕打ちによって長い間、苦しめ続けられている漁村といえど、その思いが涸《か》れることはない。

この夫婦は、思いが通じ合って添い遂げたものの、怪物の存在の恐ろしさから、子供は長いこと断念していたらしい。しかし妻は年々、歳を追うごとに、我が子を一人だけでもと強く望むようになったという。無論、夫も妻と同じ気持ちであったため、夫婦は僅かな可能性を信じて、子を授かったのだそうだ。

ヤマトは、怪物の脅威にも負けることのなかった、目の前の温かな夫婦の姿と絆《きずな》に、目を細めると微笑んでいた。

この夫婦の笑顔を取り戻す日が、一日でも早く来ることを、ヤマトは願わずにはいられなかった。

夫婦の後に続いて、両開きの漁村の戸口を通り抜けたヤマトは、村落の中を案内してもらいながら、村長の家がある方向へと夫婦と共に進んでいた。

広々とした漁村の中は、どこにでもあるような村落の様子であり、特に変わったところはなかった。しかし、村の中だというのに、村人たちの姿はほとんど見受けられなかった。村落は、村の活気そのものが遮断されたように閑散とし、静寂に包まれている。

時折すれ違う人々の顔色も、まるで生気が抜き取られたように元気がなく、皆、虚ろな表情をしていた。

そして村人たちは皆、戸惑うような視線で心配そうに夫婦の姿を見つめている。その後に続くヤマトの姿を追うように凝視する村人たちの顔は、どれも青ざめていた。

時折ヒソヒソと、村人たちの間から聞こえてくる声の中には、戸惑いとともに夫婦を指差し、震え上がったような声で『体罰』と囁《ささや》く言葉が入り混じっていた。

その言葉が意味するものとは、この夫婦が、よそ者であるヤマトを漁村に入れたという罪を暗示した言葉であるのかと考えながらも、ヤマトはひとまず無言のまま、夫婦の後に続いて、戸惑う村人たちの間を通り過ぎて行った。

やがて村長の家に到着したヤマトたちは、夫の声で開かれた家屋の戸口から家の奥へと進んで行くと、村長がいる一間《ひとま》に促された。

その平屋は、貧しい村落においては大変珍しい家の造りでもあり、数人の村人たちが一間《ひとま》に集えるような、一区切りとなった幾つかの控えの間が設けられていた。

ヤマトたちが足を踏み入れた時から、既に数人の男たちの声が奥の方から聞こえていたが、村長がいる一間に近づくにつれて、その声は鮮明になっていった。そしてその話の内容を耳にした夫婦の体は次の瞬間、まるで凍りついたようにその一間の前で動きを止めた。

部屋の前で立ち尽くした夫婦を目にした数人の村の男たちは、夫婦の突然の訪問に驚いてから、残念そうに、「今の話が聞こえたんなら、聞いての通りだわ」と、静かに夫婦に告げた。

その話の内容は当然、夫婦の背後にいるヤマトの耳にも届いていた。

それは、生まれる前の夫婦の子が、怪物への貢ぎ物として正式に決まったという話であった。夫婦は驚き、まだ生まれる前にもかかわらず、あまりにも無体な話であると、一間にいる男たちと村長に、必死に談判した。

しかし、村長たちは夫婦の談判を受け入れず、夫婦は床の上で、お腹にいる我が子を挟んで抱き合うように泣き崩れた。一間にいる村人たちは、何かに耐えるようにしながらも、夫婦に情をかける者は誰もいなかった。

漁村の存続のために残されるべき子供の中に、夫婦の子は無情にも選ばれなかったということだ。

夫婦が一縷《いちる》の望みを掛けて授かった我が子への思いは今、非情にも潰《つい》えてしまったのだ。

しかし、泣き崩れてしまった夫婦の後ろに立つヤマトの存在に、ようやく気がついた村の男たちと村長は、皆驚いて目を見張った。

「……お前さんは、あの時の……」

村長は、漁村の戸口の前で会ったヤマトを覚えていた。

村落の男たちと村長は、悲痛に顔を歪《ゆが》めると、この夫婦が村の固い決まり事を破り、よそ者を村落の中に招いた罪として、夫婦に罰を与える旨を、重い口調で宣告した。

ヤマトの頭の中にはすぐに、村長の家に向かう途中で村人たちが囁《ささや》いていた『体罰』という言葉が蘇《よみがえ》った。

この漁村には、村独自の固い約束事があった。それは、よそ者を村落の中に招き入れることを固く禁じたものだった。この約束事を破った者の罪は重く、厳しい体罰が待っているのだ。妻は妊娠中ということもあり、罰を受けることは免れたのだが、夫の方は、それを免れることはなかった。夫婦はその覚悟はしていたものの、いざ村長の重い宣告の言葉を耳にすると、妻は悲痛な表情に顔を歪《ゆが》めたまま、夫の継《つ》ぎ接《は》ぎだらけの着物にしがみつくと、噎《むせ》び泣いた。

数人いた男たちが、悲愴な表情を浮かべながら、罪を犯した夫を連れて行こうと、狭い一間で立ち上がった時だった。ヤマトがそれを制止したのだ。

「そのご夫婦には、なんの罪もありませんよ。俺が強引にこの村の中に入らせてもらったことが、そもそもの原因なんですから。もし罰というものがあるなら、俺がそれを引き受ける。この夫婦に手を出すことは、俺が許しません」

ヤマトの毅然とした態度と、その威圧するような言葉に、一瞬で一同は沈黙した。

夫婦は、ヤマトの言葉に驚愕して、目を大きく見開いている。

ヤマトは、夫婦に向かって力強く頷いた。

この湖の多い土地では、悪魔がいる影響なのか、南下して先に進んで行くほど、村落同士の抗争や野に蔓延《はびこ》る賊の襲撃も、なぜか少なくなっていった。

よその土地ではなかなか困難な物々交換なども、この土地では身近で行えることから、村落同士の抗争などは他の土地に比べても格段に少ないようだった。特に、この漁村が近づくにつれて、人々の激しい争いを目にする機会がなくなったということは、ヤマトもその道中で感じているところではあった。

よその土地で日常的に行われている人々の抗争や、賊たちの激しい襲撃によって捕らえられてしまった者の末路は、それは悲惨なものであった。激しい拷問や殺戮《さつりく》が当たり前であり、それが日常的に繰り返されているというのが、今の世を生きる人々の悲惨な現状であったのだ。

そうした現状を嫌悪するヤマトにとって、人々を傷つける拷問と同じ意味を持つ体罰は、耐えがたいものがあり、見逃すことのできない所業であった。ましてや、せっかく争いの少ない土地であるのに、暴力を是とするような行為を許すわけにはいかない。

確かに、村落に存在する固い禁を破ることに何かしらの罪はあったとしても、同じ村に住む者同士で拷問に等しい体罰を与えるなど、ヤマトには納得のできる話ではなかったのだ。

しばらくの間、ヤマトの言葉で沈黙していた一同だったのだが、年老いた村長が悲哀の色を浮かべながら、静かに首を振った。

「……これもよ、村人たちを守るためなのじゃ……村の禁を守らぬ者を許してしまえば、他の村人たちにも示しがつかぬわ。それではなぁ、禁を講じてもなんの意味も持たぬのじゃ……。お前さんには、この村に長いこと住んどるもんの気持ちなど……到底、分かるまい……」

ヤマトは、愁《うれ》いに満ちた村長の面差しの中に、深い悲しみを感じた。

「お前さんは、イノカゴの湖におる怪物の話を聞きたいがために、ここに入って来てしまったのじゃろうが、この村に一度足《ひとたび》を踏み入れた人間は、この漁村からどこへ行こうとも、この村から離れることがまかりならなくなるのじゃ。……お前さんは、それを承知の上で、村の中までウチを訪ねて来たということじゃろうか?」

村の数人の男たちは、夫を連行することをやめ、ひとまず固く口を結んだまま、一間に座り込んでいる。

「俺にとって、その事実を知ったところで志が変わることはありません。ですが、あのイノカゴの湖に棲んでいる怪物とは、悪魔なのです。あの悪魔が湖にいる限り、人々はずっと苦しみ続ける。——村長、かつての漁村の暮らしを取り戻すために悪魔を倒し、今の暮らしに終止符を打ちましょう。俺は、イノカゴの湖に棲む悪魔・ヘルブレスを倒すために、ここまで来たのです」

村の男たちは、ヤマトの言葉に明らかに動揺し、戸惑いの様子を見せている。

村長は、ヤマトの腰にある剣を、静かに見つめていた。

「そんな話をよ、あの怪物に知られただけでも、ウチらとて……どうなってしまうか分からんわ……お前さんの考えは、この村のみならず、近隣にある村落をも巻き込んでしまう危険な考えじゃ。……お前さんは、あの怪物の恐ろしさを知らぬからな……」

村長の恐怖を湛える目が、ヤマトを凝視していた。

村の男たちも、村長と同じ目でヤマトを見た。逞しく恰幅《かっぷく》のいい村落の男たちでさえも、怪物の恐怖によってその身を震わせている。

「俺は、ここに来る前に、山の麓で暮らしている村人たちを苦しめていた、一匹の悪魔を倒して来ました」

ヤマトの言葉を耳にした一間の村人たちは、その驚きでざわついた。

しかし、村長は黙り込んだまま、一人俯いて目を瞑《つぶ》っている。

ヤマトは、それっきり沈黙してしまった村長に、自らの来歴を語り始めた。

それは、故郷の村落を激しい抗争から守るために、日々鍛練を積んでも、思うように強くなることがかなわなかった非力だった自分に、ある日突然、祠の龍のお導きがあったということ。

祠の龍は、世に放たれているという三匹の悪魔退治と引き換えにして、人々の力ともなり、また助けともなる、大いなる力を秘めた神剣・むらくもを授けてくれたこと。その神剣は、悪魔退治が試練となり、更なる力を得ることができるということ。

そしてヤマトに龍から与えられた試練は、全部で三つあり、イノカゴの湖に棲む悪魔が二つ目の試練に当たるのだということ。

そうした経緯《いきさつ》を、ヤマトは率直に伝えた。

ヤマトは自らの腰にある、むらくもの剣を手に取ると、見事な彫刻が施されている白銅色の鞘から、刀剣を引き抜いた。

重い瞼《まぶた》を持ち上げた村長の目の前には、白銀色の見たこともない美しい両刃の神剣があった。

神剣・むらくもは、村長の目の前で、神々しくまばゆい輝きを放っている。

村長は、神剣の力強いその輝きに息を呑み、目を見張った。

「村長だって本当は、村人たちに今の暮らしを強要していくことなど望んではいないはずだ。だが、怪物を怖がるばかりでは、今の暮らしは何も変えられない。それでは悪魔の思うツボだ」

率直に告げられたヤマトの言葉に、村長の瞳は戸惑いの色で揺れた。

「……村長、子供が悪魔の貢ぎ物とは、一体どういうことです？　悪魔の思い通りには、俺が決してさせません。だからどうか、かつての漁村にあったみんなの暮らしを取り戻すために、立ち上がってください」

ヤマトは、村長へ真剣な眼差しを向けたまま、そこで自身の言葉を切った。

一間にいる男たちは、緊張した面持ちを浮かべながら村長を見つめている。その場にいる誰もが、事のなりゆきに息を凝らして村長を見守っているのだ。

座り込んだままの夫婦は、怪物打倒の悲願を達成するように、床の上に頭を幾度となく下げながら、祈る思いで村長に懇願していた。

村長は、そんな夫婦の姿を静かに見下ろすと、どこか悲しそうな顔をして口を開いた。

「お前さんがただの戦士ではなく、この出口もない呪われた村に入り込んでしまったということは、これもよ、また村の定めなのかも知れぬな……」

村長のその瞼は再び、何かを考え込むように閉じられた。

一間にいる村人たちは皆、ただ静かに村長に注目している。

村長の口元は一文字に結ばれたまま、今まで漁村に住む人々が辿って来たであろう、つらく悲しい記憶と出来事に思いを巡らせていた。

「お前さんの言う通り、あのイノカゴの湖には怪物が……棲んでおるわ。しかしウチらは、怪物には抗《あらが》うこともできずにな、言いなりになることしかできなかったのじゃ。そうしてよ、怪物は長い間にわたって、ここに住む村人たちを苦しめ続けてきたのじゃわ……」

深い悲しみを湛えた村長の目が、真っすぐにヤマトを見つめていた。

ヤマトは沈黙してその眼差しを受け止めながら、村長の次の言葉を待った。

村長は、覚悟を決めたように一息つくと話を続けた。

ヤマトによって指摘された悪魔という怪物が、イノカゴの湖に現れたのは、もう随分昔の話になるという。村長自身は、悪魔が湖に現れた後の三代目の村長になるのだと静かに語った。

湖が悪魔の棲み家となった、その当時の話は、一代目の村長の言い伝えとして、今でもずっと漁村に残り、代々受け継がれているという。

当時、イノカゴの湖に漁に出た漁師が突然、次々と行方不明になったことが事の始まりだった。そしてその当時はまだ、イノカゴの畔には二つの漁村があった。

泳ぎの達者な漁師が、湖で溺《おぼ》れることはないはずなのに、その多くが行方知れずとなり、村落に帰って来ることはなかった。村落に住む誰もが皆、不思議に思った出来事だったという。しかしその後、イノカゴの湖に遊びに行った子供や湖に近づいた村人も、漁村に戻らないということが続いた。その被害は二つの漁村でどんどん拡大していったという。

やがて、二つの漁村に住む村人たちの間で、村人が怪物に襲われ、イノカゴの湖の底に連れ去られるのを見たという目撃情報が多発した。

そこで、二つの漁村の村人たちは力を合わせて、共にその怪物と戦ったという。しかし結果はとても悲惨なもので、二つの漁村では当時、多大な犠牲者が出たと伝えられている。

それでも村人たちは、怪物から村人たちの命を守り、そして漁労の場を取り戻そうと、数回にわたって怪物に戦いを挑んだ。しかし結果は、いつも無残に終わり、多くの死者が出たということだった。

怪物には三つの首があり、その口から吐き出される火と何かで、多くの人々の命が奪われたという。だから、その怪物に近づくことさえできなくなってしまったということだった。

それ以来、漁村の人々は漁労を諦《あきら》めるしかなくなり、隣の農村に住んでいる村人たちを頼り、牛を譲ってもらうことで、牧畜で暮らしていくことを余儀なくされた。

イノカゴの湖の畔に住む二つの漁村の村人たちは、それからというもの湖には決して近づくことはなかったのだが、事態はそこで収束はしなかった。

村人たちが、牧畜での暮らしを立て始めようとした頃、二つあった漁村のそれぞれの村長の前に、その怪物が突然、姿を現したという。

『ワレに、無垢《むく》な魂を持つ者の生《い》け贄《にえ》を差し出せ。さすれば残る村人には、手出しはせぬ』

怪物は、二人の村長に、そう告げたのだという。

そして、怪物が示した残る村人とは、湖の畔にある自分たちが住んでいる漁村の村人たちだけではなく、この湖の周辺の村落に住む全ての人々を指していた言葉でもあったそうだ。

しかし、怪物が告げた条件は他にもあった。

一つ目は、湖に近づく人間の命の保証はないということ。

二つ目は、生け贄は年に一度の六月、十歳以下の幼子が八人であるということ。

無論、怪物の言葉を無視した場合は、全ての村人が皆殺しになるということだった。

当時の二人の村長は、村人たち全員に集まってもらい、このことについて皆と共に相談して、村の行く末を考えたということだ。

その結果、二つの漁村の人々が出した答えとは、他に選択の余地はなく、村人たちの命を守るために怪物の言葉に従い、その怪物と契約を結ぶことを選んだと伝えられている。

イノカゴの湖の畔に二つあった漁村は、その時一つに統合されたのだという。

貧困な時代の中でも、長く続いてきたであろうイノカゴの湖の漁労の歴史は、完全にそこで閉ざされたのだ。

怪物と契約を交わしたことで、漁村の人々は、村落の中から逃げ出すことも離れることもできない暮らしを強いられることになったという。

そして、二つの漁村が一つに統合したことにより、村人たちが逃れることのかなわない、呪われた村ともいうべき漁村の中で、人々によって新たに選ばれた一人の村人が、その時一代目の村長になったと伝えられている。

怪物に生け贄を捧げるようになってからは、村人が怪物に襲われることもなくなった。

しかし、長い年月をかけて、少しずつ村人の数も減り、また年に一度、幼子を八人も怪物に差し出さなくてはならないという現実は、村人にとってあまりにも酷な仕打ちであり、皆、罪の意識に苛《さいな》まれ続けた。

そのために、二代目の村長は、その罪の意識に耐え切れずに、五年で自らの命を絶ってしまったという。

更に、三代目である現在の村長に代わった頃には、若者の数も随分と少なくなっており、精神的な負担が要因ともなってか、不妊の夫婦や子を授かることを拒む夫婦が、後を絶たなくなったというのだ。

村人の心情を思えば、それも当然のことだった。

だが、昨年はとうとう、生け贄として怪物に捧げなければならない子供の数が足りず、子供の中に子牛を紛れ込ませて、イノカゴの湖に貢ぎ物として捧げたということだった。

昨年は、それでなんとか怪物をごまかすことはできた。

しかし今年は、貢ぎ物として捧げることができる幼子も、半数にも満たないのだという。それが理由で止むを得ず、出産間近の夫婦の子供も、怪物の貢ぎ物に加えることになったということだった。

村長は、震える両手で自らの白髪の頭を抱え込むと、もうすぐ今年も贄月《にえづき》である六月六日がやって来るのだと、青ざめた顔で言った。

贄月に生け贄を捧げることができなくなってきたこの漁村に住む人々は、怪物との契約通りに、村人たちが皆殺しになってしまうことを恐れていたのだ。

そうなればきっと、近隣の村落の人々をも巻き込むことになるだろう。

イノカゴの湖の畔にあった二つの漁村にいた人々は、近隣周辺に住んでいる村人たちへの思いやりから、怪物がもたらす脅威の全てを、結果的に引き受けていた形となっていた。

漁村の人々は、近隣に住む親しい村人たちを巻き込まないために、道沿いに石を高く積んで塀を作り、漁村の村人以外の人々が、決して悪魔と関わることのないようにしていたのだ。

よその村人たちに、漁村の人々がよそよそしい態度で接してきたのも、よその村の人々が、この漁村とは疎遠な関係になるようにと、わざと仕向けてきたことであった。そうやってよその村落との関わりを完全に絶つことで、よそに住む村人たちを、出口もない悪魔の潜むこの漁村に寄せつけないようにしてきたのだ。漁村の村人たちは、湖の周辺に住む親しい村人たちを巻き込まないために、そうして怪物の脅威の全てを背負うことになった。しかしそれは、つらく苦しい中でもずっと続いてきた、よその村人たちのことも大切に思った、漁村の村人たちなりの思いやりだったのだ。

漁村の村人たちの優しい沈黙は、周囲の人々に悟られることなく、そうして長い間にわたって続いてきた。

だが、それももう限界に近かった。

近隣の人々を巻き込まないように心がけながら、漁村の村人たちの命を守るためとはいえ、幼子たちを長きにわたって生け贄として差し出さなくてはならないことには、村長も含めた村人たち皆が、もう耐えきれないところまで来ていた。

人が自らの子供を生け贄として捧げるという行為は、人の倫《みち》を逸脱した生き方でもあり、それがゆえに、漁村に住む村人以外の人々には、この恐ろしく残酷な行いは、生涯にわたって口が裂けても他言するまいと、心に決めていたことだった。

村長は、漁村に起こったこれまでの実情を全て語り終えると、ヤマトの前で泣き崩れた。

自分たちが長い間、幼い子供たちを犠牲にしてきた行いを考えると、村長はこのまま何も語らずに、幼子たちへの贖罪《しょくざい》の思いを込めて、この漁村に住む人々と共にこの重い罪を背負って、最期《さいご》は滅びを迎えることも考えていたのだと言った。

しかし村長は、一人の人間であると同時に、この村落に住む村長なのだ。

この漁村に住む村人たちが助かるかも知れないという希望が少しでも生まれれば、村長としては、やはりそれを強く願ってしまうのだとヤマトに告げた。

その言葉には、村長として村人を守るために、怪物に従わざるを得なかったという、慚愧《ざんき》の思いが込められていた。

ヤマトの瞳は、愁《うれ》いを帯びて揺れていた。

この漁村の人々は、悪魔・ヘルブレスによって、自分が想像していた以上の苦しみを与えられ、それによって人間としての尊厳《そんげん》が蹂躙《じゅうりん》されてきたのだ。

他の村と自由に行き来することもできずに、限界まで苦しみ喘《あえ》ぎながら、まるで手足をもがれたように、漁村の中にずっと閉じ込められていた。

よその村落の村人たちに飛び火させないために距離を取り、その人々から、どんなに変わり者だと罵《ののし》られても、これまで怪物の秘密を頑なに隠し通して、つらく厳しい悪魔の仕打ちにも耐え忍んできた。

この漁村の人々は、悪魔がこの地に来て以来、悪魔によって陰惨とした村落の中に隔離され、苦しみの中に生かされてきたのだ。

漁村の村人たちを思うヤマトの心中には、悪魔への言いようもない怒りが込み上げていた。

「漁村の皆さんは長い間、苦しみと悲しみを一身に背負って、大変つらく苛酷な思いをされてきたと思います。しかし、村長の代《あなた》を最後にして、今のつらく苦しい現実を全て終わらせましょう」

ヤマトは村長に、変わらぬ真剣な眼差しを向けたまま、そう言い切った。

そしてヤマトは、その悪魔が漁村の人々に強要してきた契約という名の条件とは、悪魔自身が傍観者となり、村人たちに罪を植えつけることで、その様子を見て楽しむことにあったのではないかと村長に告げた。

村長は、ヤマトの言葉に目を大きく見開いていた。

一間にいる村人たちも、その驚きで息を詰まらせているようであった。

だが、悪魔の考えがそういうことならば、ヤマトの中でも辻褄が合う。悪魔にとって、人間をただ襲うだけなら容易《たやす》いことだからだ。

しかし、その悪魔が、わざわざ契約という条件を村人たちに強要してくるからには、その悪魔の考えに意図的な思惑があるのだ。

ならば、悪魔のその意図的な思惑とは、悪魔自身が満たされるための享楽にも似た、退屈凌ぎの娯楽の一つではなかったのかと、ヤマトはそう考えたのだ。

ヤマトは村長に、悪魔によって強いられてきた契約に、漁村の村人たちに罪はないと言った。むしろ長い間、それを村人に強要し続けてきた悪魔の方に、贖《あがな》いきれない重い罪があるのだと、強く断言した。

一匹目の悪魔・ロックアーミーによって傷つけられてきた村人たちと同じように、この悪魔によって長い間にわたり傷つけられてきた漁村の人々の心の傷が癒やされるのも、長い時間がかかるかも知れない。しかし、悪魔を倒すことによって、今まで悪魔によって失われてきた、人としての暮らしを取り戻すのと同時に、悪魔によって命を奪われてきた、浮かばれない村人たちの御霊《みたま》を弔うことができるだろう。

「亡くなった、多くの漁村の村人たちもきっと、あなたたちがかつての漁村を取り戻して、貧困な時代の中でももう一度、肩を寄せ合って元気に生きてゆく姿を望んでいるはずです。イノカゴの湖を占拠する悪魔を必ず倒しましょう」

村長は、白髪の頭を床に擦《こす》りつけながら、ヤマトの言葉に救われたように、嗚咽《おえつ》を漏らして泣いていた。

夫婦は、一間で肩を寄せ合いながら、村長自身が抱えてきた村人たちを想う心情に心を打たれたとともに、漁村の存続をかけたともいうべき村長の決断に、改めて感謝した。

村の男たちは、ヤマトの言葉と村長の判断に奮然となり、怪物打倒に向けて気炎万丈となっている。

ヤマトと漁村の村人との思いが、ようやく通じ合った瞬間であった。

だが、これからが、ヤマトにとっての正念場でもあるのだ。

悪魔打倒に向けて、村長と話がまとまったヤマトは、しばらくの間、村長の家でお世話になることが決まった。そして、イノカゴの湖を棲み家とする悪魔・ヘルブレスの習性について、できるだけ多くの情報を掴んでから、悪魔との戦いに備えることにした。

漁村で話がまとまったことで、村の外に繋いでいたヤマトの馬は、漁村の裏手にある牧場で村人たちが世話をしてくれるということも決まり、ハクも村落の中での滞在を許された。

オオカミであるハクを見た村落の人々は、初めはとても怖がっていたのだが、ハクを知る妊婦の女性の手引きによって、ハクはとても大人しく人懐っこいオオカミであることがすぐに知れ渡ると、村人たちも瞬く間にハクに馴染んでいった。

漁村の人々も悪魔打倒に向けて、村人全員がヤマトに協力するということを、村長は事前にヤマトに伝えていた。

そこでヤマトは早速、村人から子牛を一頭もらうことにした。

ヤマトは手始めに、子牛を湖畔に置いて、悪魔の様子を観察することにしたのだ。

その中でも重要なのは、悪魔の大きさや敏捷性、夜目が利くのかどうかである。そして、翼を持つ悪魔ということなので、悪魔が翼を広げて飛んだ時の速度やその動きも、ヤマトが目視したい部分であった。

祠の龍が言っていたヘルブレスの特徴は、三つ首であるということと、その三つの口からそれぞれ吐き出すという火と、なんでも溶かしてしまう毒液に毒ガスだ。

人間を死に至らしめるそれらの毒物を身体に浴びせかけられないように、最も安全といえる策を講じてから、悪魔を誘い出して討つ必要がある。

ヤマトはまず、昼間に湖畔で遊んでいた子供が昔、襲われたという場所に、大きな石を一つ運び込むと、適当な紐《ひも》で、その大きな石に子牛を繋いだ。そして、その子牛がよく見える場所に隠れて、悪魔の様子を探ることにしたのだ。

湖畔は鬱蒼と生い茂る草木の宝庫であり、隠れる場所は豊富にあった。

石の塀がある道沿いから漁村の側面に見えていたイノカゴの湖は、漁村の裏側になるため、湖と漁村との間には、道沿いの表側や両側面を囲っていたような、石が高く積まれた塀などで仕切られた隔たりは、全く見受けられなかった。

これは、ヤマトが漁村の表側にいた時に、漁村の側面から湖を見て想像していた通りの、普通の村落の造りであった。

漁村の裏手は湖のみで、表側にある通りから湖までは草木が茂り、村の裏手に向かって行けるような道はなかった。この土地には、多くの湖が点在しているため、よその村人は自分たちの身近にある湖を利用していたのだ。そんなことから、よその村人がイノカゴの湖までわざわざやって来るということもなかったため、漁村の人々は村の裏側まで石を高く積む必要がなかったということだろう。

ヤマトは、障害物がない裏側からの漁村全体の様子と、そこからイノカゴの湖とを繋ぐ辺りの風景を、自身の頭に叩き込むようにして見渡しながら、同時に湖畔に置いた子牛にも注目していた。

子牛は、モーモーと鳴きながら、繋いだ大きな石の周囲をゆっくりと歩き回っている。

するとヤマトが待つ間もなく、湖の岸から百メートルくらい離れたところの水面から、翼を広げた悪魔・ヘルブレスが飛び出して来たのだ。

そのまま宙に飛び上がった三つの長い首を持つ竜は、それぞれの首で辺りの様子を見渡しながら、上空をゆっくりと飛び、子牛の方へと近づいて行った。

悪魔は子牛の真上まで飛んで来ると、獲物を観察でもするように、子牛の真上で数回にわたって旋回した。やがて、子牛の真上に低空飛行で近寄った悪魔は、自らの短い足の先にある、鋭く尖《とが》った鉤爪《かぎつめ》で子牛の背中を鷲掴《わしづか》みにすると、そのまま上昇して、再び飛び出して来た場所辺りまで戻り、その子牛を連れて水底へと姿を消した。

悪魔・ヘルブレスの体は六メートルくらいと、予想通り巨大な悪魔であった。

鋭くつり上がった大きな目は、それぞれの頭に二つずつ、全部で六つあり、それは真っ赤で邪悪な光を帯びていた。

その首も長く、一つの首が一メートルを優に超えている。三つの首は、胴体の付け根から太くて長い首が、三つに分かれて生えていた。

ヘルブレスには腕はなく、胴体の下には、太くて短い二本の足がついている。それが人間でいうところの手の役割も果たしているようだ。

その翼には羽毛などもなく、巨大な全身は鈍色《にびいろ》の滑らかな皮膚で覆われ、その胴体からは後

方に伸びる、一本の尻尾のようなものがついていた。三つ首のためか、空中での敏捷性はかなり低いように思われた。

悪魔が同じ場所に戻ったところを見ると、水底には悪魔の決まった居場所があり、獲物は持ち帰って、その棲み家になっている場所で捕食しているのではないかと考えられた。

そして、今まで人が襲われていたという時間帯だが、村人の話にもあったように、悪魔の活動時間は、日中が中心ということで間違いなさそうだった。

悪魔の活動時間が昼間であれば、夜目が利くかどうかは特に、気にする必要はない。

ヤマトは更に数匹の子牛を使って、悪魔の行動を数回かけて、じっくりと観察した。

その後ヤマトは、今度は子牛に細工をしてみることにした。

ヤマトが観察する日を空けたのは、悪知恵が働く悪魔に、万が一にでも気づかれて警戒されないためだった。

今回の作業では、紐を縒《よ》って束ねた太めの綱を用意して、その綱を一本の太い木に縛りつけて子牛を繋いだ。今度は簡単に子牛が連れて行かれないように、子牛の体にも綱をしっかり固定してから、子牛を湖畔に放置することにした。

これは悪魔・ヘルブレスが、連れ去ることができない獲物に対して、どのような行動をとるのかということを観察するための仕掛けであった。

ヘルブレスには、子牛を繋いでいる綱を、器用に解くための指はない。

だが、悪知恵を働かせ、人々に契約を強要したという知能の高さは、ただ大暴れをして、山に棲む動物たちや麓の山村に住む人々を襲っていた、一匹目の悪魔・ロックアーミーとは違う。

この仕掛けは、ヘルブレスの頭の良さがどの程度のものなのかを知るためのものだ。

獲物である子牛を悪魔が掴んだとして、上空に子牛を引き上げた時、引き上げきれずに失速して体勢を崩し、子牛と共に上空から地面に落ちるのか。

それとも、今回は子牛を引き上げることはできないと判断して、引き返すことを選ぶのか。

或いは、引き上げられないと知って、その場で子牛を綱ごと食い尽くしてしまうのか。

ヤマトは、綱で繋いだ子牛を後にして、いつものように子牛がよく見渡せる木陰に隠れて、ヘルブレスの出現を待っていた。

獲物の匂いを嗅ぎつけて、ヘルブレスは僅かな時間でまた、湖の岸から百メートルくらい離れたいつもの場所から飛沫《しぶき》を上げて巨大な姿を現すと、ゆっくりと空を飛んで子牛の方へと近づいて来た。

子牛の真上に来た悪魔は、いつもと同様に、子牛の上をグルグルと数回にわたって旋回してから、低空飛行でゆっくりと子牛に近づくと、その鉤爪でいつものように子牛の背中を鷲掴みにして上昇した。

しかし、悪魔が上昇しても、子牛を引っ張り上げた太い綱は、木に繋がったまま切れることはなかった。やがて、子牛を掴んだ鉤爪から子牛が外れると、子牛は地面に落ちていった。

ヘルブレスは、急に重さを失って弾かれたように失速すると、そのまま体勢を崩しながら、地面へと不時着した。

地面に短い足を着いた悪魔は、のそのそと両足を引き摺《ず》るようにして、その周辺をしばらく歩き回っていた。しかし、太い綱に繋がったままの子牛を、再びヘルブレスが襲うことはなかった。

やがて、ヘルブレスは鋭くつり上がった、大きく真っ赤な目を不気味に歪《ゆが》ませると、子牛に向かって悔しそうに大きな叫び声を上げてから再び飛び立ち、出て来た水面とほぼ同じ場所の水底へと戻って行った。

ヘルブレスは悪知恵こそ働くが、知能的にはそれほど高くはないことが分かった。それが、ヘルブレスが持つ性質なのかも知れないが、警戒心も強くはなく、地面に足が着いても足が短いためか、歩く速度も遅いことが、これで見て取れた。

上空では、体勢を崩した時に、その体勢を立て直すことも間に合わなかったことから、ヘルブレスの動きは、全体的に見ても鈍いことがうかがえた。ヘルブレスが子牛に手をつけなかったのも、獲物は棲み家に持ち帰ってから捕食するという習性で、やはり間違いなさそうだった。

これで、悪魔を倒すための情報も、かなり集まった。

しかし、最後に一番重要な情報は、ヘルブレスの三つの首がそれぞれ吐き出すという、火や二つの毒の威力についての情報であった。それらの威力を受ける範囲とは、どれほどまでに及ぶのかが、最も重要な点である。

ヤマトは、悪魔からその情報を、どのような作戦で引き出そうかと、頭を悩ませていた。

悪魔が口から吐き出す、火やその毒物の威力と範囲を確認するためには、悪魔に攻撃を仕掛けさせることが、最も早い手段であるとも考えた。しかしそれは、毒物の情報を早く得ることはできるだろうが、得策とはいえなかった。村人たちに被害が及ぶ可能性があるからだ。

それに、ヤマト自身も神剣を持っているとはいえ、毒物などがどんな威力を発揮するのか不明な相手に正面から挑むことは、命を落としてしまう危険性の方が高かった。

動き回る三つの長い首と、火や毒物を攻撃手段に持つ悪魔は、難敵であることに間違いない。

ヤマトは慎重に考えた末、正面から挑むのではなく、何か有効な仕掛けを作り、それを使ってヘルブレスを退治することにした。

ヘルブレスの最大の武器は、あの三つの頭であることは間違いない。残るは、二本の足についている鉤爪と尻尾だ。あの尻尾によって叩きつけられる一撃も、重傷を負うような致命的な一撃ともなるので、気を配る必要がある。

ヤマトは早急に、それらを考慮した仕掛けを模索した。

しかし、色々な仕掛けを考えてはみたものの、どれも納得のいくような策とはいえなかった。

だが、ヤマトの頭の中には一つだけ、良い案が浮かんでいた。

それは、ヘルブレスの動作が鈍いという点を利用する方法であった。更に、その巨体が身動きしづらい状況を作り出すとともに、その翼を広げて飛べない状態に持っていくという仕掛けだった。

　簡単に言えば落とし穴である。この仕掛けを作るには時間がかかり、準備も大変ではあるが、村人たちの協力があれば、仕掛けを作る時間もそう長くはかからないと、ヤマトは考えたのだ。

　ヤマトは、村長から村人たちに声をかけてもらい、集まった人々に仕掛け作りの説明をすることにした。

　仕掛け作りの材料としては、矢倉を建てる木材と、落とし穴の上に敷き詰める板を作るための木々を集める必要があった。

　それに囮《おとり》となる子牛一頭と、鏃《やじり》を鋭く尖《とが》らせた長い槍が多数必要で、その鏃の先には、毒草から取った濃縮液をたっぷりと塗っておく。そのほかには、油に松明、大きな石が二つと、丈夫な綱が一本必要であった。

　そして、肝心な仕掛けの仕組みについてだが、まず大きな矢倉を建てるのは、悪魔が上空から獲物を捕獲できないようにするためと、万が一雨が降った場合、落とし穴に浸水することを避けるためである。

　更に、悪魔が子牛を得るためには、地上に下りて、矢倉の中に歩いて入らなければならないという状況を作り出すという目的もあった。そのために、矢倉の中央に穴を掘り、その落とし穴の上に板状の木を並べて、その上に子牛を配置するという仕組みにすることにしたのだ。

この時、子牛を繋ぐ紐は、ある程度長くして矢倉の中に繋ぐことにする。それは、落とし穴がある板の上から地面の境目辺りまで、子牛が自由に行き来できるようにするためである。これは、悪魔の姿を見た子牛が逃げ出すことを想定して、あえてそうしてみることにした。

悪魔が正面に現れれば、子牛は悪魔から逃れようと、落とし穴ギリギリの端まで逃げようとするだろう。そうなれば悪魔は、より落とし穴の中心部へと入り込んで来ることになる。これは、失敗を避けるために、できるだけ悪魔の鉤爪や三つの頭の口が、すぐに子牛に届かないようにするためだ。悪魔をより確実に、落とし穴に落とす狙いがあった。

落とし穴の内部についてだが、悪魔が落下した時に、穴の底に立てた毒槍がまず、悪魔を待ち受けている。悪魔の全身に毒槍が突き刺さることにより、その動きを鈍らせるのが目的の一つではあるが、幅の狭い穴の中では、飛び立つこともできないであろう。

更に、悪魔の体重によって、幅の狭い落とし穴に深く入り込んだ悪魔の体は、身動きすることも儘《まま》ならず、足の鉤爪や尻尾を自由に動かすことさえも困難になるはずだ。その巨大な悪魔の体が、幅の狭い落とし穴の深みに嵌《は》まれば嵌まるほど、その分、悪魔の自由を奪うことができるという仕掛けとなっている。

更に、落とし穴の底の中心部には油を引いておき、悪魔が動けなくなったところで落とし穴に松明を投げ入れて、底の油に点火する。油は燃え上がり、ヘルブレスの巨体は炎によって焼かれるという算段である。

これは単純に、悪魔・ヘルブレスが水の中を棲み家としているので、もしかすると体は熱に弱いかも知れないという考えからきたものだ。

同時に、穴の底の中心から離れた、油を引いていない安全な場所にはハクを待機させて、穴の底から威嚇させる計画だ。ハクは前回の悪魔との戦いで、見事にロックアーミーの気を逸らして、足止めをしてくれたのだ。ヤマトにとって、ハクへの期待は特に大きなものであった。

最後に、矢倉の屋根の内側には、二つの大きな石を、一本の綱の端と端に一つずつしっかりと括りつけて、均衡にしてぶら下げておく。悪魔が落とし穴の毒槍に刺さったら、すぐに綱を切って悪魔の頭上に大きな石を落とすのだ。

それらの仕掛けで、悪魔が状況を呑み込めずに怯んでいる隙に、ヤマトが悪魔の背中に飛び乗るという算段である。そして、三つの頭の口から火や毒物が吐かれる前に、ヤマトはヘルブレスの三つの首を瞬時に切り落とすという作戦であった。

村人たちは、ヤマトの説明を聞き終えると早速、それぞれが分担して必要な材料を揃えるとともに、村人総出でその仕掛けの準備に取りかかった。

村人たちとヤマトは、大きな矢倉を組んでから、矢倉の下の地面に、八メートルほどの深い穴を掘り進めた。無論、落とし穴の幅をあまり広げ過ぎないようにして、ヘルブレスの身体が入るくらいか、少し狭くなるように注意を払った。幅が多少狭くても、落ちた時の悪魔の重みがあるので問題はないであろう。

それから木を削って、落とし穴の上に敷く板を必要な枚数作り、竹を切り、先端に鋭い鏃を付けたたくさんの長い槍を拵《こしら》えて、その鏃には、毒草から抽出した毒薬を丁寧に塗っていく。

村人総出の分担作業で、仕掛け作りは順調に進み、二週間ほどで全て完成した。

いよいよ、悪魔・ヘルブレスとの決戦の時が来たのだ。

この日は、朝から仕掛けの最終点検が行われ、長めにした紐で、矢倉の木枠に囮の子牛を括りつけると、その準備を整えていった。最後に、綱を袋状にして結った袋の中にハクが入ると、二本の長い綱によって括りつけられた。その袋は、村人たちが慎重に、穴の底へと下ろしていった。

二本の長い綱によって下げられていった袋は、油の引いていない安全な場所に、ゆっくりと下ろされた。

村人たちによって下ろされた袋の中から、ハクが外に出て来ると、ヤマトは合図を送って、落とし穴の底にハクを待機させた。

これで、仕掛けの準備は全て整った。

ヤマトは自身の緊張を解《ほぐ》すため、大きく深呼吸した。

最終的に、ヤマトが悪魔・ヘルブレスの背中にうまく飛び乗れるかが、この作戦を成功させるための最大の鍵となる。

ヤマトにとっても、この作戦はかなり危険だが、しかし今回のこの作戦は、村人たちを最も安全に守れる策でもあり、ヤマト自身も悪魔が持つ火や毒物と対峙するには有効な手段であるともいえたので、この作戦に懸ける以外になかった。

ヤマトと数人の村人は、手順通りに事が進むように、最後の打ち合わせの確認をし終えると、矢倉が見渡せる木陰に身を潜めて、悪魔・ヘルブレスの出現を待つことにした。

万が一危険な状態になることも視野に入れて、仕掛けを手伝う村人以外は全員、安全な漁村の中へと退避させている。

ヤマトたちは、物音を立てないようにこっそりと、木陰からイノカゴの湖面の様子をうかがっている。

仕掛けを手伝うために残った数人の男たちは、極度の緊張に顔を強張らせて、額に汗を滲ませていた。

——その時だった。

いつも出て来る湖面の辺りから、ヘルブレスが揚々と、その巨大な姿を現したのだ。

悪魔は、獲物の匂いを嗅ぎつけて、矢倉の方にゆっくりと近づいて来た。

悪魔が矢倉の上空に到着すると、いつものように矢倉の真上をグルグルと旋回し、やがて地上にゆっくりと着地した。

ヤマトと村人たちは、木陰から息を殺し、固唾を呑んで事のなりゆきを見守っている。

地上に着地したヘルブレスは、初めは矢倉を警戒するように、矢倉の周辺をノロノロと歩き回っていたのだが、しばらくすると足を引き摺りながら、ゆっくりと矢倉の中へ入って行った。

ヤマトは、計画通り進んでいることに一安心した。しかし、まだ油断はできない。

次の瞬間、悪魔・ヘルブレスの絶叫が木霊《こだま》した。

緊張が走り、ヤマトと村人たちはすぐに木陰から飛び出すと、矢倉の方へと急いだ。

ヘルブレスは、見事に落とし穴に敷いた板をその重みで破壊して、落とし穴に落ちていたのだ。

端に逃げた子牛は無事であった。

村人たちは、それぞれの役割を果たすために、予定通りの位置に着いていた。ヤマトは、悪魔に気づかれないように、こっそりと落とし穴の中を確認した。

ヘルブレスは幅の狭い穴の中に、すっぽりと嵌まり込むようにして踠《もが》いている。ヘルブレスが落とし穴から抜け出そうと、必死に踠けば踠くほど、幅の狭い土はその巨体によって削られ、滑らかな皮膚を持った悪魔の体は、更に穴の底へと沈んでいった。

ヘルブレスの翼と尻尾は、自身の体と土壁との間に挟まり、身動きがとれなくなっている。

そして、悪魔の長い三つの首も、首同士が巻きつくように絡み合って落ち込んでいた。

ヤマトは素早くヘルブレスの状況を確認し終えると、剣を鞘から引き抜き、位置に着いた。

ヘルブレスは、再び凄まじい雄叫びを上げ、狂ったように三つ首が同時に絶叫した。

遂に巨体が底まで到達し、その体重で毒槍が、悪魔の体を深々と貫いたのだ。

ヤマトは、控えている村人たちに合図を送った。それと同時に村人が、松明を落とし穴の中に投げ入れた。

油を引いた穴の底は、メラメラと瞬く間に燃え上がっていった。

ヘルブレスは、次々と自身の体を貫いていく痛みに絶叫しながら、自身の身に何が起きているのか分からず、混乱しているようであった。

既に落とし穴の底からは、けたたましく吠えるハクの声が響いている。

次に村人が、矢倉の内側にぶら下げた二つの大きな石を繋げた綱を切断すると、二つの石は逸れることなく、見事に悪魔の頭上を直撃した。

ここまでは順調であった。

最後はヤマトの出番である。

ヤマトは、大きな石の直撃を受けて、更に踠いて巨体を揺するヘルブレスの様子を見ながら、その背中に飛び乗る瞬間を見定めていた。

ヘルブレスの三つの首は、首同士が絡み合ったままで、その体も、痛みと身動きができない苦しさによって悶《もだ》え続けている。

ヤマトは、その三つの頭が同時に俯く瞬間を、見逃さなかった。

僅かな間も置かず、ヤマトはすぐにヘルブレスの背中に飛び下りた。

背中への着地は成功だ。

　ヤマトは、ヘルブレスに振り落とされないように、その背中の上でうまく均衡を取りながら、間近で捩《ねじ》れている二つの首を、構えた刀身で素早く削ぎ落とした。

　切断されて頭部を失い、胴体に繋がっただけになった二つの首は、のたうつようにうねりながら、その傷口から大量の血潮を撒《ま》き散らしていた。

　神剣・むらくもによって削ぎ落とされた二つの頭部は生気を失い、一つは落とし穴の底に落下して、もう一つは血の糸を引きながら、悪魔の広い背中の上に音もなく転がった。

　胴体に残されている、ただ一つのヘルブレスの頭部は、その激痛で狂ったように頭を振りながら、おぞましい唸り声を上げている。

　しかし、その苦しさで激しく揺れる巨大な体の震動は、悪魔の背中に乗ったヤマトの平衡感覚を奪い、あと一歩のところで残る頭部に神剣が届かずにいた。

　ヤマトは、その場から動けずに両足を踏ん張ったまま、悪魔の背中から振り落とされないように、その体勢を保つことで精一杯になっていたのだ。

　村人たちは落とし穴の上から、その様子を心配そうに見つめている。

　ヤマトは、焦りを感じ始めていた。

「残すは一首……もう無理なのか……？」と、ヤマトは小声で自嘲気味にそう呟くと、神剣の柄を握り締めた。

「頑張れ！」

すると、一人の村人が、落とし穴の上からヤマトに向けて叫んだ。

そして、また一人、また一人と、ヤマトを励ます声は増え、その声はヤマトの耳にも確かに届いていた。

だが、そんな村人たちの叫び声は、ヘルブレスの耳にも届いていた。

ヘルブレスは今まさに、自身を襲った存在が人間であったということを知ったように正気を取り戻すと、その落とし穴の頭上に向けて頭を擡《もた》げた。

怒りを孕《はら》んだ真っ赤なヘルブレスの目が、村人たちを見上げている。

村人たちは悪魔の形相に怯え、恐怖によってその場で硬直した。それと同時に、悪魔の背中で控え堪《こら》えていたヤマトの存在も、ヘルブレスに気づかれてしまったのだ。

ヘルブレスは、背中の異物を落とそうと、左右に巨体を揺らし始めた。その頭部は、頭上を向いたまま、大きな口を開けて息を吸い込んでいる。

ヘルブレスは、村人たちに向けて火か毒物を吐き出すつもりだ。

残された頭が吐き出すものは、何か分からない。火か、なんでも溶かしてしまう毒液か、或いは毒ガスだ。いずれにしても、どれも危険なものだった。

ヤマトは咄嗟に大声で、ハクの名を叫んでいた。

今、ヤマトには、悪魔が吐き出そうとしているものを、止めることはできなかったのだ。

悪魔の背中から振り落とされないように、ヤマトは必死に身体の均衡を保つことを余儀なくされている。

するど、ヘルブレスは危険物を吐き出す前に、弾かれたように息を吸い込むのをやめると、再び凄まじい声を上げて絶叫した。

悪魔が擡《もた》げていた頭は、急速に下降すると、今度は落とし穴の底を向いた。

ヤマトの声に応えたハクが、悪魔の垂れ下がっている尻尾に噛みついている。悪魔は、その激痛に絶叫し、尻尾の先に目を向けたのだ。

自身の巨大な体と土壁によって挟まれている尻尾は、動かすこともできずに、ハクの牙によって何度も抉《えぐ》られていた。

ヘルブレスは、尻尾に噛みつくハクに向けて、今度は大きく口を開いた。悪魔はまず、ハクを標的にしたのだ。

一方、ヤマトの方は、いつになっても巨体を激しく揺らして振動の収まらないヘルブレスの背中の上で、自由に身体を動かすことができず、その額には汗が滲んでいた。

ヤマトは、刀身が悪魔の首に届かない悔しさで唇を噛むと神剣の柄を強く握り締めて、『今、ここで諦《あきら》めたくない』と強く祈った。

すると突然、ヤマトの神剣・むらくもが、真っ赤な炎によって包まれたのだ。

それは、一つ目の試練であったロックアーミーを倒したことで得た、神剣に宿った聖なる力であった。

ヤマトは息を呑み、神剣の炎を見つめた。

しかしその刹那、長い首を下に向けて息を吸い込んでいたヘルブレスの体が、急に傾いた。

ヤマトは、悪魔の背中から滑り落ちそうになったものの、再び体勢を整えると、大きな背中にしっかりと足をつけて、身体の均衡を保持した。そして、傾いた方向の先に、ヘルブレスの頭があるのを見た。

ヤマトはその隙を見逃さず、背中の上を滑るようにして、悪魔の頭部に向かって移動を始めた。

巨大な悪魔の背中を滑り下りて行く惰性に身を任せ、ヤマトは炎をまとった神剣・むらくもを構えた。

しかし、背中から落ちないように移動はしたものの、ヤマトの身体は頭部よりも離れた位置に、滑り落ちていた。悪魔の背中が、それだけ広かったのだ。

止まった位置はその首からはまだ遠く、刀身は届きそうにない。

ヘルブレスの鈍色の皮膚は、思った以上に滑りやすく、このままでは背中から滑り落ちてしまう恐れがあった。また、ここで手間取っていては、悪魔に危険物を吐き出す時間を与えてしまうことにもなるだろう。

ヤマトは迷いを捨てて、神剣の聖なる火の力を信じ、残り一つとなった首を目がけて、神剣を力一杯、薙《な》いでいた。

それは、ヘルブレスがハクに向けて火か毒物を吐き出す寸前、間一髪の出来事だった。

ヤマトは、悪魔の首を根元から切断することに成功していた。

だが実際は、刀身自体はヘルブレスには届いていなかった。ヤマトの予測通り、刀身はすんでのところまで達したものの、首までの距離は僅かに足りなかったのである。

その僅かな距離を補ってくれたのが、神剣にまとった炎であった。白刃に激しく燃え盛った炎が刀身の代わりの刃となり、灼熱《しゃくねつ》の炎となって、悪魔の首を根元から焼き斬っていたのだ。

あそこでヤマトが躊躇《ちゅうちょ》していたら、ハクは悪魔の火か毒物によって命を落としていただろう。

全ての頭を失った、悪魔の胴体に残された三か所の首の傷口からは、落とし穴の底に向かって、滝のように血液が流れ落ちていた。

そして、むらくもの剣によって焼き斬られた最後の頭部は、宙を舞って落下すると、まだ穴の底で燻《くすぶ》っていた油の炎によってじわじわと焼かれながら、肉の臭いを漂わせて転がっていた。

ヤマトたちは、ヘルブレスの口から火や毒物を吐かせることなく、無事に勝利を掴んだのだ。

ヤマトは、ただの肉の塊となったヘルブレスの背中の上で、むらくもの剣を振り翳《かざ》すと、村人たちと共に掴んだ勝利に、歓喜の声を上げた。

落とし穴の上にいた村人たちも皆、その様子に歓声を上げて、悪魔打倒に涙を流しながら、喜びの声を上げていた。

悪魔・ヘルブレスの巨体は、やがて赤く鈍い光によって包まれていった。

ヤマトは、その光の光景を目に、ヘルブレスの背中から滑り下りると、穴の底に着地した。

ロックアーミーの時と同様に、赤く鈍い光によって包まれたヘルブレスの体は、次の瞬間には一片の肉片も残さずに、灰となって消えていた。

そしてどこからともなく、雷鳴の轟《とどろ》く音が聞こえてきた。

それを耳にした村人たちは、晴天の空を不思議そうに見上げている。

やがて、近づく雷鳴の轟く音とともに激しい風が吹きつけてくると、村人たちは皆、湖面の方を指差して、驚きの声を上げた。

村人たちは慌てふためきながらも、今、イノカゴの湖の湖面に竜巻が起こっていることを、穴の底にいるヤマトに伝えた。

その竜巻を、食い入るように見つめている村人たちは、更に水底から突如として現れた、真っ青な柱のような光の筋に、目を奪われた。

その真っ青な光は、水底から一直線に、竜巻の中心を突き抜けるように上空に向かって伸びているのだと、村人はヤマトに伝えた。

ヤマトは、神剣・むらくもを見た。

神剣は、静かな光によって包まれ、輝いていた。

ヤマトは穴の底から、むらくもの剣を上空に向けて掲げた。

するとと、湖面に突如として現れた真っ青な光の筋は、神剣・むらくもに呼ばれるように、真っ青に光り輝く一本の筋となって、神剣がある方向へと吸い込まれるように流れていった。

その様子を見ていた村人たちは、暗い穴の底を覗き込み、ヤマトの手元にある神剣を、目を凝らして見つめていた。

やがて、むらくもの剣は、刀身を中心にして青白いまばゆい光を放つと、その光は風となって渦巻き、神剣・むらくもを覆った。それはやがて刀身と一体となるかのように、静かに白刃の中へと消えていった。

村人たちは、ヤマトが龍から授けられたという神剣の不思議なその輝きに、終始、目を輝かせていた。

それは、二つ目の試練である、悪魔・ヘルブレスを倒したことにより、風の力が〝風光〟となって、むらくもの剣に宿った瞬間の出来事であった。

ヤマトはこれで、二つ目の聖なる力を手に入れた。

村人たちは、あの不思議な光の光景は、神がもたらした奇跡であったということを疑わず、神剣・むらくもともども、ヤマトに向けて、漁村を救ってくれた、その奇跡に心から感謝するとともに、手を合わせて祈りを捧げた。

祈りを終えた村人たちは、すぐに落とし穴の底にいるヤマトたちを引き上げるために、穴の

底に綱を垂らした。

だが、その綱を手に掴んだヤマトは、いつもそばにいるはずのハクがいないことに気がつき、周囲を見渡した。

すると、落とし穴の端の方で、横になって倒れているハクの姿を見つけた。ヤマトはすぐにハクのそばへと駆け寄ると、ハクの全身に手を触れながら、体に異常はないか隈《くま》なく確認した。

ハクの意識はあるものの、足にはひどい火傷《やけど》を負っている。

穴の底は、安全性を考慮して、油を引いた位置から十分な距離が保てるように作ったつもりだった。しかし、燃え盛る炎の熱は、悪魔の巨体が妨げとなり、穴の中ではその行き場を失い、予想以上に激しく地表を焼いていたのだ。

ハクには、かなりの無理をさせてしまったに違いない。ヤマトは、横たわったままのハクを、すまなそうに抱き締めると、ハクはそれに応えるようにヤマトの顔に、弱々しくその白い顔を擦り寄せた。

ヤマトは、村人たちが垂らす綱を腰に括りつけると、ハクの大きな体を軽々と抱え、引き上げてもらった。そしてハクの治療をするため、すぐに村人たちと共に漁村へと戻った。

その治療が早かったため、ハクの足も問題なく、あとは火傷さえ治れば、もとのように歩けるようになるということだった。ハクの治療も無事に終えて、ヤマトはようやくホッと一息つくことができた。

この土地でのヤマトの役目も、無事に終わった。

漁村の人々もようやく、この村落で悪魔に怯えることもなく、安心して暮らせるようになるのだ。イノカゴの湖で再び漁労を行えるようになれば、漁村もまた豊かさを取り戻すだろう。

村長は、先代が怪物と交わしたといわれる契約書が、火もないところで燃えたということをヤマトに伝えた。それは、悪魔が強引に村人たちを繋ぐために交わした楔《くさび》もなくなったということを意味していた。これからは、この漁村を他の村人たちも自由に行き来することができるという、確かな証でもあった。

長い間、悪魔・ヘルブレスによって蹂躙《じゅうりん》されてきた村人たちは、その苦しみから解き放たれた。

村長と村人たちは、無事に悪魔との戦いに勝利できたことを、ヤマトに心から感謝すると、勇敢に悪魔に立ち向かってくれたヤマトを褒め称えた。

後ろから子連れの二人の女性が、それぞれの幼い子供の手を引きながらヤマトの前に姿を現すと、「贄月《にえづき》がなくなったことで子供を失わずに済みました」と、涙ながらに笑み、頭を下げて感謝した。

子供たちは、ヤマトの前で恥ずかしそうにしながらも、嬉しそうに抱き締めるそれぞれの母親の腕の中で、満面の笑みを見せている。

漁村の人々の表情には、どの顔にも笑顔が戻っていた。

当初は、憔悴しきった顔で元気がなく、暗く沈んだ虚ろな目をした漁村の村人たちだったが、今は誰もが人間らしい豊かな感情を持った表情と、その笑顔を取り戻している。

ヤマトは、元気を取り戻してくれた村人たちのそんな光景に目を細めて、心から喜んだ。


その日の夜は、村人たちがヤマトのために、盛大な宴《うたげ》を開いてくれた。

村長を筆頭にして、村落の女性たちも皆、涙ながらに悪魔打倒の勝利を喜んだ。

ヤマトは村人たちの喜びを目に、ヘルブレスの討ち取りが成功して良かったと、心の底から改めてそう思いながら、村人たちに笑みを向けていた。

村落の女性たちは、次々と作りたての手料理を運び、男たちはヤマトと酒を酌み交わしながら、これからの漁労の話や、ヤマトの旅の話などで、宴は盛り上がっていった。

ヤマトは、つい食べ過ぎてしまうほど、村人たちから美味しい手料理やお酒を、お腹一杯ご馳走になっていた。

そうして、楽しげな宴は長い時間、漁村の皆がヤマトを囲んだ笑顔の中で続いた。

漁村の人々も安堵とともに、今日からは静かな眠りに就くことができるだろう。

ヤマトは、悪魔との戦いで火傷を負ってしまったハクを、漁村の夫婦に預けることにした。

その夫婦とは、ヤマトを村落に招き入れてくれた、あの夫婦だった。

せめてハクの傷が完治するまでの間だけでも、感謝のしるしとしてハクの面倒を看《み》させてほしいと、夫婦がヤマトに話を持ちかけてくれたのだ。

夫婦の話によると、ヤマトが悪魔を倒してくれたことで漁村も救われ、村の固い約束事であった禁も、近いうちに取り払われることになったというのだ。

村長に宣告された、夫の罰もなくなったという。

妻は、大きなお腹を優しく撫でながら、嬉しそうに夫婦揃って笑っていた。

「悪魔がいなくなり、これでよ、ウチも安心して子を産むことができるようになりましたわ。この子の未来を守ってくださいまして、本当によ、ありがとうございました」

夫婦は、何度も丁寧に頭を下げながら、ヤマトに心から感謝した。

夫と妻の顔も、初めに会った時とは異なり、今は生き生きとした人間らしい表情で溢《あふ》れている。

「村人たちやお二人の力になることができて、俺も本当に良かったです。どうか元気な子を産み、育ててください。そしてどうかハクのこと、よろしくお願いします」

それを聞いて、我が子を待ち侘《わ》びるような眩しい笑顔になった夫婦に、ヤマトは微笑んでいた。

旅を急ぎ、ハクのことも気がかりだったヤマトにとって、夫婦の申し出はとても有り難いものであった。妻は、「ハクのことは心配しないで」と、自分の拳で自らの胸をポンッと軽く叩いてからそう言うと、ヤマトに向けてはにかむように笑っていた。

翌朝、ヤマトは旅の支度を整えて、お世話になった村長の家を出た。すると、村長の家の前には村人たちが皆、集まっていた。

村人たちは、旅には欠かすことができない貴重な保存食を、たくさん届けに来てくれたのだ。

ヤマトは丁寧にお礼を言うと、村人たちの心遣いに深く感謝した。

ヤマトは、夫婦によって連れられて来たハクに、「必ず迎えに来るからな」と一言そう言うと、ハクの白い毛並みを優しく撫でながら、ハクに別れを告げた。

そして、ハクのお世話を快く引き受けてくれた夫婦と、集まってくれた村人たちに、もう一度お礼を言い終えると、馬を引き連れて漁村を後にした。

長い間にわたり漁村を囲んでいた、石の山で連なっていた塀も、取り壊されることが決まったという。よその人々の訪れを拒み続けてきた、漁村とその外とを繋ぐ唯一の両開きの戸口も、これでようやくその役目を終えるのだ。

今日という日に、両開きの戸口は全開で開放され、漁村の出入り口には、ヤマトを見送る村人たちが溢れていた。

村人たちは、漁村の内外から大きく手を振り、感謝の声を上げながら、いつまでも笑顔でヤマトを見送っている。

その村人たちの背後からは、寂しそうにして鳴く、ハクの声も聞こえていた。

ヤマトはその声を後に、再び幾つもの川や湖が点在する広大な平野を、馬と共に駆け抜けて行った。

ヤマトは漁村を出た後、あの農村にも立ち寄っていた。

それは、幼い頃に理由も分からないまま、漁村に住んでいたたった一人の友達と離れ離れになり、今でもずっとその友達の安否を気遣っているのだと言っていた、あのお婆さんに会うためだった。

二人の身に起こった出来事は、八歳の六月だったとお婆さんは言っていた。

当時八歳であり、六月だったということは、お婆さんの友達であったその子が、その年の六月に悪魔の生け贄としてイノカゴの湖に捧げられてしまったということは、もはやヤマトにとっては明白であった。

しかしヤマトは、漁村の村人たちが長い間、悪魔によって強いられてきた、生け贄という漁村に起こったつらく悲惨な出来事のことは、決して口にすることはなかった。

お婆さんに会ったヤマトは、その子はお婆さんが会えなくなったと言っていたその頃に、既に事故にあって他界していたと伝えた。

真実を伏せたのは、農村の村人も漁村の人々も、これ以上傷つく必要などないと、ヤマトが思ったからだ。

悪魔はもう、いないのだ。

それで人が互いに傷つくくらいなら、知る必要がないことは、やはり知る必要はないのだ。

そして、言わない方が良いことは、言う必要もないと判断したのだ。

ヤマトは更にお婆さんに、イノカゴの湖の話もした。

あの湖には随分昔から、農村でも噂されていた怪物が棲みついていたせいで、怪物との事故に巻き込まれて多くの漁村の人々が命を失っていた。そして、その怪物が湖を棲み家にした当時から、二つの漁村に住んでいた村人たちは、近隣の村落に住んでいる村人たちを巻き込まないために、近隣の村落との距離を置くことを決め、それが現在にまで至ってきたということを話した。

漁村の村人たちは、それが理由で、長い間にわたって近隣の村落との関わりを断ち、沈黙を守ってきた。その子の話を、漁村の村人がお婆さんに言い出せなかったのは、そのことが理由であったのだと、ヤマトは悲しげに伝えた。

しかし今回、そのイノカゴの湖にいた怪物退治は無事に成し遂げたことを、ヤマトはお婆さんに報告した。

その子の無念も、これで晴らされたと信じていると、ヤマトは言った。

これからはイノカゴの湖に怪物がいなくなったことで、漁村の漁労も開放されるだろう。そして、漁村に住んでいる村人たちが、怪物のせいで長い間、閉ざさなければならなくなった漁村と、その村人たちの心の扉も、また再び開かれることであろう。

ヤマトは、その子がいた漁村の人々と、どうかまた友達になってくださいねと、お婆さんに優しく語りかけると、微笑んでいた。

お婆さんは、ヤマトに頭を下げて泣いていた。

その子の安否は、既に覚悟していたことでもあったと言う。しかし農村では古くからの噂話でしかなかった怪物が、本当に実在していたものであり、それが漁村の人々を長い間にわたり苦しめ、村人たちを追い詰めていたということに、お婆さんはもっと、その胸を痛めていたのだ。

お婆さんは顔を上げると、ヤマトにしっかりと頷いていた。

これからは、その子や漁村に住む村人たちのためにも、昔にあった農村と漁村との信頼関係を、再び取り戻していくことに残りの生涯をかけていきたいと、お婆さんはヤマトに伝えた。

そして、あの子にどんな祈りを捧げてよいか分からなかった自分に、その答えを知らせに来てくれたヤマトに、お婆さんは心から感謝すると、深々と頭を下げて、涙ながらにお礼を言った。

「ありがとう」と言った最後のお婆さんの言葉が、平野を走り続けるヤマトの耳には、まだ残っていた。

乱世で生きるこの世の中の人々とは、己自身のことや自身が暮らす村落を守るためだけに、生きている人々がほとんどだった。そのため、村人たちには、よその村落を庇うという習慣もなく、よその村落に災難が降りかかることを知っていても、見て見ないふりをするだけで、よその村落に決して関わろうとはしないのだ。万が一、村落や村人に災難が降りかかった場合は、そこに住んでいる村落の村人たちが解決すればいいというのが、世の中の人々の考えであった。

しかし、そんな世の中でも、あの漁村にいた村人たちは、近隣に住む村人たちへの思いやりから、長い間にわたって自らの村と村人を犠牲にして生きてきた。そして、今思えば、悪魔・ロックアーミーによって苦しめられてきた三つの山村にいた村人たちも、よその村落で暮らす村人たちを怖がらせることのないように、悪魔の存在を、ずっと秘密にすることで生きてきたのだ。

自分たちが生きることで、精一杯の暮らしをしている村落に住む人々が多い世の中で、三つの山村にいた村人たちと漁村にいた村人たちがとった行動は、この世の中では珍しいことだった。

ヤマトは、そんなことを考えると、もしかすると、この世の中に降り立った三匹の悪魔とは、よその村落に住む村人たちのことを思いやることのできる、そんな人情に厚い村落に住む村人を標的にして選んでいたのではないかと思えてならなかった。無論、ヤマトには悪魔が意図する、その深い考えなど知る由もなかった。

しかしヤマトは、荒んだ今の世の中で、よその村人たちのことを思いやれる、そんな優しい心を持った村人たちと出会えたことを心から嬉しく思っていた。

長い間、悪魔によって苦しみ続けてきた漁村の人々が、隣村である農村の村人と再び折り合いをつけて、仲良く助け合っていくことができればと、二つの村落の未来の幸せを、ヤマトは切に願っていた。

二つ目の試練であった、悪魔・ヘルブレスを倒したヤマトは、最後の試練である、三匹目の悪魔・ディスガーを探し出すために、更に南下して、何日もかけて進んでいた。

しばらく平野を進んで行くと、川や湖の数も少なくなり、やがて小高い山々に囲まれた平原が開けてきた。

吹き抜けてゆくそよ風が、ヤマトの鼻孔をくすぐる。緑豊かな平原の木々や草花の香りが、旅を続けるヤマトの疲れを癒やすように、優しく吹いていたのだ。

ヤマトは、馬の速度を少し緩めると、手綱から手を離して、馬上で一つ大きく深呼吸をし、真上に両腕を広げて大きな伸びをしていた。

身体を伸ばし終えたヤマトは、心地よさそうにしながら再び手綱を手に取ると、更に先へと馬を進めて行った。

それから半日ほど馬を走らせて行くと、今度は麦畑や豆畑が広がる土地に出た。

畑の奥の方には、木の実が生《な》るであろうたくさんの木々が植えてあるのもうかがえた。どんぐりやトチ、栗などの実が生る木々であろうか。この土地は、緑豊かなところでもあるが、肥沃な大地であり、作物が豊富に収穫できる豊かな土地であるようだった。

人々の働く姿が、広大な畑の中に点々と見えている。畑の手入れをしているのだろう。ヤマトも農村育ちなので、それを目にして、少しだけ故郷が懐かしく思えていた。

畑が広がる土地を眺めながら、ヤマトは馬の背に揺られつつ、畑によって囲まれた道をゆったりと、ひたすら真っすぐに進んだ。

畑を抜けた先に、大きな市場があるのを見つけると、ヤマトはそこに立ち寄ることにした。目的地へと向かうにあたっての情報収集のためだった。

ヤマトは、市場がお客のために用意したと思われる、馬車や牛車を繋ぐ手摺《てす》りのような柵の一つに、市場で買い物を終えた人と入れ替わるように自分の馬の手綱を括りつけると、市場の方へと足早に向かった。

馬を繋ぐ手摺りの空きもなかなか見つからないことからも分かる通り、市場の中も多くの人で溢れていた。

市場には多くの売り子がいて、様々な品物が売られていた。物々交換も可能のようだが、この市場では、貨幣での買い物が主流となっているようだった。

この土地の近郊には大国があるのかも知れないと、ヤマトはそう思った。

貧困層が多く住む村落が多い土地では、物々交換が当たり前となっている時代であり、売れる品物など、そう多くはない。しかし、この市場は貨幣が主流となっており、品物も人も見たこともない規模で溢れている。この市場の様子から、大国の人々を中心として、そこに行き交う人々も数多くこの市場に出入りして、品物を売り買いしているに違いないと思えたのだ。

ヤマトがそんなことを思いながら市場の中を歩いていると、一軒の鍛冶屋を見つけた。ヤマトはまず、その鍛冶屋を訪ねてみることにした。

その鍛冶屋の中に入ると、売り子である一人の老人が、忙しそうに仕事をしていた。

ヤマトは忙しくしている姿を目にして、申し訳なく思ったのだが、三匹目の悪魔の情報を手に入れるために、その老人に、思い切って話を切り出した。

どこかの大国で、お姫様の婿を戦いによって定めるという話を聞いて来たのだが、この辺りの大国で、そんな催し物が開催されるような大国があるかを、ヤマトは老人に尋ねたのだ。

売り子の老人は、一つ返事で「あるよ」と答えた。

西の方角にある、隣のイサナギ王国という大きな国で、トーナメント戦が開催される予定があると、老人は言った。

ヤマトが老人の話に相槌《あいづち》を打つと、その老人は、戦いでの勝者がお姫様の婿になるということが決められているので、鍛冶屋は今、猫の手も借りたいほど、どこも忙しいのだと言った。

その闘技で使用される、鎧《よろい》や剣の修理や注文に追われているのだそうだ。

そして、そのトーナメント戦には、腕に自信のある数多くの男たちが、お姫様を巡って参加するようだとも教えてくれた。

「イサナギ王国……」

ヤマトはその名を呟いた。

ヤマトは、隣の大国で開催されるという、そのトーナメント戦という戦いが、祠の龍が言っていた、お姫様の婿を定めるために行われる戦いであることに間違いないと思った。

龍が言った国の名が、まさしくそれに一致したからだ。

そして、大々的に行われるトーナメント戦ということで、ヤマトは有力な情報もすぐに得ることができた。龍には「戦い」と聞いていたので、ヤマトが初めに鍛冶屋を選び、鍛冶屋を訪れたことも正解であったのだ。

ヤマトは思った以上に早く、今度の目的地である王国の場所を知ることができたので、まずはホッと安堵した。

「お前さんも、そのトーナメント戦に参加するのかね？」

礼を言って鍛冶屋を出ようとするヤマトに、老人が不意に声をかけてきた。

ヤマトは老人の問いに、言葉を濁していた。

「もし、お前さんが参加を考えておるのなら、ワシも鍛冶屋の職人じゃ、忙しい最中《さなか》だが、必要な武器等があるのならば、早めに言ってくれれば、まだ間に合うからのう」

老人は、冗談めかして笑顔でそう言うと、ヤマトに片目を瞑《つむ》って一つ合図した。

当然、貧乏人のヤマトにとって、そんな高価な品を買う余裕などあるはずがない。

鍛冶屋の老人が今、とても忙しいというのは本当のところのようだが、実は老人は、とても商売上手でもあるようだった。

ヤマトは、困ったように頭を掻きながら老人に苦笑いをすると、鍛冶屋を早々に後にして、目的地であるイサナギ王国に向けて馬を走らせた。

老人が教えてくれた西の方角に向けて、ヤマトは平原を再び馬と共に駆け抜けていた。その途中では幾つかの川を渡り、目の前に広がった広大な畑も幾つか通り過ぎて行くと、程なくして、一つの大きな王国が見えてきた。

ヤマトは、最後の悪魔との戦いの地となる、イサナギ王国にとうとう辿り着いたのだ。

イサナギ王国は、町全体が要塞のような分厚い石が積み上げられた、高い塀の内側にあった。町の出入り口である門扉《もんぴ》は、全部で四か所あるのだが、しかし普段開放されている門扉は、二か所だけに限られているようだ。

これは、野に当たり前に横行している賊の襲撃や、国同士の抗争から王国全体を守るための、一つの防衛手段であることは間違いないだろう。全ての門扉が開錠される時は恐らく、抗争の時に違いない。開かれている門扉の前には、見張り役と思われる王国の数人の兵士が、常に門番として立っている。

ヤマトは早速、その門番の許可をもらって門扉を通してもらうと、王国のトーナメント戦に参加する手続きを王国内で済ませた。そしてトーナメントが始まるまでの数週間、自主鍛練や身体作りなどに励みながら、このイサナギ王国内で過ごすことにした。

イサナギ王国とは、国全体がとても豊かに栄えた、資源も豊富な大国であった。

食べ物も選べるほど豊富にあり、町の店頭には目移りするくらいの食材などが、至る所に並んでいた。この王国内では、必要な品物もきっと、ほとんどの物が揃うに違いない。

この王国内の町並みは、どの家も同じ石造りであり、人が行き交うなだらかな道の両側に、美しく並んで建てられていた。

家はどれも、一つの真四角に削られた石を何段にも積み上げて造られている。また、人が通る道や階段も全て石で造られており、家と同じように、どこへ行っても美しい石畳がどこまでも続いていた。

イサナギ王国は、町並み全てが同じ石によって統一された、とても美しい大国であったのだ。名もない農村で育ったヤマトにとって、今まで見たこともない町並みだった。

ヤマトの故郷にある家といえば、集めた木々を簡単にあしらっただけの平屋の造りで、屋根の上にはたくさんの茅《かや》が敷かれ、その茅が風で飛ばないように、幾つもの適当な石が屋根に置かれているだけという簡素な家屋であった。

その窓も、開閉できる簡単な木の戸は付いてはいたものの、採光や通風を取り入れるために、ただ穴を開けただけという質素なものであった。無論、ヤマトの村落だけに限らず、貧困な村落に住む人々にとっては、そんな家は当たり前のことであり、そしてそれが当たり前の生活だったのだ。

しかし、いかに大国とはいえ、イサナギ王国の豊かな今の暮らしが、この時代にあってとても稀《まれ》なものだったのは間違いない。肥沃な土壌に恵まれたこの土地に、王国を築くことができたからこそ、現在の豊かな暮らしが約束されたものとなっていることにほかならないのだ。

ヤマトは、自主鍛練などの合間を見ては、まるで美しい一幅《いっぷく》の絵画でも眺めるように、王国内を飽きることなく毎日のように見ながら歩き回っていた。

その中でもヤマトは、高台にある木の上から見る町の景色が気に入っていた。この高台から見る景色は、視界を遮るものがない絶景で、遠くまでぐるりとよく見渡せた。

その木の上で、美しい景色を眺めながら、木に実っているみずみずしい果実をもぎ取り、そこに腰掛けてそれを食べるのもヤマトの一つの楽しみでもあり、日課となっていた。

イサナギ王国には、点々と植えられている幾つかの果実の木があり、王国の民たちを含めた、この王国を訪れた人々にも無料で開放されていて、誰でも自由にこの果物を口にすることができた。

これが普通の国ならば、とてもそうはいかないであろう。

荒れた時代であり、どこの土地も貧困者が溢れている今の世の中において、そんなことがもし見つかれば、窃盗ですぐに命を奪われてしまうのだ。また、木々に実る果実の無料奉仕を考えたそんな王国なども、この時代では大変珍しい話でもあった。

イサナギ王国は、国が豊かというだけではなく、この王国を訪れる旅人たちをも、優しさをもって受け入れていたのだ。

イサナギ王国を統治する王の人柄も、この時代には珍しく、人を慈しみ、人々にとって温かな存在であることがうかがえる。そして、そんな王と共に暮らす王国の民たちであるからこそ、他人のことも思いやることができるのであろう。

ヤマトは、改めて木の実を見つめながら、王国の人々の思いやりという優しさに触れていた。

この肥沃で豊かな広大な領地を治める、イサナギ王国のお姫様が住んでいるという城は、この高台のヤマトがお気に入りの木の上からちょうど正面にあり、大きな城もよく見える。そして、トーナメント戦が行われる闘技場は、城よりも離れた場所にあり、町並みからも少し外れた場所にあった。闘技場は円形で、屋根はなかった。

ヤマトは、木の上で果実をかじりながら、城下辺りを散歩した数日前に、城の近くでチラリと見かけたお姫様を思い出していた。

姫は、若草色の着物のような衣装に身を包み、その腰には白い太めの帯を後ろで結び、余った帯の先端は、後ろに長く二本垂れ下げるという風情の身なりをしていた。

姫は細身で小柄な女性であった。整った顔立ちに小さな唇。黒曜石のような瞳で、それと同色の艶《つや》のある長い黒髪が、陽光に当たると光り輝いて見えた。

故郷の村落の女性の、継《つ》ぎ接《は》ぎだらけのゴワついた着物とは異なり、姫の衣装は、姫が歩く度に丈の長い裾が柔らかにフワリと舞い、時折吹く風によって、長く垂れ下がった白い帯とともに美しく揺れていた。

ヤマトが王国の民に姫の名を聞くと、すぐに教えてくれた。

姫の名はイザナ姫といい、とても品があり優美な女性であるとともに、その物腰も柔らかく、分け隔てなく人々に接する、優しい存在であるのだと言った。

姫は、王国の女性たちの憧れの存在でもあり、民たち皆に愛されていた。そして、姫の父である王もまた同じように民たちから尊敬される存在であり、皆に愛されているということをヤマトは知った。

「本当に、イザナ姫は……噂以上に美しい女性だった……」

ヤマトはボソリと独り言を呟くと、その口元に嬉しそうな笑みを浮かべた。だが、その瞳はどこか、哀しげに揺れているようにも見えた。

ヤマトは木の上で、最後の一口となった果実を口の中に放り込むと、颯爽と地面に下りた。

きっと、イザナ姫もあの城から毎日、この美しい町の景色を眺めているに違いないと、ヤマトはそう思いながら、もう一度、城がある方向へと目を向けた。

やがてヤマトは高台を下って行くと、王国内にある宿舎へと帰って行った。

この王国で今回繰り広げられる催し物は、大国としての王国を挙げての最大の催し物の一つであり、トーナメント戦に参加する戦士たちには、希望があれば無償で宿舎も提供されていた。

これは、遠方から娘のために集まってくれた者たちへの、王からの心温かな配慮でもあった。

無論、宿舎だけではなく、食事も毎日無料で好きなだけ用意され、戦士たちが王国内で生活するには、何も不自由のない暮らしが約束されていたのだ。

そのため、戦士たちはトーナメント戦に備えて、安心して自主鍛錬や肉体作りに励み、自分の時間を日々、有効に使うことができていたのであった。

そして今日、まさにこのイサナギ王国の闘技場で、最大の催し物であるトーナメント戦が始まろうとしていた。

この戦いに勝ち残った勝者が、王国の姫である、イザナ姫の婿として選ばれるのだ。

闘技場の出入り口の前には、一つの大きな門があり、その門の両側には、この王国の闘技場の象徴でもある二対の獅子《しし》の石像が、左右に一対ずつ並んで大勢の人々を出迎えていた。

その石像の獅子の姿とは、犬のような姿形をしている。人々は左右にある、その二対の獅子の石像を目にしながら、いよいよ始まる戦士たちの戦いを心待ちにして、続々と闘技場への門をくぐった。そして観客席は多くの人々で埋まっていった。

闘技場は円形で屋根はなく、その中心が戦士たちが戦いを繰り広げる舞台となっている。そして、その中心の舞台を囲んだ周囲全体が、膨大な数の人々を収容する巨大な観客席になっていた。

更に観客席は、中心にある舞台よりも二メートルほど高い位置に設けられており、観客に危険がないように配慮され、誰もがよく見渡せるという設計で造られていた。

一方、中心の舞台に出入りする戦士たちの控えの間ともなる広間は、ちょうど観客席の真下の地下にあり、全部で六つに区切られていた。また、舞台に出場するための出入り口もしっかりと設けられていた。

これは、戦士が舞台に出場するまでは、観客席の方からは戦士が事前に確認できないようにするといった、観客たちをより楽しませるための工夫の一つでもあるのだろう。そして、闘技場に屋根がないのも、その工夫の一環ともいえた。

やがて、闘技場に設けられた途方もない数の観客席は満席となり、この王国に各地からやって来た多くの戦士たちが、闘技場の地下にある控えの間に、所狭しと集まっていた。

幸いなことにも今日は、風はあるものの晴天に恵まれた。

今回の催し物では、地下に六か所設けられている全ての控えの間が開放されており、戦士たちは闘技場の指示者たちの案内により、それぞれの控えの間へと向かうと、その時を待った。

その中の一つの控えの間である広間の中には、ヤマトの姿もあった。

しかしヤマトは、控えの間に集った屈強な男たちの中では、大して強そうな戦士には見えなかった。この戦いでヤマトが勝ち残っていくためには、生死を懸けた戦いになるだろう。無論、ヤマトの前に居並ぶ屈強な男たちも、毎日のように生死を懸けた戦いを熟《こな》してきたであろう猛《も》者《さ》たちに違いない。

このトーナメント形式という戦いでは、勝ち上がってきた戦士たちを、五人連続で次々と倒さなければならなかった。そして負けることは、死を意味することでもあったのだ。しかも、祠の龍の話では、闘技場に集った戦士たちの中に、ヤマトが倒さなければならない三匹目の悪魔・ディスガーが紛れ込んでいる可能性が高いとも言っていた。

この最後の試練である悪魔は、今まで倒してきた二匹の悪魔以上に狡猾であり、頭のキレもいいという話であった。最後の悪魔・ディスガーは、最も手強《てごわ》い悪魔となるであろう。

ディスガーは、人間に擬態する能力を持ち、簡単に人間になりすますことができる悪魔ということなので、その点がまずは厄介なところであった。

ヤマトは手のひらを握り締めると、全体的にも厳しい戦いになっていくことを予測して、それを覚悟した。

広々とした控えの間には、事前に様々な武器や防具も用意されていた。

トーナメント戦に参加する男たちは、各自がもともと保有する武器や防具を持ち込むことも可能ではあるが、それとは別な武器や防具を、おのおのが自由にそこから選んで戦いに臨むこともできた。

しかし、武器や防具は身体に馴染んでいる方が好ましいと考える男たちも多かったので、そこはあの市場の鍛冶屋が忙しかったという理由でもある。

幸いなことにヤマトは、故郷の村落にいた頃、元戦士であった恩師の下で、様々な武器の扱い方や鍛練も積んで来たため、対戦相手の動きを自分なりに観察して、その相手の動きを分析してから、自らの最善の戦い方を考えて対応することが得意だった。

そのため、試合が開始されてもヤマトは、自分の方からはすぐに相手に攻撃は仕掛けず、まずは対戦相手の身長や体重や体型と、相手が選んだ武器や防具、その身に着けている鎧の重量などに注視するとともに、着用している鎧の隙間部分に着目した。

それと同時に、相手の動きや戦い方もよく観察して、入念に相手の戦いの規範となる、行動や体勢といった型を予測してから、それらを十分に自身の中で思考した上で対戦相手に応戦していったのだ。

その甲斐《かい》もあってか、ヤマトはかすり傷程度で済み、なんとか場を切り抜けて、決勝戦まで上り詰めることができたのであった。

もちろん、ヤマトの武器は神剣・むらくものみだ。しかしヤマトは、自らの敏捷性を最大限に活かすために、自身の身体の負担となる、無理な防具などは一切、身に着けてはいなかった。

このトーナメント戦に出場した男たちの中では、ヤマトの身体は決して大きかったわけでもなく、特別に力も強いということでもなかった。力押しだけの勝負なら、ヤマトは完全に、他の男たちに負けていたであろう。

ヤマトが決勝戦まで来られたのも、元戦士であった恩師の下に積極的に通い続けて、厳しい鍛練に日々、打ち込んできたという成果もあったであろうが、やはりヤマトの最大の強みとは、自身が持つ、優れた俊敏な動きを活かした戦い方にあったのだ。

ヤマトの中で綿密に思考された戦術と、自身の敏捷性を組み合わせて、そこに凄まじい斬れ味を持った両刃のむらくもの剣で、相手に攻撃を仕掛けていったことで、決勝戦まで勝ち進んだ。

トーナメント戦に参加する男たちは、大部分が身体の大きな戦士が多かったのだが、重い鎧を身に着けて、重い剣や槍などを力任せに振り回すという戦い方をする戦士がほとんどであったのだ。

重い剣を持った戦士が重い剣を振り回し、その刀身が相手に当たったならば、確かに相手に与える衝撃は相当大きなものとなり、下手をすればその一撃で致命的なものにもなるだろう。だが、重い鎧や剣を身に着けてそれを扱うということは、鎧は頑丈な分、身体の守りも堅いであろうが、その分身体に重量もかかり、動きも鈍くなる。身体の動きが鈍くなってしまうということは、そこに隙が多く生じてしまうことを意味していた。

ヤマトは、敏捷性には優れていたため、その隙こそがヤマトにとって、最大に事を有利に進めることができたという結果に繋がったのだ。相手に生じたその隙を、的確に狙い撃ちにして攻撃を仕掛けていくことは、ヤマトにとってはとても得意なことであった。

ヤマトは故郷にいる恩師から、突進しながら大きな剣を振り回して攻撃を仕掛けてくる相手に対して、その刀身の大きく描くような剣の動きの軌道を読む術と、素早い足の運びで左右どちらかに回り込んで、回避しながら相手に攻撃してゆくという一つの対処方法も教えられ、昔から何度も練習を積み重ねていた。

そのためヤマトは、対戦相手の大振りな攻撃を巧みに避けながら、その隙を狙って攻撃を仕掛けるという戦術で決勝戦まで進んだのだ。

対戦相手がどんなに頑丈な鎧を身に着けていたとしても、関節部分などの身体の動きが生じてしまう部分には、必ず鎧に歪《ひず》みができてしまうものである。そう、関節部分を繋いでいるような鎧の箇所は特に、自らの関節を動かすことによってその鎧に僅かなずれが生じて、そこがら空きとなり無防備となるのだ。

動きが俊敏なヤマトは、無防備となったその隙を巧みに狙い、むらくもの剣で的確に攻撃を仕掛けたのであった。とりわけ身体が大きく体重が重たい対戦相手に対しては、相手の攻撃を避けつつも、自分の敏捷性を活かして左右に回り込みながら、素早い打撃を何度も相手に与え、相手を素早い動きによって戸惑わせた瞬間を見計らってから、鎧の隙間を確実に深々と貫き、相手を倒していった。

また、対戦相手が大きな剣で大振りの一撃狙いを仕掛けて来たなら、相手が剣を振り上げた隙を見計らい、相手の懐に飛び込んでからその膝や腱《けん》を攻撃して、相手の動きを更に鈍らせてから次の一手に移り、相手に痛手となる攻撃を確実に仕掛けていくという手段を取り、好機があれば、飛び込んだ懐から相手の喉元や腹部の僅かな鎧の隙間に、致命的な一撃を与えていくというような戦法なども取りながら、ヤマトはトーナメント戦を勝ち上がって来たのだった。

そして遂に、トーナメント戦を勝ち上がって来た戦士同士の、最後の戦いの幕が切って落とされる。

決勝戦の開幕までには、一時間ほどの休憩が設けられていた。これまでのトーナメント戦で、激しい戦いを繰り広げて来たであろう戦士の、身体の疲れを癒やすための束の間の休息でもあった。

戦士が闘志を燃やして戦うであろう決勝戦を、観客席の人々は今か今かと待ち望み、二人の戦士は万全の態勢で思う存分、この終幕を飾るに相応《ふさわ》しい、死力を尽くした最後の戦いに挑むのだ。

決勝戦に出場するヤマトと対戦相手の戦士は、既に闘技場の指示者たちの案内によって双方、別々の控えの間で寛《くつろ》いでいる。

ヤマトは、控えの間に用意されていた椅子に腰掛けて、寛ぎながら考え事をしていた。

祠の龍の話では、三四目の悪魔・ディスガーは、このイサナギ王国を支配しようと企んでいる悪魔であり、このトーナメント戦に参加する戦士に化けて、戦士の中に潜んでいる可能性が高いと言っていた。

しかし、今まで対戦して来た相手の中には、悪魔と思われるような人物は確認できなかった。だが、悪魔は必ずこの闘技場に潜んでいるはずなのだ。

ヤマトは徐《おもむろ》に椅子から立ち上がると、決勝戦出場前の控えの間にあった小窓から、観客席や闘技場内をぐるりと見渡しながら、目をさまよわせていた。

ヤマトは、どうしても最後の悪魔も見つけ出して、倒さなければならないのだ。

ヤマトは祠の龍に、この世界にいるという三匹の悪魔を倒すことを約束した。

そしてヤマト自身も三つの試練を成し遂げることで、真の力を得た神剣・むらくもと共に、この荒《すさ》んだ時代において、力のない弱い人々を守るための力となり、より多くの人々の助けとなれるような存在になりたかったのだ。

ヤマトは長年、いくら修行を積んでも、身体の筋肉量は思うようには増えず、その見た目も、恩師に弟子入りした時のまま変わらず、貧弱そのものだった。鍛練を続けて唯一、優れたものとなったのは敏捷性だけだったのだ。そのため、いざ争いが起こっても、俊敏な動きだけでは、相手の力に押されると体がついていけずに、相手にかなわないことがほとんどだったのだ。

ヤマトは、ただ動きが俊敏というだけでは強い戦士にはなれなかった。中途半端な力ではなく、戦う術と相手を簡単に倒せるような強い力が、ずっと欲しかったのだ。殺伐とした世の中において、人々の抗争や野に蔓延《はびこ》り村落を襲う賊たちから、力のない非力な人々を守るための力を持つことを望んでいた。

ヤマトにとって、最後の切り札ともなるべきそれが、龍が授けてくれた、神剣・むらくもであった。

むらくもの剣の素晴らしさは、ヤマト自身がこれまでの数々の戦いの中で、その威力を知ることとなったが、それはどんな剣よりも凄まじい斬れ味を持った刀身であり、そして剣に宿った聖なる力は更に、むらくもの剣を扱う者の力を補うような威力さえ持っているのではないかと、ヤマトは感じていたのだ。

ヤマトは、ずっと伸び悩んでいた自身の力不足と非力な部分を、この神剣ならば確実に補ってくれるのではないかということを、もはや信じていた。そして、神剣・むらくもに宿りし聖なる力とは、ヤマトの想像を遥かに超えるような力であり、それがこの世の中の人々を救うための力となり、その力をもって守ってくれるのではないかと、ヤマトはそう思っていた。

ヤマトには、一つの夢のような、大きな願いがあったのだ。

それは、自身が戦士のように、誰にも劣《おと》ることのないような強さを身につけることで、いつか自らの手で、この世の中から少しでも争いがなくなるような働きをすることだった。

そしてそれには、太平の世を望む多くの人々のために、これから先も絶大な力となってくれるであろう、神剣・むらくもの力が、ヤマトにとってはもはや、不可欠なものとなっていたのだ。

ヤマトは、祠の龍との約束を果たし、そして、むらくもの剣の三つの聖なる力を集めて神剣の真の力を得るためにも、最後の悪魔の打倒を、決して諦《あきら》めるわけにはいかなかった。

人間に化けているという悪魔を探し出すことは、容易なことではない。しかし、トーナメント戦に戦士として参加しているならば、決勝戦での対戦相手が悪魔であるという可能性が極めて高い。

ヤマトは、休憩中にそんなことを考えながら、もはや寛ぐどころか、決勝戦を前にして、落ち着かない気持ちになっていた。

すると突然、ヤマトの控えの間にあった扉が軽く叩かれ開かれると、闘技場の指示者が、王様の従者だという人と連れ立って、控えの間の扉の前に立っていた。

王様の従者だと言ったその使いの者は、決勝戦を前にした二人の戦士には、お姫様とのお目通りがかなうので、お迎えに上がったのだと告げた。

ヤマトは、驚いたように一瞬だけ目を見開くと、従者に向けてすぐに頷いた。そして控えの間から出ると、そのまま従者に連れられて、イザナ姫が待つという一室へと向かった。思いがけないイザナ姫との面会に、ヤマトの動悸《どうき》は、激しさを増していった。

やがて、闘技場内に設けられていた、二人の護衛兵に守られている一室の前までやって来ると、従者はヤマトに部屋の中に入るよう促した。決勝戦に出場する戦士とイザナ姫は、二人きりで対面することになっているのだと、従者はヤマトに言った。

ヤマトは、高まっていく極度の緊張の中で、従者によって開かれた部屋の中へと静かに入って行くと、そこには俯いて椅子に腰掛けている、イザナ姫の姿があった。

許されたイザナ姫との対面に、ヤマトの心臓は激しく高鳴っていくばかりで、もはやそれは頂点の域にまで達していた。

ヤマトが王国に来てからは、一度だけ偶然にも姫を見かけたという機会はあった。しかし、姫を目にすることができた機会は、その時の一度きりだったので、ヤマトは心の中では、またやっとイザナ姫に会うことがかなうのだと、歓喜していたのだった。

イザナ姫は俯いたまま、手前の椅子に座るように、ヤマトに手で合図を送ってくれていた。ヤマトが自身の高鳴る胸を右手で押さえながらも、姫に促された椅子に腰掛けると、今まで恥ずかしそうにして俯いていたイザナ姫が、ゆっくりとその顔を上げた。

姫は、目の前に座っているヤマトに視線を向けると、ヤマトを見つめた。そして突然、「このような汚らしい男性と添い遂げることになるのは、絶対に嫌です！」と言って、イザナ姫は泣き出してしまったのである。

ヤマトの頭の中は、イザナ姫のその言葉で、何もかもが燃え尽きたように真っ白となり、頭を巨大な石で殴られたような、大きな衝撃を受けていた。

確かにヤマトは、世の中の女性たちから憧れを持たれるような容姿ではなかった。髪の毛も髭も伸ばし放題であり、毎日の過酷な鍛練などによって、顔などの肌は日に焼けて真っ黒な上に、その皮膚もガサガサになっている。身に着けているものといえば、動物の皮や毛皮で作られた薄汚れた衣服と、それと同様の皮で作られた長靴《ブーツ》であった。

ヤマトは全体的に、見るからに汚らしい風貌と身なりをしていたのだった。

こうしたヤマトの身なりと風貌は、品のあるイザナ姫に嫌われてしまっても仕方がないとい

うことは、確かなことであった。

ヤマトは、自身の風体が、こんなにもイザナ姫を不快な気持ちにさせるとは思ってもみなかったのだ。そしてそれが、姫に嫌われてしまうという最悪な結果を招いてしまうなどとは、到底、思ってもいなかったことでもあった。

しかし、普通に考えてみても、今回の催し物であるトーナメント戦とは、この戦いに勝ち残った勝者が、イザナ姫の婿として選ばれるということもあり、トーナメント戦に参加した男たちの中にも、誰一人として、ヤマトのような汚らしい格好をしている人などいなかったのだ。女性の前では、そんな最低限の身だしなみは当然、必要なことでもあった。

これは、ヤマトが自身のなりふりに構うこともなく日々の鍛錬などに勤しみ、また人々のために戦うことの必要性ばかりを重視し過ぎた結果だったのだが、この場においては、ヤマトの考えが浅はかであったことは間違いないだろう。

イザナ姫と二人きりの静かな室内には、それきり重苦しい空気が漂っていた。二人の間には会話もなく、ヤマトは大きな衝撃を受けたまま、呆然《ぼうぜん》としている。

やがて、ほんの数分あまりの短い面会時間が終わると、ヤマトを迎えに来た従者が再び部屋の扉を開いた。ヤマトは、従者の指示に従って部屋から退出しようと扉の方に向かう途中で振り向くと、もう一度、イザナ姫を見た。

しかし、両手で顔を覆ったままのイザナ姫は、俯いた姿勢を崩すこともなく、ヤマトに向かって再びその顔を上げることはなかった。

ヤマトは結局、姫に一言も言葉を伝えることができないまま、自身の胸にぽっかりと穴が空いたような、ひどく心が沈んだ状態で、決勝戦に挑まなければならなくなった。

ヤマトが地下にある控えの間に戻ると、今度はヤマトの控えの間にいた闘技場の指示者から、闘技場の表舞台へと繋がる扉が間もなく開かれることを告げられた。ヤマトは指示者の言葉に頷くと、重い気持ちのまま準備を始めていた。

闘技場の控えの間から舞台への扉は、人が自由に舞台に出入りすることができないように、休憩中も使用中も完全に閉ざされた状態になっている。無論、戦士が舞台に出場した後は、また舞台に繋がる、あらゆる扉に錠がかけられるのだ。

これは、戦士が途中で試合を放棄して、逃げ出すことを防ぐということもあるのだが、戦士が戦いにより再起不能となるか、負けを認めて降参しない限りは、基本的に控えの間と舞台を繋ぐ扉が開かれることはない。当然、観客席からも舞台には、人が出入りできないようになっている。いわば闘技場の舞台とは、一度入ったら抜け出すことができないという、孤立した空間ともなっていたのだ。

そんな孤立した舞台の中心で、いよいよイザナ姫の婿が決まる、最終決戦が始まる。

観客席からの大勢の人々の歓声を浴びながら、両戦士は闘技場の舞台へと入場を開始した。

ヤマトは重い気持ちを引き摺《ず》ったまま、闘技場の舞台の土を踏み締めながら、舞台の中心へと進んでいる。

人々の歓声と、待っていましたといわんばかりの盛大な拍手で出迎えられた二人の戦士が舞台の中心で向かい合うと、舞台を繋ぐ控えの間の扉には錠がかけられた。

決勝戦の幕が今、切って落とされたのだ。

双方は、互いに相手の出方を見ようとしているのか、睨み合ったまま、まだ動かない。

ヤマトの前に立ち塞がった決勝戦の対戦相手は、今までの対戦者以上に身体も大きく、筋肉も見るからに固く盛り上がっていた。

ヤマトは、これまでの戦い以上に緊張している。それは、決勝戦まで上り詰めて来た最後の戦士こそが、悪魔・ディスガーである可能性が極めて高いからだ。

決勝戦では、観客席から今まで以上の歓呼の声と声援が沸き立っている。

ヤマトはまず、慎重に対戦戦士を観察していたのだが、しかし、見たところの判断だけでは、装備も今までの対戦相手とあまり変わったところもなく、同じような重そうな剣と鎧を身に着けているというだけだった。悪魔と思えるような怪しい部分は、今のところ何も見つけ出すことはできなかった。

対戦戦士は、ヤマトが動き出すのを待っているのか、まだ動く気配は感じられなかった。ヤマトも相手との距離を取りながら、対戦戦士の出方を少し待ってみることにした。

今までの戦いを勝ち抜いて来たヤマトの戦法は、相手が動き出すのを待ってから応戦して行くという手段がほとんどであったが、相手から動き出さないとなると、対戦相手の戦いの規範となる行動や体勢といった、相手の動きを分析してから攻撃にかかるのは、かなり難しいことといえた。

ここは、しばらく対戦戦士との睨み合いを続けるか、ヤマトから仕掛けて、積極的に相手の動きを予測していくしか方法はない。

だが、相手が悪魔であるとするならば、今まで以上に慎重に攻撃を仕掛けていく必要があった。最後の悪魔・ディスガーは、とても狡猾で頭のキレがいいと祠の龍が言っていたのだ。下手にこちらから仕掛けるということは、逆に相手に大きな隙を与えてしまうことにも繋がる。

ヤマトは対戦戦士と向かい合ったまま、むらくもの剣を構えると、相手との十分な間合いを確保しながら相手の隙をうかがうように、右側へとゆっくりと移動を開始した。対する対戦戦士も、そんなヤマトの調子に合わせるように、重そうな太い剣をヤマトに向けて構えると、同じように間合いをとって、左側にゆっくりと歩き出していた。

最後の決勝戦は、戦士の壮絶な死闘が予測され、闘技場全体はもはや、大勢の人々の極度の緊張した空気に包まれている。二人の戦士の沈黙した睨み合いが続く中、観客席の人々は手を固く握り締めて、激しい死闘が繰り広げられる瞬間を、今か今かと固唾を呑んで見守っている。

双方の戦士は武器を構えた姿勢のまま、相手との一定の間隔を保ちながら向かい合い、舞台の中心をジリジリと円を描くようにして回りながら、相手の僅かな隙を見逃すまいと、その好機を狙っている。今は倒すか倒されるかの真剣勝負であり、それはまさに、最後の強敵との命懸けの戦いだった。その一瞬の隙が、生死を分けるといっても過言ではない。

そんな中、決勝戦に集中しようと懸命に努めていたヤマトだったのだが、イザナ姫との記憶が脳裏に蘇ると、ヤマトは再び煩悶《はんもん》していた。姫に嫌われて、彼女に拒絶されてしまったヤマトの胸には、ぽっかりと大きな穴が空いたままの状態であった。

その心は既にひどく落ち込んだまま、気力も低迷して憔悴していた。だが、それでもヤマトは、悪魔を討ち取るために極力、イザナ姫のことは思い出さないようにと必死に努めて、この戦いに集中して挑んでいたつもりであった。しかし、ふと脳裏に過《よぎ》った自身のイザナ姫に対する失態に、ヤマトは再び自責の念に駆られていった。

ヤマトは、低迷する自らの闘志を奮い起こそうと、必死に首を横に振った。しかし、拭おうとしても拭いきれない思いは、やがてヤマトの表情にも、その陰りを落としていった。

その時だった——。

対戦戦士が動いたのだ。

それは、そんなヤマトをまるで見透かしたとでもいうように、対戦戦士は足早に大地を蹴ると、土煙を巻き上げながらヤマト目がけて一直線に突進していた。

大きく構えられた剣は、必殺の一撃を狙うものに違いない。

一人の戦士の動きにより、闘技場は再び、大勢の人々の活気づいた声援に満たされていった。

ヤマトに向かって間近に迫る、対戦戦士の大きな剣が振り上げられた瞬間、ヤマトは我に返ったように目を見開いた。

しかし、今や目前に迫った大きな刀身を、左右どちらかに回避するのは間に合わない。ヤマトは大振りに振り上げられた相手の腕の隙間を瞬時に見定めると、正面から振り下ろされる刃を、むらくもの刀身で力強く押さえつけるようにして弾き、その腕と大きな身体の間に滑り込むようにして、相手の懐へと咄嗟に逃げ込んだ。

ヤマトは、相手が次の一手を打つ前に、その懐で素早く剣を引くと、相手の胸部を守る鎧の隙間を目がけて、無我夢中で一気に貫いた。

対戦戦士は、ヤマトのあまりにも俊敏な動きにはついて行けずに、深々とその胸に一撃を受けると、無言のまま舞台の地面へと崩れていった。

ヤマトは、冷や汗ともいえる自らの汗を拭い去ると、地面に倒れた対戦戦士を静かに見下ろしていた。倒れた戦士は、二度と起き上がって来ることはなかった。

ヤマトはトーナメント戦を見事に勝ち抜き、遂に決勝戦の勝者となったのだった。

戦闘にはなんとか勝利したヤマトだったが、対戦戦士が悪魔にしては、手応えがなさ過ぎたことに訝《いぶか》しさを感じていた。

すると突然、観客席が騒然となり、闘技場全体がざわめき出すと、人々の喧騒《けんそう》が飛び交い始めた。

それは、楽しみにしていた決勝戦を一撃で終わらせてしまったヤマトに対しての、不満を剥き出しにした人々の怒りにも近い声であった。

ヤマトは、そんな人々の不満を露わにした声に戸惑うと、呆然と立ち尽くしている。

しかし、そんな最中《さなか》、どこからともなく現れた黒い影が、音もなく、戦いに敗れた戦士の屍《しかばね》をさらっていった。

その黒い影は、ヤマトを背後にしてバリバリと音を立てながら、物言わぬ戦士の骸《むくろ》を捕食していた。

ヤマトは再び、その光景に目を見開くことになった。倒れた戦士の屍を一心に捕食する、その影のように見えた何者かの姿に、だ。

ヤマトに不満の声を上げ、罵声を浴びせていた観客席の人々の声も、その異形な生き物を目にして、誰もがその口を閉ざしていた。

やがてその生き物は、敗れた戦士の屍を跡形もなく喰《く》い尽くすと、沈黙した闘技場の舞台のど真ん中で、おぞましい雄叫びを上げた。

「……あれが、三四目の悪魔なのか……？」

ヤマトは目を見開いたまま、無意識にそう呟いていた。

闘技場内は、あのおぞましい雄叫びによって、騒然となっている。

しかし、その異形のものの姿には、見覚えがあった。

どこで見たのか、この世の生き物ではない、あの奇怪なものの姿を――。

ヤマトは懸命に、それを思い出そうとしていた。

だが、三メートルはあるかと思われる、その巨大な生き物は、今度は観客席にいる人々を見渡しながら、鋭い牙を剥き出しにした。生き物は、よだれを垂らしながら、その大きな巨体を前後左右に揺らし始めている。

その光景は、あの生き物が自身の飢えを満たそうと、獲物を物色している姿にも見えた。もし、そうであるならば、あの奇怪な生き物を倒さなければ、また誰かが餌食になることは間違いない。

ヤマトも流石《さすが》に、異形のものの出現に肝を潰していた。

ヤマトは、その巨大な背中を目にしながら、今も尚、人々を物色するように観衆を見上げている生き物と、一体どんな方法で戦えばよいのかと悩んでいた。

だが、ヤマトにとってイザナ姫との一件は、思った以上に心に深い衝撃をもたらしていた。

今のヤマトにはいくら考えても、相手と戦う手段が何も浮かんではこなかった。

姫に嫌われてしまったという現実が、ヤマトの行動力を阻む、障害となっていたのだ。

いつまでもウジウジと、男らしくないヤマトの姿ではあったのだが、しかし、それはイザナ姫に対して、自らの失態をひどく悔いていた姿でもあった。

今にも折れてしまいそうなヤマト自身の心を、ヤマトはそれでも必死にかきたてることで、これから戦うあの異形な生き物を前にして、自身のとるべき行動への思考を止めることはしなかった。

するとと不意に、ヤマトは見覚えがあると感じたこの奇怪な生き物を、どこで目にしたのかを思い出した。

そう、あれはどう見ても、闘技場の出入り口の大きな門の両側に置かれていた石像に間違いなかったのだ。

獅子の石像は、この大国の闘技場の象徴として二対、門の両側に並んでいたものだった。闘技場の象徴であるという獅子の石像の姿形を、ヤマトは頭のどこかでしっかりと記憶していたのだ。それは犬のようで犬とも異なる、しかし犬に最も近いような姿形をした、不思議な石の彫刻だった。

だが、そのうちの一対の石像が、突如として生命を持ち、まるで生き物のように突然、動き出したのだ。

しかし、ただの石の彫刻である石像が動き出すなど、あり得ないことだった。

ヤマトは、あの石像の真っ赤な二つの目を見て、既に直感していた。

あの石像に命を吹き込んだモノの正体こそ、悪魔に違いない、と――。

ならば、あの獅子の石像自体が、三匹目の悪魔・ディスガーである可能性はないと考えた方が妥当でもあった。

　悪魔の目的は不明だが、しかし悪魔・ディスガーは、イサナギ王国を支配するという己の野望を遂げるため、今もしたたかに、この王国のどこかに潜んでいるということが、もはやこれで明白なものとなった。

　しかし、このままじっとしていても、石像にヤマトの存在が気づかれてしまうのも時間の問題であった。

　ヤマト自身が誰よりも今、動く石像の間近にいるのだ。

　ヤマトは必死に、悪魔の手先ともいえる、あの石像と戦う術を考えていたのだが、その作戦の目処《めど》すら立たないうちに、石像は背後にいたヤマトに、その向きを変えてしまった。ヤマトに狙いを定めたのか、石像である獅子は再び、獰猛な雄叫びを上げた。

　闘技場全体に、おぞましい獅子の声が木霊《こだま》すると、その巨大な体は石像であるにもかかわらず、素早い動きでヤマトに向かって突進した。

　ヤマトは左側に身を翻して、勢いづいて突進して来た獅子を避けると、獅子との適度な間合いを取り続けたが、ただ逃げ回ることしかできないでいた。

　獅子が急に向きを変えたのは、風向きが変わったからに違いない。

　ヤマトは今まで獅子の風下にいたために、その存在に気づかれずに済んでいた。しかし、ただの石像であった石は、命を吹き込まれたことにより、その獅子の嗅覚が、風向きが変わったことで、敏感になりヤマトの存在を嗅ぎつけたのだ。

ヤマトは、焦りを感じていた。

獅子は、ヤマトを目前にして真っ赤な双眸《そうぼう》をギラつかせ、大きな口をパクパクさせながら、その口からは大量の唾液を滴らせている。その様子から、悪魔によって命を吹き込まれた獅子は、間違いなく腹を空かせているようだった。

飢えた獅子は、その空腹を早く満たそうと執拗にヤマトを追い回して、その鋭い爪を振り上げながら、ヤマトを捕らえようと距離を詰めてゆく。しばらくの間、闘技場の舞台では、獅子とヤマトの追っては逃げられるという、そんな状況が続いていたのだが、それに獅子がしびれを切らしたのか、一声、獰猛な唸り声を上げると、再び勢いをつけてヤマトに急接近していた。

ヤマトの間近に迫った獅子は、今度はヤマトの行き場を塞ぐように、その巨大な体で仁王立ちとなった。そして、自らの太くて長い四本ある鋭く尖《とが》った両爪で、正面から獲物を捕らえようと、その両腕で抱き込むように、ヤマトに向かって鋭い爪を振り下ろした。

しかしヤマトは、その一瞬の隙を見逃さず、獅子の振り上げた腕と、その巨大な体の間に生じた隙間から、スルリとすり抜けると、即座に危険を回避した。獅子の鋭い両爪は獲物を捕らえることはかなわず、虚《むな》しく空を薙いでいった。

決勝戦を勝ち抜いて勝者となったヤマトの、逃げ惑う姿ばかりを見ていた観客席の人々からは、自らの保身のためか、多くの人々がヤマトに向かって「怪物を早く倒せ」と、大声でヤマ

トを罵《ののし》る怒声が飛び交っていた。

しかし、観客席にはそんな人々ばかりでなく、あの異形な生き物の出現により、恐怖のあまり身動きができなくなってしまった人々の姿も大勢見受けられた。

そんな中、獅子がヤマトの隙をついて激突した。

それは、胸が潰れてしまうかと思うほどの衝撃で、ヤマトの呼吸が一瞬止まった。ヤマトは、獅子の一撃を避けたつもりだったのだが、それが僅かに不十分で、ヤマトはそのまま遠くに跳ね飛ばされてしまったのだ。

獅子との激突により、同時に弾かれてしまった神剣・むらくもも、ヤマトの手元から離れてゆくと、それは弧《こ》を描きながら高く舞い上がり、観客席の方へ消えていった。

一方、猛烈な勢いでヤマトに激突した獅子は、その勢いがつきすぎて止まることができず、観客席と舞台とを隔てる壁に衝突する寸前だった。

だが獅子は、その寸前に高く飛んでいた。観客席と舞台とを隔てる二メートルもの壁の上に、驚異的な跳躍力で軽々と飛び乗ったのだ。観客席の人々は目を見張った。獅子は、壁の最上部にあった平らな側面に、かろやかな動きで着地していた。

観客席の人々は、観衆を守るために設けられていた壁の上にいとも簡単に飛び乗って間近に迫った、獅子の姿に驚愕した。皆、慌てふためいて席を立つと、恐れおののいて後退《あとずさ》りしながら悲鳴を上げた。

この闘技場で今、あり得ない出来事が起こってしまった。いや、あってはならない出来事が、起こってしまったのだ。

壁に飛び乗った獅子の目の前には、大勢の人々がひしめいている。

獅子は、先ほどまで獲物として追い回していたヤマトの存在など、とうに忘れたかのように、ひしめく人々だけを凝視していた。この獅子にとって目に映る人間とは、ただの生き餌でしかないのかも知れない。

観衆の誰もが、この獅子が闘技場の象徴として門の横に並んでいた石像であったということには気づかなかった。人々の目には、獅子が見たこともない異形な怪物として、映り込んでいる。

飢えた獅子の喜びか？　獅子はたくさんの獲物の姿を前にして、腹の底から大地を揺るがすような、途轍《とてつ》もなく凄まじい唸り声を上げると、その空腹を満たそうと見境なく次々と、目の前にいた観客席の人々を襲い始めていた。

その状況を目の当たりにした人々は、混乱状態に陥ってあちこちに逃げ惑った。しかし、その多くは逃げ切れずに獅子の餌食になっていった。また一人、また一人と、獅子による犠牲者が増えていくばかりだった。

鈍い音を立てながら、獅子の牙と爪によって人体が引き裂かれる。その見るも凄惨な光景は、人々の脳裏に焼きつき、その血肉を貪る嫌な音は、人々の鼓膜に張りついた。

獅子の鋭い牙によって喰いちぎられた、人間の腕や頭部の残骸は、観客席に無残に転がり、その床を真っ赤な血で染めた。ある人は腰を抜かし、またある人は、その身に迫るかも知れないという危機と、その恐怖に怯えて号泣した。

闘技場は今、獅子がもたらす死の恐怖によって、完全に凍りついている。

巨大な石によって作られたであろう、獅子の灰色一色だった体は、多くの人々を捕食した血によって染まっていた。

その獅子の視線が、今度は客席にいるイザナ姫の方向を向いていた。

すると、獅子とイザナ姫の目が合ってしまった、その瞬間だった。次の獲物が定まったのか、獅子はイザナ姫に向かって一直線に走り出していたのだ。

獅子が、王様やイザナ姫の席がある方へと迫り来ると、王様やイザナ姫のそばに控えていた数人の護衛兵士が剣や槍を構えて、犬のような姿形を持つ獅子の行く手を阻もうと、前に出た。

しかし、護衛兵士たちは巨大な怪物には歯が立たず、あっという間に獅子の鋭い爪によって返り討ちにあうと絶命した。獅子は、護衛兵士の屍には目もくれず、姫との距離を詰めていった。

ヤマトは未だに一人、闘技場の舞台に隔離されていた。

二メートルもの壁を越えて観客席の中へと飛び込んで行った獅子の姿は、ヤマトの今の位置からでは全く確認できなかった。

閉ざされたままになっている舞台の扉を開錠してもらおうと、舞台から大声で叫んでも、思わぬ獅子の出現により、闘技場全体が人々の混乱と喧騒に包まれていて、ヤマトの声も完全に掻き消されていた。ヤマトの存在自体も騒ぎによって、人々からはすっかり忘れ去られているようであった。

ヤマトは、観客席の人々の悲鳴を耳にしながら、胸騒ぎを覚えていた。

そして、その状況が全く把握できないというこの事態の悔しさに、ヤマトは強く自身の拳を握り締め、ただ観客席を見上げることしかできなかった。

イザナ姫の目前には、獅子が既に距離を詰めており、今まさにその周囲をグルグルと回っている最中《さなか》だった。

石で作られた床をも揺るがすように通り過ぎて行った怪物の姿を目にした観客席の人々は、その場から動くこともできずに怯えていた。

王様とイザナ姫の周囲には、箱形で頑丈な格子状になっている柵が張り巡らされており、二人はその中で獅子の魔手から守られていた。

柵は、闘技場内に良からぬ輩が入り込んでしまった時の、万が一の備えでもあった。これは、殺伐とした世の中において、不測の事態が起きた時に、王様とイザナ姫を守るための一つの手段として用いられたものでもあった。獅子は、その柵の周囲をグルグルと回っていたのだ。

獅子は尚も姫という獲物に固執したように、柵からは離れようとはせず、執拗に柵の周囲を回り続けていた。しかし程なくして獅子が動きを止めると、箱形の柵の前で仁王立ちとなり、勢いよく柵に手をかけた。三メートルもの獅子の巨体が柵を押し、更に柵に突き刺さった鋭い爪が柵を揺すると、柵はギイギイと鈍く軋《きし》む音を立てた。

王国の民たちは、心配そうにその光景を見つめてはいるものの、怪物への恐怖で誰一人としてそれを止めることもできず、その場から動くことすらできないでいた。

姫の間近に迫った獅子の姿は、人の生き血によって真っ赤に染まり、人の肌とは異なる、石の滑らかな表面は、滴り落ちていくほどの生き血によって濡れていた。それを含んだような血生臭い異臭となって王様とイザナ姫の鼻腔を突き、獅子の半ば開いた口からは、人の生き血と唾液とが混ざり合った赤い唾液となって、糸を引きながら滴り落ちていった。

その獅子の様子に、姫の表情は血の気を失い、衝撃で身体が震えている。父である王様は、娘を獅子から隠すようにして背中を獅子の方へ向けると、獅子から守るように抱き締めた。

しかし、すぐに箱形の柵はメキメキと音を立てながら、獅子の腕の怪力によって変形し始めていた。

その時、観客席にいた一人の老兵が、まだ舞台で足止めされているヤマトに向けて、神剣・むらくもを落としたのだ。老兵は、観客席から舞台を見下ろして、ヤマトに剣を拾えと手で合図をしていた。

その様子が慌てているのを目にしたヤマトは、観客席で大変な事態が起こっていることを察

知した。

ヤマトは、むらくもの剣を素早く拾い上げた。するとその老兵が、一つの扉を開錠したと言うので、その扉に向かって走った。ヤマトは開錠されていた扉を開け放つと、石畳の階段を急いで駆け上がって行った。

ヤマトが階段を駆け上がった先は、すぐに観客席の入り口となっている。ヤマトがその入り口から観客席に入ると、観客席には目も当てられないような悲惨な光景が待っていた。

辺りには、血液が海のように広がり、無数の肉のような塊が散乱している。観客席にいた人々は皆、恐怖に怯え、その身を縮こまらせて固まっていた。

闘技場の舞台にずっと隔離されていたヤマトは、そこから身動きできないばかりか、状況も全く把握することがかなわなかったのだが、今、目の前に映し出されたこの惨事は、ヤマトが予想していた事態よりも遥かに残酷なものであり、凄惨なものであった。

ヤマトの目は、獅子の巨大な姿をすぐに探し出すと、床を蹴ったその足は、一目散に走り出していた。

獅子は、箱形で格子状になっている柵に手をかけて、その柵を破壊しようとしているのか、柵に夢中になっている。だが、その柵もひどく歪《ゆが》み、獅子の怪力によって、もはや崩壊寸前だった。

獅子が夢中になって襲う、あの柵の中に何があるのかと、ヤマトは走りながら一点に目を凝らすと、柵の中には王様とイザナ姫の姿があったのだ。

ヤマトの顔は一瞬で青ざめた。

崩壊寸前の柵を目にして、ヤマトの表情には焦りの色が浮かんでいた。

「……姫！　……イザナ姫!!」

姫を呼ぶヤマトの叫び声が、闘技場に木霊《こだま》した。

次の瞬間、ヤマトの足は凄まじい速度で、獅子に向かって疾走していた。

怪物がもたらした凄惨な光景と、その恐怖によって身を竦《すく》ませている多くの人々は、尚もイザナ姫の名を叫びながら獅子に向かって疾走して行くヤマトの姿に驚き、皆、目を見張った。

そして、一本の剣を片手に、今まさに凶悪な獅子へと立ち向かって行くヤマトのその勇敢な姿に、皆、心を打たれた。

犬のように鋭い獅子の嗅覚は、間近に迫るヤマトの気配を、既に敏感に捉えているようだった。獅子は柵から手を離すと、その後方へと振り向きながら、腕を大きく振り上げ、ヤマトに向かって攻撃を仕掛けた。

しかし、ヤマトは難なくそれをかわすと、今度はヤマトの刀身が、獅子の腕の関節部分に一閃して、その片腕を付け根から薙いでいた。

切断された、前足でもあった片腕は、獅子から離れて空を舞った。

片腕を失った獅子は、地を這うような恐ろしい咆哮を上げながら、その場でのたうち回っている。生命を与えられた獅子はもはや、ただの石像ではなく、体の髄まで生命を与えられ、人々と同じ生命体としての熱い血潮が、その体内に流れていたのだ。

腕の傷口からは、獅子がのたうち回る度に、滝のように真っ赤な血液が放出されていた。

ヤマトの瞳は、そんな獅子を眼下にして、その怒りによって燃えている。

獅子はやがて三本足で立ち上がると、その傷口から大量の血液を撒き散らしながら、ヤマトに向かって狂ったように走り出していた。

獅子はヤマトの首を狙って口を大きく開き、その牙を剥き出しにすると、喰いつこうと襲いかかった。だが、その鋭い牙の攻撃は身軽にかわされ、獅子の牙は、空を力強く噛んだだけに終わった。

しかし獅子はそれで諦《あきら》めることはなく、即座にヤマトとの間合いを詰めると、もう片方の残っている前足である腕を振り上げて、ヤマトの頭上目がけて鋭い爪を勢いよく振り下ろしていた。

ヤマトは、何度も襲いかかって来る獅子の爪の攻撃を避け続けることができず、自らの頭上に迫った鋭い爪を、最後はむらくもの刀身によって受け止めていた。

獅子の爪とヤマトの刀身が、ギリギリと擦《こす》れる音が響き渡る。巨大な獅子の重量が、ヤマトの刀身にかかっているのだ。ヤマトは歯を食いしばっていた。

ヤマトにとって、相手に力だけを重点に置かれた、その相手との接近戦による戦いは、最も苦手とする戦い方であったのだ。ヤマトの額からは既に、汗が滲んでいる。

ヤマトは、不利な形勢から脱するために、素早く剣を引き下げて、後方に退くことを考えていた。

しかし、凄まじい獅子の怪力は油断なく、それを許そうとはしなかった。今、少しでも刀身を下げれば、獅子の鋭い爪がヤマトの頭部を簡単に貫いてしまうようなヤマトの体勢がそこにはあった。ヤマトの片膝は、獅子がもたらす過重によって、既に片方だけ石畳の床の上に沈んでいたのだ。

だが、このまま時が過ぎても、ヤマトの未熟な身体は体力を使い果たして、獅子の怪力によって石畳の上に押し潰されてしまうことも免れない事実であった。

獅子の赤々とした双眸は、その狂喜で歪《ゆが》んだように爛々《らんらん》とした輝きを強めると、更に巨大な体を傾けて、ヤマトを守る邪魔な刀身を圧《へ》し折ろうと、その体重をかけ続けた。

形勢逆転を狙ったヤマトだったが、それも虚しく、獅子の強烈な体重が重く伸しかかると、もう片方の膝もとうとう床の上に折れてしまったのだ。それと同時に、今まで刀身を支えていたヤマトの両腕も、その獅子の重圧によりガクガクと震え始めていた。

ヤマトの汗は玉となって頬を伝うと、床に流れ落ちていった。

ヤマト自身の闘争心は失われてはいないものの、両膝を床についてしまったヤマトの形勢は限りないほど不利なものになっていた。優れた敏捷性を封じられてしまっては、この勝敗は既に決まったようなものともいえる。

ヤマトを見下ろす獅子の顔は、ヤマトを蔑《さげす》み、嘲笑《あざわら》っているかのようにも見えていた。

固唾を呑んで、その戦いの行方を見守る人々からは、ポツリ、ポツリと、ヤマトを応援する声が聞こえ始めていた。

それは、多くの人々の祈りであり、それとともに人々の応援する声もまた、増え続けていった。やがて闘技場全体が、ヤマトを応援する声で一色に染まると、闘技場には勢いを取り戻したかのように、大勢の人々の声援が轟《とどろ》いていた。

ヤマトは人々の声を耳にして、獅子の猛烈な重圧に耐えながら、ヘルブレスとの戦いを思い出していた。

ヤマトの真上には、自身の非力な力で支えるむらくもの剣の刀身が、白銀色の淡い輝きを放っていた。神剣・むらくもは、どんなに重い荷重を課せられても、しなるどころか折れもせず、ヤマトの頭上で獅子の腕を支え続けているのだ。

しかし、この難局を打開できない限りは、ヤマトの方に勝ち目はなかった。ヤマトの両腕は痺《しび》れ、その感覚も既に鈍くなっている。非力なのはむらくもの剣ではなく、脆弱な身体を持った自分自身なのだ。

だが、それでもヤマトは、今の難局を乗り越えることができたらと、その諦《あきら》め切れない強い眼差しで神剣・むらくもを見上げたまま、これまで共に戦って来た神剣に、自らの切なる思いと、その願いを込めて呟いた。

「汝《なんじ》、悪しき者を打ち砕くため、我に力を与えよ。我が剣に宿りし風の力よ、今、我の刃となりて、その光の導《しるべ》を示せ」

ヤマトは、祈るような思いでそう呟くと、渾身の力を込めて、むらくもの刀身に乗る獅子の重い腕を持ち上げていた。

ヤマトの体力は、その限界を超えていたはずだった。

しかしヤマトは、自身の意識を集中させて、感覚のない自らの両腕を持ち上げたのだ。ヤマトは今、全てを諦《あきら》めてしまうわけにはいかなかった。その思念が、限界を超えたヤマトの身体を突き動かしているのだろう。

獅子の強烈な荷重によって、ヤマトの肩は鈍い音を立てながら、激しく軋んでいた。ヤマトのその脆弱な全身は、それに耐えることはかなわず、今すぐにでも骨がバラバラに砕け散ってしまうような、鋭い激痛に襲われていた。

しかし、その時だった、むらくもの剣の刀身が、真っ青な光を放ったのだ。

それと同時にヤマトの身体は、獅子の強烈な荷重の枷《かせ》から逃れると、刀身から巻き起こった疾風は、凄まじい怒涛の如き気流となって、巨大な獅子の体を弾き飛ばしていた。

観客席は騒然となり、歓声が巻き起こった。人々は、両手を強く握り締めると、ヤマトの勝利を心から祈り、願っていた。

激しい疾風によって飛ばされた獅子は、観客席の椅子や石畳の床の上に激突しながら転がると、再び立ち上がっていた。

ヤマトは既に、神剣に宿った風の力によって吹き飛ばされた獅子を追っている。

ヤマトの身体を襲う激痛は、今のヤマトには何も感じられなかった。ヤマトの声に応え、自身を支えてくれる神剣・むらくもと、己自身の気迫だけが、今のヤマトを支えていたのだ。

獅子は立ち上がったものの、激しく飛ばされた反動により、まだよろめいている。

ヤマトはその隙を見逃さず、むらくもの剣を構えると、正面から獅子に向かって突進していた。刀身には、真っ青な光が気流となって渦巻き、風の力をまとっている。

ヤマトは両腕で力強く神剣の柄を握り締めると、満身の力を込めて今、獅子に刀身の力を炸裂させた。

獅子は、その苦しみで咆哮しながら、必死に刃から逃れようと試みたのだが、ヤマトはそれを許さず、刀身は十文字に獅子を斬りつけていた。更に、青く光る風をまとったむらくもの刀身からは、それと同時に刃となった疾風が、音もなく獅子へと走った。

獅子の巨大な体を、一瞬にして疾風が突き抜けてゆくと、獅子は声もなくその動きを止め、その巨体は四つに分かれて分散すると、石畳の床の上へと音を立てて崩れていった。

獅子の双眸は、赤々とした妖しい輝きと、その光も失っていた。獅子はもはや怪物ではなく、もとの石像へと戻っていたのだ。

やがて、獅子の四つに裂かれた石の体は、まるで風化でもしたように、急速に石から粒子まで一気に崩れてゆき、闘技場に吹きつけて来る風が、粒子となった獅子の体を、その痕跡を残すことなく運び去っていった。

むらくもの風の光は、それを見届けたように、刀身からその真っ青な輝きを消していた。

この戦いをなんとか無事に終わらせることができたヤマトは、その安堵に一息つくと、自身の手元にある神剣・むらくもに向けて静かに微笑み、刀身を鞘へと収めた。

闘技場には、獅子を倒したヤマトに向けて、その勇気を称える大きな拍手と盛大な歓声が沸き上がり、いつまでも鳴り止まない。

自身の命を顧みず、獰猛な怪物に立ち向かって行ったヤマトの勇敢なその姿は、観客席にいる人々にとって、真に勇気のある戦士の姿となって、彼らの目に映っていたのだ。

城から急いで駆けつけて来た兵士たちによって、王様とイザナ姫も、倒壊寸前の柵の中から無事に救出されていた。王様とイザナ姫は、命を懸けて戦ってくれたヤマトのそばに駆け寄ると、心から感謝の意を示した。

そして王様は、怪物との壮絶な戦いによって負傷したヤマトに、手厚い治療と十分な休息を取ってもらうために、ヤマトをすぐに城へと招き入れたのだった。

それから数週間が経ち、ヤマトの傷は致命傷もなく、すっかり完治していた。

闘技場での勇敢な戦いぶりを見て以来、ヤマトをいたく気に入ってしまった王様は、静養中のヤマトの様子を見にちょくちょく部屋を訪れては、ヤマトと話をしたり、お茶を飲んだりと、今では二人で話に花が咲くほど、すっかり親密になっていた。

王様はその時に、ヤマトの身の上話も聞いていた。

ヤマトが貧困な村落の出身であること、ヤマトが持つ神剣・むらくもの経緯やそれに伴う試練の話も当然、ヤマトは王様に話していた。そして、一緒に戦って来たという、ハクという名の白いオオカミが怪我を負い、旅の途中で別れることになってしまった話も王様は聞いていたのだ。

王様は、ハクとの別れ話を聞いた時、とても胸を痛めていた。それは王自身にも、とても可愛がっている三匹の犬がいたからだった。可愛がっていた動物との突然の別れも、人の別れと同じように、とてもつらいものだと王様は言った。

そして更にヤマトは、最後の悪魔・ディスガーが、イサナギ王国に入り込み、既に人間に化けて、この城に潜んでいる可能性が高いということも告げた。闘技場に突如として現れたあの怪物も、その一環であり、ヤマトは王国全体が今、危機に瀕《ひん》するようなとても危険な状況にあるのだということを、懸命に訴えた。

王様はその時、悪魔という突飛《とっぴ》な話を聞き、とても驚いていた。

しかし、これまでの闘技場でのヤマトの戦いぶりや、闘技場に突然現れた謎の怪物のことも踏まえた上で、王様は真剣に事の重大さを考えてくれたのだ。そして、今まで既に二匹の悪魔を倒して来たというヤマトの話から、王様はこの国にいるという最後の悪魔のことは、ヤマトに任せる判断をした。

王様は、城に潜んでいる可能性が高いというその悪魔に動きを悟られないためと、また王国内の人々の混乱を避けるために、悪魔のことはできるだけ秘密裏に事を進めてみようと、ヤマトに提案したのだ。

それからというもの王様は、ヤマトに言われたように、城の中の警護を徐々に増やしていくと、普段から十分な警戒を心がけることも忘れず、毎日の政務に勤しんでいた。

そんな日常を送る最中《さなか》、王様は今日もヤマトの部屋を訪ねて来たのだが、しかし今日の王様の顔色は優れず、少し緊張しているようにもうかがえた。

ヤマトは、そんな王様の様子を見て、心配そうに「どうかされましたか？」と一言尋ねた。

すると王様は頷き、ようやく重い口を開き始めた。

「君は、貧しい村の出だと言っていたね。しかし、貧しい村に住む人々ほど、一日の仕事を終えれば、もう日暮れを迎えて、一息つくのが精一杯のところがほとんどのはずなのだが……。しかし君は、家の家業も熟《こな》しつつも、合間を見つけては毎日、元戦士のところへ赴き、そこで剣術などの修行に勤しんで来たと言っていたね。……それをもし、言葉で表現するとしたならば……その毎日というのは、とてもつらく、そして並々ならぬ努力と苦労も伴って来たというような感じであったのだろうか」

ヤマトは、王の言葉の中にある真意を測りかねて、黙ったまま頷いた。

「……君はなぜ、そうまでして、強くなりたいと思ったのかね？」

王は、黙って頷いたヤマトから視線を逸らすことはなく、ただ付け加えるようにして言葉を続けると、そこで言葉を切っていた。

「そう、ですね……それは、ただ日常を守ろうとするだけでは、何も守れないと思ったからです。

何かが起こったとして、その場を隠れて凌いだとしても、或いは誰かの力に頼ることで、その場を切り抜けることができたとしても、それは、その場限りの一度きりで終わってしまうのが、ほとんどだと思います。やはり、自分自身が守りたいと思うものは、自分自身の手で、守る以外にないと感じたからです。

そこには家族もいます。そして、戦いには不慣れな人や、力のない女性や子供も老人もいます。この荒れた時代を、村のみんなと共に生きていくには、俺には戦士のような強さが必要だったんです」

ヤマトは、王に真っすぐに目を向けたまま、素直な気持ちを口にしていた。

王様は、ヤマトの真っすぐな視線を受け止めながら、一国の王として、現実の苛酷さを改めて痛感して、ヤマトの答えに満足したように大きく、そして深く頷いていた。

この時代、略奪に強盗、そして領土や食糧を巡ってそれらを奪い合うことは、どこの村落でも、そして広大な領土を治めるどの王国にとっても、決して珍しいことではなかった。

しかし村落は、その村が貧困であるほど、その争いも頻繁に起こり、その度に村人たちに課せられる苦労や苦しみは一層、苛酷なものとなり厳しいものとなったのだ。

その争いによって多くの人々が命を失い、その犠牲となることは日常茶飯事だった。そこで生き残ったとしても、それによって路頭に迷い、そしてまたそれが原因となって、そこで命を落としてしまうことさえあった。

だが、強さを兼ね備えた強者や戦士だからといっても油断できない。

いくら強靭《きょうじん》な強さがあったとしても、人間はその人が持つ個々の考えにより、その力の使い方が大きく異なるからだ。我欲が強ければ、己の私欲のためにのみその力を使い、また他人の幸せを願い、人を思いやる心を持つ者は、人のためにその力を使うだろう。

これは、一つの王国を支える王様にとっての悩みであり、問題でもあったのだ。

自国を守る兵士の中にも、私欲ばかりが強い輩は少なくない。

この王国のために、全兵士が力を尽くしてくれたとしても、兵士と兵士の間では、自分たちの立場を巡るイザコザが絶えないというような現状があった。

しかし、王国を束ねる君主がそうであってはならないと、王は常日頃から考えていたことだったと言う。

王は、ヤマトの戦いぶりや人柄に触れ、ヤマトは他人を思いやることのできる人物だと思ってはいたが、やはり本人の目を見て、そして本人の口から聞き、もう一度、王自身の目で、ヤマトがどういう人間であるかを確かめたかったのだ。

それは、このイサナギ王国の君主として、そしてイザナ姫の父として、この王国と人々の未来のために、王様は自身の中で、確たる確信を持ちたかったのである。

ヤマトはやはり、王様が望んだ通りの人のために尽力することのできる、心の優しい男だった。

王の目に、狂いはなかったのだ。

王様は、自分の不躾《ぶしつけ》かとも思える言葉で、ヤマトに不快な思いをさせてしまったのではないかと感じ、すまなそうにヤマトに詫《わ》びた。

だがヤマトは、全く気にした様子もなく、王国を支えなければならない王の立場と、その心中を察したように、静かに首を横に振った。

すると、そんなヤマトの様子に安堵したのか、王様の顔にも、ようやくいつもの笑顔が戻ると、王はそばに控えていた執事に、お茶のおかわりを持って来るように命じて、人払いをした。

執事も部屋からいなくなり、ヤマトと二人きりになった王様は、この争いが絶えない世の中において、これからもイサナギ王国を守っていくためには、人に優しいだけではなく、勇敢に戦える戦士であることが望ましい。そう、ずっと考えていたのだとヤマトに伝えた。

大国であるイサナギ王国の領土とは、緑豊かな土地であるのも然《さ》ることながら、その領土全域が、ほぼ全国的にも数が少ない肥沃な土地によって豊かに恵まれており、そうした広大な土地を保有する王国でもあった。

それがゆえに、隣国からは常に領土を狙われており、いつ攻め込まれてもおかしくないというような日常でもあるという。

今回、闘技場で開催された催し物は、姫の婿を定めるためのトーナメント戦を開催するという名目にはなってはいたが、実は王の正式な跡継ぎを探すことが目的だったというのだ。そして、トーナメント戦での死闘ともいえる格闘は、勇敢な戦士であるか否かを、まずは見極めていくためにも必要な催し物であったのだと、王様は言った。

王様には息子がおらず、王位継承者となるべき跡継ぎがいなかったのだ。

王様の后《きさき》であった王妃は、イザナ姫が幼い頃に亡くなったという。

そのため、一人娘であるイザナ姫も、今回の闘技場での催し物が、この王国の未来を繋ぐためになるのであればと、王のために二つ返事で承知してくれたのだと言った。

それは、王様の一人娘として、この王国のために共にその重責を担《にな》った、イザナ姫自身の覚悟であるともいえる。そしてそれは、父を想った娘の優しさでもあったであろう。

無論、もし今回の闘技場でのトーナメント戦で、それでも王様が望んだような器を持った人物が勝者ではなかった時は、強引にでも娘の婿探しはなかったことにするという手筈になっていたとも王は語った。

この先の言葉がなくとも、王様が王国のために威厳を持ち、そしてどれほど王国の民たちを慈しみ、姫を心から大切に思っているかということが、ヤマトには十分、伝わっていた。

王はその胸の内をヤマトに語り終えると、ヤマトの傷もすっかり癒えたこともあり、近いうちに王国の重臣たちを集めて、闘技場で行われたトーナメント戦の勝者を祝う宴《うたげ》を城内で開くことをヤマトに伝えた。

王様はそこで、ヤマトの勝利を祝う盛大な祝宴を開くとともに、正式な王の継承者として、重臣たちにヤマトを紹介したいと言うのだ。そして全王国の民たちには、それから後に大々的にヤマトと姫の婚約を発表するということであった。

しかし、そのことを嬉しそうに話す王とは裏腹に、それを聞いたヤマトの様子は、だんだんと暗くなっていった。

ヤマトのそんな様子に気がついた王は、「心配事でもあるのかね?」と尋ねていた。

だが、ヤマトは無言のまま俯いてしまうと、思い詰めたように何かを考えているようだった。

すると王は、ヤマトと以前話をしてきた会話の中に、その解決策ともなる糸口が何かないかと考えた。

「そういえば君には、与えられたという試練があと一つ残されていたね、大々的な婚約発表は、君にとっては、その最後の試練が終わってからの方がよかっただろうか? もし、そうであるなら、人々への発表は、君の試練が達成された後に変更しても構わないのだよ？　君はどう思うかね？」

どこかで区切りがついてからの方が、次に進みやすいかとも思い、王様はヤマトにそう問うてはみたものの、その返事はなかった。

「そうだ！　君の故郷に住む、家族や村人たちが気がかりなら、この王国にみんなを連れて来たらよいぞ！　それなら君も安心だろう」

これこそがヤマトの心配事であり、そしてこれは名案だとも王様自身は思ったのだが、ヤマトの様子は相変わらず、暗く沈んだままだった。

王は、急に暗くなり黙り込んでしまった、その理由が分からず困り果てた。

話をしてくれなければ、ヤマトの心配事が何であるのか、また何に迷っているのかが分からない。その原因を王自身が知ることで、王が解決できることは王が解決して、もし内容が、そういったものではなかった場合は、二人でなんとか解決ができればよいと、王様はそんなふうに思っていたのだ。

しかし王様は、やはり、めでたい話は早く決めたかったというのも本心だった。

だが王はこの時、はっと気がついた。

それは他でもない王自身が、ヤマトに無理強いをしてしまっているのではないかと考えたのだ。

「君が何も言い出すことができないのは、私のせいだったのかも知れないね。君が故郷に帰ることを望んでいるのであれば、それも仕方のないことだよ。……私は、無理強いをするつもりはないからね。だからね、君も自由に決めてくれたらいいのだよ。

それとも私の娘……娘は君にとっては、そこまでには至らない姫であったということなのだろうか？　それならば、それも仕方のないことだが……」

王は、少し寂しそうにしながらも、ようやくヤマトの気持ちに気がつくことができたとでもいうように言った。それがヤマトにとって一番、大切なことであるのではないかと、事をうやむやにしないためにも、王は自身の抱《いだ》いた思いをヤマトにはっきりと伝えると、穏やかな目でヤマトを見ていた。

すると、ヤマトが突然、俯いていた顔を上げた。

「王が……俺のことをそこまで考えてくださっていることや、故郷に住んでいる村人たちへのお話も、大変有り難いです。……ですが……違うのです……」

その自信のなさからなのか、ヤマトは聞き取りにくい小さな声で、ボソボソと呟いた。

「……違う?!　何が違うのかね？　では、私と一緒に考えよう」

王は、やっと口を開いてくれたヤマトに、まずは安堵し微笑んでいた。

「……姫は、俺にとっては勿体《もったい》ないほど美しい姫様です。しかし……俺がもし、姫様と添い遂げるということになれば、姫様にとっては良縁になるとは思えません……」

ヤマトの自責の念からか、ヤマトから紡ぎ出される声は尚も小さく、憔悴したように元気もなかった。

「それは、つまり……姫が君と添い遂げると、姫が不幸になってしまうということなのかね？」

王は、ヤマトの言葉に目を丸くした。

「いや……その、俺は既に……姫様には、嫌われてしまっているのです……」

ヤマトは落胆するようにがっくりと、王の前でひどく肩を落とした。

ヤマトには、闘技場での決勝戦を前に、イザナ姫との面会があった際に、イザナ姫はヤマトを見るなり拒絶して、泣き出してしまったという拭いきれない事実があったのだ。

王は、常日頃から穏やかな気性であり、心根が優しいヤマトを、娘が泣いてしまうほど嫌いになってしまうとは思えなかった。

王は、闘技場でのヤマトの装いを思い返しながら、ヤマトの髪の毛や日に焼けた肌などをじっと見ると、自らの白く蓄えた長い鬚を手のひらで撫でながら、大きく一つ頷くと、「私に任せなさい」と言って、ニッコリと笑った。

城内では、給仕室で束の間の休憩を終えた給仕たちが、午後の仕事に勤しむために、いそいそと各自の持ち場へと向かっている最中《さなか》だった。

城に仕えている給仕たちの休憩場所は、給仕室の中に設けられており、給仕室も各階ごとに配置されていた。給仕たちも、各階ごとにそれぞれ担当が決められており、そこが給仕たちの仕事場となっていた。

給仕たちの主な仕事とは、給仕室での料理の仕込みの手伝いやその準備などと、配膳やお茶汲み、そして長い廊下や階段と各部屋の掃除や手入れなどが、日々の大まかな仕事であった。

中でも、最上階の給仕たちは、いつも周囲に気を配り、毎日が最高で最善のおもてなしとなるように、各自が心がけていた。それは、王様の執務室や寝室、イザナ姫の部屋と、王様の特別な来賓者用の客室が設けられているのが最上階だったからだ。

最上階の給仕室には、王様付の執事が度々足を運ぶ。

今日も執事は、王様の命により人払いを受けて、給仕室に来ていた。

執事は、給仕たちと共に昼食を済ませた後、給仕たちを気遣い早めの休憩を取らせると、昼食後の片付け物も快く引き受けて、今その片付けを済ませたところであった。

彼はまだ若い執事だったのだが、人に対する気遣いもよくできた、大変優しく優秀な王様の付き人だった。執事は、自身の手が空いている時は、こうして給仕の仕事もよく手伝っているのだ。

城で働く給仕たちには女性が多く、気遣いができる優しいその執事は、とても人気が高かった。そして、若い女性の給仕たちの間では、そんな執事に思いを寄せる者も多かったのだ。

誰もいなくなった給仕室の休憩場所には、一仕事を終えた執事が、少し休もうとして長椅子に腰を下ろしたところだった。大きな伸びを一つしてから、食卓に肘をのせた執事は、今度は何やら周囲をキョロキョロと見渡していた。

「……あー……実に、かったるいぜ」

近くに誰もいないことを念入りに確認してから、執事がボソリと低い声で、そう呟いた。

更に執事は、自身の小指で鼻をほじり、その汚い塊を適当に指で弾き飛ばすと、大きな欠伸《あくび》を一つしてから、またボソボソと独り言を呟き始めていた。

「それにしても……あのトーナメント戦の勝者だが、いつ見ても貧相な顔してるぜ。思い出しただけでも笑える。だが本来ならば、俺様が出場して優勝するはずだったんだがなぁ。生憎、あの時は……俺様の予定も狂ってしまったことだし、な」

執事は独り言を呟きながら、石の棚に並べられていた酒壺を乱暴に手で掴むと、土器《かわらけ》に注ぐこともせず、直接壺の注ぎ口に口をつけると、その酒壺の中の酒を流し込むように、一気に飲み干していた。

「しかし、勝者潰しの遊びの方も、あの石を使って存分に楽しむつもりだったのだがな。あのまま、勝者もじわじわと押し潰して血祭りにしてやるつもりだったが……全くの想定外だったぜ。だが……あの剣は……どこかで見たような気もするんだが、それが全く思い出せないぜ」

執事は、少し苛立ったように悪態をつくと、面倒臭そうに溜め息をついた。

しかし、これは一体どういうことか？

執事は、城では人に好かれる存在で、大変優しく優秀な人物ではなかったのか。一人きりになった、執事の態度は下品であり、全く真逆の人物像を思わせる。

「それにしても腹立たしいぜ……最近はめっきり警護も増えて、仕事も実にやりにくくなった。それに……あの貧相面に会う時に限って、あのジジィは人払いばかりしやがる。まぁ、大方、跡継ぎの密談話だろうが、ジジィめが……そうはいくか」

執事が更に、自分の言葉で苛ついたように、食卓の上に勢いよく両手の拳を叩きつけると、食卓の上に高く積んでいたお皿が空になった酒壷もろとも崩れて、それは激しい音を立てながら床へ散乱していった。

「チッ……つい、やっちまったぜ」

執事は舌打ちすると、また面倒臭そうにぼやいた。

すると、その激しい音を聞きつけた二人の警護兵士が、給仕室に駆け込んで来た。

「あ、いやぁ～申し訳ありません。ぶつかってしまいまして食器を壊してしまいました。すぐに片付けますので……」

執事は床に散らばった皿の破片を片付けながら、二人の警護兵士に申し訳なさそうに詫びた。警護兵士が来たためか、先ほどまでの口汚い口調も消え失せて、執事の表情はまた、控え目な好青年の表情に戻っている。

「執事殿でしたか、お怪我はありませんか？」

警護兵士の一人がそう言い、執事はその言葉に相槌を打って答えると、二人の警護兵士はまたすぐに、自分たちの持ち場へと戻って行った。

それを見届けた執事は、床に散らばる破片を片付けながら、また億劫《おっくう》そうに顔を歪《ゆが》めた。

しかし急に、その手が止まった。そしてボソリと言った。

「我ながら、いいことを思いついたぜ」

執事の口角が上がり、にんまりと薄気味悪い笑みの皺が刻まれた。

「これは……一石二鳥か」と、また執事が呟いた。

だが、その執事の目はもはや、人間のものではなかった。

その鋭く吊り上がった双眸は赤く、妖しげに煌々と光っている。

この執事の姿は、かりそめなのだ。

真実の姿を隠し、人間の姿に化けて、その当人になりすますという、この執事の正体こそ、最後の悪魔・ディスガーに間違いなかった。

ディスガーは、二年前から既に、城に侵入していた。

ディスガーはまず手始めに、城に出入りしていた商人を食い殺して、その商人に化けたのだ。

本物の商人と瓜二つとなったディスガーは、まるで当人であるかのように悠々と、城の中に入って行った。

そしてそこで、城の仕事に従事する身近な人間に言葉巧みに声をかけて騙《だま》すと、人のいない場所に誘い込んで、食い殺してはその人間に化けていた。

それは商人から老兵に、老兵から護衛兵士に、護衛兵士から給仕へと、ディスガーは人間を次々に拐《かどわ》かしては食らい、その容姿を巧みに変えていったのだ。

無論、そうしながらも、自分にとって必要な情報収集も怠りなく行いつつ、いつでも人々を自分の思い通りに動かせるように、人間が好感を持つような人物としてその場を繕って、月日をかけて人間を甘言で籠絡《ろうらく》しながら手懐けていったのだ。

ディスガーは、その得意な話術で人間を丸め込み、時には周囲の人間をも利用して、自分の代わりに必要と思われる事の動向を探らせたり、また自分にとって有益な情報を別の人間に持って来させたりもしていた。

そしてディスガーは、抜かりもなかった。

新しい容姿に姿を変える時は、ディスガーは前もって、同じ仕事をしていた従事者たち全員に上手に別れを告げ、あらぬ噂が立たないように気配りすることも忘れなかった。

そして、自分にとって利用価値があった人間は、その容姿が変わってもまた誑《たら》し込み、自分の手中に収めると、その人間をまた上手に操っていたのだ。

そう、その全ての目的は、イサナギ王国を我がものとして、自らが支配するためだ。

ディスガーは、自分の思惑通りに着々と月日をかけて、その準備を整えていたのだ。

ディスガーが闘技場に出向いたという痕跡さえなく、またトーナメント戦に戦士として参加することを見送ったのも、それが理由だった。

トーナメント戦が行われる当日、ディスガーは闘技場に戦士として、確かに参加するつもりであった。しかし、隣国の動向を探るために各地に散っていた偵察部隊が、各地から引き揚げて来るという知らせが、ディスガーの耳に突然入ったのだ。

そして、その当日、各地に散っていた偵察部隊からの近隣諸国についての報告と、それらに関する会議が、王国の重臣たちを中心にして行われることが決まった。ディスガーにとって、それらの情報は、喉から手が出るほど欲しい、重要な情報の一つであった。

それは、自らがこのイサナギ王国を手に入れた後に、自身がいかに楽をして、そしてより円滑に事を進めていけるかがかかった、特に知る必要がある情報だったのだ。

今の執事という立場は、王様により近く、そして王国を動かす重要な地位にある重臣たちにも近づきやすい環境だった。既にその重臣たちを丸め込み、掌握していたディスガーは、執事の立場を利用して、その会議に参加していたのだ。

まさに、ディスガーが独り言で呟いていた『予定が狂った』とは、このことだろう。

そして、『あの石を使って』という言葉の意味とは、間違いなく闘技場にあった獅子の石像を指していた。ヤマトが思った通り、ディスガーが石像に命を吹き込み、あの獅子を動かしていたのだ。

だが、ディスガーのあの言葉だけから読み取るとするならば、獅子は命を与えられたのではなく、ディスガーが獅子を操っていたということになる。ディスガーは、日頃のうっぷんを晴らすように、多くの人々の殺戮を楽しんだ上に、失敗には終わったものの、自らの計画に邪魔になり得るであろうトーナメント戦の勝者も、獅子を使って体《てい》よく排除しようとしたのである。

今や、次の準備も万端か。ディスガーは、赤い双眸を煌々とさせながら、給仕室内にある休憩室の一室で声を押し殺して、せせら笑っている。

やがてディスガーは、己の私案とそのもくろみに納得でもしたかのように、次の瞬間には給仕室から出ると、自分の持ち場の方へと向かって静かに歩き出していた。

長い廊下を進んで行くその顔は、いつの間にか、いつもの控えめな好青年の執事の表情へと戻っていた。

その頃、ヤマトとイザナ姫は、王様に促されて、王国の町中を二人で散歩していたところだった。

イザナ姫は、国外の様子はほとんど知る由もなかったため、王国以外の出来事やヤマトの身の上話などにも興味を持つと、ヤマトから色々な話を聞きながら、二人で笑ったり、時には深刻な顔になったりと、ただ町中を目的もなく話をしながら、二人で歩いていた。

王様は、ヤマトから娘との話を聞いた後、すぐにヤマトの部屋に散髪師と衣装係を呼んだのだ。

そしてまず、伸ばし放題となっていたヤマトの髭を剃《そ》らせると、髪も切って整えさせた。衣装係に持って来させた数種類の衣装の中から、ヤマトによく似合う衣服を衣装係に選ばせて、ヤマトの身なりも整えた。

更に、ヤマトの真っ黒な日焼けは、日頃の鍛練での日焼けのせいなのかと思われていたのだが、ヤマトが湯殿に入り、お湯で全身をきれいに洗い流して拭き取ると、真っ黒だった肌は汚れの付着が原因であって、本来は男らしい褐色の肌だったということが分かった。

王様は、日焼けによってガサガサになっているヤマトの皮膚には、花から取れたオイルを塗るよう指示を出した。肌にオイルを塗ってなじませると、ヤマトの肌は瞬く間に潤いを与えられ、ガサガサした皮膚もすぐに目立たなくなっていた。

「支度は、十分できた」

整っていくヤマトの姿を身近で見ていた王様は、満足そうに頷いた。

「ここから先は、お互いに話をしてゆくことが大事だ。君ならば、きっと心配はない、大丈夫だよ」

王は、ヤマトに向けて柔らかに表情を緩めると、ヤマトの背中を押した。

それから王は、そばに控えていた衣装係に、イザナ姫を呼びに行くように命じると、衣装係によって連れられて来たイザナ姫とヤマトは、半ば強引に王によって城の外へと連れ出されてしまい、二人で町中に散歩に行って来るように促されたのであった。

王は、城の外にある大門まで二人を見送ると、二人の姿が町中に消えるまで、二人をしっかりと見送った。

イザナ姫は最初、身なりが整えられたヤマトを見て驚いたようだった。

そして姫は、別人のようになったヤマトの姿を見て、闘技場の面会の際、初めて会った時の言動を、ヤマトに詫びた。姫は、あのような風貌をしている人との直接的な面会は初めてで、とても驚いてしまい、衝撃を受けたのだということをヤマトに伝えた。

それを姫から聞いたヤマトは、すぐに首を横に振ると、自身のあの時の風貌が、どんなに姫に対して無神経であったかを知り、姫を驚かせてしまったという自らの不祥事を、深く反省したことを伝え、逆に姫に詫びていた。

そしてヤマトは姫に、少しでも自分のことを知ってもらえたらと思い、自分の故郷の名もない村落の話から、姫に話し始めたのだった。

ヤマトの住む村落は、農家を営んで暮らしを立てている農村であり、とても貧しい村落だと、ヤマトは話を切り出した。そのため村落には、身なりに気を遣う人もいなかったということ、そしてまた、そのような時間もなく、朝起きれば、朝から晩まで農作業や家の仕事が待っていて、村ではここに住む王国の人々とは、かけ離れた暮らしをしているのだということを、まず姫に伝えた。

村落の村人たちは、王国に住む人々とは違い、身に着ける衣装も皆、動物の皮で作った衣装や継ぎ接ぎだらけの着物が当たり前の暮らし方であるのだ。村落では、その日々を食べていくのに精一杯で、身なりに気を遣う余裕もなかったとヤマトは語った。

姫は、ヤマトの話に、とても驚いた様子だった。

そして姫は、ヤマトの話を聞いて、自分の知らなかった外の世界の出来事に興味を示すと、そこから二人の話は膨らみ、会話もどんどん弾んでいったのであった。

それは、姫の幼い頃の話やヤマトの家族の話、姫が幼い頃に亡くなったという姫の母である王妃の話などだった。そして、ヤマトが略奪や強盗などの争いから、家族や村落に住む村人たちを守るために、仕事の合間を縫っては毎日のように元戦士であった師匠のところへ通い、剣術などを学びながら、その修行に明け暮れていた日々の話など、様々なことを二人で語りながら、その会話も途切れることはなかった。

二人は初めのうちは、なんとなくぎこちない感じで、ぎくしゃくしたような様子だったのだが、会話を重ねていくうちに、それも次第に薄れていくと、二人は自然に打ち解けるようになっていった。

二人で話しながら、町中をゆっくり進んでいると、その道中では多くの人々が親しげに、姫に声をかけてきた。その声の中には、怪物と死闘を繰り広げた、ヤマトに関する話もあった。

イサナギ王国の民たちは皆、ヤマトの怪我を心配し、その後の傷の経過も問題はないかと、

ヤマトのことが気になっているようだった。

闘技場での怪物の一件は、多くの犠牲者が出てしまったものの、ヤマトの勇気ある行動のおかげで、多くの人々が助かったのもまた事実であった。

そうしたヤマトの存在は、イサナギ王国の人々にとってはもはや、英雄となっていた。

だがしかし、その英雄が民たちの目前にいるというのに、誰一人として、それに気がつく人はいなかった。それは、ヤマトの風貌が、すっかり変わってしまったからに他ならない。

民たちの目には、イザナ姫のそばに立つ若者が、イザナ姫の新しい用心棒として映っていたのかも知れない。ヤマトはそう思って苦笑していた。

王国の民たちと行き交う道で、ヤマトを心配する言葉を交わしながら民たちがすれ違って行ってしまう現実に、当のヤマトと姫は顔を見合わせて、おかしそうに笑った。

爽やかな青年へと姿を変えたヤマトの瞳は、どこまでも優しく穏やかに、そんな町行く人々を見つめていた。

ゆっくりとした歩調で、その足取りを進めながら、ヤマトは少しの間を置いてから、姫にも打ち明けなければならない話があると言った。

姫は、ヤマトの声に首を傾けながら、ヤマトを見ていた。

その話とは、王国や城に住む人々の混乱を避けるために、王と自分だけの内密にしている話だと前置きしてから告げた。

「このイサナギ王国……いや、お城には、一匹の悪魔がいます」

ヤマトは、唐突かとも思ったのだが、真剣な面持ちで姫を見た。

姫は驚いたように目を見開いていた。

ヤマトは、悪魔・ディスガーが人間に化けて、お城の中に潜んでいるという話を告げると、周囲には決して気を許さずに、姫自身にも王と同様に、お城では十分な警戒と注意をしながら過ごしてほしいということを、率直に伝えた。

姫の大きな目は、その驚きによって見開かれたまま、そして怯えたように、その細身の体を竦《すく》ませると、足取りを止めてしまった。

姫の衣装の長い裾が、風によって揺れている。

だが次の瞬間、姫はヤマトに向けて、しっかりと頷いていた。姫は取り乱すこともなく、気丈であった。

王様と同じようにイザナ姫もまた、王国における重要人物であるということは、他ならない事実である。そしてそのために、多くの人々と接触しなければならないという機会もまた、とても多かったのだ。

姫は、ヤマトの話を聞いて、王国を担う存在の一人として、姫自身もこれからは人に対して強い警戒心を持ち、人に接してゆかなければならないという、事の大切さをすぐに理解していた。

しかし、姫にはそれ以前に、妙な胸騒ぎがあったという。

それは、闘技場に突如として現れた、あの時のあの怪物は、闘技場の象徴として作られた獅子の石像だったように、姫の目には見えていたということだった。そしてそれは、もしかすると何か邪悪なものが関係しているのかとも思い、姫はとても気になったという。

今まで、誰一人として気がつくことのなかった怪物の正体を、あの石像の獅子ではなかったのかと気づき、姫はそのことをずっと気にしていたのだ。

今は、闘技場の前にあった大門や二対の獅子の石像は、修復作業が行われている最中《さなか》だが、あの事件の後で、その問題の獅子を確認しようにも、闘技場の大門から獅子の石像までが、なぜか粉々に壊れてしまっていて、獅子の石像がどれであるかも確認できないような現状であったという。

それはディスガーが、証拠を残さないように念のため、闘技場に入場する前に、残る一対の石像をも、自らが操る獅子の手で破壊してきたということで間違いないだろう。

ディスガーは、警戒心がとても強い悪魔でもあるのだ。

姫は、この王国に住む人々の知らないところで、何かが起こっているのではないのかという不安を感じていたことを、ヤマトに伝えた。

ヤマトは少し考えた後、あの怪物のことを気にしていた姫には、まずは姫を安心させようという考えから、真実を正直に話した。

姫は今、怪物の正体が自身の見間違いではなかったということを知るとともに、やはりあれはただの怪物ではなく、思った通り闘技場の獅子の石像であったという真実を知ったのだ。

だが、石である石像を、まるで生命を持った生き物のように動かし、あのような怪物に仕立て上げたのが、悪魔の仕業であるのだと聞いた時、姫の心は凍りつくような思いに駆られていった。

何も知らないよりは、真実を知った上で過ごして行く方が、王国のためにはなる。姫自身、頭では理解しているのだが、怖くないといえば嘘になる。

姫の瞳は、揺らいでいた。

「大丈夫です。姫のことは必ず俺が守ります」

ヤマトが姫に、力強く頷いた。

凛としたヤマトの切実な声が、姫の耳にも確かに届いている。

姫に向けられているヤマトの面差しはとても優しく、その瞳には、姫に対する特別な熱い想いが込められているようにも感じられた。

「ありがとう……」

俯いてしまった姫の顔は、ヤマトにはもう見えなくなっていた。

「なぜ、自分の命を犠牲にして、戦うことができるの？」

俯いたままの姫が、ポツリとヤマトに問うた。

「……いいえ。それは違います。俺も自分の命を犠牲にするつもりで戦おうとしているわけじゃないですよ。ただ、戦うことのできる者が戦わなければ、誰も助けることもできない。だから俺は、誰かを守りたいからこそ、戦うんです」

ヤマトは、姫にはっきりとそう言い切ると、爽やかな笑顔を浮かべた。

「じゃあ……ヤマトの夢は、何かしら……？」

夢や希望を持つことは、人間が生きていくためには大切なことでもあるだろう。しかし、殺伐としたこの世の中で、自分だけの夢を持ち、それをかなえるということは、更に難しいことであるともいえた。

いや、そもそも、この時代で個人の夢を実現することなど、無理に等しいといっても過言ではないのかも知れない。この世の中の人々は皆それぞれが、それぞれの囲いの中で今を生き、明日は何が起こるか分からないという、今日という日を精一杯、生きていかなければならない現実を強いられているのだ。そして、この争いが絶えない世の中において、今の囲いの中から飛び出して、あえて先の読めないような、新しい物事を始めてみようとする勇気など、誰もが怖くて持てないということが現実にはあった。

姫自身、いつも願っていることは、イサナギ王国の今日という日の安泰であり、そしていつまでも王国の人々が安全で、豊かに暮らせる日々だけを祈っていた。

姫は、こんな乱世という時代であっても、それでもあえて、ヤマトの夢を聞いてみたくなったのだ。

　ヤマトは、少しだけ首を傾けて、それを考えていた。

「俺の夢、ですか……。夢といえるか分かりませんが、いつか争いがなくなり、全ての人々が平和に暮らせるような、そんな世の中になってくれたらと思っています。そして俺自身も、この世の中が平和になっていくような、一つの架け橋になることができたらいいと、そう願っています」

　ヤマトは自分の夢のような想いを、少し照れくさそうにしながら口にすると、その頭を掻いていた。

「素敵な、夢ね」

　姫は、満悦したように、ヤマトににっこりと微笑んだ。

　この荒《すさ》んだ世の中で、人々は必死に喘《あえ》ぎながら、きっと誰もが皆、心の中では争いがなくなることを望んでいるはずなのだ。そしていつかは太平の世が到来することを多くの人々が待ち望み、皆、願っていることなのではないかと、ヤマトの夢の話を聞いて姫も心からそう願い、そしてそう思っていた。

　やがて二人は、ゆっくりと歩きながら、町中にある一つの広場の前までやって来た。

　広場の中を二人が見ると、隅の方に植えてある一本の大きな果樹に、人々が集まっていた。

その人々の中には、数人の兵士の姿もあった。

ヤマトと姫は不思議に思い、その大きな果樹の方へと駆け寄ると、そこに何があるのかと、人集《ひとだか》りの間から覗き込んだ。

すると、その大木の裏側の付け根には、それに引っつくように白い何かがあった。

この大木の裏手には鬱蒼と草が生えていて、更に果樹の付け根が陰となって邪魔となり、それ以上はそれが何であるのかを確認することができなかった。それに、その大木の付け根にあるものを直接確認しに行こうとしても、兵士が既に規制線を敷いていたために、それ以上近づくことも、中に立ち入ることもできなかった。

しかし、その白い何かは、動物の毛のようにも見えた。

ヤマトは、近くにいた兵士に、事の次第を尋ねてみた。

すると、兵士がヤマトに答えを返すよりも早く、その白い何かが、兵士が敷いた規制線を越えて、急に飛び出して来たのだ。

ヤマトは突然、自身に向かって来た白い獣の勢いに押されると、尻餅をついた。

規制線を敷いた周囲が、それで騒然となると、そこに集まっていた人々はその驚きで、広場の中に散り散りとなって逃げ出して行った。

兵士はイザナ姫の腕を取ると、自身の背中の方にその腕を素早く引いて、咄嗟に自身の後ろにイザナ姫を庇うようにして隠し、白い獣に向けて剣を構えた。

他の兵士も皆、その白い獣とヤマトの周囲を囲むと、武器の切尖《きっさき》を獣に向けた。遂に人が襲われてしまったと、兵士の誰もがそう思っていた。

しかし、よく見ると、それは違った。

突然、青年に向かって飛びつき、伸しかかっていった獣は、あの青年を襲っているように見えていたのだが、その白い獣は、青年の顔をしきりに舐《な》めているだけだったのだ。

周囲はその光景に、また騒然となっている。

「ハク?!」

青年が白い獣を、そう呼んだ。

すると、その白い獣は、まるで青年に甘えるように、大きな体を擦り寄せると、甘えた声で一鳴きした。

ヤマトは上体を起こすと、擦り寄ってくる白いオオカミを優しく抱き締めながら、ハクの首にその顔を埋めていた。兵士の後方から、心配そうに顔を覗かせていた姫だったが、ヤマトのその様子を見て安堵した。

兵士の話によると、ハクは数日前に、王国の中に迷い込んで来たという。

普通であれば、オオカミは群れで行動する習性であり、警戒心も強い動物なので、人里には滅多に近づくこともないはずなのだが、このオオカミは初めから単独行動であったようで、王国の出入り口である門扉からも、なかなか遠ざかろうとしなかったのだという。

ある日、見かねた門番が、王国の門前から、遠くにオオカミを追い払おうとしたのだが、このオオカミは遠くには行こうとはせずに、逆に門番と門扉を擦り抜けて、王国の中へと入り込んでしまったというのだ。そしてオオカミは、とうとう広場の方まで入り込んでしまい、あの果樹の陰に隠れるようにして蹲《うずくま》ってしまったのだそうだ。

広場に集まった兵士たちは、このオオカミが民に危害を加えることもなく、あの大木からも蹲ったまま動こうともしなかったので、しばらく交代でオオカミの様子を見張ることにしたのだという。

しかし、大人しいからといってもオオカミだ。オオカミは牙を剥くと獰猛なので、念のため規制線を敷き、このオオカミの対策をどうするか、検討していた矢先であったらしい。

ハクは、兵士が与えた食べ物にさえ、全く口をつけてはいなかった。

「かわいそうに……とてもお腹も空いているはずだわ」

姫がハクを見て、そう言った。

姫は、ヤマトと町中を散歩中に、ハクという名の白いオオカミの話も聞いていたため、その場を取り計らうと、広場で起こったこの出来事をすぐに終結させた。

ハクは、二四目の悪魔との戦いで傷を負い、イノカゴの湖の漁村に住んでいる夫婦に預かってもらっていたはずだった。しかし、その傷もすっかり癒えたためか、ハクはヤマトの迎えが待てずに、漁村を抜け出して来てしまったのだろう。

この土地で、ヤマトに会えたことは偶然であったとはいえ、ハクがここまで辿り着くまでの間には、きっと多くの村落や他の王国などにも立ち寄って、ヤマトをずっと探し続けて来たに違いない。

ヤマトと姫が町中から城に戻って来ると、今か今かと、その帰りを待ち侘びていた王様が、その知らせを受けて、いそいそと二人を出迎えに来たところであった。

王は、すぐに目配せで、何やらヤマトに合図のような視線を送ると、ヤマトもそれに合わせるようにして、同じように目配せで、王に視線を送っていた。

姫は首を傾けて、そんな二人のやりとりを不思議そうに見つめている。

王は、娘の様子からも、二人を隔てた問題も解決したと見て、そうかそうかと、ヤマトの肩を軽く叩きながら、嬉しそうな笑みを浮かべていた。

それから王の視線はすぐに、ヤマトのそばに座っている、白いオオカミへと向けられた。王は、二人から事情を聞いて一つ頷くと、その目線を合わせるようにしてハクの前にしゃがみ込むと、「遠いところから、ここまで、よう来たなぁ」とハクに声をかけてから、王は労《いたわ》るように目を細め、ハクの白い頭を優しく撫でていた。

その後、王様はすぐに給仕を呼ぶと、早めの夕食を促した。

それを聞いた給仕は、慌てて給仕室内にある調理場の方へと消えていった。

王様は、ヤマトと姫を食卓の席に座らせると、満面の笑みを浮かべながら、今日は特別な日ということで、〝王様の自慢の美酒〟だというお酒を、ヤマトたちに早速、振る舞っていた。

やがて、料理の支度が整ったという知らせが入ると、大きな食卓の上には、熱々の料理が次々と運ばれて来た。ヤマトたちは、運ばれて来た美味しそうな料理と、王様自慢の美酒に舌鼓を打ちながら、楽しそうに会話も弾ませている。

王様が腰掛けている椅子の周りや王様の足元には、王様が可愛がっている三匹の犬もコロコロと戯れながら、王様と一緒に食事を取っている。

三匹の犬は、王様の飼い犬であった。王様が城にいる時は、この三匹の愛犬たちは、王から片時も離れようとはせず、この光景も王のいつもの日常だった。

一方、ヤマトの足元には、今日から仲間入りをした、ハクの姿もあった。

お腹を空かせているであろうハクの前には、新鮮な生肉や魚がいっぱい盛りつけられた大きな器が置かれており、ハクは久しぶりのご馳走を、お腹一杯食べていた。

早めの夕食にしたのは、王様がハクを気遣った、王様の優しさに他ならなかった。

ヤマトは、そんな王の優しさに、とても感謝していた。


それから数日が経った、ある日のことだった。

ヤマトの部屋の扉を軽く叩いてから、王様の執事が恭しく一礼をして室内に入って来ると、ヤマトに、王様からの言付けを預かって伺ったのだと言った。

無論、この執事の正体は、三四目の悪魔である、あのディスガーだ。

その執事が言う、王様からの言付けとは、闘技場で行われたトーナメント戦の勝者を祝う宴を明日、行うことになったという内容であった。

ヤマトは事前に王よりその話を聞いていたため、なんの疑いもなく執事に承諾した。

ハクは、近くにある自分の寝床で、静かに丸くなっている。

ヤマトの返事を聞いた執事は、満足そうにまた恭しく一礼をすると、ヤマトの部屋を後にした。

だが、ヤマトは決して気を緩めてはいなかった。

ヤマトの目は、窓から町並みを見つめていた。

すると、またヤマトの部屋に、誰かが訪ねて来た。

ヤマトは、扉が軽く叩かれた音を耳にして、今度は自分から扉を開けた。すると、そこには姫が立っていたのだ。

姫は、何やら困惑したような表情を浮かべている。

ヤマトは、何かがあったのだと思い、姫を室内へと招き入れると、すぐに姫に問うていた。

姫はまず、ヤマトに何をどう伝えたらよいのか分からないのだと言った。しかし、数日前から父に対して、妙な違和感を覚えているのだと言う。だが姫は、厳密にそれが何かと問われれば、どう答えたらよいのか、それも分からないと言うのだ。

ただ、王が王であって、王じゃないような、父上が父上であって、父上ではないようなといった、そんな奇妙な違和感を、父に対して感じているのだと言った。

だからといって、王としての振る舞いが、特別に変わったようなところもないと言うのだ。

数日前といえば、ヤマト自身もここ数日間は、王に会っていなかった。

王は、現在の公務が大変忙しいということで、今では食事も別々となっている。

姫が言う、その数日前に遡って考えてみると、ちょうどハクが城に来た翌日あたりから、姫は王に違和感を覚え始めたということだった。

よく考えてみると、あの日を境にして、急に王の公務も多忙なものとなり、そしてヤマトもそれ以来、王に会うことはなくなっていたのだ。

そう考えると、ヤマトは訝《いぶか》しくも思った。しかし、何か確たる疑惑があるわけでもなかった。

ヤマトは、些細なことでもいいから、他に何かなかったかと、姫に尋ねてみた。

すると姫は、父が可愛がっている三匹いた愛犬のうちの二匹の犬の姿を、この頃は見かけなくなったと言った。しかし、それを父に聞いてみたところ、『大丈夫、私の犬は元気だよ』と、王のいつも通りの声で、言葉が返ってきたという。

ディスガーという悪魔の存在で、二人とも神経質になり過ぎているのかも知れないとヤマトは思った。

だが、明日はトーナメント戦の勝者を祝う宴が開かれるということなので、王も必ずそれには出席するはずだ。ヤマトはその時に、何かが掴めるかも知れないと、そう思っていた。明日の宴には、ハクも同行できるように、姫にはうまく取り計らってもらうことにした。そして、明日の宴の席でも十分に用心するよう、姫に伝えた。

無論、ハクの役どころは、万が一に備えた姫の護衛でもあったが、祝宴に参加する人々を監視するという、重要な役割もあったのだ。


それは、その日の夜のことだった。

お城の灯火も消えて、城内の人々が深い眠りに就いた頃、真っ暗になった城内を、ひっそりと歩く一つの影があった。

その右手には、暗闇を照らす燭台《しょくだい》が握られ、廊下の先を蝋燭《ろうそく》の炎がうっすらと照らしていた。

左手には、一枚の皿を持っているようだ。

その上には、肉のような塊が載せられている。

人影は、物音一つ立てることもなく、真っ暗な長い廊下をどんどん進み、階段をひたすら下って行った。

やがて人影は、一階まで階段を下りると、幾つもの角を曲がりながら廊下を先へと進み、行き止まりとなっている一つの扉の前で足を止めると、その扉を開けた。

　すると、開いた扉の奥には、もう一つ別な扉があった。ここの扉は、二重扉になっていたのだ。

　人影は、躊躇《ためら》うことなく奥にあった二つ目の扉も開け放つと、そこから更に地下へと続いている階段を下りて行った。

　地下へと通じる二重扉の入り口は、城内から唯一、地下へと通じる扉であった。

　しかし、城の地下は、現在では使用されていないような雰囲気が漂っている。地下へと続く長い通路には、たくさんの塵が積もり、あちこちに蜘蛛《くも》の巣が張られていた。時折、ネズミも姿を現しては、古びた地下の通路を横切って行った。

　だが人影は、そんなことを気にする様子もなく、尚も地下深くに向かって歩いていた。その右手には、蝋燭の炎が、静かに揺れている。

　しばらくすると、また扉があり、人影はその前で足を止めた。

　今度の扉は、三重扉となっていた。かなり厳重だ。

　人影は、慣れた手つきで三重扉も全て開け放ち、進んで行くと、今度は、今までとは異なった景色が、そこにはあった。その通路の両側には、一定の間隔で設けられている、たくさんの扉があったのだ。通路の奥は、暗闇と同化して、その闇に溶けて見えなくなってはいるものの、両側に設けられている扉は、通路の奥までたくさん列になって並んでいるかと思われた。

　地下深くに進むにつれて、カビ臭さと独特の異臭は、より濃さを増して、地下に充満している。

人影は、通路の両側に並んだ数ある扉の中から、迷うことなく一つの扉を開けると、更に奥へと入って行った。

この扉の奥には、数多くの石室が、通路を挟んで両側に並んでいた。

今はもう、原形をとどめていない石室やその石扉《せっぴ》もあるが、その一枚の分厚い石の扉によって塞がれた、まだ現在でも使えそうな石室も、幾つか残っているようである。

ここは昔、独房として使用されていた場所だったようだ。

崩れた石室の内部には、その当時に使用されていたと思われる、投獄した人間をこの石室内に繋ぐための、枷《かせ》のような道具の痕跡も残されている。

この場所を訪れる前に、通路の両側にたくさん並んでいたあの無数の扉は、その全てが、当時使用されていた独房への入り口だったのだ。

お城の地下は昔、監獄として利用されていたのであろう。

しかし、老朽化や独房不足などが原因となり、今では監獄は人里離れた場所に移されて、この地下は随分昔に封鎖されていたはずだった。

だが人影は、誰もいないはずの地下にやって来た。

辺りは闇に包まれ、静寂である。無論、人の気配などない。

時折どこからか、石室を伝って流れ落ちてゆく水滴の音が聞こえてくるだけである。

人影はやがて、数ある中の一つの石室の前で足を止めると、せり出している石の上に燭台を置いた。そして、左手に皿を持ったまま、空いた右手を石扉にかけた。

だが、石扉は石作りのためひどく滑りも悪く、古びた石扉なら尚更、その滑りが悪いに違いない。そんな石扉を、人影は一人で開こうとしている。普通であれば、この石扉を開くには、力のある数人の男手が必要とされるのだ。

しかし人影は、その右手だけを使い、難なく石扉を横に滑らせると、石扉を一気に開いていた。

特に力を込めて石扉を開いたという様子もなかった。人影は、一体どうやってそれを、いとも簡単にやってのけたのか？

人影は、その片腕のみで開けた、闇一色の石室の中に入って行くと、そこにはなんと、一人の人間の姿があった。

石室の内部は三畳ほどの狭い一間《ひとま》で、窓一つなかった。日光が差し込むことのない空間はとても寒々としており、その石畳の床は身に染みるほど冷たかった。

そんな石室内にいた人間は、力なくその床の上に膝をつき、その体は石室内の石壁に繋がれていた。更に、両腕は後ろ手に縛り上げられていて自由に動かすこともできず、顔には深々と頭巾が被せられていた。

人影は、その人間の前にしゃがみ込むと、その人間の顔を覆っている頭巾を外し、左手に持っていた皿を、人間の鼻先に近づけて言った。

「ほら、食え。お前の好物だ」

しかし、その人間は、すぐに皿から顔を背けると、呻《うめ》き声を漏らした。それは、男の声であった。

人影は、顔を背ける男の鼻先に、執拗に皿を突きつけるが、その度に男は嫌がり、首を左右に振った。男は遂に、その皿から逃れるように自身の体を丸めると、その頭を石畳の床の上に伏せてしまった。

暗がりで男の鼻孔を掠《かす》めたのは、血腥《ちなまぐさ》い肉の異臭であったのだ。

「どうしたんだ？　今日は、お前の好物を持って来てやったというのに……食わんのか？」

人影は、舌舐めずりをすると、愉快そうに笑っていた。

男の首は、冷たい床に垂れ下がったまま、微動だにしなかった。

すると人影は突然、持っていた皿を床の上に置くと、男の髪の毛を鷲掴みにして、置いた皿の上に、男の顔を押しつけたのだ。

男はそれに耐え切れず、とうとう嗚咽を漏らした。

しかし、人影の行為は、止まらなかった。

人影は、男の頭を乱暴に引き上げては振り下ろし、皿の上に載った肉の塊を、男の口元に何度も擦《こす》りつけるように押しつけた。

血腥い肉の一片一片が、人影の乱暴な行為によって、捩《ね》じ込まれるように男の口内の奥へと少しずつ入り込んでいくと、遂には男の口の中を満たしていった。男は、それを拒絶するように身を捩《よじ》ると、嗚咽しながら激しく咳き込んだ。

それを見た人影が、石室内で高らかな声を上げて嘲笑《あざわら》うと、石室全域にまでその笑い声は反響し、響き渡っていった。

石室内の暗闇には、いつの間にか、今までなかったはずの二つの赤い点のような光が、宙に浮いていた。その二つの点は、まるで噎《むせ》び泣く男を見下ろしているかのように、赤々と妖しい光を放ちながら、光っている。

やがて、人影は再び男に頭巾を被せると、石室内から外へ出て、重たい石扉を閉じた。

人影の口元には、残虐そうな薄ら笑いが浮かんでいる。

人影は、石の上に置いた燭台を再び右手に持つと、もと来た通路を辿って、またお城へと戻って行った。

石室内の暗闇の中では、頭巾を被せられた男が、冷たい床の上に頭を擦りつけながら、その身を震わせて、いつまでも泣いていた。

トーナメント戦の勝者を祝う宴《うたげ》の日が、いよいよやって来た。

給仕たちは、朝から総出で大忙しのようだった。

お城の最上階にある祝宴会場の広間には、多くの来賓者が、時間よりも早く集まっていた。そこには、城の重臣たちの姿やそれに携わる側近の面々、また王国の各区画を取り仕切っている、それぞれの町の代表者たちなどが主に招待されていた。

宴の参加者たちは、以前から王様が予定していた通りの面々であり、疑わしい人物などは、今のところ見受けられなかった。

立食形式で行われるため幾つもの大きな円卓の上には、豪華な料理が出揃い、会場に集まった人々は皆、予《あらかじ》め指定された円卓前へとおのおのが移動して、宴が開始されるその時を待っていた。

祝宴会場となっている最上階の広間は吹き抜けとなっており、天井が驚くほど高く、窓もとても大きかった。今日は朝から晴天に恵まれ、窓から差し込む陽光は程よく暖かであり、美しい王国の町並みも、遠くまで一望することができた。

やがて、全ての招待客が会場に集まると、祝宴会場の人々を警護する、数人の護衛兵士が位置についた。

会場の人々が見守る中で、王様は人々を見渡すことができる高さがある台座に上がると早速、本日の挨拶を始めていた。

今日の宴の主賓であるヤマトは、前列の中央にある円卓の前に、イザナ姫と並んで立っていた。無論、ヤマトとイザナ姫の間には、ハクが静かにお座りしている。

給仕たちの手によって〝王様の自慢の美酒〟であるというお酒が、来賓者たち全員の手に行き渡ると、王様は満面の笑顔を浮かべて、ヤマトを台座の上に手招きした。

ヤマトは、集まってくれた多くの来賓者に向けて、まずは戦いで勝ち残った勝者として挨拶をすると、自身のために祝いの宴を開催し、また来場してくれたたくさんの人々に、心から感謝の気持ちを伝えた。

祝宴会場は、ヤマトの挨拶で、盛大な拍手と喝采に包まれた。

王様は、素晴らしく勇敢な戦士の戦いであったと、ヤマトの勝利を称えて、王様の自慢だという美酒が入った杯を、自らの頭上に高く掲げると、ヤマトの勝利を祝して、乾杯の音頭をとった。

乾杯の発声とともに、再び会場からはヤマトに向けて、人々の盛大に称賛する声が沸き上がった。

ヤマトは台座の上で、少し恥ずかしそうにしながらも、自らの手に持つ、なみなみと注がれている祝杯の美酒を掲げてから、それを一気に飲み干していた。

すると、ヤマトはあることに気がついた。

それは〝王様の自慢の美酒〟として振る舞われた、この酒の味だった。

台座の下にいた姫とヤマトの目がすぐに合うと、姫もヤマトと同様の訝《いぶか》しさを感じているようだった。

実は王様は、来賓者には今まで一度も〝王様の自慢の美酒〟を振る舞ったことがないということを、つい数日前に王様自身から、二人は聞いたばかりであったのだ。

王様が、いつも酒を来賓者に振る舞う時は〝王国の自慢の美酒〟として、これとは全く別のお酒をお客様に振る舞うということも聞いていた。

それは、王様のお気に入りの美酒というのが、少々癖も強く、辛口でもあったため、とても来賓者向けではなかったというのが、王様が話していた理由であった。

王国自慢のお酒というのは、ほとんどのものが甘口で、どれを取っても飲みやすく、まろやかな口当たりの酒が多いのだが、王様の好みというのが、かなりの辛口だったのだ。

そこで王様は、王自身の自慢の美酒は、誰にも告げずに、一人でコッソリと味わうのが、一つの楽しみであるのだとも言っていた。

つまり、この祝いの宴で振る舞われる美酒は、〝王様の好みの美酒〟ではなく、〝王国の自慢の美酒〟の方であるはずだったのだ。

ところが今、自分が飲み干した酒は、〝王様の好みの美酒〟の味だった。本物の〝王様の好みの美酒〟は、ヤマトが王国でハクに再会した、あの日の夕食時に祝いのお酒として、王自身が初めて自分以外の者に振る舞ったという酒でもあった。ヤマトは、その辛味もよく覚えていたのだ。

主賓であったヤマトは、挨拶を終えて来賓者に一礼を済ませると、台座の上から円卓へと戻った。

あの王様が、来賓者に振る舞う酒を間違えるはずはない。ヤマトはそう思っていたし、姫もきっとそう思ってヤマトを見たのだ。

「今日は存分に祝賀の料理を堪能し、この宴を楽しんでくれ」と、王様が挨拶を終え、台座から下りると、王様は自分の円卓へと向かって行った。

王様の円卓は、ヤマトたちからは離れていた。

王様は円卓に着くと、豪勢な料理と美酒を堪能しながら、既に円卓にいた重臣たちと歓談している。

王様に不審《ふしん》を抱《いだ》いたヤマトは、気づかれないように王様の仕草を注意深く観察した。しかし、いくら観察しても、おかしな動きはなかった。

隣にいる姫も、ヤマトと同じような違和感を持っているのだろう。先日、姫が言っていた話も頷けた。

だが、そのしっくりしない違和感が、何であるのかが、ヤマトにも分からなかった。

そんな中、祝いの宴も終盤に差しかかった頃、王国の区画の代表者たちが、王様に声をかけた。

その話とはいずれも、勝者のヤマトとイザナ姫の、今後についてのことだった。

王様から一向にその話題が出てこないので、しびれを切らした代表者たちが、気になる事の行く末を、王様に尋ねたのだ。

そもそも、今回の闘技場でのトーナメント戦が、イザナ姫の婿を定めることが目的で開催された戦いであったということは、王国全体でも大々的に知らされている内容であった。

ヤマトは、強者を相手にしたトーナメント戦を見事に勝ち抜き、その勝者となった。そしてまた、闘技場に突如として現れた、得体の知れない怪物との死闘までも繰り広げて、その凶悪な怪物をも、見事に討ち取ってくれたのだ。

だが、怪物との戦いは想定外のものであり、トーナメント戦とは全く無関係のものであった。つまり、怪物との戦いは、ヤマト自身の判断で、放棄することもできた戦いだったのだ。

しかしヤマトは、人々の脅威となった怪物に、命を懸けて戦いを挑んでくれた。多くの人々があの時、ヤマトの勇気ある行動のおかげで救われたのだ。

もはや、王国の民たちにとっても然《しか》り、区画の代表者たちにとっても、ヤマトはただのトーナメント戦の勝者というだけではなく、王国の英雄なのだ。

王国の民たちは皆、人のために勇敢に立ち向かって行くことのできるヤマトこそが、イザナ姫を託するに値する男であり、ゆくゆくはこのイサナギ王国を委ねるに相応《ふさわ》しい人物であると、誰もがそう思っていた。

王国の民たちは、ヤマトとイザナ姫の結びつきを強く望んでいる。各区画の代表者たちは、それを願う民たちのヤマトに対する想いも乗せて、逸《はや》る思いで、宴を締め括るに相応しい、王様の言葉を待ち望んでいたのである。

代表者たちは、トーナメント戦に参加していた当時に比べ、すっかり見違えてしまうほど男前になっていたヤマトのそばへと集まると、皆、満悦した表情で握手を交わしながら、ヤマトに労《ねぎら》いの言葉をかけていた。

ヤマトのすぐ隣にいる姫の真下には、床の上で丸くなっているハクが、目を閉じている。

間もなくして二人の重臣と共に、代表者たちの声を聞いた王様が、代表者たちとヤマトの前に、ゆったりとやって来た。

しかし、王様は代表者たちが求めていた言葉ではなく、自分たちとヤマトの目前で急に頭を下げると、謝罪の言葉を口にしたのだ。

代表者の一人が、それでは納得ができないといわんばかりに、事の詳しい事態を、王様に尋ねていた。

すると王様は、申し訳なさそうにして、皆に頭を下げたまま、「これは私の我儘《わがまま》なのだ」と、一言そう呟いた。それを聞いたイザナ姫が、王を見上げていた。

王様は、一人娘である姫が、誰かと添い遂げてしまうということが、急に寂しくなったのだと言う。だが、そう思ってしまったことが、更に王自身の心の中では引き金となってしまい、姫を他の誰かの手に委ねて、添い遂げさせるということが、本当にできなくなってしまったのだと言った。

そのため、姫を誰かと添い遂げさせることはやめにして、まだ自分だけの娘として、父親である王自身の手元に置くということを決めてしまったのだと、王様は告げた。

それを聞いた代表者たちは皆、驚いて目を見開いた。

なぜなら王様の考えは、王国の民たちの想いと同様であるものと、代表者たちも思っていたのに、全く違っていたからだった。

ヤマトは、押し黙ったまま、王様に対する不審感だけを募らせている。

「あのトーナメント戦の名目はなかったものとし、白熱した闘技そのものを、人々に楽しませるための名目だったことにするのがよかろう。そもそも、大切な我が王国の姫君を、どこぞの者かも分からぬ者の婿になど、本気でするわけがなかろう」

王様と共に連れ立って来た、背後にいた二人の重臣のうちの一人が、そう言った。

それを聞いたイザナ姫が、重臣に反論しようとすると、王様は少し困ったように、イザナ姫の肩を抱き寄せた。

「私の我儘のせいで、こんなことになってしまうなら、初めからお前の婿探しなど考えるべきではなかったと、今ではとても後悔しておるのだ」

王様は、悲しげな顔でそう言うと、自分の娘を宥《なだ》めるように、姫の肩を擦《さす》っている。

「もちろん、優勝者の君には、たっぷりと報奨金の用意がしてある。それを受け取り次第、君には、この王国からすぐにでも立ち去ってもらおう」

王様の背後に控えていた、もう一人の別な重臣が、王様の言葉に重ねるようにして、更にヤマトに向かって告げた。

各区画の代表者たちは、想定外の事態に、がっくりと肩を落としている。

王様は、代表者たちにもう一度、申し訳なさそうに詫びてから、

「このような結果にはなってしまったが、今回のトーナメント戦の開催自体は大成功であった」

と述べて、声を上げて笑った。

ヤマトと姫は、ここに来てようやく、今まで王に感じていた違和感が何であったのかに気がついた。

王の繕ったような、見せかけだけの笑い声――。

王様の目だけが、笑ってはいなかったのだ。

王様である当人を、ただ真似《まね》ただけの仕草だったからこそ、身近な人には、それが微妙な違和感となって感じられていたのだ。

ヤマトは、王が偽者であるという確信を持った。

いいや、ヤマトが確信を持ったのは、それだけではなかった。

王とは以前、これまでに色々なことを話してきたのだ。

闘技場での闘技開催に至った経緯までも、ヤマトは当然知っていた。その王に、ヤマトは最

後の悪魔を一任され、そしてその王は、ヤマトと姫の仲を取り持ち、更にはヤマト自身の背中を強く押してくれた人物でもあった。その王の言葉が偽りであったとは、ヤマトには到底信じられなかった。

仮に、この宴の席にいる王様が本物であるとして、あの情け深い王様が、自身の心情の変化を娘にずっと伝えることもせずに、また王国の民の代表として来ている彼らを、こんな形で傷つけたりするであろうか？　ヤマトには、それが何よりも信じられなかったのだ。

ヤマトが知る王ならば、娘や民、各区画の代表者たちに向けて、状況に見合った方法で、事前に対応をしていたに違いない。

しかし、困ったことに、いくら確信があったとしても、この場を覆《くつがえ》すだけの証拠がなかった。ヤマトと姫が、いかに王が偽者であると言い張ったところで、重臣たちはおろか、各区画の代表者たちでさえ信じてはくれないだろう。

王様はあの王の姿であり、やはり王様なのだ。

その正体を暴くためにはどうすればよいのか、ヤマトは早急に、その答えを見つけ出さなくてはならなくなった。

王様が二人の重臣に、明日の朝、用意した報奨金をヤマトに手渡し、丁重な見送りをするようにと話しているのが、ヤマトの耳にも聞こえている。

ヤマトには、もう悠長に考えている時間もなくなってしまったのだ。

イザナ姫は咄嗟に、今日が宴で明日が出発とは、あまりにも無茶な言い分であると、王に申し立てをしようと思ったのだが、王様は事前にそれを察知していたかのように、姫が話し出す前に片手を上げてそれを制すると、イザナ姫の言葉はそれによって遮られてしまった。

王様は、その片手をそのままヒラリとヤマトの肩の上にのせると、今回の闘技場での活躍を再度、「見事であった」と一言、労《ねぎら》いの言葉として手向けると、笑顔でヤマトの肩を軽く叩きながら、その話を終わらせてしまったのだ。

そして王様は最後に、ヤマトに向けて微笑むと、「今宵《こよい》は明日の出発のために、ゆっくりと寛いでほしい」と優しい言葉をかけてから、姫のそばで丸くなっているハクへと、その視線を向けた。ハクは目を瞑《つぶ》り、姫の足元に寄り添って眠っているようだった。

王様は目を細めて、丸くなって眠っているハクの白い毛並みを、そっとその手のひらで撫でた。

ハクはゆっくりと首を擡《もた》げると、王様を見上げていた。

王様はその手を離すと、更にその片腕を高く上げ、祝いの宴はお開きであるというように給仕たちに合図を送ると、そのまま踵《きびす》を返した。

祝宴会場から立ち去ろうとする王様の後ろ姿に向かって、イザナ姫が困惑したように呼び止めた。しかし王様は、娘の声に振り向くこともなく、会場の出口へと向かって、ゆっくりと歩き出していた。その口角が、微かに吊り上がっている。

だが、その時だった。背中を向けて歩みを進める王様の臀部《でんぶ》に、ハクが突然、噛みついたのだ。

それを見たヤマトは、白いオオカミであるハクの名を叫んで目を見張った。

宴の参加者たちは全員、その光景に息を呑み、その動きを止めた。

すぐに、警護に当たる兵士たちが駆けつけて、ハクに剣や槍の矛先を向けたのだが、しかし、警護の任に就く人々もまた、この宴の参加者たちと同様に、その動きを止めてしまったのだ。

ハクは臀部に強く噛みついたまま、威嚇するような鋭い唸り声を上げている。やがて、ハクの噛みついた鋭い牙が、深々と臀部に突き刺さっていくと、王様はその激痛に悶《もだ》えながら、凄まじい声で絶叫した。

それは、人間とはかけ離れた声であった。

王様は、警護の兵士や参加者たちに救いの手を求めるように、宙に腕をさまよわせていた。

だが、見よ。露わとなった、王様のあの姿を――。

頭部には二本の角と、顎まで裂けた口からは、両端から二本の牙が零《こぼ》れている。その全身の皮膚は闇のように黒光りしていた。更に、不気味に吊り上がった両眼は、煌々と赤い光を混えながら、妖しい光を放っている。

王様の衣装をその身にまとった、偽りの王様の姿が、人々の網膜に張りついた。

白昼の下にさらされたその姿は、既に人間のものではなくなっていた。

会場の人々の目はまさに、剥き出しになったそのおぞましい容姿に吸いついている。

しかし、今やその正体を暴かれた悪魔・ディスガーは、そのあまりの苦痛に耐え切れず、自らの臀部に食い下がる異物を、力一杯腕で薙ぎ払うと、ハクの体は宙を舞い、出入り口付近の壁に激突していた。

人々は騒然となり、その恐怖に身を震わせている。

ディスガーは、己の手を見ていた。

黒光りする皮膚に、手には三本の指しかなく、そこには鋭利で長い爪が伸びている。

思いがけない衝撃により、王様の容姿が解けてしまい、本来の姿に戻ってしまっていたことを、ディスガーは知った。

ヤマトはこの時、ハクによって噛みつかれたディスガーの臀部の傷口の肉が、徐々に盛り上がり、再生していることを見逃さなかった。

祝宴会場にいる人々の足は、広間に二か所ある出入り口に向かって殺到していた。

だが、大勢の人々が一気に押し寄せたため、出入り口付近は人々の波によって押し合う形となり、広間から、なかなか逃げ出すことができない混乱状態となっていた。

「……チッ。明日、この王国からトーナメント戦の勝者を追い出したら、もっと楽に事を進めるつもりでいたのだがなぁ。まさか……大好物に触れたことが、裏目に出てしまうとは、な」

ディスガーは、舌打ちすると恨めしそうにハクを見て、そう呟いた。

大好物だというハクを前にして、ディスガーの手が無意識に伸びてしまい、あの時ハクの体を撫でてしまっていたということだろう。

幸い、ハクに怪我はなかった。

ハクは壁に激突はしたものの、毛並みを整えるようにブルブルと全身を振るうと、すぐに立ち上がっていた。

「しかし……他の犬とは違い、おまえは体も大きくて、実に……美味《うま》そうだ」

ディスガーは、目を細めてハクを見ると、そう言いながら喉を鳴らした。

他の犬とは、王様が飼っていた犬のことであろうか。実際、このお城には、王様が可愛がっている、三匹の愛犬しかいなかったのだ。

イザナ姫の顔色が、みるみる青ざめていった。

体勢を低くしたハクが、身構えるように唸り声を上げ、再びディスガーへと威嚇を始めると、ディスガーは即座に床を蹴り、ハクへと突進していた。

ディスガーは、獲物を捕らえようと腕を伸ばし、その顎まで裂けた口から大量の唾液を周囲に撒き散らしながら、猛然とハクに迫っていた。

動き出したディスガーを目に、人々は悲鳴を上げた。

しかし、ディスガーの視界を遮るようにして目の前に躍り出た男の姿に、ディスガーは、その勢いを停止せざるを得なくなった。

ディスガーは、自身に向かって勢いよく薙ぎ払われた白刃を、長い三本のその爪を、刀身に絡めるように器用に這わせると、刀剣の勢いを押し戻していた。

ディスガーの行く手を阻んだのは、ヤマトであった。

白刃と爪の、ギリギリと強く擦《こす》れる音が鳴っている。

奇跡的にもハクのおかげで、悪魔の正体を暴きだすという、一番の難関を突破することができた。

ハクは、王様に初めて会った時の、ハクを撫でた王の優しい手のひらを、覚えていたのであろうか？　それとも、人間とは異なるもののにおいを嗅ぎつけたのか。

いずれにしても、この機を逃しはしないと、ヤマトは強く思った。この戦いに闘志を燃やし、最後の悪魔・ディスガーを倒すのだ。

これはまさに、ヤマトにとって龍から与えられた、最後の試練でもあった。

拮抗《きっこう》する刃と爪は、絡まるように重なり合ったまま、互いに身動きが取れない状況となっていた。ヤマトの刃と、ディスガーの爪を間に挟んで向かい合う、二人の姿がそこにはあった。

「王は、どこだ？」

ヤマトは、正面にいるディスガーに、低い声で言った。

正面のディスガーは、それを嘲笑《あざわら》うように口角を吊り上げると、うっすらと笑みを浮かべた。

「どこにいる？」

ヤマトはそれに怯むこともなく、もう一度ディスガーに低い声で問うた。

「さぁな。だが、それを俺様に聞いてどうする？　喰っちまっていたら、俺様の腹を掻《か》っ捌《さば》いて、腹の中でも見るのか？　えげつない奴だぜ」

ディスガーは、正面で鋭い眼差しを向けて自身を睨みつけてくるヤマトを目にして、楽しげにそう言うと、肩を揺らして笑った。

到底、悪魔が素直にそれを口にすることはないということは、ヤマトとて承知の上だ。だが、この用意周到な悪魔が、取って置きの切り札ともいえる王様を、すぐに殺してしまうことは絶対にないと踏んでいたのだ。

ヤマトは、警護に当たっている兵士たちに、今のうちに祝宴広間から人々を誘導して逃がすことを伝えるとともに、ハクを連れて王様の行方をすぐに探し出すようにと、声をかけた。

重臣たちや警護に当たる人々も、異形な悪魔の姿を目前に、その身を恐怖で硬くしていたのだが、ヤマトの声で我に返った重臣と兵士は、すぐにそれぞれが二手に分かれて分散すると、迅速な行動を開始していた。

一瞬の隙や油断、気の迷いなどや恐怖によって、滅びた大国も少なくはない。争いが絶えないこの世の中において、それが原因で、明日は自国が滅びてしまうかも知れないという、厳しい時代でもあったのだ。

それは、王国を守る重臣たちや兵士たちが、一番よく理解していることであった。重臣たちと兵士たちの身体は、頭でそれを理解するよりも早く動いていたのだ。

やがて、重臣の一人が王様の羽織を手に、急いで祝宴広間に戻って来ると、ヤマトの指示通りに、ハクに王様の匂いが染みついた、羽織の匂いを嗅がせようとしていた。

しかし、重臣が手に持つ羽織は震え、なかなか重臣はハクの鼻の前に羽織を持っていくことができずにいた。大きな体の白いオオカミが、青い瞳をじっと向けて、羽織を手に持つ重臣を見上げている。

「どうか、ハクを怖がらないでください。ハクが威嚇をするのは、悪意を持ち、そして命を奪うような敵意を持った者だけです。ハクは本来、とても優しいオオカミなんです。それは今まで共に過ごして来た、俺自身が証明です」

ヤマトは、ハクを怖がる重臣に告げた。

すると重臣は、それを聞いて覚悟を決めたように、ハクの前に羽織を突き出していた。

ハクは、羽織の匂いを嗅ぎ始めている。

大人しく座り、羽織の匂いを嗅いでいるハクの姿を見た重臣から、次第にハクに対する恐怖が消えてゆくと、重臣は自らが寄り添うようにハクに近づき、王様の匂いが染みついた羽織の匂いを丹念に嗅がせていた。

ヤマトの合図の声と同時にハクは、人集《ひとだか》りを縫うようにして祝宴広間から飛び出すと、長い廊下を駆け出して行った。それに続くように、他の重臣や兵士たちも人々の間を掻き分けるようにして廊下に出ると、ハクを見失わないように急いでハクの後を追った。

祝宴会場の広間に半数ほど残った重臣と警護の兵士たちの誘導の成果もあり、冷静さを取り戻した人々は、順調に広間から避難する道を辿っている。あと少しで、全ての人々が無事に広間から脱出することができそうだった。

最後尾には、区画の代表者である、一人の足の悪い老人を支えて歩く、姫の姿があった。

ヤマトは、人々が広間から脱出して行く姿を目にしながら、もう少しの間、ディスガーとの力による均衡を保つために、刀剣全体を両腕で支えるようにして、その力を込めた。

ヤマトにとって、力だけを重点に置いた相手との接近戦は、最も苦手なところではあったのだが、互いの力の釣り合いを取る程度であるならば、まだヤマトにとっても苦難というほどではなかった。

幸いなことにディスガーも獅子の時とは異なり、ヤマトとの間における力の均衡を保つことだけに専念しているようにも見えた。

しかし、狡猾な悪魔が何かをまた、企んでいるという可能性もあった。

ヤマトは油断せずに、ディスガーの様子を慎重にうかがいながら、相手との力の均衡を保っている。

「人間とは、愚かしい……愚かな生き物よ」

すると、人々の行動を遠目で見ていたディスガーが、ポツリと言った。

そして、不気味に吊り上がった真っ赤な双眸が、キラリと閃《ひらめ》いた、その刹那の出来事であった。

ヤマトとディスガーを結んでいた力の均衡が、ディスガーによって瞬時に崩されてしまったのだ。

そして、空中を飛んでいったディスガーは、あろうことか、姫を手中に収めると、更に高く飛び上がり、空中でその動きを止めてしまった。

最後尾で姫に体を支えてもらっていた老人は、それに気づき、イザナ姫をさらわせまいとして抵抗はしたものの、非力で力及ばず、呆気《あっけ》なくイザナ姫を奪われてしまったのだ。重臣たちや警護の兵士たちも駆けつけたが、ディスガーの動きに追いつくことができず、間に合わなかった。

老人や重臣たち、兵士たちは心配そうに、吹き抜けの高い広間の天井に、イザナ姫を抱えて浮かんでいる悪魔を見上げた。

広間の天井は、もし人間が空を飛ぶことができたなら、数十人の人間が、自由に空中遊泳を楽しむことができるくらいの高さを誇り、その広さもあった。

姫の腰を片腕で抱えたディスガーは、まるで、この全てが計算尽くであったとでもいうように、高みから見下ろして、人々を嘲笑《あざわら》った。

「お前の相手は、この俺だ！　姫を放せ、卑怯《ひきょう》だぞ！」

その全身の血液が、逆流してしまうほどの焦りを覚えたヤマトが、空中に浮遊するディスガーに叫んだ。

「ハッ……卑怯で結構。たかが人間風情が、いつまでも調子に乗るな」

その狡猾さを、より一層深めたディスガーの二つの翼が、大きく上下に揺れていた。

ディスガーの、衣装を突き破って生えた、その肌の色と同色の黒光りした翼が、ディスガーを空中にとどめている。

ディスガーが、力の均衡をヤマトとの間に取っていたのには、やはりディスガーなりの理由があったということだ。

ヤマトは、強く唇を噛んだ。

ディスガーは、二四目の悪魔・ヘルブレスと同様に、翼を持った悪魔であったのだ。

これまでの悪魔との戦いでは、事前に悪魔の情報を得ることで、作戦を立ててから戦いに臨むことができたのだが、今回の悪魔との戦いは、事前に情報を得るどころか、情報量が限りなく少ない中での戦いとなった。

最後の悪魔が、人間に擬態する能力を持つ悪魔であると聞いていたこともあり、ヤマト自身もある程度は想定していたことではあったのだが、しかし今の状況は、ヤマトにとっては限りなく不利でもあった。だがヤマトは、トーナメント戦の時と同様に、相手の動きに注視しながら、これまで通り相手をよく観察し、慎重に打って出るという戦法を崩すことはなかった。

ヤマトは冷静さを取り戻すように、ディスガーを見上げたまま、どうすれば姫を無傷で、あの悪魔を床の上に落とすことができるかを、まず考えていた。

「この大国を支配して、楽に暮らしていこうと思ったのだが……それはもう、やめだ」

ディスガーは、ヤマトの目を凝視しながら、その真っ赤な双眸を細めると、一旦、言葉を切った。

重臣や兵士たちは、ディスガーの言葉にざわめいて驚愕しているものの、ヤマトは冷静に、悪魔を見上げている。

「人間とは高慢であり、どこまでも愚かしい者ばかりだ。この世は、あらゆる煩悩に満ち溢れている。誰もが、私利私欲の念を強く持った貪欲の塊よ。己のために人に媚《こ》びて、自分が得をすることばかりを考えている。それはまさに、自分さえよければいいという姿だ。人間が人間を利用するという光景は、実に浅ましく滑稽だったぜ。それが、当たり前の日常に溢れているんだからなぁ。実に愉快であり、俺様も見ていて飽きなかったぜ。……小僧、キサマもそうは思わんか？」

ディスガーは、今まで自身が見て来たという、人間のありのままの実情を吐露したとでもいうように、その口角をにんまりと吊り上げた。小僧というのは、ヤマトのことだろう。

それは、どこの大国だけという話ではなく、実際に人々の争いが絶えない、今の殺伐とした世の中では、ディスガーが言うことも、確かに否定することはできなかった。略奪に強盗、領土の取り合いや食糧を奪い合うことも日常茶飯事であり、そのために、多くの人々もまた犠牲となり、その命を落としていることは事実であった。

しかし、そのような事態は、大国である王国はまだましな方で、貧困な村落になるほど、それは頻繁に起こり、そしてそれは過激なものとなっていたのだ。

「こんな殺伐とした時代に、人は生きてゆかなければならないからな。確かに、お前が言うことも一理あるのかも知れない。しかし、全ての人間が、それに当てはまるというわけじゃない。初めは自分のことばかりを主張するような日常を送っていた人でも、話せば心を開き、分かってくれた人もいた。今を生き抜くために、ひたすら身を粉《こ》にして懸命に働く人だっている。自分のことばかりだけじゃなくて、人を思いやることのできる人間だって数多くいるんだ。

もし、今の世の中が太平の世を迎えることができたなら、他人を思いやることのできる心を持つ人々がもっと増えていくかも知れない。俺は、それを強く信じている」

ヤマトは毅然とした態度で、ディスガーに言葉を返した。

「随分と、生真面目《きまじめ》な奴だな……実につまらん。もう話は決裂か」

ディスガーは気抜けでもしたようにそう言いながら、本当は残念ではなかったが、残念そうにして肩を落としていた。

ディスガーとは、楽を好み、何よりも面倒なことが嫌いな悪魔でもあるのだ。

大方、先のディスガーの言葉の意味するものとは、人のために戦おうとするヤマトの戦意そのものを弱らせるためか、または消失させようとして、ヤマトをそそのかすために吐いた言葉であったのであろう。

しかしヤマトには、それが通用しなかったのだ。

ヤマトの脳裏にまっさきに思い出されたのは、フシトウ山の麓に住んでいる三つの山村の村人たちと、イノカゴの湖沿いに住む漁村の村人たちの姿だった。

彼らは、悪魔によってつらく苦しい現実を与えられていた村人たちであったが、しかしそれでも、よその村落に住む村人たちを思いやり、巻き込まれないためにも懸命に耐え忍んできた。

ヤマトは、よその村人たちを思いやるという、山村にいた村人たちと漁村にいた村人たちの心優しい想いを、まっさきに思い出していたのだ。

「姫を、返せ！」

ヤマトが叫んだ。

「俺様は、下らぬ妄想には興味を持たない主義だ。現実をよく見ろ。だが、小僧……キサマも同類よ。人間とは愚かしく、卑しい生き物なのだよ。この王国も今日で仕舞いだ。俺様に盾を突いたその行く末がどういうものになるのか……その身をもって分からせてやる。一人残らず、ぶち殺してやるぜ」

そう断言したディスガーは、長い舌を出し、狂ったように高笑いした。

それを耳にした重臣たちや老人、警護に当たる兵士たちの表情は強張り、一気に青ざめた。

「俺が、戦うことを選んだのは、力のない非力な人々を守りたいがゆえ。お前のように力や強さを笠に着て、横暴にそれを振り翳す者たちの暴走を、止めるためだ」

高笑いをするディスガーに向けて、ヤマトの凛とした声が響いた。

「ならば早く、ここまで来てみろ。姫が屍《しかばね》になる前に、キサマがここまで来られるものならばな」

ディスガーは、ヤマトを鼻先で笑うと、嫌みをたっぷりと含ませた物言いをしながら、イザナ姫の頬の輪郭を、その爪先でサラリとなぞった。

重臣や兵士たちの顔色は青ざめたまま、イザナ姫に手が届かない悔しさもあり、床の上でただ、おろおろするばかりであった。区画の代表者である、足の悪い老人がただ一人、悪魔に向かって罵声を上げていた。

ディスガーは、無能な人間の罵声など耳には入らないとでもいうように、その長い爪先を、イザナ姫の白い喉元へと、無情に突き立てて見せた。

姫は、身体を小刻みに震わせながら、その瞼《まぶた》を固く閉ざしている。

ヤマトは、むらくもの白刃を、ディスガーに向けて翳した。

「汝、悪しき者を打ち砕くため、我に力を与えよ。我が剣に宿りし、聖なる光の力よ。今、我の刃となりて、その大いなる光の導《しるべ》を示せ」

ヤマトは神剣に祈りを込めて言葉を唱えると、その目はディスガーに向けて、怒りを露わにした。ヤマトの祈りの唱えと同時に、むらくもの刀身は瞬く間に風をまとうと、その切尖《きっさき》からは、竜巻となった風の嵐がディスガー目がけて迸《ほとばし》った。

ディスガーは、迫り来る竜巻に目を見張った。

片腕で抱えた姫を落とさないようにしながら、ディスガーは一直線に向かって来る、嵐のような竜巻を、更に上昇することでかわそうとした。

だがしかし、その竜巻をかわすことはかなわなかった。そしてそれは、どう回避しようとしたところで、結果は同じであったに違いない。

むらくもの刀身より迸った、一本の閃光《せんこう》のような竜巻の先端は、まるでディスガーの動きを追うように、途中から三《み》つ叉《また》となって分散し、ディスガーを襲ったのだ。

中央に位置していた初めの一本の竜巻は、ただ上昇するだけで難なく避けることが可能だったのだが、分裂した二本の竜巻が、ディスガーの背後へと回り込んでいたのだ。

そのうちの一本の竜巻が、ディスガーの右側の翼を引き裂くように貫通した。残るもう一本の竜巻は、ディスガーの背中の付け根部分から、完全に左側の翼を削ぎ落としていたのだ。

翼を失ったディスガーは、背中から鮮血の糸を引きながら、真っ逆さまに床の上へと落下した。

しかし、ディスガーがこの程度で済んだのは、そのことに瞬時に気づき、それを避けようとして、前のめりの姿勢をとったからだった。

ディスガーがそれに気づいていなければ、二本の竜巻はディスガーの体を、確実に貫いていたであろう。

落下と同時に、ディスガーの片手がイザナ姫の腰元から離れてゆくと、その真下にはヤマトが駆け寄り、イザナ姫を軽々と抱きとめていた。

イザナ姫は、ヤマトの腕の中で驚いたように目を瞬くと、その大きな瞳にはうっすらと涙が浮かんでいた。

「姫、お怪我はありませんか？」

ヤマトは、イザナ姫の身体に異状はないか目視で確認しながら、心配そうに姫の顔を覗き込んでいる。

姫はヤマトを見上げて、大事はないというように左右にゆっくり首を振ると、微笑んだ。姫が無傷であることを知ったヤマトは、安心したように肩の力を抜いて笑みを返すと、一つ頷いた。

床の上に落下したディスガーは、翼を削がれた激痛で、幾つもの円卓に激突しながら、床の上を転がっている。ヤマトは、喚《わめ》きながら狂ったように転げ回るディスガーを尻目に、姫を抱きかかえたまま広間の出口へと急いだ。

出口付近では、警護の兵士たちはもちろんのこと、重臣たちやあの区画の代表者である老人までも、ヤマトやイザナ姫のことを心配して、待っていてくれた。

イザナ姫は不安そうに、小さな声でヤマトの名を呟いた。

「イザナ姫、俺は、あなたと約束した。必ず俺は姫を守る。そして、姫や王が大切に想っている、このイサナギ王国もきっと守ります。どうか、俺を信じて待っていてください」

ヤマトは、重臣にそっと姫を委ねながら、真摯な瞳を姫に向けると、穏やかな声で姫にそう伝えていた。ヤマトは、少しでも姫を安心させようと、その真っすぐな眼差しをイザナ姫に向けたまま、優しく微笑んだ。

しかし、ヤマトの表情からは突然、その笑顔が消えていた。

それは、姫を委ねた重臣の隣にいた老人の顔が、突如として蒼白なものとなり、その震える右手の人差し指が、ヤマトの後方を示したからであった。

ヤマトが咄嗟に振り向くと、激高するディスガーが、自らの行く手を阻む円卓を乱暴に蹴散らしながら、もう間近に迫っていた。床の上にはディスガーによって破壊された、円卓の残骸や食器などが散乱している。

怒りの形相で顔が歪《ゆが》んだディスガーの目は、更に不気味に吊り上がり、その双眸は邪悪で真っ赤な光を帯びていた。

姫や重臣たちも皆、それを目に、戦慄した。

ヤマトは、すぐに床を蹴り疾走すると、正面からディスガーとぶつかり合うこととなった。

今回の悪魔は、二匹の悪魔を倒して来た時のように、作戦を立てる余裕などなかった。ヤマトは、己の敏捷性を最大限に活かせるような戦法で、戦い方を考えるしか方法がない。

しかし今回は、二四目の悪魔を倒したことで、神剣・むらくもは二つの力を宿したという、強みがあった。

無論、ヤマトの狙うところは今まで通り、相手の体が無防備となる一瞬の隙をついた攻撃方法や、関節などの弱い部分を狙った攻撃手段となっていくであろうが、しかし、相手が悪魔ということもあり、何が起きるか全く予想がつかないといったところが、ヤマトの本音であった。

ヤマトとディスガーが再び、激突した。

それを目にした警護の兵士は即刻、戦闘が始まった広間から、イザナ姫や重臣たちを遠ざけようと、ひとまず城から城外へと避難するよう促した。

しかしイザナ姫は、静かに首を左右に振った。

重臣たちや区画の代表者である老人も、出入り口付近から動こうとはしなかった。

イサナギ王国が今まさに、激動の戦禍の渦へと突入してしまった最中《さなか》、この王国のために青年が、たった一人で戦っている。

悪魔によって突如としてもたらされた、王国滅亡までの死の秒読みが始まったのだ。

ヤマトの両肩には、この王国の命運が懸かっていた。

本来ならば、王国の明暗を分ける危機的な戦いにおいて、王国の兵を挙げて、全力で阻止しなければならない敵であった。

しかしヤマトは、相手は人間ではなく悪魔なのだと言い、多くの犠牲を望まなかったのだ。

ヤマトは以前、王国は、悪魔と対峙などしたことがないという話を、王様より既に伺っていることも重臣たちに伝え、その全てを引き受けると言ってくれたのだった。

ヤマトはこれまでに、二匹の悪魔を倒して来たと言った。

そして、王国の人々にとっても悪魔とは、ただの言い伝え程度の話でしかなかった。

この、悪魔・ディスガーという存在を、その目で見るまでは、誰一人として王国の人々は悪魔という存在を、今まで気にしたことなどなかったのだ。

そんな中で、悪魔との戦い方を知らない兵士たちにとっては、ヤマトは頼りになる存在として、その目に映っていたに違いない。

そう、重臣たちは、勇気ある強い意志を持つ、そんなヤマトを、最後まで見守りたかったのだ。

しかし、数人残っている警護の兵士たちは、戦いによって緊迫している広間において、最上階に残ることはもはや危険であると、焦る気持ちを胸に、早く避難するようイザナ姫たちに呼びかけていた。

激突した、ヤマトとディスガーの鍔迫《つばぜ》り合いは続いている。

「彼は、トーナメント戦の勝者ではあるが、この王国の民ではない。イサナギ王国に縁《ゆかり》もなかった彼が今、この王国や人々のために戦ってくれているのだ」

一人の重臣が、緊迫が続く広間を凝視しながら、その緊張によって重く閉ざされていた口を、ようやく開いた。

今の時代、ヤマトの行動こそ、考えられないことだったのだ。

どの大国も、どの村落の人々も、自分たちの暮らしだけを守ることが中心で、他所《よそ》の土地の紛争などには、決して関わりを持つことがないのが当たり前の日常であり、それが一般的なことだった。それなのに、まだ認識程度でしか知りもしない、このイサナギ王国のために、これほどまでに力を尽くそうとしてくれる人間など、どこを探してもいないであろう。

ヤマトの行為は、この時代において、極めて稀《まれ》なことであったのだ。

「あの青年は、真の戦士だ。そして、素晴らしい勇者であるな」

先ほどの重臣の言葉に続き、白髪交じりの長い鬚を蓄えた、また別の重臣が、緊迫した状況の中で、何かが吹っ切れたような清々しさを胸に感じながら微笑みを浮かべると、警護の兵士に向けて、更に言葉を重ねていた。

数人の警護兵たちは、重臣たちの声を耳に、それでもまだ何かを言いたげにして、言い淀んでいる。すると、区画の代表者である老人までも、その口を開いた。

「この王国には果たして、彼のように、人に対してただ純粋に尽くせる男が、一体何人いるのかの？」

最後の老人の言葉は、警護の兵士に向けた問いであった。

警護兵たちは、その問いに目を見張った。そして彼らは、イザナ姫や重臣たちの脇に控えると、それっきりその口を噤《つぐ》んだ。

ヤマトとディスガーの戦いは、猛攻を繰り広げながら、互いの武器を激しくぶつけ合い、火花を散らしていた。

ヤマトは、ディスガーの隙をついて攻撃を仕掛けるものの、思った以上にディスガーの動きは機敏であり、苦戦を強いられていた。その刀身で、ディスガーの武器である鋭利な長い爪を折ることに成功したとしても、その折れた爪は、瞬く間に再生してしまうのだ。

それは人間にはない、悪魔の力の一つであった。

あの時、ハクがディスガーの臀部に噛みついた深い傷口も、同様に再生していた。

ヤマトは、ディスガーの猛攻を捌《さば》きながら、慎重に次の一瞬の隙を狙っている。見たところ、ディスガーの武器は、両手の鋭い爪だけのようだった。そして、その爪は再生するが、背中の翼は再生しなかったのだ。ディスガーを掠めた無数の浅い傷も、すぐに再生してしまうのだが、まだ深手を負わせるような一撃を与えるところまでは、成功してはいなかった。

ヤマトは、少しずつだが隙を見ては、ディスガーに攻撃を放ちながら、相手の弱点となり得る部分を探っていたのだ。

だが、相手は人とは異なる、悪魔だった。その弱点を探り出すのも難しく、ヤマト自身も無傷ではなかった。

しかし、幸いなことに、ヤマトも今のところは深手を負うことはなかった。だがその衣服には、あの鋭い爪で引っ掻かれた傷口からの出血が、うっすらと滲んでいる。

ヤマトは、逸《はや》る気持ちを抑えながら、必殺の一撃をディスガーに与える好機を待ち、その隙を冷静に見極めていた。

激しく繰り出される双方の一閃する刃を、互いにかわしながらの睨み合いが続き、猛烈な勢いで放たれる相手の鋭利な刃物を薙ぎ払い、また炸裂させるというせめぎ合いが続いた。

しかし、その体力とて無限のものではない。

ヤマトは、体力の温存にも気を配るとともに、自らの刀身でディスガーの長い爪を弾きながら猛打し合うという、接戦で戦っていた。

だが不意に、ディスガーの顔が、妖しく歪《ゆが》んだ。

いや、ディスガーは、笑っていたのだ。

顎まで裂けた口は、限界まで弓なりに曲がり、鋭い牙が剥き出しになっている。

ディスガーの邪悪な目は、いつの間にか赤黒く染まり、ヤマトの両目を、その正面からじっと見つめていた。

ヤマトの瞳は、ディスガーの赤黒くなった双眸に、まるで吸い寄せられるようにして、目が離せなくなっていた。ヤマトはその目に不審を抱《いだ》きつつも、横にしたまま構えていた刀身を一旦、ディスガーの爪ごと前に押し出そうとして、両腕に力を込めた。

しかし、これはどういうことか。ヤマトの身体は自身の意に反したように、思うように動かなかった。これも悪魔の力の作用であり、あの赤黒く染まった目が原因なのか？

ヤマトは、すぐにディスガーの視線から逃れようとして、その目を逸《そ》らそうとするのだが、なぜか目を逸らすことができずにいた。

ヤマトはそのことに、苦悶の表情を浮かべていた。

重臣たちは息を呑み、イザナ姫は胸元で両手を合わせながら、その手のひらを握り締めると、悲痛な面持ちでヤマトを見守っている。

ヤマトの身体は、体力を温存しているのにもかかわらず、まるで、その動きを封じられたかのように急速に、身体の自由が奪われてゆく感覚に囚《とら》われていった。

このままでは、身動き一つとることができなくなってしまうとヤマトは思った。

歯を食いしばったヤマトは、最後の力を振り絞るかのように、正面に佇むディスガー目がけて、白刃を力強く、押した。

すると、刀身からは青白く光る輝きとともに、疾風の如き嵐が巻き起こり、ディスガーを吹き飛ばすと、天井へ叩きつけていた。

もはや、ディスガーの顔からは笑みが消え失せている。猛烈な勢いで吹き飛ばされたディスガーの全身は、天井に激突した衝撃によって、天井に減《め》り込《こ》んでいたのだ。

ヤマトの身体は再び、自由を取り戻していた。

ディスガーの赤黒く光っていた両眼は、もとの真っ赤な目に戻っている。

突然の疾風によって天井に叩きつけられたディスガーは、一瞬苦しげにその動きを止めたのだが、即座に天井から抜け出すと、その足場を蹴ってヤマト目がけて下降した。

「その剣は、一体何だ?!」

ディスガーが、ヤマトにそう問うた。しかしそれは、ディスガーが明らかに、神剣・むらくもに動揺し、恐怖を感じている証拠でもあった。

鋭く長いディスガーの爪が、ヤマトの頭上に迫っていた。ヤマトはむらくもの剣を振り被ると、白刃は炎をまとい、その一振りでディスガーの体は猛火に包まれた。

ディスガーは、あまりの苦しさに獣のような雄叫びで絶叫した。

燃え立つ炎にその身を焼かれながら、床の上に着地したディスガーは、着地と同時に勢いよく床の上に転がると、その手足をバタつかせて喚きながら、全身を包む炎を消し去ろうと必死に踠いている。

ディスガーの鋭く吊り上がった目は、ヤマトが手に持つ神剣・むらくもを凝視していた。

その間も、ディスガーの肉の焦げつく臭いが、周囲に漂っている。

やがて、全身の炎を消し去ったディスガーは、ヤマトに向かって素早く疾走していた。ディスガーの鋭い爪とヤマトの刀身が交差し、火花を散らして激突した。

ヤマトの刀身にまとった炎は、静かな燻《くすぶ》りを見せている。

ディスガーは一旦、後方へと飛ぶと、ヤマトとの距離を置いてから、その身に勢いをつけた猛進を開始し、その鋭い両爪を、ヤマトに叩き込むようにして炸裂させた。

高速で打ち込まれてくるディスガーの重い打撃をかわすことができないまま、ヤマトは刀身でその重い攻撃を受け止めていたのだが、連続して炸裂してくるディスガーの猛攻に、ヤマトの膝は次第に悲鳴を上げ、その膝は徐々に床の上へと沈んでいった。

ディスガーの双眸は、怒りのみを孕《はら》んでいた。

攻め倦《あぐ》むような交戦が長く続いた中で、ヤマトの膝は遂に床の上に崩れると、勝機と見たディスガーの渾身の一撃が、ヤマトに襲いかかった。

重臣たちは、固唾を呑んでその行方を見守っている。イザナ姫は、祈る想いで戦いを見つめていた。老人は、「頑張ってくれ」と、願いを込めてヤマトに叫んでいる。

ヤマトは、ディスガーの打撃を寸前のところで床に転がって回避すると、その上体を素早く起こし、ディスガーの強烈な二撃目が来る前に、刀身を一閃させた。

それによって生み出された旋風は、怒涛の如き勢いで、ディスガーを後方の壁に叩きつけた。

旋風によって舞い上がった円卓の一つが、壁に衝突したディスガーの頭上を直撃すると、ディスガーは脳震盪《のうしんとう》を起こしたのか、俯いて左右に頭を振っている。

ヤマトは、その好機を見過ごすことなく、疾走した。

ヤマトは、滑り込むようにしてディスガーの正面に素早く移動すると、ディスガーの心臓に狙いを定め、むらくもの剣の切尖《きっさき》を、力強く突き刺した。

それと同時に刀身の炎が再び勢いよく燃え盛ると、ディスガーの胸部から灼熱の炎が噴き上がり、その胸部を炎で焼きつけながら、深々と刃が食い込んでいった。

ディスガーは、胸部を業火と自らの鮮血で染めながら、おぞましい声で悲鳴を上げた。

自身の胸部を深く貫く一刀と、胸を焼き尽くしてゆく炎に、ディスガーは苦悶しながらも、傾いていく己の体を支えるようにして、身体全体に力を入れると、更に右手を大きく後ろに引いた。

ヤマトは、胸部を深く貫いた刀身を一気に引き抜くと、即座に渾身の力を振り絞り、炎と風をまとった刃を、ディスガーの首筋に向けて振り下ろした。

灼熱の炎が滾《たぎ》った刀身によって焼き斬られ、切断されたディスガーの頭部は、更に同じ刀身から放たれた突風によって、広間の壁に激しく叩きつけられると、頭部はその原形をとどめることなく床の上に落ちていき、ただの骨と肉片の塊となって散乱した。

「……おのれ……人間ごときに俺様が……忌々《いまいま》しい……龍……め……が……」

骨と肉だけの塊と化したはずのディスガーの頭部が、呻いた。

神剣・むらくもが、何であったのかを今、思い出したとでもいうのか？

しかし、その声は、誰の耳にも届くことはなかった。

焼け爛《ただ》れ、激しい血潮を噴き出しながら、床の上に倒れたディスガーの黒い身体は、やがて、赤く鈍い光を放つと、頭部の残骸とともに灰となって消えていった。

すると、窓の外のどこからか、雷鳴が轟《とどろ》いた。

その雷鳴に共鳴するように、神剣・むらくもは、静かな光によって包まれ、輝いた。

神剣・むらくもに呼ばれるように、緑豊かに生い茂る大地の地の底からは、一筋の光が煌めくと、それは神剣に向かって一直線に迸《ほとばし》っていた。

その緑色に輝いた一筋の光の筋は、神剣・むらくもに吸い込まれるように白刃へとまとい、むらくもの刀身はその輝きによって満たされていった。

やがて、神剣・むらくもは、刀身の中心から緑色のまばゆい輝きを放つと、その輝きは、刀身と一体となるかのように、静かに白刃の中へと消えていった。

これは、三つ目の試練である、悪魔・ディスガーを倒したことにより、地の力が〝地光〟となって、神剣・むらくもに宿ったという証であった。

これで、神剣・むらくもは、全ての聖なる力を得たのだ。

ヤマトは、灰となって消えていった、ディスガーの遺体があった場所に立ち尽くしたまま、手の中にある、むらくもの刀身を静かに見つめていた。

イザナ姫は、背中を向けて立ち尽くす、ヤマトのもとに向かって駆け出していた。

重臣たちや区画の代表者である老人、そして警護の兵士たちも、激しい死闘の末に悪魔・

ディスガーに勝利した光景に涙を流して歓喜すると、イザナ姫の後に続いて、ヤマトのもとへと急いで向かった。

ヤマトは、肩で荒々しく息をしていたが、一息つくように長い溜め息を一つついた。ヤマトは、身体の重心を剣で支えるようにして、床に片膝をついている。

イザナ姫が、ヤマトに声をかけようとヤマトの正面に足を運ぶと、突然、悲痛な声を上げた。その声に驚いた重臣たちがそばに駆け寄ると、ヤマトを見て、皆、声を詰まらせ、その表情は、誰もが悲愴な面持ちへと歪《ゆが》んでいった。

ヤマトの腹部からは、大量の血液が流れていたのだ。

一人の警護兵が、すぐにヤマトの身体を支えると、残った兵士たちは、急いで医療係を呼びに走って行った。

イザナ姫は、ヤマトの傍らに膝を折ると、ヤマトの左手をそっと持ち上げて、優しく握り締めていた。

腹部に重傷を負っていたヤマトは、兵士に支えられながら、姫の姿を澄んだ瞳で見上げ、微笑んでいた。

腹部の一撃は、ヤマトがディスガーの心臓を貫いた時と、ほぼ同時に受けた傷であった。

ディスガーの隙をついた攻撃は、右手の鋭利な爪が深く腹部を抉《えぐ》ったものであり、思った以上にその傷は深いものであったのだ。

警護兵士が止血のために、ヤマトの腹部に当てた布には血が滴り、止まる気配はなかった。

ヤマトは、遠のきそうになる意識を抑えるように、姫の名を呼んだ。

姫は、ヤマトに応えようと身を乗り出すと、その身を案ずるようにヤマトの顔を見つめている。

ヤマトは、悲しそうにする姫の面差しを間近にして、自分の左手を優しく握ってくれている姫の手の温もりを感じていた。そして姫の柔らかでか細い手を、しっかりと握り締めた。

――死にたくない。いや、死ねない。イザナ姫を残して、死にたくはない――。

ヤマトは、心の中で強くそう思っていた。

こんなはずではなかった。自身はこれから、この先ももっと、多くの人々を助けるための力となって戦い、そして何よりもイザナ姫のそばで、彼女を守りたかったのだ。

そのために、龍に与えられた試練を乗り越えて、今まさに神剣・むらくもは、真の力を得た。

ヤマトの表情は、狂《くる》おしいほどの悲哀に満ちていた。

――俺は、イザナ姫と共に、困っている人々の手助けをしながら、イザナ姫をこの手で、幸せにしたかった……――。

ヤマトの心は、深い哀しみによって揺れ、自らに迫りくる死に恐怖するように、その死を拒絶していた。

だがそれは、いつか祠の龍が言っていた、これこそヤマトにとっての運命の出逢いであったのか？　ヤマトにとって、イザナ姫こそが、その胸を焦がし、激しく心を揺さぶられた女性《ひと》だったのだ。ヤマト自身にとっては、まさに運命ともいえる、とても愛おしい人であり、大切な出逢いであった。

――イザナ姫と、離れたくない――。

ヤマトの心は、寂寥《せきりょう》の想いとともに、必死にそう叫んでいた。

血の気がどんどん失せてゆく、ヤマトの蒼白な顔を、イザナ姫は心配して覗き込むと、その頬からは一筋の雫《しずく》が零《こぼ》れ落ちていった。

ヤマトは、朦朧《もうろう》としていく意識の中で、自分の手を握り締めながら、優しく擦《さす》ってくれている姫の手のひらの温もりが愛おしく、ゆっくりとその瞳をイザナ姫へと向けた。

悲しみを宿した姫の大きな瞳が、優しく自分を見つめている。

――いや、そうだ……これで、よかったんだ――。

ヤマトは、その瞳に静かな光を湛えながらイザナ姫を見上げ、そう思っていた。

――あの戦いで躊躇《ちゅうちょ》していたら、俺が姫を失っていた。

そう思うと、ヤマトの心は次第に、安堵感によって満たされていった。

こうして、大切なイザナ姫が生きている。ヤマトにとっては、もはやそれだけで十分だった。

イザナ姫には自分がいなくとも、姫を愛する王国の民たちと、姫を大切に想ってくれる重臣たちや兵士、そして何よりも王がいる。自分の身が、ここから遠くに旅立とうとも心配はいらないだろう。

ヤマトは心の中で、自分自身にそう言い聞かせ、自身を納得させるように、何度も自問自答を繰り返していたのだ。

やがて、ヤマトの目は、愛しい姫を、その瞳の奥に焼きつけるかのように見つめた。

「イザナ姫……あなたを初めて目にした時、俺にはあなたが神々しく光り輝く、美しいまばゆい光に見えた。俺は……姫が好きです。そして、イザナ姫の笑顔がとても、好きでした……」

ヤマトは、イザナ姫に向けて穏やかにそう告げた。

「ヤマト……もう喋《しゃべ》らないで……」

姫の声は震え、ヤマトの手を強く握り締めている。

ヤマトは姫に自身の想いを伝えると、その表情は満悦したように穏やかなものとなり、その口元はゆったりと弧を描くと、満足そうな微笑みを浮かべていた。

ヤマトのその瞳は、姫の幸せを永久《とわ》に願った、優しい光の色で揺れた。

すると突然、ヤマトの目前には漆黒の闇が降りてきた。

その漆黒の闇の先には、まばゆい光が見えている。

ヤマトは、その光に誘われるように漆黒の闇を抜け、その光の彼方へと、吸い込まれていった。

イザナ姫が、ヤマトの胸に頬を押し当てて、悲痛な声を上げた。姫の声は、切ない想いとともに、広間に木霊《こだま》した。

重臣たちや老人、ヤマトを支える一人の兵士も、皆、悲しみに暮れている。

その傷心している皆のいる広間に向かって、勢いよくハクが戻って来たところであった。

ハクはすぐに、警護に支えられているヤマトの姿を見つけると、そのそばに駆け寄った。

ハクは、甘えるように鼻を鳴らしながら、その白い頭を何度もヤマトの身体に擦り寄せた。

しかし、倒れたままのヤマトは、ハクになんの反応も示さなかった。

ハクはやがて、ヤマトの死を悟ったかのように、とても長く、そしてとても悲しげな遠吠えをした。

その声は、城の内外に、しばらくの間、響き渡っていた。


その後、ハクの追跡によって、城の地下にあった封鎖されている監獄の独房から、無事に救出された王様が、心身ともに回復してゆくと、王国では大々的なヤマトの葬儀が行われた。

葬儀に参列した王国の民たちの長い列は、どこまでも続いていた。

その一人一人が、ヤマトの遺体に花を手向けながら、その死をひどく悼み、そして深く嘆いた。

人々は、それぞれの胸にヤマトへの想いを馳せながら、この王国の危機を二度も救ってくれたヤマトとの別れを、強く惜しんだ。

人々が悲しみに暮れる最中《さなか》、どこからか真っ白なふくろうが飛んで来ると、その白いふくろうは人知れず、神剣・むらくもを持ち去って行った。

イザナ姫は、ヤマトと町中を散歩しながら語った時の、ヤマトの夢の話を覚えていた。

ヤマトは、いつかこの世の中が平和になっていくような、一つの架け橋になることを望んでいると言っていた。

そして、この乱世の時代に生きる全ての人々が、平和に暮らせるような世の中になることを、ヤマトは願っていたのだ。

王様は、姫の話を聞いて、思っていた。

誰かの勇気ある行動一つで、どれほどの人々の命が救われるかということを——。

王様は、全国民に向けて宣言した。

これからは、この王国の民が一丸となって、誰かのために手を差し伸べることができるような国造りを行っていくとともに、誰もが太平の世を目指して進んで行くことができるような世の中へと変革させるべく力を尽くして、共に新しい道を歩んで行きたい、と。

自国の安定した暮らしだけを考えるのではなく、この世における全ての人々が、幸せに暮らしてゆけるような道標《みちしるべ》を作りたい。

王様は、ヤマトに出逢って、そしてヤマトのその深い優しさに触れて、人と人との関わりの大切さを痛感していた。自国を守るために、人との繫がりを絶つのではなく、まずは人を受け入れて、その人との繫がりの大切さを胸に、平和を考えていくことも必要なのだ。

王様は、このイサナギ王国が発信源となって、より多くの人々を助けながら、今の時代をよき方向へと導いてゆくことを強く望んでいた。

王様の宣言に、誰一人として異議を唱える者はいなかった。

それどころか、イサナギ王国全体で、王様に賛同する声が高まっていった。

王国のために、その身を犠牲にして逝ってしまったヤマトの行いは、民たちの胸に深く刻み込まれているのだ。

このイサナギ王国で生きている自分たちにとっても、この世の中が太平の世になることは、皆が望んでいることであるように、この荒《すさ》んだ世の中で生きる人々もまた、自分たちと同じように、このような殺伐とした時代ではなく、一人一人が平和に暮らせるような世の中を、誰もが望んでいる、と。

ヤマトが純粋に人々を助けたいと願った、その勇気ある行動は、イサナギ王国の人々に勇気を与え、その心をも動かしたのだ。

王様とイザナ姫は、王国の民たちのそんな心に満足すると、微笑んでいた。

これから先、どんなに険しい道のりでも、王国の民、皆と共に支え合いながら、新時代を目指して歩んで行くのだ。

そう、それはヤマトの志を引き継いで、新しい時代へと生まれ変わってゆくための架け橋となるために、人々はその命ある限りどこまでも、それに向かって進んで行くに違いない。

そんな王様の傍らには、尻尾を振りながら、嬉しそうに座っているハクの姿があった。

王様とイザナ姫は、主を亡くしたハクを引き取り、その生涯を共に過ごしてゆくことを決めたのだ。

王様の三匹の愛犬は、悪魔の餌食となり、この世を去っていた。

王様は、その三匹の愛犬の分もハクを慈しみ、大層、可愛がったという。

そして、王国の中心にある中央広場には、イサナギ王国のために勇敢に戦ったヤマトの石像が建てられていた。

巨大なヤマトの石像は、いつしか「王国の英雄像」と呼ばれ、それはやがて人々の心に寄り添うように、勇気を与えてくれる象徴となっていった。

そして、それは後世へも語り継がれ、ヤマトの思いは、きっと多くの人々の心に受け継がれてゆくことであろう。

完

第二話　むかし、むかし、あるところのはなし

いつの時代の話なのか、それは誰にも分からない。これは、そんな一つの物語である。

この時代の人々は、自然災害や得体の知れない病気によって苦しめられ、多くの人々は貧困な暮らしを強いられていた。

人々は、飲み水として利用できる井戸を地中深く掘り、貧困な時代を生き抜くために、ある人は家畜を飼ったり、またある人は漁業で湖に出たり農作物を作るなどして、人々の間で必要な物を物々交換しながら、日々を生き抜いていた。

そんな時代のある村で、一人の若者が今日も農作業をしながら、この世の行く末を考えていた。

若者が住む村は、山の中にあった。そして、若者には家族もなく、二十一年間という歳月を、たった一人で細々と暮らしていた。

若者の名は彦星《ひこぼし》といった。

彦星は人一倍、正義感が強い性格だった。

長い間の貧困な暮らしは変わることはなく、またよその人々の話を聞いても、良い話なども一つもない、そんな世の中であった。ただ続くのは人々の貧しい生活と、流行《はや》る病でも薬が買えないという現実しかなかった。

彦星は、変わらないこの世の中のために、自分に何かできることはないかと考えていたのだ。

その夏の夜だった。

村の夏祭りがあり、彦星はその祭りに行こうと山の中の道を歩いていた。

すると、山道の片隅で、うずくまる一人の老人を見つけた。

その老人は、彦星よりも背が高く、体も大きな男性だった。

老人のそんな様子が気になった彦星は、老人に歩み寄った。

老人は、年のせいか足もくじいてしまい身動きもとれず、休んでいたのだと、彦星に告げた。

老人は困り果てた様子で、もし良かったら家まで送ってはもらえないかと、彦星にお願いした。

もちろん、彦星は快く了承して、動けなくなっている老人に肩を貸すと、ゆっくりと山道を歩きながら、老人を家まで送り届けた。

聞けば、老人には身寄りがなく、たった一人で暮らしているという。彦星は、怪我《けが》をしている老人を一人にはできず、しばらく大事をとって老人を看病することにした。

それから三日後の夜だった。

「実は、わしはこの山に住む、天狗《てんぐ》なのじゃ」

老人は彦星にポツリと言った。

突然の老人の言葉に、彦星は驚いた。

天狗といえば古来より、天空を飛び、神通力《じんずうりき》を持つと伝えられる山の神様だ。

彦星に天狗と名乗った老人は、あの時は、この山を下った先にある村に向かう途中で、そし

て、その村に起こる災害を止めに行く予定だったのだと言った。

「おぬしは他の人々とは、どこか違う感じがするの」

天狗は彦星を静かに見つめながらそう言うと、自分が向かうはずであったその村に、代わりに出向いてはもらえないかと、申し訳なさそうに頼んだ。

彦星は、自分は天狗であると伝えてきた老人に、自分の中の何かを、見透かされたような感じがした。

しかし彦星は、こんなにも天狗から頭を下げて頼み込まれ、そして自分がその村に行くことで、何か人々の役に立つことができるのであればと、それを快く引き受けた。

天狗は彦星の答えに大層嬉《うれ》しそうに頬を緩めると、更に詳しく村についての話を始めた。

この山を下った先にある、スワ村という大きな村に、近日中に大災害がやって来るのだと天狗はまず言った。

大地震が起き、休火山だった山が突然爆発し、津波が押し寄せる。そしてその後、村には未《み》曽《ぞ》有《う》の病が発生し、村の人々はそれによって恐るべき事態に見舞われるのだ。

こうした災害は各地で起こっていることだが、このように大災害が一気にまとまって来ることなど本来ならばあり得ない。そして、長い間続いている各地の貧困も、不可思議なものがあると言った。

天狗は何か心当たりがあるような様子で、少し間を置くと、これから行く村に、何か不可思議な出来事がないか探るとともに、その村に起こる全ての災害を払いのけてほしいということを告げた。

天狗は懐から一つの勾玉《まがたま》を取り出すと、それを彦星の前に差し出した。

彦星は、その五センチほどの白色の石の勾玉を受け取った。

その勾玉は、天狗が教えてくれた呪文を唱えると、団扇《うちわ》に変わった。この勾玉は不思議な力を持っているというのだ。

団扇を一振りすると、風が吹く。二振りすれば雨が降り、三振りで周囲に結界を張ることができるという。そしてその団扇の力とは、それを扱う者の力量によって、大きな差が生じるのだということだった。

三振りでの結界とは、その結界を張った周囲から内側には、岩や溶岩などの侵入物が入り込めない効果があるという。

しかし、今の勾玉の力は不完全なものなのだ。

この白色の勾玉と対になる、もう一つの黒色の勾玉があるのだそうだ。

この白色と黒色の勾玉が一つに合わさり対になることで、本来の力を発揮できるという。

その本来の力とは、それを持つ者の願いをかなえてくれるというものだった。

しかし、勾玉は本来、神が所有する持ち物で、神以外の者が手元に持ち、使用することはない。もし人間が勾玉を使用したとすれば、その命を失うといわれている。

天狗は彦星にそう話しながら、勾玉の扱い方を教えていった。

もう一つの失われた黒色の勾玉は、悪魔によって騙《だま》され、奪われてしまったのだという。その悪魔が、そのスワ村に移り住んだ可能性が高いのだと天狗は言った。

天狗が負傷してしまったのも、悪魔から奪われたもう片方の勾玉を取り戻そうとしてのことらしい。

今回のスワ村が壊滅的な被害に追い込まれるという予見も、悪魔が村のどこかに潜んでいて、勾玉を悪用した力が働いているのではないかと、天狗は考えていたのだという。

彦星もそれを聞き、そうではないかと思った。

だが、勾玉は本来、神のみがその力を使うことができる聖なる石だ。人間界に住む人の子に、果たして勾玉を扱うことができるのだろうか？　彦星は、そんな疑問を持っていた。

天狗は勾玉の使い方を教え終わると、少し考えた。

天狗が見たところ、彦星は勾玉の力を教えた通りに正しく発動できた。そしてその力は、自身が操る力よりも強力であったようにも思えた。

彦星はこの世に人間として生まれてはいるが、何か神の使命を持ってこの世に生まれてきたのかも知れない。いや、或《ある》いはこの世の中が平静になればという思いが、勾玉の力を強力なまでに動かしたのかも知れないが、いずれにしてもわしが見込んだ通りじゃと。

天狗は、正しく勾玉を扱うことができた彦星を信じ、託すことに決めた。

そうして、彦星は勾玉を手に、この山を下った先にあるスワ村という大きな村を目指すことになった。

彦星は天狗の家を後にして、どんどん山を下ると村へと急いだ。

やがて村へと辿《たど》り着いた彦星は、他の村々とは違う、スワ村の光景にまず目を見張った。

村には多くの市場があり、そこには様々な物資が所狭しと並んでいる。人々は活気に満ち溢《あふ》れ、行き交う人々も皆明るく生き生きとしていた。スワ村は富に恵まれた村でもあり、ここに住む人々は、他の村々の人々が苦しむ貧困と病とは無縁の暮らしをしていた。

天狗が言っていたような壊滅的な大災害が起こり、人々が悲惨な末路を辿るという要素など、微塵《みじん》も感じられない雰囲気だったのだ。

そこで彦星はまず、村に不可思議なことはないかと、探ることにした。

大きな村を散策しながら、人々の幸せそうな顔が目に入ると、彦星の心も幸せに包まれた。

そしてこんなふうにいつか、全ての人々が穏やかに暮らせる世の中になればいいのにと、しみじみ思った。

彦星は、二十一年間という苦しく貧しい歳月を、ただ一人きりで生きてきた。そして今まで心惹《こころひ》かれる女性との出逢《であ》いとも無縁なものであった。

彦星はもしかすると、このスワ村で、最愛の人との巡り合いがあるのではないかと、そんな予感がしていた。

それは長い間、自分自身が追い求めていた、理想の優しい女性像でもあった。

彦星は村を見渡しながら、そんな予感に胸を躍らせていた。

やがて、スワ村で一番賑《にぎ》やかで華やいでいる場所に出た。

その広場は、多くの花々が咲き乱れる花畑が広がり、花畑の末端ともいえる側面の一部には、猿田山《さるたやま》と呼ばれる山の切り立つ岩肌がのぞいていた。草木が少ない岩山に等しい猿田山だが、まるで強風から花畑を守るようにがっしりと聳《そび》えていた。

そして花畑の付近では、彦星が今までに見たこともない、赤や青の宝石や水晶、その大きさも手頃な木製の彫刻や様々な形をした小形の壷《つぼ》などの造形美術品が展示され売られていた。

とり焼きや魚の塩焼きなどの飲食専用の屋台もあり、金魚すくいやお面売りの出店など、数多くの屋台や出店が広場には立ち並んでいる。どの出店や屋台にも、暗がりを照らすための提灯《ちょうちん》がぶら下がっていた。

そして提灯は、人々が行き交う通りにも数多く設置されていた。人々の通路となるその道沿いには、一定の間隔でたくさんの細長い木が地面に打ちつけられており、その木の先端に空けられた穴には縄のような紐が、穴から穴へと通されて長く続いていた。

その木の先端にある穴から通された縄には、幾つもの提灯が括りつけてぶら下げられていたのだ。

地面に打ちつけられている木の高さはそれほど高くはなく、ちょうど人々の足元や周囲を照らすくらいの高さで、提灯は広場のあちこちにあった。

貧困な村落で暮らす彦星にとっては、提灯とはとても高価なものであった。

そして、彦星が暮らしているような貧困な村落では、暗がりを照らすための道具には、松明や焚き火で燃やした明かりが多く使われている。

村の様子を見た彦星は、一目でスワ村が裕福な村であるということは理解できたが、しかし、たくさんの屋台などが並び、数多くの提灯がぶら下げられた広場の中で何が始まるのかと不思議に思った。

そこで、彦星が広場にいる村の人に尋ねると、今日から四日間、お祭りがこの広場で行われるのだという。

広場の中央に設けられた舞台では、歌や踊りなどの芸も披露されるということだ。

木々をあしらって作られた舞台は、披露される芸が人々に見やすい位置になるように高さがあり、また、芸を披露する人々にとっても十分な広さがある、一つの平たい大きな台であった。

その舞台となる台には、高さのある木が四つ角に設けられており、木の先端に空けられた穴にも縄が通され、幾つもの提灯が舞台の上をグルリと囲うようにぶら下げられていた。

また、四つ角に設けられている木にも、幾つもの提灯が括りつけられており、舞台上が照らされるように設置されていた。

舞台の上には既《すで》に村長が控えていて、お祭りが始まる合図の挨拶をするその時を待っているのだと、村の人が村長を指差して教えてくれた。

彦星は、教えてくれた村の人にお礼を言うと、早速、村長に挨拶に向かった。

村長は、よその村から訪ねて来たという貧相な身なりの彦星を嫌な顔一つせずに歓迎した。

そして村の人々と共に、今宵《こよい》から始まる〝星祭り〟を存分に楽しんでくださいと、屋台や出店で使う木製の札を、無償で彦星にくれた。

その木製の札は、好きな屋台や出店に行き、札と商品を交換できるという。

村の祭りが初めての彦星は、札で簡単に商品と交換できるという手際のよさに感心していた。

これだけの村の人がいれば、一つの屋台に人々が殺到しても不思議なことではない。だが、この札と交換ならば、屋台なども混雑することなくお祭りを楽しめるだろう。

村長の横には一人の女性が立っていた。

村長の娘であるのか？　とても美しく、華麗な女性であった。

彦星の目は、その女性に釘付けとなっていた。

それは彦星にとって、この女性こそ、自分にとっての巡り合いだと感じたからだ。

そしてその女性は、自分が求め続けてきた女神像によく似た、美しい人だった。

その女性の神々しくも優美な姿は、彦星の目に焼きついた。

それから彦星はその舞台を離れ、お祭りが始まるまでの間、今度は広場の中にも不可思議な

ものはないか、散策してみることにした。

それにしても本当に、このスワ村で大災害が起こるのだろうか？　彦星は疑念を抱《いだ》きつつも辺りを探索した。

しかし、これといって怪しい人物や不可思議と思えるものなど何もなかった。

いつの間にか日は傾き、広場の至る所にぶら下げられた提灯《ちょうちん》には、やわらかな蝋燭《ろうそく》の炎が灯《とも》されていた。

広場には村中の人々が集まり、今か今かと星祭りの開催式を待っている。人々は年に一度のお祭りを心待ちにしていた。

彦星が住む村落にも、年に一度、村落の神様を盛大にお祭りするという夏祭りがあった。畑で実った農作物を祭壇にお供えして、村落の無事な一年の終わりを神様に感謝し手を合わせるのだ。村の祭りの日は、村の畑で収穫された農作物で、たくさんの料理も作られる。そして、暗がりを照らすために松明や焚き火を絶やすことなく焚き、祭壇前に作られた料理を並べて、人々が歌を歌ったり踊りを踊ったりなどしながら、神様と共に皆で宴をするというのが彦星が住む村の夏祭りであった。

夜空には今年も満天の星空が、スワ村の人々を出迎えてくれている。

広場の高さがある舞台の上には村の村長が立ち、人々を見渡しながら、今宵から四日間通して行われる星祭り開催式の挨拶を始めていた。

広場に集った村中の人々が、村長の挨拶に耳を傾けている。

やがて村長の挨拶が終わると、村中の人々は皆一斉に、夜空に向かって手を合わせた。

彦星もスワ村にいる人々に倣い、静かに手を合わせている。

今宵から夜通し続く、年に一度の四日間だけの星祭り。

広場にある花畑の中央には、大きな祭壇が設けられており、そこにはたくさんの供物や御酒が供えられていた。

このスワ村では、夜の空に見える星々を「星神様」と言い、星祭りというお祭りが古くから伝えられている。年に一度、星神様を、村中の人々が盛大に祭り上げるのが、昔からの風習となっていた。

人々は夜空に浮かぶ星神様に手を合わせ、思い思いの願いを込めて祈願する。

スワ村がまた、一年を通して豊かであるようにと祈りを捧《ささ》げる人がいる。またある人は、スワ村の人々の幸せを願う。そしてある人は、スワ村の人々がいつも健康であるようにと、スワ村の人々はそれぞれが皆、全ての村の人々のことを想いながら、皆が幸福に過ごせることを願った。

この村の人々の中には、決して私事を願うような人はいなかった。

村のそれぞれの人々は、人のために、星神様がいる夜空に向かって手を合わせるのだ。

そうやって祈願をし終えると、この村では何やら不思議な現象が起こった。

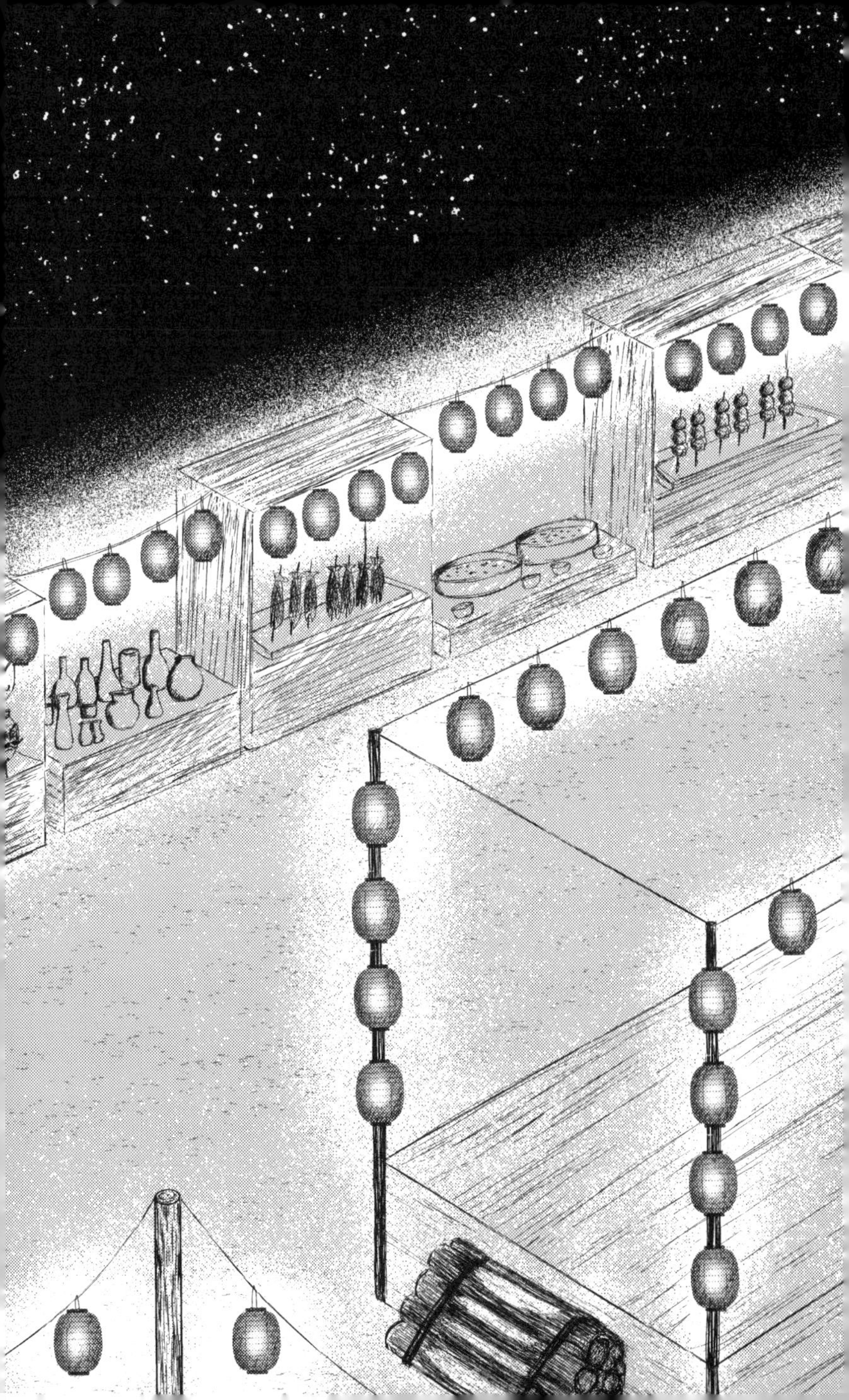

それは、人々の願いに応えるように、夜の空に浮かぶ星々が、一つ一つ動き出すという現象だった。

星が動いた光景を目にした彦星は、とても驚いた。

しかし、次の瞬間には、まるで懐かしいものを見つけた時のような表情となって口元が笑むと、彦星の瞳は満天の星空を見つめていた。

その不思議な現象は、星祭りの四日間だけ続くという。

この星祭りは、花畑の中央にある祭壇の方向に向かって、まず人々が祈りを捧げてから、人々の頭上に浮かぶ星神様に祈願するというのが習わしだった。

人々の祈願が終わると星神様が動き出す、そしてそれが星祭りの始まりの合図なのだ。

星々は静かに瞬き、ゆっくりと上や下に動くものや左右に動く星もある。また、弧を描くように動く星もあれば、夜空を一直線に横切っていく星もあった。

星神様と共に、限られた時間を人々が過ごせる幸せな時間《とき》でもある。

今宵から、星神様と共にお祭りを皆で楽しむのだ。

そして今回の星祭りでは、村長の一人娘である年頃を迎えた娘の婿探しが行われるという。

星神様の下《もと》で行われる婿探しは、娘が良縁に恵まれるようにと、娘への村長の想いが込められていた。

婿探しは、婿を希望する男たちが、自分の得意な芸を舞台で披露し、それを競うというものだ。その中で、娘を一番楽しませ、喜ばすことができた者が娘の婿の座を獲得できるというものだった。

無論、娘が何も関心を示さなかった時は、良縁者はいなかったということになり、婿の座は空席のままになる。

しかし、当の本人は、今回の星祭りで自分の婿探しという話は、寝耳に水であったようだ。娘は躊躇《ためら》いながら、立ち尽くすばかりだった。

娘の婿の希望者は、舞台の脇に建てられている受付場で受け付けを済ませれば、誰でも参加可能となっている。

既に受け付けを済ませた者は、舞台で失敗しないように、何人か陰で練習している姿も見られた。

また、芸の前に腹ごしらえという男たちも中にはいる。お皿にいっぱいに盛られた、美味《おい》しそうなとり焼きを、口の中いっぱいに頬張り、掻《か》き込むように食べていた。香ばしい肉の焼ける匂いが鼻腔をくすぐる。

星祭りは始まったばかりだ。小さな子供たちもたくさん、出店の前に母と共に訪れていた。水あめに金魚すくい、お面の出店などが子供たちには人気が高かった。

広場の花畑には、屋台で札と交換した、とり焼きや魚の塩焼きを手に、お酒を飲みながらゆっくりと花畑に座って過ごす人々の姿が数多く見受けられた。

それは家族や友達同士であったり、老夫婦や恋人たちと組み合わせも様々で、皆、満悦した表情で笑い合い、星神様の下で楽しそうに語り合ったりしていた。

お酒も程よく回った頃、いよいよ舞台の上で芸が披露される時間がやって来た。

一番手は、かなり緊張した雰囲気で舞台に上がっている。

星々が揺らめきながら瞬くと、お祭りを星神様が楽しんでいるかのように、人々の目には映っていた。

舞台上では様々な芸が披露され、進行していった。

百発百中の輪投げや、高所での命懸けの綱渡りなどがあり、馬を思うように操って動かすという見事なその手綱捌《たづなさば》きに、人々も圧巻を覚えた馬術芸などもあった。武術の芸では、的を狙って打つという、鉄砲や弓技などもあった。

男たちは、それぞれが得意とする芸を披露しながら、共に競い合っている。

彦星も芸に出場してみようかと、悩んでいた。少しでも、あの美しい女性に近づければと、そんな思いが彦星の胸の奥にはあったのだ。なんの芸をするか、まだ少し考える時間はあった。

芸が行われている舞台には、それを見ている人々の多くの歓声が飛び交っている。舞台も大盛況の状態だ。

そんな中で今度は、一際《ひときわ》目立つ男が舞台上に現れた。

その男は、実に奇妙な術を使ったのだ。

手には、五センチほどの石を一つ、持っていた。

その石を使って、炎を熾《おこ》したり水を吹き出したり、大きな岩さえも持ち上げて見せた。

その岩の大きさは、とても人力で持ち上げるには無理といえるような大きさであった。そして舞台には、火も水もない。どうやってやってのけたのか？　人々は不思議なその芸に驚き、舞台の上に立つ男に向けて、拍手喝采が沸き起こっていた。

彦星もとり焼きなどに舌鼓を打ちながら、様々な見事な芸を楽しんでいたが、その男の不思議な芸には、どうも訝《いぶか》しさを感じた。

彦星が注目したのは、男が手にする石だった。だが、男が持つ石の色や形を確認しようにも、彦星の位置からでは、手のひらくらいの大きさの石は確認することもできなかった。

そうこうしているうちに、人々から盛大な拍手喝采を受けた男は舞台の芸を終えると、まだ全ての芸が終わっていないのにもかかわらず、颯爽《さっそう》と村長の前に立った。

「これ以上の芸はなかろう。手前に是非、娘をくれないか」

男が村長に詰め寄っていた。

確かに見事な芸であり、人々からも盛大な拍手と喜びの声が上がっていた。それ以上の芸はないのかも知れないと、村長もそう思った。

「娘を手前の嫁にくれれば、この村は未来永劫《えいごう》に安泰だ。手前が芸で見せたこの力で、村も今まで以上により豊かなものとなることを約束しよう」

男は、まるで村長の心を読んだかのように、更にそう付け加えて言った。

貧しい村々が多い今の世の中において、それは夢のような話でもあった。

村長は考えていた。

彦星は男を怪しんでいる。

当の娘は、確かに芸そのものは素晴らしいものではあったと思ったが、その男自身には全く興味はなかった。村長に詰め寄って行った、強引な男の態度が好きではなかったのだ。

しかし、もし父が、その男を自分の婿として選び、嫁に行くことを願うならば、それもまた仕方がないのかと、娘は少し諦《あきら》めていた。

男が見せた芸は、本当に不思議なものであり、人々がそれに関心を持ち、目を引くほど素晴らしいものであったのは間違いなかったからだ。

村長である父は、少し考えた後、男を見た。

娘のそんな気持ちを知ってか知らずか、村長は、「まだ芸は途中だ」と言い、男の申し出をきっぱりと断った。

それを聞いた男は突然、その怒りを露《あら》わにした。

男の形相に驚いた村長は、娘の手を引くとすぐに、自《みずか》らの後ろへ娘を隠した。

だが、村長が娘の手をすぐに引いたことには、男が怒りを露わにしたという理由だけではなかった。その怒りによって、石を握り締めた男の手が頭上まで上がると、突如として大地が揺れ始めたからであった。

人々は急な揺れに驚き、花畑にいる人々はその場で身を伏せ、直立している人々は、近くにある屋台や木につかまり、その身を支えた。

彦星も近場に生えていた草を鷲掴みにすると、その場に身を屈《かが》めていた。

しかし、更に揺れは激しさを増し、村に大地震が起こった。

芸が披露されていた舞台が、大きな音とともに無残に崩れ、人々の悲鳴が上がった。

更に、屋台は横倒しになって破損し、地表には食べ物やお面などが散乱した。造形美術品を展示していた出店なども被害は同じで、店は全て崩壊した。

あらゆる建物が地震によって失われてゆく。猿田山の岩肌にも無数の深い亀裂が走った。

人々も立っていることさえかなわず、次々とその地面に倒れていった。

金魚すくいの金魚のいる溜《た》め桶《おけ》の水も、揺れによって金魚とともに、全て桶の外へと排出された。その地面では、水を失《な》くした金魚たちが口を大きくあけている。

しかし、大地震だけでは終わらなかった。

スワ村の近くにあった山も突然、噴火を起こしたのだ。その爆音とともに、再び大地も勢いをつけて激しく揺れ出すと、地表が裂けて、大地にも無数の亀裂が走った。

人々は逃げ惑い、その恐ろしさに絶叫した。腰を抜かした人もいる。

だが更に、スワ村には湖に面したところもあったので、この大地震によって引き起こされるであろう津波の危機にさらされることも必然だった。

湖に面した場所には、人々が暮らす家屋が密集している。そこはちょうど、星祭りが行われている花畑がある場所とは反対側だった。

だが津波が起きれば、人々は住む場所を失い、行き場も失う。花畑の側面は、切り立つ猿田山によって、ほぼ囲まれているのだ。

彦星は息を呑んだ。

先ほどまでの人々の笑顔は完全に失われ、穏やかで裕福だったはずの村の様子は一変して、崩壊寸前までになっていた。

絶望を感じた村長と娘、そして村の人々は、ただただ空に向かって手を合わせ、星神様に祈るしかなかった。

星祭りの最中《さなか》に起こった、まさかの出来事だった。

星々は、チカチカと光り輝きながらゆっくりと動いている。

石を持ち、片手を頭上に上げていた、あの男の顔が楽しそうに歪《ゆが》んでいる。

しかし、なんとか地表に足をつけた彦星が、その男の前に出た。

――こいつが悪魔だ。

彦星はそう思った。

天狗の命を受けた彦星は、白色の勾玉を握り、それを天に翳《かざ》した。

すると、勾玉はたちまち天狗の団扇となった。

それを見た、男の顔色が急速に変わった。

彦星はすぐさま、団扇を一回扇いだ。すると地震がピタリと止まった。

二回目の団扇を扇ぐと、噴火した火山の勢いが急速に衰え、辺りは静寂を取り戻していった。

そして、三回目の団扇を扇ぐと津波まで収まり、湖の水面は再び、その静けさを取り戻していた。

彦星は、悪魔と思しき男が起こした悪行を、次々と自らが手に持つ団扇によって鎮めたのだ。

村中の人々は皆、跪《ひざまず》いた姿勢のまま驚愕《きょうがく》すると、目の前の奇跡に手を合わせた。

そして、その奇跡を星神様に感謝する。

村の人々は、彦星に向かって歓喜の声を上げると、涙を流しながら口々にお礼を重ねて感謝した。

だが、あの男は怯《ひる》まなかった。

男は、その場所に立ち尽くしたまま、怒号にも似た雄叫《おたけ》びを上げると、人間であったはずのその体は、みるみる異形のものへと姿形を変えていた。

彦星は勾玉を手に、身構えていた。

人々はその光景に恐怖すると、互いに身を寄せ合い、震え上がった。

村長と娘も、互いを守るようにして身を寄せ合うと、悪魔のような男の姿に目を見張った。

いや、あれは悪魔そのものかも知れなかった。

古くからの言い伝えにも、その形こそは違えど、そんな記述が残されていた。

男の全身は、深い緑色をしていて半透明のように見えている。更に腕は、肩から紐《ひも》のようにぶら下がり垂れていた。顔と思われる面には鼻はなく、不気味で真っ赤な三つの点と、口があると思われる位置には、線を引いたような、口のようなものが一直線に浮いていた。

村長は息を呑み、震撼《しんかん》した。

緑色のそれが歩くと、地表からはペタリペタリと、何か液状のものが吸着して、それが強引に剥がされていくような、そんな嫌な音がした。

半透明の怪物となった男の手の中に、石はあった。

それは天狗が言っていた、もう片方の勾玉だった。

怪物となった男が、それをしっかりと握っていたとしても、男の体は半透明なので、石の形は丸見えだったのだ。

やはり彦星が思った通り、天狗から勾玉を奪った悪魔であった。

緑色の悪魔となった男が、声を出して笑った。

悪魔の顔にある、線を引いたような一直線に浮いた部分が、口のように開いたのだ。身の毛がよだつ、おぞましい声であった。

するとと今度は、人々が次々と、その場に倒れ始めたのだ。

一人、また一人と、前触れもなく人々が突然、倒れ込んでいく。そして、倒れた人は皆、苦しそうであり、それは何かの病が発症したような感じにも似ていた。高熱でうなされ、中には呼吸困難になっている人もいた。

しかし彦星は、天狗の言葉をしっかりと覚えていた。それは、大災害の後に残るものが、未曽有の恐るべき病だということを。

悪魔が勾玉を使い、病を起こしたことは間違いない。

だが彦星は、やはり天狗のようにはいかなかった。彦星は先の大災害を食い止めるために、団扇を使いすぎたのだ。今度はいくら団扇を振っても、あの時のような不思議な力は出てこなかった。やはり天狗が危惧した通り、神ではない、人間の体では限界があるようだった。

彦星は奥歯をギリッと噛んだ。

彦星は、それでも諦《あきら》めてはいなかった。いや、諦めたくはなかったのだ。なんとかしてこの事態を打開しようと必死になっていた。

悪魔は、勾玉を使えない者など、もはや敵でもないというように彦星を見下ろすと、大きな声でせせら笑った。

広場にある花畑の反対側の側面には、猿田山という切り立った山があり、その剥《む》き出しになった岩山に悪魔の声が反響すると、それは薄気味悪く人々の耳に木霊《こだま》した。

人々は病で苦しみながらも、その不気味な声に、その身を震え上がらせた。

緑色の悪魔は、彦星の前に、自らが持つ黒色の勾玉を突き出して見せた。

「お前が持つ、もう片方の石もよこせ」

一直線に浮いた悪魔の口が開くと、粘着性の高そうなその口が、上下にペタペタと動いていた。

本来ならば勾玉は、人間が扱えるような代物ではない。それを、悪魔も知っているのだ。

「さっきは偶然にも石の力を得たようだが、これまでだろう？　俺に力づくで取られる前に、さっさとその勾玉をよこせ」

悪魔は勝ち誇ったように嘲《あざけ》ると、彦星の前に突き出している手のひらに、早く石を載せろといわんばかりに、紐のような腕を揺らしている。

しかし、そもそも悪魔は、彦星に手を下すまでもなかったのだ。放っておけば人々と同じように、病にかかって死ぬのを知っているからだ。

嘲り笑う、悪魔の高らかな声。

その顔はまさに、悪鬼そのものであり、寒々としたおぞましい形相で歪《ゆが》んでいる。

彦星の額からは、汗が滲《にじ》んでいた。

だが、その時だった。

悪魔の意識が、彦星に集中している隙をつき、一人の娘が飛び出して来た。娘は、悪魔が彦星に向かって無造作に突き出していた、その手のひらの上に載っている、黒色の勾玉を悪魔から奪い取ったのだ。

悪魔がそれに気づき、娘に目を剥いた。

それは、村長の娘だった。

娘の周囲にいた人々は、体の不調で胸を押さえつつも、娘の行動に目を見張った。

悪魔は、勾玉を持って逃げる娘を捕らえようと、すぐに長い紐状の腕を伸ばしていた。しかし、彦星はそれを許さず、渾身《こんしん》の力を込めて団扇をもう一度、振るった。

すると、その一振りによって、風が吹き荒れたのだ。

そしてその風は、凄《すさ》まじい嵐となって悪魔を直撃すると、悪魔が絶叫した。

娘は、悪魔の魔の手から逃れることができたのだ。

悪魔は絶叫しながら、その嵐によってそのまま高く空を飛んでゆくと、猿田山に向かって吹き飛んでいった。

猿田山には、大地震によって生じた深い亀裂があった。

やがて悪魔が猿田山の亀裂の間に激突すると、その体はスッポリと亀裂の中へと食い込んでいった。

亀裂の間からは、悪魔の怒号が聞こえていた。亀裂から這《は》い出ようと、悪魔は出口に向かってもがいている。

しかし、それも虚《むな》しく次の瞬間には、爆音とともに出口は大きな岩によって、塞《ふさ》がれた。

まだ元気だった人々は皆、その激しい爆音に耳を塞ぎ、驚きの表情を浮かべると、猿田山の方を見ていた。

それは、悪魔が猿田山の亀裂に激突した衝撃で、その亀裂の空洞に巨大な岩が落下し、出口に減《め》り込んだ際に生じた爆音だった。

人々に、怪我はなかった。

そして、悪魔が岩によって封じ込められた亀裂は、音もなく静まり返っている。悪魔は二度と、その亀裂の中から姿を現すことはなかったのだ。


だが、謎の病は消え去ることなく残っていた。

人々は苦しみ悶《もだ》え、瀕死《ひんし》の状態の人がほとんどだった。時間の経過とともに、病に苦しむ人の数が増えていったのだ。

しかし、彦星はもう体力が限界にきていた。

天狗の団扇は、彦星が団扇を使う度に、彦星の体力と引き換えにして、その力を発揮していたのだ。

そう、それはまるで彦星の命を削って、団扇が力を得ているようだった。

彦星は、フラフラになりながらもどうにか足を踏ん張り、地面に蹲《うずくま》っている村長の娘のそばに歩み寄った。

娘は、その細い肩で苦しそうに呼吸をしながら、その病の苦痛で胸を押さえている。

娘の蹲った視線の先には、村長が倒れていた。もはや、村長は危篤の状態であった。

娘の目には、倒れてゆく民衆の姿と父親の姿が焼きついている。その瞳からは、止めどなく涙が零《こぼ》れていた。

彦星は苦しげに眉《まゆ》をひそめた。謎の病は、村の人々だけではなく、既に村長とその娘をも蝕《むしば》んでいたのだ。

辺りを見渡せば、村中の人々が倒れ伏している。

まさに、未曽有の恐るべき病だった。

娘はその苦痛で表情を歪《ゆが》めながらも、自分のそばに立ち尽くしている彦星を見上げた。

「私は、織姫《おりひめ》と申します。その不思議な力で、どうか民衆と父を救っていただけませんか」

織姫と名乗った村長の娘は、荒い呼吸で苦しそうに肩を上下させながらも、彦星に真っすぐな視線を向けて、そう頼んだ。

暗い夜空には、星々が静かに瞬いている。

彦星は黙ったまま身を屈《かが》めると、まずは苦しそうにする織姫の背中を擦《さす》りながら、それを落ち着かせようと努めた。

だが、織姫は激しく咳き込むと吐血した。

彦星は驚き、戸惑いを隠せずにいる。

もう、時間がないのだ。

悪魔が黒色の勾玉を使ってもたらしたであろう、天狗が言った最後の災害は、確実に人々の生命を奪おうとしている。

「私の望みは……父の幸せと、村の人々の笑顔なのです……どうぞ私のことは構わずに、人々のことを……どうか、お願い……します……」

声を振り絞るようにして、彦星に向けて織姫が弱々しく言葉を重ねた。

彦星は、病によって震えている織姫の手を優しく握り締めると、立ち上がった。

そして再び、その手の中にある団扇を強く握り締めると、満身の力を込めて力強く大きく振った。

だが、何も起こらなかった。

彦星の体力は既に限界を超え、とうに精魂を使い果たしていたのだ。

織姫の表情が、悲しげに歪《ゆが》んでいった。彦星は悔しそうに一文字に口を結ぶと、崩れるように片膝を地面についた。

彦星は、諦《あきら》めたくはなかった。しかし、体力は思うようにすぐに回復などするはずもなく、彦星は心の中で、もう無理なのか？　終わりなのか？　と、何度も自分自身を責め続けた。

だが、その時だった。

いつ来たのか、一人の老人がフラリと、彦星の前に現れたのだ。

その老人はまだ、病を発症している様子はなかった。

老人は、片膝をつく彦星の前で歩みを止めると、一つの勾玉を彦星に差し出していた。

それは黒色の勾玉だった。そしてそれは、悪魔の隙をついて織姫が悪魔から奪ったものだった。

彦星は、不思議そうな表情で老人を見た。

老人は無言のまま頷《うなず》き、彦星はその黒色の勾玉を受け取った。

彦星は、緊張した面持ちでその黒い勾玉を見つめ、そして握り締めると、老人に声をかけようと顔を上げた。

しかし、その老人の姿は、もうどこにもなかった。一瞬にして、どこかへ消えてしまったのだ。

彦星は不思議に思いつつも、両手をゆっくりと開いていった。

左右の手のひらには対となる、白色と黒色の二つの勾玉が載っていた。

更に彦星は、左右の手のひらに載った二つの勾玉を、両手に載せたままゆっくりと近づけていくと、やがて二つの勾玉は、共鳴するかのように揺れ始めたのだ。

そしてすぐに、夜の闇を照らすほどのまばゆい強烈な光が、二つの勾玉を包んでいった。

そのまばゆい輝きが、やがて静かに消え去っていくと、彦星の両手の中には、一つの丸い形

となった、勾玉があった。

彦星はこの対となった勾玉を目にして、天狗の言葉を思い出していた。

本来の勾玉とは、二つの勾玉が対となり、一つとなることで、その本当の力が発揮できる。

そして勾玉のその本来の力とは、それを持つ者の願いをかなえてくれるということだった。

しかし勾玉は本来、神が所有し扱う持ち物なので、それを人間が使うとなれば、その命を失うといわれているとも言っていた。

彦星は、その言葉を思い出すと、少し考えていた。

もちろん彦星は、織姫を助けたかった。そして、スワ村の人々や織姫の父である村長のことも助けたいと思う気持ちが、変わったわけでもなかった。

彦星を迷わせたのは、織姫のことだったのだ。

織姫という女性は、彦星が初めて、自分にとっての巡り合いだと感じた女性でもあった。

そして、こうして彼女に間近で触れ、彼女と話したことにより、確信したのだ。

織姫こそが、自分が長い間、求め続けてきた女性であった。

彦星は、ようやく巡り合うことのできた織姫と、もっと一緒にいたかったのだ。織姫に自分のことをもっと知ってもらい、二人で色んな話に花も咲かせたかった。二人でどこかに出かけることもしてみたかったのだ。

彦星の脳裏には、織姫と二人で過ごす、そうした夢のような時間が走馬灯のように次々と駆け巡り、その胸中には織姫への想いが募っていった。

だが、その迷いは一瞬で終わった。

次の瞬間、彦星は、誠実な瞳を織姫に向けると、穏やかに微笑《ほほえ》んでいた。

そして、彦星はもう一度、自身の両足に力を込めて立ち上がったのだ。

織姫は彦星のそんな表情に何かを感じ、彼の顔を見上げると、彦星は対となった一つの勾玉をその両手で優しく包み込み、祈りを捧げ始めた。

すると突然、彦星の目の前には、漆黒の闇が降りてきた。

その漆黒の闇の先には、まばゆい光が見えている。

彦星は、まるでその光に誘われるようにその闇を抜けると、光の彼方《かなた》へと吸い込まれていった。

彦星が、対となり一つとなった、この勾玉の力を使ったことで、力を使い果たした丸い一つの勾玉は、再び二つの勾玉となって離れると、大地に転がった。

すると途端に、織姫の呼吸は楽になり、体がもとに戻っていった。

そして、危篤だった父の村長が起き上がり、村の人々も元気を取り戻すと、次々に立ち上がっていた。

スワ村の人々は皆、彦星の祈りによって、命を取り留めたのだ。

だが、彦星一人だけが、倒れ伏したまま、動くことはなかった。

織姫は、自らのそばで冷たくなってゆく彦星に手を伸ばすと、涙を零《こぼ》した。――まさか、こんなことになるとは思わなかったのだ。

しかし彦星は、自身の行く末を知った上で、この村の人々のために、最後の力を尽くしてくれたのではないかと、織姫は感じていた。

織姫の瞳には、彦星が最後に微笑んだ、あの穏やかな表情がいつまでも残っていたのだ。

織姫は、彦星の冷たくなった手を握り締めると、深く感謝した。

村長は、そのまま泣き崩れてしまった娘を慰めるようにその肩を擦りながら、村のために命を落としてしまった彦星を、悲しげに見つめていた。

村の人々も悲愴《ひそう》な面持ちで、皆、彦星の死を悼んでいる。

彦星はもともと、スワ村の民とは無関係な、よその村の村人だった。

よその村から村を訪ねていた、そんな若者が、この村の状況が絶望的な危機に瀕した時、悪魔に立ち向かいスワ村を救ってくれた。そしてまた、自らを犠牲にして、このスワ村の人々を、死の淵《ふち》からも救ってくれたのだ。

村長は、この世の中において類を見ない、誠に勇敢な男であったと、彦星を称《たた》えた。

織姫にとって、心から一番に思える人とは、民衆を思いやり、何よりも父を思いやってくれるような、優しい心を持つ人だったのだ。

ようやく現れたその人が、親しくする間もなく逝ってしまった。

後から後から頬を伝って零れ落ちる織姫の涙は、彦星との別れを惜しんでいた。

それは、大勢の村の人々が皆、彦星の死を嘆き、その悲しみに暮れている最中《さなか》の出来事であった。

どこからか、真っ白なフクロウが静かに舞い下りると、その白いフクロウは人知れず、対となっていた片方の黒い勾玉を、持ち去って行った。

その後、スワ村にある悪魔を封じ込めた猿田山には神社が造られ、御祭神として彦星が祀《まつ》られた。

スワ村のために自らを犠牲にして戦い、その命を散らした彦星は、人々から尊ばれ、村の英雄として奉られたのだ。

神社の名前は、悪魔を封じた猿田山と彦星の名にちなみ、スワ村に永久《とわ》の平和が続くようにと願いを込めて、「猿田山彦星神社」と名付けられた。

織姫は、生涯独身を通して、猿田山彦星神社を護《まも》った。

そして、彦星が残していった白色の勾玉を、織姫は生涯、大切にしたという。

そしていつしか時は過ぎ、スワ村にあった悪魔を封じた山の名前こそ変わってしまったが、天狗の伝説とともに、いつまでも猿田山彦星神社の名は残り、人々の手によって祀られた。

猿田山彦星神社を生涯かけて護り続けた織姫の死後、猿田山彦星神社がある反対側の湖の

畔《ほとり》に、ちょうど猿田山彦星神社と向かい合わせになるようにして、織姫の神社が造られたという。

織姫の神社には、織姫が大切にしていたという、白色の勾玉も共に祀られた。

二つの神社が造られた後の話では、それから冬になると、スワ村の湖の湖面が凍りつくようになったといわれている。

そして、毎年二月二日になると、あの世へと去って逝った、彦星と織姫の二人の魂が、天から降りて来るという言い伝えが残された。

二人の魂は、二月二日になると、それぞれの神社から、凍りついた湖面を渡り、二人は逢うことがかなったのだそうだ。

人々は、その二月二日の日を「タナバタ」といい、そして以後も人々はずっと、二つの神社を崇《あが》め、お祭りをしたという。

この物語は、あるところの一部の人々の心に残った、タナバタの悲しい言い伝えであると伝えられている。そして、ある土地で人知れず、その人々によって語り継がれてきたという、むかしむかしのあるところで起こった、お話であった。

完

著者プロフィール

天見 海（あまみ かい）

北海道出身

P-BOX 第一章　未来の先にある光の扉　上巻

2023年８月15日　初版第１刷発行

著　者　天見 海
発行者　瓜谷 綱延
発行所　株式会社文芸社
〒160-0022　東京都新宿区新宿1－10－1
電話　03-5369-3060（代表）
03-5369-2299（販売）

印刷所　図書印刷株式会社

ISBN978-4-286-29096-6